Martina Kempff
Die Schattenjägerin

SERIE PIPER

Zu diesem Buch

Man schreibt das Jahr 1401, als Jakoba von Bayern, die letzte Vertreterin des niederländischen Zweigs der Wittelsbacher, in Den Haag geboren wird. Nur wenige Jahre später endet ihre behütete Kindheit, denn nach dem Tod ihres Vaters wird die jüngste Fürstin ihrer Zeit schnell zum Spielball ihrer Verwandten, die sie um ihr Erbe bringen wollen. Jakoba versucht durch Heirat ihre Position zu festigen. Aber das Schicksal meint es nicht gut mit ihr: Ihr erster Ehemann wird vergiftet, der zweite entpuppt sich als Scheusal, der dritte lässt sie fallen, als sie seine Hilfe am nötigsten braucht. Jakoba muss allein einen aussichtslosen Kampf um Liebe und Macht in einer von Kriegen und Zwistigkeiten bestimmten Zeit führen, mit ungewissem Ausgang … Martina Kempff zeichnet das bewegte Leben einer faszinierenden Frauengestalt des ausgehenden Mittelalters, das keinen Leser unberührt lässt.

Martina Kempff ist Autorin, Übersetzerin und freie Journalistin. Sie war Redakteurin bei der Berliner Morgenpost, Reporterin bei Welt und Bunte, bevor sie für mehrere Jahre nach Griechenland und später nach Amsterdam zog. Heute lebt Martina Kempff in der Eifel. In ihren Büchern verbindet sie meist historische Fakten mit spannender Handlung und setzt mutigen, ungewöhnlichen Frauen ein Denkmal. Zuletzt erschienen von ihr »Die Beutefrau« und »Die Welfenkaiserin«. Weiteres zur Autorin: www.martinakempff.de

Martina Kempff

Die Schattenjägerin

Das Leben der Jakoba von Bayern
Historischer Roman

Piper München Zürich

Mehr über unsere Autoren und Bücher:
www.piper.de

Von Martina Kempff liegen bei Piper im Taschenbuch vor:
Die Marketenderin
Die Rebellin von Mykonos
Die Schattenjägerin
Die Eigensinnige
Die Königsmacherin
Die Beutefrau

FSC
Mix
Produktgruppe aus vorbildlich bewirtschafteten Wäldern und anderen kontrollierten Herkünften
www.fsc.org Zert.-Nr. GFA-COC-1223

Ungekürzte Taschenbuchausgabe
November 2002 (SP 3676)
Oktober 2008

Erstausgabe:
Weitbrecht Verlag in K. Thienemanns Verlag, Stuttgart 2001
Umschlag: Büro Hamburg. Anja Grimm, Stefanie Levers
Bildredaktion: Büro Hamburg. Alke Bücking, Charlotte Wippermann
Umschlagabbildungen: Allessandro Allori (»Portrait of a Lady« / Bonhams, London, UK / Bridgeman Art Library, Berlin; oben) und G.W.Berckhout (»View of Het Valckho«; Ferenz Art Gallery, Hull City Museums and Art Galleries / Bridgeman Art Library, Berlin; unten)
Autorenfoto: Stefan Enders
Satz: KCS GmbH, Buchholz / Hamburg
Papier: Munken Print von Arctic Paper Munkedals AB, Schweden
Druck und Bindung: CPI – Clausen & Bosse, Leck
Printed in Germany ISBN 978-3-492-25232-4

Jakobas Familie

Wilhelm von Bayern, Jakobas Vater, Sohn von Herzog Albrecht von Bayern, Enkel des deutschen Kaisers Ludwig, Verfechter der feudalen Ordnung

Marguerite von Burgund, Jakobas Mutter, Tochter Philipps des Kühnen, Enkelin von König Johann II. von Frankreich und Schwester des Herzogs von Burgund

Beatrix, Jakobas illegitime Schwester

Johann von Bayern (Johann der Unbarmherzige), jüngerer Bruder von Jakobas Vater, Bischof von Lüttich, später Jakobas Gegenspieler

Die Burgunder

Herzog Johann von Burgund (Johann ohne Furcht), Bruder von Jakobas Mutter

Philipp von Burgund (Philipp der Gute), einziger Sohn Herzog Johanns, Jakobas Lieblingscousin und später ihr wichtigster Gegner

Michaela, erste Gemahlin von Philipp dem Guten, Tochter des französischen Königs

Bona von Artois, zweite Gemahlin Philipps des Guten

Isabella von Portugal, dritte und letzte Gemahlin Philipps des Guten

Herzog Anton von Brabant, Johann ohne Furchts Bruder, fällt in Azincourt

Jan von Brabant, Sohn von Herzog Anton, Jakobas zweiter Ehemann

Anna von Burgund, Philipps Schwester, heiratet John von Bedford

Französisches Königshaus

Karl VI., König von Frankreich, zuzeiten umnachtet

Isabella von Bayern, machtbewusste Königin von Frankreich

Ludwig, Kronprinz von Frankreich

Jean von Touraine, Kronprinz von Frankreich, Jakobas erster Gemahl
Karl, Kronprinz von Frankreich, späterer König Karl VII.

Der englische Königshof

Heinrich V., König von England
Katharina, Königin von England, Tochter des französischen Königs
Heinrich VI., König von England, später auch König von Frankreich, Jakobas Patensohn
Humphrey von Gloucester, Bruder von Heinrich V., Jakobas dritter Gemahl
John von Bedford, Bruder von Heinrich V., später Regent von Frankreich
Henry Beaufort, Bischof von Winchester, Kanzler und Onkel von König Heinrich V.
Eleanor Cobham, Jakobas englische Hofdame, später Humphreys Gemahlin, in Zauberkünsten bewandert

Weitere Personen

Elisabeth Görlitz von Luxemburg, zweite Gemahlin von Herzog Anton von Brabant, heiratet nach dessen Tod in Azincourt Johann den Unbarmherzigen und befindet sich oft in Geldnot
Frank von Borsselen, Seeländischer Adliger, Vertrauter Philipps des Guten, Jakobas vierter Ehemann
Marjan, Jakobas Kinderfrau
David, Hofnarr
Jan von Vliet, Ritter Jakobas und Ehemann ihrer Schwester Beatrix
Dirk von der Merwede, Jakobas treuster Ritter
Willem van den Berg, Herzog Jan von Brabants Oberschatzmeister

1. KAPITEL

Die Kindsbraut

1406–1415

Es war noch dunkel, als Jakoba aufwachte. Mit Hagel durchsetzter Gewitterregen peitschte gegen die Fenster und wie ein Klageweib heulte der Sturmwind um das alte Gemäuer von Schloss Le Quesnoy. Zitternd setzte sich das Kind auf, zog die Beine an und wickelte sich in seine Decken ein. Ein Blitz erhellte für einen Augenblick das Zimmer. Vor dem Bett stand eine fremde Frau in einem weißen Nachtgewand. Ihr Gesicht war hohnverzerrt und in der Hand hielt sie etwas Rotes aus Stoff. Jakoba wich zurück und schrie. Ein Donnerschlag erstickte den Ruf. Beim nächsten Blitz war die Erscheinung verschwunden.

Mit den Decken um die Schultern kroch Jakoba aus dem Bett und tastete sich zum Lager ihrer Kinderfrau vor. Als sie mit den Füßen gegen einen umgestürzten Bierkrug stieß und das pfeifende Schnarchen Mechthilds vernahm, wusste Jakoba, dass sie hier vergeblich Schutz suchte. Wo konnte sie hin? Natürlich zum Vater. Wenn er nur nicht wieder die Nacht bei einer der anderen Frauen verbrachte! Jakoba mochte diese Frauen nicht, die so viel Aufmerksamkeit ihres Vaters einforderten und ihm einen Sohn nach dem anderen gebaren. Sie brauche nicht eifersüchtig zu sein, hatte der Vater ihr oft versichert. Die Bastarde habe er zwar auch ein bisschen lieb, aber sie sei und bleibe seine einzige Erbin. Dereinst werde sie Gräfin von Holland, Seeland und dem Hennegau sowie Herrin von Friesland sein und wahrscheinlich auch noch einen schönen Titel ihres künftigen Gemahls führen.

Auf dem kalten, zugigen Gang vor ihrem Zimmer blieb Jakoba unschlüssig stehen, bis sie zwischen den Donnerschlägen gedämpftes Stimmengewirr hörte. Eilig lief sie den von nur einer Fackel erleuchteten Gang entlang bis zur Empore, von der aus sie den Rittersaal überblicken konnte.

Das Gelage war noch im Gange, auch wenn die Spielleute bis auf eine dunkelhaarige Harfenspielerin ihre Instrumente schon niedergelegt hatten. Jakoba sah nur noch einen Hund, der unter den Tischen nach Essbarem fahndete. Die anderen Tiere lagen dicht aneinander gedrängt vor dem geflochtenen Ofenschirm an der großen Feuerstelle. Am fernen Ende des Saals stritten sich zwei Ritter um eine Frau, der das Brusttuch bereits abhanden gekommen war und die nur noch halbherzige Anstrengungen unternahm, die Hände der Männer von sich abzuhalten. Viele von Wein oder Bier schwer gewordene Köpfe ruhten zwischen Schüsseln auf den bekleckerten Tischen, manch ein Zecher war von der Bank gerutscht, und aus unbeleuchteten Ecken drang unterdrücktes Kichern. Zu kurz zuckten die Blitze, als dass Jakoba hätte erkennen können, was die bewegten Leiber dort trieben.

Direkt unter ihr stand der erhöhte Tisch ihrer Eltern. Sie traute sich nicht, den Kopf übers Geländer der Empore zu halten, da sie nicht wusste, wie weit der Schein der Kerzen in den hohen Ständern und der Fackeln in den geschmiedeten Haltern reichte. Sie sah nur das Ende der langen Tafel, wo sich der winzige Tischhund ihrer Mutter auf die Hinterbeinchen gestellt hatte und versuchte an die Speisereste im silbernen Almosenschiff heranzukommen. Der Aufschneider säbelte am Tranchiertisch ein Stück vom Hirschkuhbraten ab und hielt es dem Hündchen hin. Jakoba verzog das Gesicht, als er sich danach in die Hand schnäuzte. Er nahm dafür nicht, wie es sich gehörte, die Hand, die das Messer hielt, sondern die, mit der er aß.

Ihr war schon öfter aufgefallen, dass sich Erwachsene offensichtlich nicht an die zehn Tischregeln zu halten hatten, die ihrer Mutter Marguerite als eine wichtige Erziehungsgrundlage galten. Sie hatte mit eigenen Augen gesehen, wie Würdenträger ihre Zähne am Tischtuch gesäubert hatten! Sogar ihr Vater tunkte Bissen ins Salzfass und spuckte zerkaute

Fleischstücke aus. »Quod licet jovi, non licet bovi«, bemerkte Marguerite kühl, wenn Jakoba sie darauf hinwies. Gut, ihr Vater war vielleicht so etwas wie ein Gott, aber das machte seine Tochter doch nicht zum Rindvieh!

Diener sammelten von einigen Tischen die Essunterlagen ein, jene saucengetränkten Brotscheiben, auf denen noch Fleisch- und Geflügelreste klebten und die zusammen mit dem Inhalt des Almosenschiffes an die wartenden Armen der Umgebung vor dem Tor des Schlosses verteilt wurden. Jakoba gruselte sich jeden Tag aufs Neue vor diesen dunklen abgerissenen Gestalten mit wirren Haaren, wilden Augen und widerlichen Hautkrankheiten, die sich um diese Krumen von den Tischen der Reichen rissen.

Ihren Vater, der mit dem Rücken zum Kamin am Kopfende saß, konnte sie nicht sehen, aber sie horchte auf, als er in seinem etwas hölzernen Französisch rief: »Meine Tochter ist also Teil eines Kuhhandels! Ihr habt Jakoba verkauft!«

Jakoba erstarrte. Verkaufen hieß nie wieder sehen. Das hatte sie gelernt, als ihr Lieblingspferd verkauft worden war. Und jetzt hatte man sie selbst verkauft! Was bedeutete das? War sie dann doch eine Art Rindvieh? Ihr Vater konnte nicht zulassen, dass sie verkauft wurde, er war Herzog Wilhelm, Graf von Holland, Seeland und dem Hennegau, der mächtigste Mann im Land, hatte ihre Bastardschwester Beatrix behauptet. Jakoba dachte nicht mehr an die Kerzen, die sie verraten könnten, sie blickte über das Geländer auf die Köpfe darunter.

»Das ist das Los von Fürstentöchtern«, bemerkte der Bruder ihrer Mutter, Herzog Johann von Burgund, dem zu Ehren dieses Fest gegeben wurde. Jakoba erkannte ihn an seiner Stimme und der extravaganten Kleidung aus Goldtuch und violetter Seide. Sein Gesicht lag im Schatten der kompliziert gebundenen üppigen Kopfbedeckung aus rotem Samt mit Rosen aus Rubinen.

»Natürlich musst du deine Tochter weggeben!« Das war Johann von Bayern, der Bruder ihres Vaters, der mit diesen Worten seinen Platz als Lieblingsonkel bei Jakoba verspielte.

Sein Vater, Jakobas Großvater, der im vergangenen Jahr gestorbene Herzog Albrecht von Bayern, hatte seinem jüngsten Sohn die kirchliche Laufbahn vorgeschrieben und dessen Wahl zum Bischof von Lüttich geregelt. Johann von Bayern wollte aber keine höhere Weihe als die zum Subdiakon empfangen. Er war gewissermaßen Bischof im Wartestand. Damit hielt er sich die Möglichkeit offen, aus dem Kirchendienst auszuscheiden, falls sich ihm etwas Interessanteres bieten sollte.

»Wenn man bedenkt …«, die klangvolle, aber kalte Stimme ihrer Mutter Marguerite ließ Jakoba erschauern, »… dass du sie gleich nach der Geburt am Tag des Heiligen Jakob am liebsten ertränkt hättest …«

»Verständlich«, meldete sich wieder Johann von Bayern, »wenn die Ehefrau nach sechzehnjähriger Ehe nur mit einer Tochter dienen kann. Jetzt ist Jakoba beinahe fünf. Wo bleibt der Erbe?«

Ein Blitz tauchte die Gesellschaft für einen Augenblick in grelles Licht. Mitten im Rittersaal sah Jakoba wieder die fremde Frau im weißen Gewand mit dem roten Stoff in der Hand. Ihre Füße schienen den Boden nicht zu berühren. Die Frau blickte zur Empore hinauf und fletschte die Zähne wie ein Hund, der gleich zubeißen würde. Jakoba floh. Sie rannte den Gang zurück zu ihrem Zimmer, riss die Tür auf, stürzte auf Mechthild zu und rüttelte die Kinderfrau wach.

»Lass das, Jakoba«, murrte Mechthild. »Geh ins Bett, sonst rufe ich den schwarzen Ritter, damit er dich holt.«

Noch eine Bedrohung! War sie denn nirgendwo sicher? Gab es niemanden, der sie beschützen konnte? Jakoba lief im Zimmer auf und ab, hatte Angst, ins Bett zu gehen und einzuschlafen. Wenn sie wieder aufwachte, würde man sie wie ihr Lieblingspferd an einer Leine aus dem Schloss führen. Sie war verkauft worden und konnte gar nichts dagegen unternehmen. Wirklich nicht? Wenn sie nun weglief …

Sie stellte sich ans Fenster und sah hinaus. Das Gewitter hatte sich verzogen, und in der Ferne, hinter der dunklen Linie des Waldes, rötete sich der Himmel. »Hinter dem Wald fängt die Welt an«, hatte ihre fünf Jahre ältere Bastardschwester Beatrix gesagt.

»Was ist die Welt?«, hatte Jakoba wissen wollen. Sie erinnerte sich noch, wie Beatrix die Schultern gehoben und fragend »England?« gemurmelt hatte. Engelland, das klang nach Schutz, nach Höherem, da musste sie hin. Irgendjemand würde sie dort unter die Fittiche nehmen. Vor ihrer Familie war sie nicht sicher.

Während Mechthild wieder gleichmäßig schnarchte, zog sich Jakoba einen Umhang über ihr Nachthemd, öffnete die Tür und schlich auf den Gang. Es gelang ihr, unbemerkt das Gebäude zu verlassen, den Schlossplatz zu überqueren und durch die Pferdeställe hinaus auf die Weide zu kommen. Sie begann zu rennen.

Am Ende der Weide fingen die Sümpfe an. Noch nie hatte sich Jakoba allein so weit vom Schloss entfernt. Sie rannte, so schnell sie konnte, und versuchte nicht an die dunkle Linie des Waldes zu denken, den sie durchqueren musste, um in die Welt nach Engelland zu gelangen. Der *Wald ohne Gnade*, wie er in den Märchen hieß, der Wald, in dem Strauchritter ihr Unwesen trieben, erschien ihr jetzt viel weniger bedrohlich als die Aussicht, verkauft zu werden. Wer immer sie erwerben wollte, würde wahrscheinlich wenig für sie zahlen müssen. *»Ein Mädchen ist nichts wert.«* Oft genug hatte sie diesen Spruch gehört. Sie hoffte, die Kobolde, Feen, Elfen und anderen Waldgeister schliefen noch oder waren ihr freundlich gesinnt. Hexen hielten ihre Zusammenkünfte bekanntermaßen auch im Wald ab, wo sie dem Teufel oder ihrer Göttin kleine Kinder opferten. Aber Hexen scheuten das Licht und würden Jakoba wohl kaum im Morgengrauen auflauern.

Einmal stolperte sie über eine Wurzel, fiel und schlug sich das Knie auf. Sie setzte sich auf den feuchten Boden und begann bitterlich zu weinen. Es war kalt und sie erwog zurückzukehren, aber als sie sich umwandte, schien das Schloss weiter entfernt zu sein als der Wald. Und dahinter begann die Welt …

Sie stand auf, konnte jetzt aber nur langsam vorwärts kommen, weil ihre Füße im Schlamm schwer wurden. Solange sie sich erinnern konnte, hatte man sie vor den Sümpfen gewarnt, und wenige Minuten später verstand sie, warum. Sie konnte den rechten Fuß nicht mehr aus dem Schlamm ziehen und spürte, wie auch ihr linker immer tiefer einsank. Als ob irgendeine große Macht unter der Erde sie zu sich hinabsaugen wollte.

»Hilfe!«, schrie Jakoba. »Papa! Hilfe!« Ein paar Vögel flogen hoch und irgendwo krächzte ein Rabe. Ein schlechtes Zeichen. Würde ihr Vater wirklich zu Hilfe kommen? Hatte er sie bei der Geburt nicht ertränken wollen? Jakoba stieß gellende Laute aus.

Inzwischen war sie bis zu den Oberschenkeln eingesunken. Sie beugte sich vor, suchte Halt an einem Grasbüschel und weinte laut, als sie es mitsamt seinem Wurzelwerk in der Hand hielt. Das Gesicht ihres Cousins Philipp erschien vor ihr, aber es war nur ein Trugbild, denn er lächelte zufrieden. Philipp, Herzog Johann von Burgunds Sohn, war ihr Lieblingscousin, er würde sie nicht untergehen lassen. Aber er schlief jetzt im Schloss und konnte nicht wissen, dass sie von der Erde verschluckt wurde. Eine winzige Hoffnung stieg in Jakoba auf: Philipp hatte in der Vergangenheit schon oft ihre Gedanken erraten, ihr lachend versichert, er habe Zugang zu den geheimen Kammern in ihrem Kopf. Sie glaubte ihm, denn mit niemandem – nicht einmal mit ihrem Vater – fühlte sie sich enger verbunden. Verzweifelt versuchte sie ihren Gedanken Flügel zu verleihen, sie durch die dicken Wände des Schlosses und in Philipps Kopf dringen zu lassen.

»Philipp!«, rief sie verzweifelt. Aber wie sollte er so schnell zu ihrer Rettung kommen können? Der Schlamm hatte schon ihre Mitte erreicht, als sie plötzlich eine Stimme hörte: »Bleib still, strample nicht so, sonst versinkst du noch schneller.« Sie wandte den Kopf. Der Körper des Sprechers schien weiter entfernt zu sein als seine Stimme. Erst als sie genauer hinsah, erkannte sie, dass ein Zwerg zu ihr sprach. Sie atmete tief durch. Dieser Waldgeist schien ihr gewogen zu sein. Er legte sich auf den Bauch, rutschte langsam zu ihr hinüber und hielt ihr einen langen Ast hin.

»Zieh dich daran hoch!«

Er war fast so groß wie sie, stellte sie fest, als sie nach ihrer Rettung zitternd neben ihm stand. »Dank dir, guter Waldgeist«, sagte sie höflich. Sie wusste nicht genau, was die Etikette im Umgang mit Geistern verlangte.

Er lachte fröhlich. »Ich bin kein Geist, sondern David vom Jagdforst Mormal, ein ganz normaler Sterblicher, nur eben ein bisschen kürzer als die meisten. Das hat den Vorteil, dass ich nicht tief falle, wenn ich stolpere.«

»Aber ich habe dich noch nie gesehen«, wunderte sich Jakoba.

»Du kannst nicht jeden in der Grafschaft kennen«, erwiderte er und reichte ihr wie einer erwachsenen Dame den Arm. »Ich bringe dich zu meiner Mutter. Du musst gewaschen werden und andere Kleidung anziehen.«

Am Arm des Zwerges verlor Jakoba jede Angst, als sie den Wald betrat. Zum ersten Mal seit jener fürchterlichen Nachricht fühlte sie sich sicher. Es gab keinen Pfad, aber David schien sich an Bäumen und Büschen zu orientieren. Nach einem kurzen Marsch erreichten sie eine Lichtung. Hier stand eine kleine Lehmhütte mit weit heruntergezogenem Erddach, umgeben von dem ordentlichsten Kräutergarten, den Jakoba je gesehen hatte. Eine Frau in einem einfachen braunen Kleid, das mit einem Stoffgürtel in der Mitte zusammengehalten wurde, öffnete die Tür. Ihr Kopf war unbedeckt und blonde Locken fielen ihr über die Schultern. So schön und hoch gewachsen hatte sich Jakoba die Mutter des Zwergs nicht vorgestellt.

Ohne Fragen zu stellen zog sie das Mädchen ins Haus.

»Geh zum Brunnen, hol Wasser und bleib dann draußen«, sagte sie zu ihrem Sohn.

»Ich bin Marjan«, erklärte sie, während sie Jakoba mit gewandten Händen auskleidete und dann auf einen Schemel setzte. »Und du bist des Herzogs Tochter, auch wenn ich keine Ähnlichkeit zu deiner Frau Mutter feststellen kann. Wir richten dich wieder her und dann bringe ich dich zurück zum Schloss.«

»Nein, bitte nicht!«, entfuhr es Jakoba.

Während Marjan eine in Wein getränkte Kräuterpackung um ihr Knie band, erzählte das Kind seine Geschichte.

Marjan lachte. »Du arme Kleine!«, rief sie. »Natürlich wirst du nicht verkauft. Deine Familie hat einen Gemahl für dich gefunden, das ist gar nicht so schlimm, denn den wirst du brauchen, wenn du später über dieses Land herrschen willst. Du hast das falsch verstanden, Jakoba, und das kommt davon, wenn man heimlich lauscht.«

Jakoba ließ den Kopf hängen. »Aber da ist noch was«, flüsterte sie, »eine unheimliche weiße Frau. Ich habe sie bei mir im Zimmer gesehen und später im Rittersaal. Sie stand nicht auf dem Boden und sie hatte etwas Rotes in der Hand.«

»Eine weiße Frau?«, fragte Marjan betroffen. Weiße Frauen waren Vorboten des Todes.

»Ja«, erwiderte Jakoba, und ihre Augen, die Marjan an die Nordsee bei heftigem Sturm erinnerten, weiteten sich: »Ich habe sie ganz deutlich gesehen. So wie Philipp vorhin im Sumpf. Aber er war gar nicht da. Er ist mit seinem Vater zu Besuch bei uns. Im Schloss.«

Marjan zog das Kind an sich und streichelte ihm sanft über den Kopf.

»Passiert das öfter, dass du Dinge siehst, die gar nicht da sind?«, fragte sie langsam.

»Für mich sind sie da, auch wenn sie oft kleiner und heller aussehen als in Wirklichkeit«, erwiderte Jakoba. »Aber wenn ich sie anfassen will, dann sind sie weg. Wie Monchou.«

Sie begann zu weinen, und nachdem ihr Marjan einen Becher Wasser gereicht hatte, erzählte sie von ihrem Hündchen. Monchou hatte vor wenigen Wochen zu ihren Füßen gespielt, und plötzlich hatte sie eine Szene gesehen, wie das Hündchen unter den Hufen eines schwarzen Hengstes zerdrückt wurde. Sie hatte Monchou in ihre Arme genommen und über das Bild geweint. Drei Tage später geschah das Unglück, genau wie sie es vorhergesehen hatte.

»Und dann habe ich wieder geweint«, schloss sie.

»Hast du irgendjemandem davon erzählt?«, fragte Marjan.

»Pater Lukas. Er hat das Kreuz gemacht und mir gesagt, dass ich mich vor Dämonen hüten soll, sonst nimmt es ein schlechtes Ende mit mir. Dass ich den Teufel nicht versuchen darf. Einen ganzen Tag lang musste ich ohne Pause ein Gebet sprechen.« Tränen stiegen Jakoba in die Augen, als sie mit monotoner Stimme zitierte: *»Forsachistu diabolae? Ek forsacho diabolae. End allum diabolgelde? Ek forsacho allum diabolgelde. End allum diaboles werkum? End ek forsacho allum diaboles werkum and wordum.«* (Entsagst du dem Teufel? Ich entsage dem Teufel. Und dem ganzen Teufelspack? Ich entsage dem ganzen Teufelspack. Und allen Werken des Teufels? Und ich entsage allen Werken und Worten des Teufels.)

Jakoba stampfte mit einem Fuß auf. »Aber ich habe doch gar nichts getan!«

Marjan stand auf und durchquerte die Hütte. Zwei kleine Fenster ließen nur wenig Tageslicht ein, aber die Feuerstelle mitten im Raum verbreitete behagliche Wärme. Durch ein Loch im Dach zogen Rauch und Dampf ab. Jakoba sah sich neugierig um. Es stimmte also, dass arme Leute nur ein Zimmer und keine Wandbehänge hatten! Aber wo bewahrte Marjan Kleidung, Wäsche, Tischgerät und andere Gegenstände des täglichen Bedarfs auf? Die kleine Truhe neben dem grob gezimmerten Küchentisch würde höchstens Platz für zwei der juwelenbesetzten Kleider ihrer Mutter bieten. Es gab noch eine Bank, zwei Schemel und ein großes Bett neben der Feuerstelle, auf der in einem eisernen Topf eine wohlriechende Suppe brodelte. Büschel getrockneter Kräuter hingen von der Decke, und auf einem Regal waren harte Käselaiber aufgereiht. Jetzt erst merkte Jakoba, dass sie Hunger hatte. Aber durfte sie Essen zu sich nehmen, das in dieser Hütte ohne Küchenmeister zubereitet worden war? Vielleicht würde es solche Geschwüre in ihrem Gesicht hervorrufen, wie sie sie bei einigen Armen gesehen hatte. Vielleicht würde ihr eine Hand abfallen. Oder sie würde aufhören zu wachsen, wie der Sohn dieser Frau. Aber vielleicht war das sogar ihre Rettung. Beschädigte Ware würde ihr Käufer nicht annehmen wollen.

»Ich habe Hunger!«, übertönte sie das Meckern der Ziege, die an einem der Bettpfosten angebunden war.

»Nimm dir von der Suppe«, forderte Marjan sie auf. »Schüssel und Löffel findest du auf dem Tisch. Aber pass auf, dass dein Verband nicht verrutscht.« Jakoba blieb sitzen. Sie hatte Angst, sich dem Feuer zu nähern, und wusste nicht, wie sie die heiße Suppe in eine Schüssel befördern sollte.

Marjan hob einen schweren Tonkrug vom Boden, drehte ihn um und entnahm ihm einen kleinen ovalen weißen Stein, der rötlich schimmerte. Er war ganz glatt, als ob er vom Wasser der Jahrtausende geschliffen worden wäre.

»Nimm diesen Stein, Jakoba, und bewahre ihn gut. Jedes Mal, wenn sich eines der Gesichte zeigen will, schau auf den Stein und drehe ihn dann in deiner Hand. Die Seele des Steins wird das Bild zum Verschwinden bringen.«

Jakoba ließ den Stein fallen und starrte Marjan entsetzt an. »Du bist eine Hexe! Pater Lukas hat gesagt, dass Hexen an die Macht von Steinen, Bäumen und Pflanzen glauben! *Ek forsacho diabolae ...«*

Marjan bückte sich und hob den Stein wieder auf.

»Natürlich haben Bäume und Pflanzen Macht. Wie könnten sie sonst wachsen? Sogar Steine verändern sich, wenn auch langsamer. Und wer, denkst du, hat in all diese Dinge die Macht gesteckt?«

»Gott?«, fragte Jakoba flüsternd.

»Genau. Dein Pater Lukas hat Recht, wenn er sagt, dass die alten Gebräuche, die heidnischen Sitten verwerflich sind, wenn sie sich gegen Gottes Gesetze richten. Sei unbesorgt, Jakoba, ich bin eine Dienerin Gottes.«

Sie dachte flüchtig an den Tag, an dem sie ihr Gelübde gebrochen und mit dem Zwerg aus dem Kloster geflohen war. Aber auch dies hatte sie zu Ehren Gottes getan. Es konnte nicht in seinem Sinne sein, dass das missgestaltete Wesen ertränkt wurde, so wie es von hoher irdischer und vorzüglich bezahlender Stelle angeordnet worden war. Sie drückte Jakoba den Stein in die Hand. Wie von selbst schlossen sich die Finger des Kindes um das glatte Objekt. Es fühlte sich gut an.

»Du solltest in jedes Kleid eine kleine Tasche nähen lassen, damit du ihn immer bei dir hast«, schlug Marjan vor. Mit einem großen hölzernen Löffel füllte sie eine Suppenschüssel und reichte sie Jakoba.

»Wenn du dich gestärkt hast, brechen wir auf. Deine Eltern werden sich sorgen.«

»Kann ich nicht lieber bei dir bleiben?«, fragte Jakoba und setzte die Schüssel an den Mund. Sie strahlte Marjan an. Noch nie hatte ihr eine Suppe so gut geschmeckt.

Es kam anders. Marjan und David blieben bei Jakoba auf dem Schloss. Herzog Wilhelm jagte Mechthild davon, als Jakobas Fehlen entdeckt wurde, und bot Marjan die frei gewordene Stelle als Kinderfrau an. Marjan wusste, dass ein solches Angebot ein Befehl war. Trotzdem versuchte sie Einwände geltend zu machen. Sie müsse sich um David kümmern. Herzog Wilhelm fand auch hier eine Lösung: David habe eine schöne Stimme, sei klug und amüsant. Mit entsprechender Ausbildung könne er sich zu einem hervorragenden Troubadour und Hofnarren entwickeln. Zwerge seien zu kostbar, als dass man sie verstecken dürfe! Er werde ihm die Laute überlassen, die der Herzog von Burgund von seinem letzten Kreuzzug mitgebracht habe. – Sie könne ihren Kräutergarten und ihre Ziegenherde nicht im Stich lassen, argumentierte Marjan. Herzog Wilhelm gab augenblicklich Befehl, sämtliche Kräuter auszugraben und im Küchengarten des Schlosses einzupflanzen. Die Ziegenherde werde auf seinen Weiden besser gedeihen als im Wald, versicherte er. Und ließ eine Drohung mitschwingen: Das Häuschen im Wald sei ohne seine Genehmigung errichtet worden, und er könne sich nicht erinnern, dass irgendein Forstbewohner jemals Abgaben bezahlt hätte. Wenn er ihr die Rechnung präsentierte, würde ihr nur noch ein Leben als Tagelöhnerin bleiben.

Marjan gab nach. Sie hatte im Laufe ihres Lebens genügend verödete Höfe gesehen und die Bauern bedauert, die ihren

Besitz im Stich hatten lassen müssen und sich als Knechte verdingten. Seitdem die Geldrente die Steuer in Form von Naturalien abgelöst hatte, der Ernteertrag also nicht mehr maßgeblich für die Abgaben war, flüchteten in schlechten Jahren immer mehr Bauern von ihren Höfen. Die teilweise Aufhebung der Leibeigenschaft hatte eine andere Form der Sklaverei hervorgerufen.

Herzogin Marguerite betrachtete die neue Kinderfrau mit Argwohn. Nicht, weil sie befürchtete, der Herzog könne der Schönheit Marjans erliegen. Es war ihr nur recht, wenn er seine Freuden – ebenso wie sie – anderswo suchte und sie in Ruhe ließ. Aber irgendetwas an Marjan kam ihr bekannt vor, schien sie an einen unangenehmen Vorfall zu gemahnen, und es ärgerte sie, dass sie nicht dahinter kam, was dies war. Auf ihre Frage, ob sie einander schon einmal begegnet wären, hatte Marjan erwidert, dass sich die Wege vieler Menschen kreuzten, die Herzogin aber auf der Falkenjagd nie in die Nähe ihres Häuschens gekommen sei.

Den Zwerg hatte Marguerite sofort ins Herz geschlossen und sie ernannte ihn augenblicklich zu ihrem persönlichen Pagen.

»Eine bessere Ausbildung als in der Kemenate meiner Schwester kann sich ein künftiger Hofnarr kaum wünschen«, meinte Johann von Burgund beim Abendessen und fügte schnell hinzu, als sich Wilhelms Stirn umwölkte: »Sie ist die Meisterin der zarten Worte, der Zwischentöne und des feinen Stichs.«

»Du meinst also, meine Frau hat die Gabe der burgundischen Diplomatie in unser barbarisches Land gebracht?«, fragte Wilhelm. »Wenn dein Sohn sie auch geerbt hat, dann soll er doch meiner Tochter deine Pläne mitteilen. Es bricht mir das Herz, dass sie glaubte, ich wollte sie ertränken! Und dass wir sie verkaufen würden!«

»Das waren deine Worte«, erinnerte ihn Johann von Burgund und wischte sich den Mund mit dem weiten Ärmel ab, ehe er zu seinem Pokal griff.

»Du hast mit dem französischen Hof verhandelt, nicht ich, ihr Vater. Ich würde meine Tochter lieber einem holländischen, seeländischen oder hennegauischen Edelmann anvertrauen, der weiß, wie es um unsere Länder steht. Der den Kabeljauen zeigt, was ein echter Haken ist! So ein verweichlichtes Knäblein vom französischen Hof passt nicht zu uns. Außerdem könnte er die Krankheit seines Vaters geerbt haben …«

Johann von Burgund schlug mit der flachen Hand auf den Tisch. »Oder den bayerischen Dickschädel seiner Mutter Isabella! Dann würde er hier doch vorzüglich gedeihen!« Er verzog kurz das Gesicht, deutete auf den Schweinebraten und wandte sich an den Truchsess: »Zu wenig Ingwer, mein Lieber, und saure Äpfel wären besser gewesen.« Der Truchsess nickte bekümmert. »Aber dafür ist das Blancmanger außerordentlich gut gelungen«, lobte der Herzog. »Weißfleisch von Kapaunen ist eben schmackhafter als das von Hühnern! Mein Küchenmeister Gilles Paraille hätte die Speise allerdings noch mit gerösteten Mandeln und Granatapfelkernen serviert.«

Wilhelm von Bayern biss sich auf die Lippen. Es konnte offenbar keine Mahlzeit ohne den Hinweis auf Johanns berühmten Koch vergehen. Zahlreiche Fürstenhäuser hatten sich um die Dienste des begnadeten Küchenmeisters gerissen und auch Wilhelm hatte ihm fürstliche Entlohnung und Güter versprochen. Aber Gilles Paraille hatte sich für den Hof in Dijon entschieden, da er dort – wie der Herzog von Burgund nicht müde wurde zu zitieren – *seine Kunst mit den feinsten Zutaten der Welt in der am besten ausgestatteten Küche der Christenheit – sieben Schornsteine!* – ausüben könne.

»Übrigens hat mir der gefüllte Hammelbug bei meinem letzten Besuch auch vorzüglich gemundet«, fuhr Johann fort.

»Wird morgen wieder serviert«, beeilte sich Marguerite zu versichern. Sie erntete einen strafenden Blick ihres Bruders.

»Fleisch am Mittwoch, Marguerite?« Er wandte sich an seinen Schwager Johann von Bayern: »Mich dünkt, du solltest diesen Haushalt in christlichem Brauchtum unterweisen.«

Herzog Wilhelm erwog eine scharfe Bemerkung. Was sollte er sich noch alles von dem arroganten Burgunder gefallen lassen! Dessen neunjähriger Sohn Philipp meldete sich zu Wort.

»Meine verehrte Tante hat sich wohl im Wochentag geirrt«, sagte er versöhnlich.

Am nächsten Morgen machte sich Philipp daran, Jakoba Unterricht im Schachspiel zu erteilen. Mit dem Brett und einem Sack voller fein geschnitzter Figuren setzte er sich zu seiner Cousine in die Fensterbank des blauen Zimmers, dessen Bezeichnung von den vielen, meist in Blautönen angefertigten Wandteppichen herrührte, die den Steinmauern die Kälte nahmen.

»Du hast in deinem Traum wirklich gehört, wie ich dich gerufen habe?«, fragte Jakoba aufgeregt und blickte Philipp eindringlich in die schönen hellgrauen Augen.

»Ich war gerade dabei, mich in den Vogel Greif zu verwandeln und dich zu erretten«, versicherte Philipp, »als plötzlich eine schöne Hexe ...«

»Marjan ist keine Hexe!«, unterbrach ihn Jakoba mit funkelnden Augen.

Wenn sie ihr Näschen rümpft, sieht sie niedlich aus, dachte Philipp. Er wünschte, seine vier Schwestern würden ihn ebenso anhimmeln wie seine Cousine. Aber die Mädchen nahmen ihm übel, dass er als einziger Sohn und Erbe von den Eltern bevorzugt wurde.

»Ich erzähle dir von meinem Traum. Du musst die Dinge nicht durcheinander bringen«, sagte Philipp strafend und tippte ihr auf die Nasenspitze. »Mondgesicht«, setzte er hinzu.

»Pferdekopf!«, gab Jakoba zurück. Aber insgeheim neidete sie Philipp den langen schmalen Burgunderkopf mit der hohen Stirn. Sie hatte leider den runden bayerischen Schädel und tiefen Haaransatz ihres Vaters geerbt und würde sich später Stirn und Schläfen rasieren müssen. Ihre Mutter hatte das nicht nötig. Die gebürtige Burgunderin entsprach von Natur aus dem Schönheitsideal der Zeit. Der sanfte Aprikosenduft, der sie umwehte, stammte von dem mit Essenzen angereicherten Zuckerwasser, mit dem sie ihre Hennin-Frisur zu kunstvoller Höhe türmen ließ.

»Du wirst dich im nächsten Monat mit dem Sohn des französischen Königs verloben«, sagte Philipp, als er die Figuren auf dem Brett verteilte. »Das«, er hielt eine schön geschnitzte Holzfigur hoch, »ist der weiße König und hier ist seine Königin, das ist die weiße Dame.«

»Werde ich dann Königin von Frankreich?«

»Nein, du Dummerchen, das wird meine Schwester Margarete. Sie wird den französischen Kronprinzen Ludwig heiraten. Jean ist der zweite Sohn. Er wird hier mit dir leben und sich darauf vorbereiten, über deine Länder zu herrschen. Dein Vater wird sein Lehrer sein. Und Pater Lukas und Dirk Potter auch. Es ändert sich also gar nicht so viel, du wirst eben einen neuen Spielkameraden haben. Er ist bestimmt ein guter Schachspieler, also pass jetzt auf, damit du dich nicht blamierst.«

Während er ihr die Figuren erklärte, erwähnte er nebenbei, dass er selbst Jeans Schwester Michaela heiraten werde.

Jakoba jubelte. »Dann wirst du ja mein Bruder sein!«

»Das bin ich sowieso beinahe«, lachte er, stand auf, nahm sie an den Händen und schwang sie im Kreis herum, dass ihre Röcke nur so flogen. »Dein Vater und meine Mutter sind Geschwister und deine Mutter und mein Vater auch, wie du weißt. Sonst haben nur Geschwister die gleichen Großelternpaare.«

»Am liebsten würde ich dich heiraten!«

Philipps schönes Gesicht wurde ernst. »Das wird der Papst nie erlauben, dazu sind wir viel zu nahe miteinander verwandt.«

»Welcher Papst?«, fragte Marguerite vergnügt, als sie ins Zimmer trat. David trug ihre Schleppe. »Der in Rom oder der in Avignon?«

Philipp verbeugte sich vor seiner Tante. »Es ist immer gut, eine Auswahl zu haben, verehrte Tante. Wenn es nach mir ginge, hätte man einen dritten Papst, da bekanntlich aller guten Dinge drei sind.«

»Der wird schon noch kommen«, meinte Marguerite, »und dann fragen wir immer den, der uns am meisten gewogen ist.«

»Neigungen können sich ändern«, erwiderte der Neunjährige, »aber an Prunk gewöhnt man sich. Ich würde den Papst meiner Wahl verwöhnen. Dann tut er, was ich will.«

Nachdenklich betrachtete Marguerite ihren Neffen, den Enkel ihres Vaters Philipps des Kühnen. Hier wächst jemand heran, der gefährlich werden kann, dachte sie. An jenem lauen Sommermorgen des Jahres 1406 im blauen Zimmer des Schlosses Le Quesnoy nahm sich Marguerite vor, niemals Philipps Feindin zu werden.

In späteren Jahren nach ihrem Verlobungsfest in Compiègne befragt, konnte sich Jakoba nur an weniges erinnern. Daran, dass die perlenbesetzte Kappe gedrückt und das Brokatkleid schwer auf ihrem schmächtigen Leib gewogen hatte. Dass ein kohlenhäutiger Musiker mit einem Äffchen und ein deutscher Waldmensch mit einem tanzenden Bären aufgetreten waren. Von den vielen nahen Verwandten um sie herum kannte sie kaum einen. Auch der französische Königssohn Jean von Touraine war ihr Cousin, aber der Papst in Rom hatte nach fürstlicher Entlohnung dieser Ehe die Dispens erteilt.

Jakoba mochte Jean auf Anhieb. Wahrscheinlich, weil ihr der zartgliedrige blonde Prinz bei jedem Treffen und jeder Festveranstaltung in spannender Fortsetzung die Abenteuer des französischen Königssohns Lothar und seines Gesellen Maller erzählte. Die Liebesgeschichte zur schönen Zormerin gefiel ihr, aber sie verstand nicht, warum die Männer dauernd Krieg führen mussten. Am schlimmsten fand sie, dass Lothar von seinem Cousin Otto verraten, eingesperrt und beinahe umgebracht worden war.

»Lothar hat Otto doch geliebt!«, klagte sie.

Jean nahm ihre Hand und küsste sie. Schnell zog sie die Finger weg. Er lachte. »Daran wirst du dich gewöhnen müssen«, sagte er und meinte den Handkuss. Jakoba aber verband von jenem Zeitpunkt an jeden Handkuss mit dem Gedanken an Verrat, an den man sich gewöhnen müsste.

Die erste Begegnung mit ihrer künftigen Schwiegermutter Königin Isabella, die wie Jakobas Vater aus Bayern stammte, war sehr kühl.

»Vielleicht wird sie ja mal schön«, sagte Isabella, als ihr am Vorabend der Verlobung im großen Saal des Schlosses in Compiègne Jakoba vorgestellt wurde. Sie blieb auf dem eigens für ihre enorme Leibesfülle angefertigten Sessel sitzen und musterte Jakoba wie eine Stute auf dem Pferdemarkt. »Bayern und Burgund haben zumindest bei Philipp eine ansehnliche Kombination ergeben.« Als sie beim Lachen die Zähne zeigte, erschrak Jakoba. Ohne sich um das Protokoll zu kümmern, drehte sie sich um und rannte zu ihrem Vater. Zitternd schmiegte sie sich an ihn.

»An der Erziehung muss dringend gearbeitet werden«, bemerkte Isabella.

Herzog Wilhelm gab seiner Tochter einen kleinen Schubs. »Verneigung«, murmelte er, »und entschuldige dich!«

»Sie hat Angst vor ihr«, flüsterte Jean, der neben ihm stand. »Das verstehe ich gut.« Dankbar blickte die Fünfjährige ihren neunjährigen Verlobten an und machte einen Hofknicks, ohne der Königin ins Gesicht zu sehen.

Nur Marjan vertraute Jakoba am Abend an, was ihr Angst gemacht hatte: »Sie war die weiße Frau! Ganz bestimmt! Ich habe sie deutlich erkannt!«

»Dann ist dein Gesicht jetzt erklärlich«, meinte Marjan. »Du hast deine künftige Schwiegermutter gesehen, weiter nichts. Das ist doch nicht schlimm?«

»Sie hatte einen roten Stoff in der Hand!«

»Auch das ist nichts Besonderes, mein Kind!«

»Und den König habe ich gar nicht gesehen!«

Marjan schwieg. Jakoba würde schon früh genug erfahren, dass König Karl VI. seit Jahren an Anfällen geistiger Umnachtung litt und seine Frau die eigentliche Herrscherin Frankreichs war. Sie hoffte, Jakoba würden nie die Gerüchte zu Ohren kommen, denen zufolge die jüngeren der zwölf Kinder Isabellas nicht von Karl, sondern von seinem Bruder Ludwig, dem Herzog von Orléans, gezeugt worden waren.

Obwohl er ihn etwas zu verzärtelt fand, schloss Herzog Wilhelm seinen künftigen Schwiegersohn Jean von Touraine ins Herz. Jakoba, die sich Marguerites Erziehung weitgehend entzog, war ein Wildfang, ein freches, selbstbewusstes Mädchen, das sich öfter im Ton vergriff. Und dessen Benehmen nicht nur am französischen Königshof Anlass zur Klage gab. Wilhelm hoffte, dass es Jean gelingen könnte, seine Braut mit sanftem Druck zu zähmen.

Er gab sich selbst die Schuld, seine Tochter zu sehr verwöhnt zu haben. Anfangs hatte er ihr aus einer gewissen Gleichgültigkeit heraus zu viele Freiheiten gelassen. Es hatte ihn geärgert, dass seine Frau ihm nur einen weiblichen Erben geboren hatte. Um die Herzogin dafür zu strafen, hatte er Jakoba vieles durchgehen lassen. Er war der Herr im Haus, ließ er Marguerite wissen, und da wegen ihrer Unfähigkeit, ihm einen Sohn zu schenken, Jakoba seine Alleinerbin sei, bestimme er über ihre Erziehung. Das Kind dankte es ihm mit bedingungsloser Liebe und entschiedener Abkehr von der Mutter.

Das Band zwischen Vater und Tochter wurde enger, als das Kind heranwuchs. Inzwischen war Herzog Wilhelm sogar froh über das Ausbleiben eines männlichen Erben. Die wenigsten Fürstensöhne hatten ein so inniges Verhältnis zu ihren Vätern wie Philipp zu Johann von Burgund. In dieser Zeit konnten männliche Erben den Vätern lebensgefährlich werden, weil sie oft nicht die Geduld aufbrachten, auf den natürlichen Tod des Erzeugers zu warten. Das galt auch für Schwiegersöhne, aber in dieser Hinsicht war Herzog Wilhelm beruhigt. Jean von Touraine strahlte Güte und Milde aus und fand größeren Gefallen an alten Schriften als an modernen Intrigen. Ein ungewöhnlicher Zug an Fürstenkindern zu Beginn des 15. Jahrhunderts – vor allem wenn sie vom französischen Königshof stammten.

Zwei Jahre später konnte Jakoba nicht mehr begreifen, weshalb sie in jener Gewitternacht aus dem Schloss geflüchtet war.

»Trotzdem bin ich froh darüber«, sagte sie zu Marjan, »und Mutter und Vater sind es auch. Weil ihr jetzt bei uns seid.«

Ihre Mutter lachte oft, seitdem David im Haus war, und es geschah jetzt sogar, dass sie ihrer Tochter einen freundlichen Blick schenkte. Herzog Wilhelm war Marjan näher gekommen, wenn auch nicht auf jene Weise, in der er sonst attraktiven Frauen zu begegnen pflegte. Nach dem ersten Versuch, sie auf ein Lager zu ziehen, hatte Marjan dem Herzog unmissverständlich zu verstehen gegeben, eine weitere Gunstbezeugung dieser Art würde sie aus dem Schloss vertreiben.

»Es wäre nicht meine erste Flucht«, versicherte sie. Das war alles, was über ihre Vergangenheit zu erzählen sie bereit war. Herzog Wilhelm, der an Weigerungen, noch dazu in so wohlgesetzten Worten, nicht gewöhnt war, versuchte sie über ihre Familie auszufragen. Marjan beharrte darauf, David sei ihre ganze Familie.

»Wo hast du lesen und schreiben gelernt?«, wollte Herzog Wilhelm wissen. »Woher stammen deine Kenntnisse über Heilkunst, Latein, Kirchenlehre und Astrologie? Gib zu, du bist von hoher Geburt!«

Sie schwieg und Herzog Wilhelm dachte sich seinen Teil. Wahrscheinlich hatte sie sich einst mit einem Troubadour oder einem anderen wertlosen Gesellen abgegeben und war von ihrer Familie verstoßen worden, als sie David gebar. Als Unverheiratete hätte sie sich nicht so leicht darauf berufen können, dass sich ein Inkubus an ihr vergriffen habe, ein Dämon, der einsame Frauen im Schlaf befruchtete. Diese Monster bestiegen meist nur verheiratete Frauen, deren Mann sich zum Beispiel auf einem Kreuzzug befand.

Nun, es freute Wilhelm, dass Marjan vielseitig gebildet war, konnte sie so doch auch Jakoba eine Lehrerin sein und Pater Lukas sowie den gräflichen Schreiber Dirk Potter entlasten, die genug damit zu tun hatten, Prinz Jean auf die Zukunft vorzubereiten. Aber wenn sie ihm schon ihren Körper versagte, so wollte er sich wenigstens an ihrem Geist erfreuen. So kam es, dass er sie immer häufiger um ihre Meinung bat und ihr Urteil zu schätzen lernte – sofern es nicht gerade um den jahrzehntelangen Krieg zwischen den adligen Geschlechtern und Städten in seinen Ländern ging. Marjan fand, dass Herzog Wilhelm diesen blutigen Auseinandersetzungen, die das Land zerrissen, ein Ende machen sollte.

»Unmöglich«, erklärte der Herzog und setzte sich auf die harte Bank neben dem Webstuhl, an dem Marjan arbeitete. »Ich werde nicht ruhen, ehe nicht jedem Kabeljau der Kopf abgeschlagen ist! Es sind alles Verräter, und du tätest gut daran, Jakoba zu lehren, ein echter Haken zu werden!«

Marjan kannte die Geschichte.

Dieser so genannte Zwist der Kabeljaue und Haken war entfacht worden, als Herzog Wilhelms Großmutter Margarete, die Ehefrau des deutschen Kaisers Ludwig von Bayern, ihren Sohn Wilhelm einsetzte, um die Erbländer im Norden zu verwalten. Wilhelm wollte aber nicht verwalten, sondern selbstständig regieren und Wilhelm V. heißen. Krieg gegen die eigene Mutter erschien ihm das geeignetste Mittel. Seine Anhänger, nach den blaugrauen schuppenartigen Rauten auf seinem Wappen Kabeljaue genannt, wünschten mehr Unabhängigkeit. Sie wehrten sich dagegen, als Hausmacht an einen arroganten deutschen Fürsten verschachert zu werden. Mit Speck fängt man Mäuse und mit Angelhaken Kabeljaue. Mutter Margaretes Getreuen bezeichneten sich flugs als Haken. Es wurde ein sehr blutiger Fischfang. Schlachten, in denen auch Mönche die Schwerter schwangen, Straßenkämpfe, Verschwörungen und Meuchelmord waren an der Tagesordnung. Der Riss ging durch alle adligen Familien in Holland und Seeland. Wilhelm V. siegte, aber ihn traf der Fluch seiner Mutter: Er wurde wahnsinnig und starb kinderlos. Sein Bruder Albrecht erbte Wilhelms Länder und die Treue der Kabeljaue. Die wussten, wie man einen Fürsten an sich bindet. Sie führten ihm die schöne Aleida von Poelgeest zu, die als offizielle Mätresse bald mehr Macht über ihren Grafen hatte als dessen vor kurzem verstorbene Frau. Das war Grund genug für den legitimen Sohn, den heutigen Herzog Wilhelm und Grafen von Holland, zu den Haken überzulaufen und die Geliebte des Vaters heimtückisch zu erstechen. Natürlich musste er danach Hals über Kopf ins Exil flüchten. Aber in diesen bewegten Zeiten brauchte der Vater den Sohn für einen Feldzug gegen die Friesen und so versöhnte man sich wieder. Nach dem Tod seines Vaters wurde Wilhelm Herzog von Niederbayern. Aber er blieb ein holländischer Haken und verlangte von Marjan, seine Tochter Jakoba zu lehren, dass man sich den Erzfeind Kabeljau einzuverleiben habe.

»Ich widersetze mich den Befehlen des Herrn nur ungern«, sagte Marjan in einem Ton, der ihre Worte Lügen strafte, »aber man sagt, dass sich nach den Ereignissen in Lüttich Euer hochwohlgeborener Bruder Johann von Bayern den Kabeljauen annähert. Wollt Ihr einen Bruderkrieg?«

Wilhelm sprang auf und warf mit einer Handbewegung den Webstuhl um.

»Was fällt dir ein, du Hexe!«, fuhr er sie an. »Meinen Bruder zu verdächtigen! Er ist Bischof von Lüttich!«

»Aber immer noch ungeweiht«, gab Marjan ungerührt zurück. Sie sah den Herzog nicht an, als sie den Webstuhl wieder aufrichtete. »Und ein häufiger Gast in den Badehäusern. Ein Mann der Kirche, der ihre Gesetze nicht achtet, der Tausende bei dem Aufstand in Lüttich ums Leben hat bringen lassen.«

»Halt!«, unterbrach sie Wilhelm. »Da wagst du dich auf gefährliches Gebiet! Es geht nicht, dass die städtische Bevölkerung und die Gilden ihren regierenden Bischof einfach absetzen und selbst einen Regenten bestimmen! Wohin kommen wir denn, wenn wir den Bürgern Selbstverwaltung zugestehen!? Mein Bruder musste den Aufstand niederschlagen, und er musste Exempel statuieren und zeigen, dass eine harte Hand wichtig ist. Mein Schwager Johann von Burgund und ich fühlten uns verpflichtet ihm dabei zu helfen. Was du für Unsinn sprichst, Marjan – es sind doch gerade die Kabeljaue, die Selbstverwaltung der Städte wünschen, die zum Aufruhr gegen die rechtmäßigen Herrscher anstacheln, gegen die von Gott eingesetzten Herrscher! Gott hat das Volk in Stände eingeteilt, wie auch die Engel im Himmel in Gruppen unterteilt sind …« Er blickte auf Marjans Scheitel und zitierte: »Der

Bauer muss für Pfarrer und Ritter seinen Acker bearbeiten, der Pfarrer Ritter und Bauern vor der Hölle bewahren, der Ritter Pfarrer und Bauern vor denen schützen, die ihnen übel wollen. So steht es geschrieben.«

»Einige kämpfen, einige beten, einige arbeiten«, nickte Marjan.

»Und die Kabeljaue wollen dieses Gottesgesetz brechen!«, rief Wilhelm. »Mein Bruder Johann würde sich eher mit dem Teufel verbünden!«

»Genau«, erwiderte Marjan friedfertig, aber innerlich erschauernd beim Gedanken an das Massaker in Lüttich, »der Bischof, der sich bei dem Aufstand den schönen Namen *Johann der Unbarmherzige* verdient hat, steht ...«, sie machte eine Pause, »... natürlich außer Verdacht, seiner unmittelbaren Familie Arges zufügen zu wollen ...« Sie beugte sich über den Webrahmen, um den Schaden zu begutachten. »Fäden ziehen ist nicht einfach«, sagte sie mit leicht verzagter Stimme und sah dabei so schön aus, dass Wilhelms Zorn augenblicklich verrauchte. »Ich kann es Jakoba nicht beibringen.«

Im Gegensatz zur Kräuterkunde. Hier erwies sich Jakoba als vorzügliche Schülerin. Marjan, die im Stillen oft fürchtete, Wilhelms Lust am Kriegführen und Marguerites Freude am Intrigieren würden sich in Jakoba zu unberechenbaren Kräften bündeln, war beruhigt, wenn sie beobachtete, wie ihr Zögling Freude am Wachstum der Pflanzen zeigte und dabei viel Geduld an den Tag legte. Auch die Tatsache, dass sich Jakoba allmählich zu einer ausgezeichneten Schachspielerin entwickelte, ließ hoffen. Vielleicht würde es ihr zusammen mit Jean einst gelingen, Frieden ins Land zu bringen. Vielleicht würde die neue Generation mit neuen Einsichten Versöhnung statt Spaltung herbeiführen können. Aber noch zeigten die beiden Kinder mehr Interesse am Spiel mit der Armbrust.

Damit waren sie auch an jenem Mittag beschäftigt, als ein paar Reiter mit einer vermummten Gestalt in der Mitte in den Hof einritten, ans Tor klopften und Einlass begehrten.

»Wir kommen im Auftrag von Johann von Burgund!«, rief einer. »Wir haben eine wichtige Botschaft!«

Jakoba ließ ihre Armbrust fallen und lief auf die kleine Gruppe zu. Sie deutete auf die vermummte Gestalt und rief begeistert: »Schau, Jean, Philipp ist hier!«

Philipp zog sich die Kapuze vom Kopf. »Wie hast du mich erkannt?«, wollte er wissen.

Jakoba verstand die Frage nicht. »Ich weiß es eben«, sagte sie, und erst jetzt fiel ihr ein, dass sie die Szene im Hof schon ein paar Tage zuvor gesehen und sich gefragt hatte, warum Philipp vermummt und ohne seinen Vater zu ihnen kommen würde. Diese Fragen konnte sie ihm jetzt stellen.

»Mein Vater heißt jetzt ...«, er schwieg verheißungsvoll und sah Jakoba stolz an, »... *Johann ohne Furcht*! Das ist doch ein schöner Name für einen Fürsten!«

»Und warum heißt er jetzt so?«, fragte Jean, der näher getreten war und Philipp beim Absitzen half.

Philipp blickte Jean herausfordernd in die Augen. »Weil er deinen Onkel umgebracht hat, den verräterischen Herzog von Orléans.«

»Ein feiger Mord also«, sagte Jean tonlos. Der Onkel, von dem gemunkelt wurde, er sei der Vater seiner Geschwister, stand ihm nicht nahe, aber Jean war jede Form von Gewalt ein Graus.

»Ganz im Gegenteil!«, rief Philipp. »Mein Vater hat sich jetzt ganz *ohne Furcht* dem Gericht deines Vaters gestellt. Und deshalb bin ich hier. Er möchte mich in Sicherheit wissen, falls es der Bande von Orléans einfällt, an mir Rache nehmen zu wollen.«

»Und wenn sie ihn hängen?«, fragte Jakoba entsetzt. In ihren Ländern kam kein Mörder mit dem Leben davon.

Philipp lachte. »Sei *ohne Furcht*, Cousinchen. Einen Fürsten hängt man nicht. Außerdem verteidigt ihn Anwalt Jean Petit. Es gibt schließlich so etwas wie gerechten Tyrannenmord. Der Herzog von Orléans hat sich als Herrscher aufgespielt, Steuern erhöhen lassen, Gelder, die für Burgund bestimmt waren, veruntreut, Hexerei betrieben und sich überhaupt sittenlos verhalten. Das weißt du doch auch, Jean! Das war der Mann, der in einer einzigen Nacht die französische Kriegskasse verspielt hat! Deinen Vater, den König, wird Petit mühelos davon überzeugen, meinem Vater zu verzeihen.«

Jean sah zu Boden. Seinen Vater konnte jedermann von allem überzeugen, denn lichte Augenblicke gab es im Leben des Königs kaum noch. Und dass er dem Herzog von Burgund den Mord an seinem Nebenbuhler verzeihen würde, war auch zu erwarten. Auf Königin Isabella, seine Mutter, kam es an. Der Herzog von Orléans war ihr Spielzeug gewesen, vielleicht war sie seiner müde geworden und begrüßte diese Lösung ihres Problems. Jean wagte nicht daran zu denken, dass sein Onkel möglicherweise der alternden und immer korpulenter werdenden Isabella Adieu gesagt haben könnte und sie selbst dem Burgunder aus Rache den Mord nahe gelegt hatte. Vielleicht hatte sie ihn auf die berüchtigte Gemäldegalerie hingewiesen, die der Herzog von Orléans von seinen weiblichen Eroberungen unterhielt und in der Johann von Burgund seine eigene Gemahlin, Margarete von Bayern, wiederfinden konnte. Da gebot allein schon die Familienehre den Mord.

»Orléans und Burgund, Haken und Kabeljaue, in allen Ländern herrscht Krieg im Inneren«, sang David, der jetzt mit seiner Laute vor die Tür trat. »Wehe uns, wenn einst der Feind von außen kommt!«

Hinter David sprang Jakobas Bastardschwester Beatrix in den Hof. Als sie Philipp erkannte, versank sie in einen Hofknicks.

»Steh auf, du dummes Mädchen, ich bin doch dein Cousin!«, lachte er und reichte ihr galant die Hand. David, der gerade sein Lied »Im falschen Bett gezeugt« hatte anstimmen wollen, verstummte, als ihm auffiel, dass Beatrix Philipp mit dem gleichen Blick bedachte wie der Lieblingsrüde Herzog Wilhelms seinen Herrn.

Für Jakoba brach eine wunderbare Zeit an, obwohl ihre Mutter missbilligend bemerkte, es könne dem Mädchen nicht gut bekommen, so viel männliche Gesellschaft um sich zu haben. Aber nichts hätte Jakoba davon abbringen können, mit Jean und Philipp über die Weiden und durch den Wald zu reiten, die Hügel des Hennegaus zu erkunden und den Knaben bei Übungsgefechten und beim Stechen zuzusehen. Sie war bei ihren Lernstunden zugegen, wobei sie sich am meisten über Jeans Gefecht mit der Aussprache des Holländischen amüsierte. Philipp, der nicht nur im burgundischen Dijon, sondern auch in Flandern erzogen worden war, beherrschte Jakobas Vatersprache perfekt, wenn auch mit dem weicheren Akzent der Flamen. Nur mit Mühe war Jakoba davon abzuhalten, selbst ein Schwert oder eine Lanze in die Hand zu nehmen.

»Sie braucht mehr weiblichen Umgang«, beklagte sich Marguerite bei ihrem Mann. Sie hatte ihn in ihre Kemenate gebeten, ein Aufruf, dem der Herzog nur zu gern nachkam. Er hätte seiner schönen Frau mit dem scharfen Burgunderverstand gern öfter den Hof gemacht. Es ärgerte ihn, dass ihn die Herzogin seit Jakobas Geburt nicht mehr in ihr Bett gelassen hatte. Aber als er sah, dass sie ihre, wie er es nannte, undurchdringliche Kleidung trug, es also bei einem Gespräch bleiben würde, befiel den Herzog augenblicklich schlechte Laune.

»Gut«, erklärte er, »Beatrix kann ihre Hofdame werden.«

Marguerite zuckte zusammen. Beatrix' Mutter war ihre eigene Hofdame gewesen, bis Wilhelm sie in sein Bett geholt hatte. Damit hatte er die Abmachung verletzt, sich von ihren persönlichen Damen fern zu halten.

»Nur unter der Auflage, dass sie mir aus den Augen bleibt«, murmelte Marguerite. »Es reicht, dass ich zusehen muss, wenn du wieder einmal einen deiner Bastardsöhne zum Ritter schlägst.«

»Ich würde lieber einen legitimen Sohn zum Ritter schlagen«, entgegnete er böse und verließ das Gemach. Er schlug die Tür so laut hinter sich zu, dass die Kinder im Raum darunter aufhorchten.

»Schachmatt«, sagte Philipp dann und machte seinen letzten Zug.

Jakoba sprang auf und wischte mit einer Handbewegung

alle Figuren vom Brett. Sie funkelte Philipp an. »Warum kann ich dich nie schlagen!«

Philipp hob die Schultern. »Du musst eben mehr üben!«

»Daran liegt es nicht.« Jakoba stampfte mit den Füßen auf. »Du bist einfach zu gut, Philipp, zu gut!«

Der junge Burgunder hob die fein geschwungenen Brauen über seinen schönen hellgrauen Augen und winkte David zu sich. »Spiel ein Lied«, forderte er ihn auf, »ein Lied von Philipp dem Guten!« Der Zwerg lachte und nahm seine Laute auf. Aber bevor er in die Saiten griff, fragte er Philipp mit der Vertraulichkeit, die ihm die Narrenfreiheit gewährte: »Willst du wirklich einst so erinnert werden, mein Freund? Der Enkel von Philipp dem Kühnen, der Neffe von Johann dem Unbarmherzigen, der Sohn von Johann ohne Furcht soll einen so milden Beinamen erhalten? Die Guten finden selten Eingang in die Geschichte.«

»Nicht die, die ihren Auftrag gut erledigen«, erwiderte Philipp.

»Und was ist dann dein Auftrag?«, erkundigte sich Jakoba. »Mich beim Schach zu schlagen?«

»Ja«, erwiderte Philipp, »ich habe mir selbst den Auftrag gegeben, alles, was ich anfange, gut zu erledigen.«

Jakoba schrie kurz auf, griff dann hastig in die kleine Seitentasche. Ihre Finger schlossen sich um den glatten Stein. Sie atmete tief durch.

»Was ist los?«, fragte Jean beunruhigt.

»Nichts, ein kurzer stechender Kopfschmerz«, murmelte Jakoba, froh, dass das Bild so schnell verblasst war. Noch nie hatte sich ihr eine so scheußliche Szene gezeigt. Sie hatte ein ihr unbekanntes junges Mädchen mit schmerzverzerrtem Gesicht auf einem Scheiterhaufen gesehen, die hochzüngelnden Flammen hatten bereits den geschorenen Kopf erreicht. Das Opfer stand zu hoch auf dem Blutgerüst, als dass ihm der Scharfrichter den Gnadenstoß hätte versetzen können. Eine Hexe, dachte Jakoba, wahrscheinlich eine Warnung, dass ich niemandem mein fürchterliches Geheimnis verrate. Bei Marjan ist es sicher.

Jakoba war jetzt acht Jahre alt und quälte sich oft mit der Frage, wann sich ihr die Traumgesichte erstmals gezeigt hatten. Wenn sie den Auslöser kannte, würde sie den Fluch vielleicht bannen können. Aber als kleines Kind hatte sie zwischen Wirklichkeit und Traumgesichten noch nicht unterscheiden können. Alles war real und gleich unverständlich und selbstverständlich gewesen. Erst später verstand sie, dass sich die schnellen kleindimensionalen Szenen, die wie ein Blitz vor ihr aufleuchteten, über die Wirklichkeit legten. Sie wusste nicht, was die Bilder bedeuteten, und sie hatte Angst vor ihnen. Manchmal fürchtete sie wirklich, vom Teufel besessen zu sein, denn wenn ihr Gott Warnungen schickte, warum lieferte er nicht auch die Erklärung dazu? Warum waren die Traumgesichte stumm? Marjan kannte die Antwort auch nicht, sie empfahl Gebete, bestimmte Kräutersäfte, das Wenden des ovalen Steins und absolutes Schweigen gegenüber allen anderen.

Philipp behielt Recht. Sein Vater wurde bei dem Mordprozess in Paris freigesprochen und ließ sich von seinen Anhängern feiern. Kein Troubadour im Land, der jetzt nicht Johann ohne Furcht huldigte, dem Herzog, der sich öffentlich eines Mordes aus dem Hinterhalt rühmen konnte, ohne dafür bestraft zu werden. Seine Feinde gelobten Rache. Johann ohne Furcht lachte darüber.

»Ich werde sie alle zertreten«, erklärte er beim Abendmahl im Rittersaal zu Le Quesnoy und ließ dabei seine Füße sehen, »und zwar mit diesen Schuhen! Schau mal, Jakoba, wie schön sie sich der Form der Füße anpassen! Man muss natürlich darauf achten, rechts und links nicht zu verwechseln. In Paris trägt man das jetzt.«

Jakoba beugte sich herunter und befühlte das Schuhwerk. »Kann man denn damit laufen?«, fragte sie.

»Besser als mit den Polaines!«, sagte er und wies mit einer Hand auf die langen Spitzen an den Schnabelschuhen eines Dieners. »Diese Schuhe wurden vielen Rittern bei der Schlacht von Nicopolis zum Verhängnis. Flüchten konnte nur, wer sich die Schuhspitzen rechtzeitig abgeschnitten hatte.« Er selbst hatte nicht dazu gehört. Johann von Burgund war in türkische Kriegsgefangenschaft geraten und erst zwei Jahre später nach Zahlung eines enormen Lösegeldes in die Heimat zurückgekehrt. Auf Herzogin Marguerites Frage nach anderen Neuerungen lachte Johann ohne Furcht leicht verlegen. »Ich habe selbst eine erfunden, aber dafür gibt es offensichtlich keinen Bedarf.«

Aus den Falten seines Gewands zog er einen kleinen Zweizack hervor, spießte ein Stück Fleisch aus der Schüssel damit auf und führte es zum Mund. Jakoba stieß einen Schrei aus: »Er wird sich die Zunge durchbohren!«

»So ein gefährlicher Unsinn!«, brummte Herzog Wilhelm. »Wozu soll das gut sein?«

»Ich habe meinem Schmied den Auftrag gegeben, ein Esswerkzeug zu erfinden, bei dem die Finger und somit auch die Kleider sauber bleiben. Man sollte allerdings nicht sprechen, wenn man das Eisen in den Mund nimmt.«

»Zum Essen hat man die Hände«, erklärte Wilhelm. Allgemeines Kopfschütteln sorgte dafür, dass Johann ohne Furcht sein gefährliches Gerät wieder wegsteckte. Er wandte sich an den Truchsess.

»Für die Sauce Cameline«, sagte er freundlich, »verwendet Gilles Parailles nur Klarettwein bester Qualität. Euer Küchenmeister hat sich zu sehr an minderwertigen Essig gehalten.«

Nicht nur Jakoba bedauerte, dass Philipp an den Hof von Burgund zurückgerufen wurde. Beatrix, die inzwischen ihre Stelle als Hofdame angetreten hatte, wäre am liebsten mit der burgundischen Reisegesellschaft mitgeritten. Sie verfluchte das Schicksal, das sie als Bastardtochter Wilhelms an den Hof in Le Quesnoy band. In ihren Tagträumen versetzte sie sich an den Burgunder Hof und verwandelte sich in eine wunderschöne edle Dame, deren Farben Philipp auf allen Turnieren trug. Mochte er doch aus dynastischen Gründen die französische Königstochter Michaela heiraten müssen, sie war die

Dame, deren Herz er begehrte. Die Kunde von seiner Liebe zu ihr trugen Minnesänger in alle Lande …

Wenn sie aus solchen Träumen in die Wirklichkeit zurückkatapultiert wurde, dachte sie über reale Möglichkeiten nach, in Philipps Nähe zu kommen. Dafür stand ihr nur ein Weg offen: Sie musste einem Ritter angetraut werden, der an den Höfen von Philipps Vater lebte. Leider hielten sich keine Edlen aus Burgund lange genug im Hennegau auf. Aber nahe Verwandte wechselten ihre Getreuen gelegentlich aus, und es gab keinen Grund, weshalb ein hennegauischer, seeländischer oder holländischer Ritter nicht einst an einem der burgundischen Höfe dienen sollte. Sie dachte an die beiden jungen Edelleute, die Herzog Wilhelm Jean zur Seite gestellt hatte und mit denen auch sie daher regelmäßig Umgang pflegte. Dirk von der Merwede, der Ritter mit dem feuerroten Lockenkopf, kam nicht infrage. Er war Jean und Jakoba zu verbunden und viel zu charakterfest, als dass sie ihm etwas hätte einreden können. Jan von Vliet hingegen, ein sanfter, scheuer Edelmann, könnte Wachs in ihren Händen sein. Ihr war nicht entgangen, dass er Jakoba oft Blicke zuwarf, die auf heimliche Bewunderung schließen ließen. Nun, sie ähnelte Jakoba, fand sich aber erheblich schöner, da sie im Gegensatz zu ihr bereits über ausgeprägte weibliche Rundungen verfügte.

Beatrix verlor ihr Ziel in den darauf folgenden fünf Jahren nicht aus den Augen. Während sich in Paris der Adel bekämpfte, in England König Heinrich V. und im Heiligen Römischen Reich Deutscher Nation Kaiser Sigismund gekrönt wurden, während inzwischen tatsächlich drei Päpste um den Heiligen Stuhl stritten, spann Beatrix geduldig ihr Netz.

Noch am selben Tag, an dem Marjan die Eltern informierte, dass Jakoba jetzt Kinder gebären könne, wurden Boten nach Paris geschickt, um den Hochzeitstermin auszuhandeln. Jakoba selbst lag mit Kopfschmerzen in ihrem abgedunkelten Zimmer und wusste nicht, ob es sie freute, jetzt zu den Erwachsenen zu gehören, oder betrübte, dass die Zeit des Spielens vorbei war.

»Du kannst von Glück sagen, dass du die Gelegenheit gehabt hast, deinen künftigen Mann so gut kennen zu lernen«, sagte Marjan, die an Jakobas Bett saß und besorgt auf die geschlossene Hand blickte, die den kleinen Stein schon seit Tagen nicht losgelassen zu haben schien.

»Sind es schlimme Visionen?«, fragte sie leise. Sie hatte gehofft, Jakobas Gesichte würden mit dem Beginn des weiblichen Zyklus verschwinden, aber dies schien nicht der Fall zu sein. Jetzt konnte nur noch die Hochzeitsnacht Abhilfe schaffen. Aus eigener Erfahrung wusste Marjan, dass nur Jungfrauen derartigen Visionen ausgesetzt waren.

Jakoba drehte sich auf die Seite. »Wieder Königin Isabella im Nachthemd«, murmelte sie. »Mit dem roten Stoff in der Hand.«

»Die Königin wird bei eurer Hochzeit anwesend sein, weiter wirst du sie wohl nicht zu Gesicht bekommen«, tröstete Marjan. »Du bist kein kleines Kind mehr, das sich vor ihr fürchten muss. Schon gar nicht, wenn sie ein Nachthemd trägt!«

Sie stand auf, zog die Vorhänge zur Seite und blickte auf die herannahenden dunklen Wolken. »Ein Gewitter zieht auf. Das ist etwas, wovor sich Königin Isabella fürchtet«, bemerkte Marjan und freute sich über das kleine Kichern, das vom Bett kam.

»Sie hat einen Donnerwagen machen lassen«, gluckste Jakoba, »ganz dick ausgepolstert, damit der Krach gedämpft wird. Bei jedem Gewitter verschwindet sie sofort in ihrem Donnerwagen.« Jean hatte ihr dies erzählt und der Erscheinung damit tatsächlich etwas von ihrem Schrecken genommen. Jakoba konnte sich nämlich noch gut daran erinnern, dass sich ihr das Bild der Königin zum ersten Mal in einer Gewitternacht gezeigt hatte, eine Nacht, die die Königin bestimmt in ihrem Donnerwagen verbracht hatte.

»Und Angst vor Holzbrücken hat sie auch«, fuhr Marjan fort. »Findest du immer noch, dass sie eine Frau zum Fürchten ist?« Jakoba schüttelte den Kopf.

»Und vor der Ehe brauchst du auch keine Angst zu

haben. Prinz Jean ist ein sanfter Mann. Du hast ihn doch lieb?«

Jakoba nickte. Jean war ihr lieb, obwohl sie ein wenig bedauerte, dass sie in seiner Gegenwart nicht jenes Herzklopfen verspürte, von dem die Minnesänger so schwärmten. Aber das würde vielleicht noch kommen.

»Es wird sich gar nicht so viel für dich ändern«, fuhr Marjan fort, »nur, dass Jean natürlich seine Räume im anderen Flügel aufgeben und zu dir ziehen wird. Du solltest dir überlegen, wie du die Zimmer einrichten lassen willst. Als französische Prinzessin darfst du dir für dein erstes Kind sogar ein grünes Zimmer erlauben. Das ist sonst nicht einmal Gräfinnen gestattet.«

»Und ein gemeinsames Schlafzimmer für ihn und mich?«

»Das ist so üblich«, lächelte Marjan.

»Nicht bei meinen Eltern.«

»Deine Eltern«, entgegnete Marjan, »… haben sich arrangiert.«

»Und deswegen habe ich wohl so viele Halbgeschwister?«

»Siehst du, du kannst schon wieder lachen!«

Jakoba wurde sofort wieder ernst. »Ich würde sterben, wenn Jean einer anderen Frau ein Kind machte!«

»So schnell stirbt es sich nicht. Und glaub mir, Jean wird sich keiner anderen nähern!« Aber hoffentlich Jakoba, dachte sie im Stillen. Vor wenigen Wochen hatte sie beim Kräutersammeln im Wald eine Szene zwischen Jean und seinem Gefährten Jan von Vliet beobachtet, die sie sehr nachdenklich gestimmt hatte. Sie hoffte, dass es sich um eine vorübergehende Irrung der Heranwachsenden handelte. Vielleicht lag es auch nur daran, dass es so wenig verfügbare Frauen in Le Quesnoy gab, mit denen sich die jungen Männer vergnügen konnten. Sie erinnerte sich an ihre Zeit als Nonne. Damals waren ihr Gerüchte von ähnlichen Handlungen in Männerklöstern zugetragen worden.

»Jan von Vliet sollte auch heiraten«, sagte sie plötzlich, als sie sich wieder auf die Bettkante setzte.

Jakoba lachte. »Wen denn?«

»Mich zum Beispiel«, kam eine Stimme von der Tür. Beatrix entschuldigte sich. Sie habe geklopft, aber niemand hätte geantwortet.

»Ich liebe ihn schon lange«, gestand Beatrix, setzte sich ebenfalls ans Bett und schlug die Augen nieder, »aber zu meinen Ehren hat er noch nie an einem Turnier teilgenommen. Ich bin eben nur ein Bastard.«

Wieder schafft sie es, dass ich mich daran schuldig fühle, dachte Jakoba leicht verärgert. An dem illegitimen Zustand ihrer Schwester konnte sie nichts ändern, wohl aber an ihrem unverheirateten Dasein.

»Ich werde ihn zu einer Ehe mit dir zwingen«, bemerkte sie dann, »er ist mir zu Gehorsam verpflichtet.«

Erschrocken wehrte Beatrix ab. Eine erzwungene Eheschließung könne mögliche Liebesgefühle abtöten, gab sie zu bedenken. Sie wünsche Hingabe von ihrem Mann.

Marjan stand auf und verabschiedete sich. Sie zweifelte sehr daran, dass die berechnende Beatrix überhaupt irgendwelcher zarten Gefühle fähig war, und sie wollte nicht Zeugin der Ränke sein, die das Mädchen offensichtlich schmiedete. Beatrix war willensstark und zielstrebig, und Marjan fragte sich, welches Ziel sie mit ihrem vermeintlichen Bekenntnis verfolgte. Wenn sie Hingabe von Jan von Vliet verlangte, dann doch sicherlich nur, weil sie ihn als Werkzeug benötigte. Aber wofür?

Jakoba wunderte sich aus einem anderen Grund über Beatrix' Wunsch, Jan von Vliets Hingabe zu fordern.

»Du redest Unsinn, Beatrix«, sagte sie. »Jean und ich werden doch auch zur Ehe gezwungen und trotzdem könnte ich nie einen anderen Mann lieben.«

»Weil du keinen anderen so gut kennst«, erwiderte Beatrix. »Ist das Liebe? So wie in den Minneliedern? Hat Jean dir je von Liebe gesprochen?«

Nein, dachte Jakoba betroffen. Spätestens in einem halben Jahr würde Hochzeit sein, aber bisher hatte sich ihr Jean nie anders als brüderlich genähert.

Es stimmte. Sie musste Klarheit haben.

Am selben Abend bat sie ihn zu einem Spaziergang in den Hofgarten. Sie wolle ihm ein Kraut zeigen, das besonders wunderliche lila Blüten trage und von dem sie vermute, es sei ein neues Heilmittel.

»Vielleicht aber auch ein Gift?«, fragte Jean amüsiert und pflückte eine Blüte. Er riss ein Stück ab und steckte es in den Mund.

»Nicht!«, rief Jakoba erschrocken und griff ihn an beiden Armen. »Ich habe es noch nicht an den Tieren ausprobiert! Spuck es aus!«

Er zeigte ihr eine leicht lila Zunge. »Zu spät. Was wirst du tun, wenn ich jetzt tot umfalle?«, fragte er.

Sie starrte auf seinen leicht geöffneten Mund und hob ihm dann ihren entgegen.

»Alles mit dir teilen«, murmelte sie, bevor sie ihn küsste.

»Kein Gift!«, flüsterte sie erleichtert, als sie sich voneinander lösten. »Dafür war es nicht bitter genug.«

»Nein«, sagte ihr Verlobter und lächelte sanft, »es war süß, sehr süß.«

Süß wie der gewürzte Wein, den Jakoba beim Bankett auf ihrem Hochzeitsfest im Rittersaal von s'Gravenhage zum ersten Mal unverdünnt trinken durfte. Er stieg ihr zu Kopf, aber er löschte auch die Bilder aus, die vor ihr aufzusteigen drohten. Alkohol wirkte noch schneller als der ovale Stein, stellte sie fest, als die Vision ihres Cousins Philipp in Windeseile verschwand. Sie hatte ihn nur für den Bruchteil einer Sekunde in schwarzer Kleidung und mit einem blutigen Schwert gesehen und verwies das Bild sofort ins Reich der Phantasie. Der immer modisch und sehr prunkvoll gewandete Philipp würde sich nie so trübe kleiden. Nach dem Tod seiner Großmutter war er zum Statthalter seines Vaters Johann ohne Furcht in Flandern ernannt worden und schien sich in seiner Rolle als kleiner Herrscher zu gefallen. Jakoba begegnete er wie stets mit nachsichtiger, liebevoller Ironie. Das würde sich wahrscheinlich erst ändern, wenn es ihr gelänge, ihn im Schach zu schlagen, dachte sie.

Fürstliche Hochzeiten boten Anlass, mit Beteiligten über die Weltgeschichte zu diskutieren, und zu jenem Zeitpunkt gab es wahrlich genug Stoff. Man hätte über die drei Päpste reden können, die sich in Rom, Bologna und Avignon um die Vorherrschaft stritten, oder über den tschechischen Reformer Jan Hus, dem der Scheiterhaufen drohte. Aber auf Jakobas Hochzeit gab es nur ein politisches Thema: den Bund, den Johann ohne Furcht mit den Engländern geschlossen hatte. Er erhoffte sich von ihnen Hilfe bei seinem Kampf gegen das Haus Orléans, dessen Anhänger sich inzwischen Armagnacs nannten.

»Die englische Krone wird auch deine Handelsinteressen in den niederen Landen wahren, verehrte Nichte«, versicherte er und stellte Jakoba den englischen Abgesandten vor. Humphrey Herzog von Gloucester, der vierte Sohn des englischen Königs Heinrich IV., verbeugte sich vor ihr und wünschte ihr auch im Namen seines Königs eine glückliche Ehe mit vielen Söhnen.

Jakoba erkannte den fremden Reiter wieder, der bei Ritterspielen am Vortag ihren Cousin Philipp beim Zweikampf besiegt hatte. Schon da waren ihr seine hoch gewachsene Gestalt, die wohlgeformten Beine und seine Anmut aufgefallen. Sie blickte in ein schön geschnittenes großflächiges Gesicht mit weit auseinander stehenden leuchtend blauen Augen. Seinen komischen französischen Akzent fand sie hinreißend und sie unterdrückte ein Lächeln.

»Ich kenne Euer Land nicht«, sagte sie, »aber man berichtet von lieblichen Landschaften und reichen Gärten. Und einst habe ich mich danach gesehnt, weil ich glaubte, es sei von Engeln bevölkert.«

»Eher von Hexen«, mischte sich eine Stimme rüde ein. Jakoba verzog das Gesicht. Ihr Cousin Jan von Brabant, Sohn von Marguerites jüngerem Bruder Anton, war bekannt für seine Taktlosigkeit. Und nicht nur dafür. Seine Völlerei genoss ebenso sprichwörtlichen Ruf wie seine Faulheit. Nicht wenige vermuteten, dass sein Land, das zwischen Jakobas Erbländern Hennegau und Seeland lag, nach dem Tod seines

Vaters seinem Onkel Johann ohne Furcht wie ein reifer Apfel in den Schoß fallen könnte.

Jakoba ekelte sich vor Jan, der ständig Schweißtropfen auf der pickelübersäten Stirn zu haben schien und die wulstige Unterlippe hängen ließ. Obwohl er schon elf war, schlabberte er beim Essen immer noch wie ein Kleinkind. Es war schwer vorstellbar, dass seine Erziehung in den Händen seiner eleganten Stiefmutter Elisabeth Görlitz von Luxemburg lag.

»Geh weg«, sagte sie zu ihm mit der Autorität der älteren verheirateten Cousine, »du störst.«

Aber sie war ihm für die Unterbrechung dankbar, hatte sie so doch ihren Blick von den leuchtend blauen Augen des englischen Prinzen lösen können. Zum ersten Mal in ihrem Leben hatte ihr Herzschlag beim Anblick eines Mannes für einen Augenblick ausgesetzt. Wie kann das sein, dachte sie entsetzt, dass ich an meinem Hochzeitstag einen anderen Mann begehre? Es muss der Wein sein.

»Hexen haben wir nicht mehr und nicht weniger als andere Länder auch«, lachte Humphrey. »Aber wenn Madame meinem Land einen Besuch abstatten würde, bräuchte sie keinen Vergleich mit einem Engel zu scheuen.«

Wenige Stunden später wurden die Lieder der Troubadoure gewagter. Ihre Anspielungen auf die bevorstehende Hochzeitsnacht trieben Jakoba die Röte ins Gesicht. Eine Prozession von angetrunkenen Festgästen führte Jean und Jakoba zum Brautgemach. Marjan hatte dafür gesorgt, dass an der Tür zwei Schildwachen aufgestellt wurden, damit das Brautpaar ungestört blieb. Sie half Jakoba hinter einem Wandschirm beim Umkleiden, während Jean auf dem Schachtisch neben dem Bett verlegen Figuren herumschob.

»Hast du noch Fragen?«, fragte Marjan flüsternd.

Jakoba schüttelte den Kopf. Als Kind ihrer Zeit wusste sie, was sie zu erwarten hatte.

Aber es kam ganz anders.

Nachdem sich die Tür hinter Marjan geschlossen und sich

Jakoba in ihrem weißen Spitzennachthemd aufs Bett gesetzt hatte, ließ sich Jean neben ihr nieder. Er legte einen Arm um ihre Schulter und drückte ihr einen flüchtigen Kuss auf die Wange.

»Ich erweitere hiermit mein Eheversprechen«, sagte er leise. »Ich verspreche, dir nie wehzutun.«

Jakoba sah ihn ratlos an. »Was meinst du damit?«

Jean blickte zu Boden. »Du bist noch so jung, Jakoba, und wir haben unser ganzes Leben vor uns. Du weißt ja, was die Troubadoure gesungen haben, aber den Schmerz haben sie verschwiegen. Ich kann ihn dir nicht zufügen, dafür habe ich dich zu lieb.«

Jakoba starrte ungläubig auf ihren Mann. Dann regte sich etwas in ihr. Enttäuschung, Wut, ein wenig Erleichterung und unendliche Verwirrung. *Dann soll es doch der Engländer tun!*, hätte sie beinahe geschrien. Stattdessen nickte sie nur.

»Wie du meinst, Jean, du wirst es wissen.«

Er schob den Schachtisch näher heran.

»Du darfst mit Weiß spielen.«

Als Jakoba wenige Tage später wieder von hässlichen Visionen heimgesucht wurde, sah Marjan ihre Befürchtungen bestätigt. Jean hatte seine Gemahlin noch immer nicht angerührt.

Jakoba genoss die Wochen in s'Gravenhage. Die Zeit verging schnell mit Jagen, Spielen, Speisen und Ausflügen in die Umgebung. Zu mehr als ein paar zärtlichen Küssen und kleinen Streicheleien war es auch bisher nicht gekommen. Jakoba hatte sich damit abgefunden und fand es nach dem ersten Schock über die Zurückweisung inzwischen sogar angenehm, dass Jean so behutsam vorging. Es fiel ihr ja auch schwer, den Jungen, den sie so lange als einen Bruder angesehen hatte, als ihren Gemahl zu betrachten. Und da er jede Nacht mit ihr in einem Bett verbrachte, wusste sie auch, dass er nicht anderswo seine Freuden suchte. Sie genoss es, mit ihm im Dunklen zu plaudern, nachdem das Licht gelöscht worden war. Ein Thema hatte es ihr besonders angetan: der gute Boden in Holland, auf dem so viele Pflanzen und Kräuter gediehen. Vor allem von Ausritten in das waldige Gebiet der nahe gelegenen Burg Teylingen kehrte sie zur Freude der herzöglichen Küche jedes Mal mit Körben voller Grün zurück.

»Wenn ich jemals längere Zeit in Holland wohnen sollte«, sagte sie, »möchte ich hier den schönsten Kräutergarten der niederen Lande anlegen!«

»Einen Keukenhof?«, fragte Jean in seinem wohlklingenden Holländisch. »Du willst einen Küchengarten zum Schmuckstück machen?«

»Du wirst schon sehen!«, lachte sie, gab ihm einen Kuss auf die Stirn und drehte sich zur Seite.

Die sorglosen Tage gingen zu Ende, als die Nachricht zu ihnen durchdrang, dass der neue englische König Heinrich V., begleitet von seinen drei Brüdern, mit 1500 Schiffen an der Seine-Mündung eingetroffen war und nach der Hafenstadt Harfleur eine Reihe französischer Städte erobert hatte. *Humphrey ist auf dem Festland*, war Jakobas erster Gedanke, als sie dies hörte. Sosehr sie sich auch mühte, die Begegnung mit dem charmanten Engländer ging ihr nicht aus dem Sinn.

Jean drängte, nach Le Quesnoy zurückzukehren, um sich mit Herzog Wilhelm darüber zu beraten, wie man seinem bedrohten Vaterland zu Hilfe kommen könnte. Zu Jakobas Erleichterung schob ihr Vater diesem Vorschlag einen Riegel vor.

»Dein Platz ist jetzt bei deiner Frau«, brummte der Herzog. »Dieser Krieg hat vorerst nichts mit uns zu tun.« Als Träger des englischen Hosenbandordens durfte Wilhelm die Waffen gegen die Engländer nicht erheben.

Der Krieg hatte ebenso wenig mit Jakobas Cousin Philipp zu tun, denn zwischen England und Burgund gab es schließlich den Nichtangriffspakt.

Aber dann kam die Schlacht um Azincourt, bei der die viermal so starke Armee der Franzosen von den Engländern geschlagen wurde. Nicht einmal fünfzig Engländer, aber fünftausend Franzosen verloren am Tag des Heiligen Crispinus, dem Patron der Gerber, Sattler und Schuhmacher, bei der dreistündigen Schlacht ihr Leben. Es sprach sich schnell herum, weshalb die zahlenmäßig mächtigeren Franzosen unterlegen gewesen waren: Die ungepanzerten Bogenschützen der Engländer konnten kurzen Prozess mit den französischen Reitern machen, die in ihren altmodischen Plattenharnischen schnell ermüdeten, weniger wendig waren und deren Pferde im Schlamm keinen Halt fanden. Mancher Franzose starb nicht an einer Verwundung, sondern erlag in seiner engen Rüstung einem Herzinfarkt. Gewonnen wurde diese Schlacht nicht von den schwerttragenden englischen Rittern zu Pferde, sondern von dem Fußvolk mit Pfeilen, Beilen und Hämmern. König Heinrich selbst hatte sich ins Getümmel gestürzt, um seinen schwer verwundeten Bruder Humphrey aus der Gefahrenzone zu ziehen.

Als Burgund die Kunde erreichte, dass Johann ohne Furchts Bruder, Herzog Anton von Brabant, bei der Schlacht um Azincourt gefallen war, wollte Philipp augenblicklich zu den Waffen eilen. Doch daraus wurde nichts. Sein Vater zog einen diplomatischen Weg vor. Johann ohne Furcht erkannte einfach den englischen König Heinrich als König von Frankreich an und mahnte den Sohn zur Besonnenheit. »Lass deinen Cousin, den neuen Herzog Jan von Brabant, seinen Vater rächen«, meinte er und Philipp verstand. Der picklige Vielfraß würde gegen die Engländer keine Chance haben, was bei kluger Verhandlungsführung mit den Engländern dem Burgunder Chancen auf das Brabanter Erbteil eröffnen konnte.

Aber Jan von Brabant dachte nicht daran, sich der Mühsal eines Kriegszugs auszusetzen.

»Ich fühle mich hier nutzlos«, klagte Jean von Touraine, als er eines Abends mit Jakoba, den Gefährten und seinem Schwiegervater vor dem großen Kamin in der Haupthalle des Schlosses von Le Quesnoy saß. Er war schlecht gelaunt, denn er hatte wieder einmal im Schach gegen Jakoba verloren. Außerdem nagte ein Schuldgefühl an ihm. Sein Geburtsland befand sich in Not und er saß in Le Quesnoy und ließ es sich gut gehen.

»Was würdest du denn gern tun?«, fragte der Herzog freundlich.

Jean wurde einer Antwort enthoben, als plötzlich heftiges Pochen am Hauptportal ertönte. Die Schläge dröhnten durch die Halle, und die Runde schrak zusammen.

Der Diener, der zur Tür rannte, hörte französische Stimmen. Er öffnete und drei Reiter sprengten in die Halle. Sie stiegen ab, kümmerten sich nicht um ihre Pferde, sondern stürzten auf Jean zu, fielen vor ihm nieder und küssten ihm die Füße. Starr vor Staunen blickte Jean auf seine Landsleute. Auch Jakoba war verwirrt.

Herzog Wilhelm verstand, was die Uhr geschlagen hatte. Nur Königen und Kronprinzen lag man zu Füßen.

Schweren Schrittes ging er auf seinen Schwiegersohn zu, legte ihm eine Hand auf die Schulter und sprach in seinem harten Französisch: »Mein Sohn, mache dich auf eine fürchterliche Botschaft gefasst ...«

2. KAPITEL

Intrigen

1415–1418

Jeans Bruder Ludwig, der Kronprinz von Frankreich, war tot. Zögernd deuteten die Abgesandten darauf hin, dass er augenscheinlich vergiftet worden sei.

»Burgund?«, fragte Herzog Wilhelm leise. Er wusste, wie lang die Hand seines Schwagers war, und er kannte dessen Ambitionen. Der Tod seines Schwiegersohnes hatte Johann ohne Furcht dem französischen Thron wieder ein Stück näher gebracht. Die Franzosen schüttelten die Köpfe. Es gab keinerlei Hinweise auf den Herzog von Burgund.

»Dann steckt er auch nicht dahinter«, sagte Wilhelm. »Er bekennt sich zu seinen Taten, wie man weiß. Und Gift ist nicht sein Stil.«

»Warum sollte mein Bruder auch den Mann seiner ältesten Tochter umbringen lassen?«, erkundigte sich Marguerite scharf. Sie schlug die Hände über dem Kopf zusammen. »Mein Gott, was wir jetzt alles regeln müssen! Als Kronprinzessin in Paris braucht Jakoba eine neue Garderobe, mehr Edelsteine auf ihren Kleidern, längere Schleppen, neue Schleier aus Goldgaze, Hermelinbesatz …«

Wilhelm wandte sich um und musterte seine Frau fassungslos. »Paris, Marguerite? Bist du verrückt geworden? Die Stadt ist ein Hexenkessel! Dann könnten wir die Kinder ja gleich den Löwen vorwerfen!«

Kronprinzessin. Jetzt erst drang zu Jakoba durch, was die Nachricht für sie bedeutete. Sie würde die künftige Königin von Frankreich sein! Jean saß immer noch wie erstarrt auf seinem Stuhl. Erst als sich auch Jan von Vliet vor seine Füße warf, regte er sich. Er half seinem Freund auf.

»Steh auf, Jan, zwischen uns hat sich nichts geändert. Ich bin noch derselbe wie vor zehn Minuten.« David, der vor zwei Jahren die Stelle des Pagen gegen die des Hofnarren eingetauscht hatte, schüttelte unmerklich den Kopf. Als König würde Jean es einmal schwer haben.

Auch Herzog Wilhelm beschlich ein ungutes Gefühl. Er hatte Jean darauf vorbereitet, über die Länder Holland, Seeland und Hennegau zu herrschen, und sich dabei oft gefragt, ob sich der junge Prinz gegen die aufmüpfigen Kabeljaue würde behaupten können. Aber in den so genannten niederen Landen wusste man, woran man war, und kannte seine Feinde. Ganz anders der französische Hof mit seiner Intrigenwirtschaft. Jean fehlten nicht nur Weitsicht, diplomatisches Geschick und Ambitionen, sondern vor allem auch Skrupellosigkeit und Unbarmherzigkeit. Nicht einmal zum Kronprinzen, als der er de facto seinen geisteskranken Vater vertreten müsste, eignet er sich, dachte Wilhelm schweren Herzens. Seiner Tochter traute er mehr zu. Sie musste jetzt schnell erwachsen werden und sie brauchte gute Berater. Auch wenn er ihm nicht immer vertraute, so wusste Wilhelm doch, dass es am wichtigsten war, sich die Gunst von Johann ohne Furcht zu sichern, einem der mächtigsten Männer Europas.

Nachdem sich der größte Teil der Gesellschaft zurückgezogen hatte, berieten er und Marguerite sich mit ein paar Getreuen. David gehörte dazu. Wilhelm hatte den kleinen Mann in den letzten Jahren sehr schätzen gelernt und war überzeugter denn je, dass Marjan bester Abstammung sein musste. Ihr kluger und talentierter Sohn, eine ständig sprudelnde Informationsquelle, war ein weiterer Beweis. Über die Intrigen und Machtspiele in der herzöglichen Küche war er genauso informiert wie über jene in den europäischen Fürstenhäusern. Herzog Wilhelm hielt es für unmöglich, dass ein einfacher Mann aus dem Volk Kundschaften so umfangreich einholen, Einsichten so klug verarbeiten und Fäden so fein ziehen konnte. Die Kabeljaue mochten glauben, dass Bürger sogar klug genug wären über das Geschick ihrer Städte selbst zu bestimmen, für Herzog Wilhelm war so ein Gedanke frevelhaft. Nicht die Menschen schufen Herrscher, das tat Gott. Und der würde schon wissen, warum er Jean ausgewählt hatte.

Marguerite schlug vor, sofort ihren Bruder rufen zu lassen.

»Das wird nicht nötig sein«, versicherte David, »der Herzog von Burgund ist schon unterwegs.«

»Bist du unter die Hellsichtigen gegangen?«, fragte Wilhelm.

»Niemand ist besser über den französischen Hof informiert und niemand ist mehr daran interessiert, dort Einfluss auszuüben. Nach dem Tod seines Schwiegersohnes wird der Herr Schwager Prinz Jean seinen Schutz anbieten ...« Es entstand ein ungemütliches Schweigen.

»Der französische Hof wird vom Kronprinzen einen Erben erwarten«, sagte Marjan leise zu Jakoba, als sie ihr an jenem Abend beim Auskleiden half. Erschrocken blickte Jakoba auf.

»Du weißt es?«, fragte sie tonlos.

Jetzt war sie schon seit beinahe zwei Jahren verheiratet und Jean verhielt sich ihr gegenüber noch immer wie ein Bruder. »Du hast Visionen«, sagte Marjan. »Das bedeutet, dass du noch Jungfrau bist.«

Jakoba sah zu Boden.

»Ich schäme mich so«, flüsterte sie und begann leise zu weinen, »dass mein eigener Mann mich nicht begehrt.«

Marjan nahm sie in die Arme und streichelte ihr sanft den Rücken. »Weinen, mein Kind, hilft nicht. Du wirst den ersten Schritt tun müssen. Am besten heute Nacht noch.« Todesnachrichten erweckten oft den Wunsch nach körperlicher Nähe.

»Ich habe schon Andeutungen gemacht«, schluchzte Jakoba, »aber je länger wir verheiratet sind, desto schwieriger wird es ...«

»Keine Andeutungen. Taten sind gefragt«, sagte Marjan streng. Sie setzte Jakoba auf einen Stuhl und hielt ihr einen detaillierten Vortrag.

Doch als Jakoba in jener Nacht zur Tat schreiten wollte, wich Jean erschrocken auf seine Bettseite zurück.

»Mein Bruder ist tot und du denkst an solche Dinge!«, rief er erschüttert. Anscheinend war Jakoba doch nicht anders als die schamlosen Dirnen, die sich Hofdamen seiner Mutter nannten. Es hatte ihnen nicht einmal etwas ausgemacht, dass sich der kleine Prinz in den Räumen aufhielt, wo sie sich ihrem schändlichen Treiben hingegeben hatten. Der Anblick der nassen schwitzenden Leiber, der schwüle, stickige Dunst, den sie verbreiteten, und die schweren Atemstöße hatten ihn erst entsetzt, dann angeekelt. Eine Hofdame hatte den Achtjährigen sogar einmal aufgefordert seine Hand auf den dunklen Busch zwischen ihren Beinen zu legen. Er war schreiend aus dem Zimmer gerannt und danach zwei Tage lang krank gewesen. Er erinnerte sich auch noch gut an den Tag, an dem er in das Gemach seiner Mutter gegangen war und gesehen hatte, wie sich die schwabbligen Fettwülste ihres enormen Leibes auf einen schmalen Männerkörper gesenkt hatten. Nur noch die nackten dünnen Beine des Mannes waren sichtbar gewesen, und in Jean hatte sich der seltsame Gedanke geregt, dass auch diese wahrscheinlich in dem mächtigen Körper seiner Mutter verschwinden würden.

Jakoba erinnerte sich an Marjans Worte und bemühte sich ruhig zu bleiben.

»Jean«, sagte sie, »irgendwann müssen wir es tun, sonst bleibt Frankreich ohne Thronfolger. Bitte leg dich wieder zu mir, ich kann es nicht ertragen, wenn du mir böse bist.«

Er rutschte wieder näher heran. Natürlich war Jakoba keine Dirne, sie war seine Frau, und es war seine Pflicht, sie zu begatten. Aber doch nicht an dem Tag, an dem ihm so viel anderes im Kopf herumging! »Du hast Recht«, sagte er und unterdrückte einen Seufzer. »Und wir werden es tun. Sobald ich als Kronprinz den französischen Hof begrüßt habe ...«

Das sollte noch einige Monate dauern, denn in Paris wütete immer noch der Bandenkrieg zwischen den Armagnacs, den Anhängern des vor wenigen Jahren ermordeten Herzogs von Orléans, und den Burgundern. Außerdem hatte der Tod von Jeans Bruder gleich mehrere Anwärter auf den französischen Thron auf den Plan gerufen. Der große Gegner von Königin Isabella und Führer der Orléans-Bewegung, Graf von Armagnac, rief Jeans jüngeren Bruder Karl zum neuen Kronprinzen aus, und der englische König Heinrich meldete Ansprüche auf die französische Krone an.

»Paris ist in Aufruhr, und niemand kann wissen, wie das alles endet«, berichtete Johann ohne Furcht bei einem seiner häufigen Besuche in Le Quesnoy. Zu Beatrix' Begeisterung hatte er auch diesmal seinen Sohn Philipp mitgebracht. »Stellt euch vor, die Universität von Paris ist so verzweifelt, dass sie sogar an alle Frommen mit der Gabe der Prophetie appelliert sich zu melden. Sie sollen dem Königreich helfen aus dieser unentwirrbaren Lage herauszukommen.«

»Schön dumm, wer sich meldet«, warf Marguerite ein. »Wenn's nicht klappt, kommt der Visionär auf den Scheiterhaufen.«

»Vielleicht ist es auch eine Visionärin«, warf Philipp ein, »nach alten Schriften soll das Königreich von einer hellsichtigen Jungfrau gerettet werden.«

Jakoba erschrak. Sollte sie etwa diese Jungfrau sein? Ihr Verstand sagte ihr allerdings, dass sie als Ehefrau des Kronprinzen wohl kaum mit einer solchen Bezeichnung in die Geschichte eingehen könnte. Außerdem waren ihre eigenen Visionen nutzlos. Sie verstand nur die wenigsten Szenen, die ihr eine nähere oder fernere Zukunft zeigten, und viele wichtige Angelegenheiten, wie der Tod von Jeans Bruder, hatten sich ihr überhaupt nicht angekündigt.

Herzog Wilhelm lachte dröhnend: »Als ob es noch Jungfrauen gäbe!«

Jakoba mied Jeans Blick.

Philipp hingegen sah amüsiert zu Beatrix, die ihm bereits vor Jahren ihre Jungfräulichkeit geschenkt hatte. Er kümmerte sich sehr liebevoll um sie, wenn er nach Le Quesnoy kam, brachte ihr kostbare Geschenke mit und fand immer Gelegenheit zu einem Schäferstündchen. Von seinem Vater hatte er gelernt sich Ergebene an anderen Höfen zu sichern. Johann ohne Furcht zog dabei männliche Vasallen vor, Philipp hingegen verband das Nützliche mit dem Angenehmen. Er gratulierte sich dazu, eine enge Vertraute der künftigen französischen Königin an Land gezogen zu haben. Ihn irritierte nur Beatrix' ständiges Drängen, an seinen Hof versetzt zu werden. Da hatte er andere Gespielinnen. Nun, diesen Wunsch würde sie wohl fallen lassen – jetzt, da Paris rief.

Aber sein Vater Johann ohne Furcht, einer der wenigen, der in diesen wirren Zeiten die Übersicht wahrte, riet dem jungen Kronprinzenpaar, sich aus Sicherheitsgründen vorerst nicht nach Paris zu begeben. Es sollte den französischen Hof in Compiègne empfangen.

Herzog Wilhelm war sehr besorgt, dass er wegen der Unruhen im eigenen Land nicht mitreisen könnte. Er sah zu, dass vor der Abfahrt von Jean und Jakoba ein Vertrag unterzeichnet wurde, der Jean unter den Schutz des Herzogs von Burgund stellte, und schwor selbst, dem französischen König und Kronprinz zu dienen. Im französisch-englischen Krieg würde sich der Graf von Holland als Träger des englischen Hosenbandordens allerdings weiterhin neutral verhalten müssen.

In Compiègne fühlte sich Jakoba unbehaglich und einsam. Eine melancholische Stimmung hing über der Burg, aber Jean wurde keine Zeit gegeben, um seinen Bruder zu trauern. Zu lange war er aus Frankreich weg gewesen, zu wenig wusste er über den Hof und die politischen Verhältnisse. Von frühmorgens bis spätabends wurde er in sein neues Amt eingearbeitet. Königin Isabella hatte Jakobas Bitte, bei den Beratungen anwesend sein zu dürfen, rundum abgeschlagen. Sie hatte missbilligend zur Kenntnis genommen, dass Jakoba überhaupt mitgekommen war, und darauf bestanden, ihrer Schwiegertochter Räume in einem anderen Flügel anzuweisen.

»Mein Sohn muss sich nachts ausruhen«, hatte sie unmissverständlich erklärt. Jakoba verstand jetzt, weshalb Jean seiner Mutter keine herzlichen Gefühle entgegenbrachte. Mit Königin Isabella kam ein Eishauch ins Zimmer. Neben ihr war Jakobas eigene Mutter ein Quell der Wärme.

Bei schlechtem Wetter las Jakoba in den Schriften der Schreibstube oder spielte auf ihrer Harfe; bei gutem ging sie auf Falkenjagd oder erkundete die Umgebung, stets auf der Suche nach neuen Kräutern oder anderen Gewächsen, die sie mit zurück in ihr Land nehmen könnte. Sie vergaß immer wieder, dass sie als französische Kronprinzessin wohl kaum im Hennegau oder in Holland würde leben können.

Jeans Nähe fehlte ihr vor allem in den Nachtstunden. Sie hatte sich daran gewöhnt, neben ihm einzuschlafen. Sie beklagte sich eines Abends bei Beatrix.

»Seine Mutter glaubt, ich störe seinen Schlaf, aber Jean sieht so ungesund aus, dass ich mir Sorgen mache. Es kann einfach nicht gut für ihn sein, tagelang in der zugigen Burg zu sitzen und sich Vorträge anzuhören. Er braucht Bewegung.«

»Vor allem nachts?«, grinste Beatrix.

Jakoba blickte aus dem Fenster. »Wenn ich nur wüsste, wo genau er schläft ...«

»Ich kann dich hinführen«, bot sich Beatrix an. »Jan von Vliet nächtigt im Nebenraum.« Jakoba musterte ihre Halbschwester nachdenklich. »Also doch«, sagte sie, »ich habe mir schon so etwas gedacht. Aber wird er dich jetzt noch heiraten wollen?«

»Wenn es ein Sohn wird«, entgegnete Beatrix und fügte spitz hinzu: »Mädchen sind als Bastarde billiger.«

Warum schafft sie es nur immer, dass ich mich an ihrer außerehelichen Geburt schuldig fühle, ärgerte sich Jakoba und fragte laut: »Wann ist es so weit?«

Beatrix hob die Schultern. »Ich arbeite daran«, erwiderte sie wahrheitsgemäß. Noch nie war es ihr so schwer gefallen, einen Mann zu verführen, wie bei Jan von Vliet. In jener Nacht, als die Nachricht vom Tode des Kronprinzen kam, war es ihr endlich gelungen.

Jakoba war erleichtert. Eine schwangere Hofdame müsste ersetzt werden, und gerade jetzt wollte sie keine Fremde um sich haben. Schlimm genug, dass eine schwere Erkältung Marjan gezwungen hatte in Le Quesnoy zu bleiben.

Sie ließ sich von Beatrix den Weg beschreiben, lehnte aber

deren Begleitung ab. Die Hofdame sollte nicht wissen, wann die Kronprinzessin ihren Mann aufsuchte.

Noch in derselben Nacht nahm Jakoba eine Kerze und schlich in den Flügel, wo Jean schlief. Sie ging auf leisen Sohlen, aber ihr Atem schien geräuschvoll von den Steinwänden zurückgeworfen zu werden. Ein Luftzug ließ die Kerze plötzlich flackern.

»Wer ist da?«, hörte sie die ärgerliche Stimme ihrer Schwiegermutter.

Schnell blies Jakoba die Kerze aus und schmiegte sich in eine Wandnische. Die Königin trat auf den Gang. Im schwachen Schein des Lichtes, das aus dem Zimmer drang, sah Jakoba ihre Schwiegermutter im weißen Nachtgewand – mit einem roten Hemd in der Hand.

Jakoba stieß einen kleinen Schrei aus. Ihre Schwiegermutter zog sie aus der Nische.

»Unwürdig«, zischte sie und stieß Jakoba vor sich her in ihr Zimmer. Wie gebannt starrte Jakoba auf das rote Hemd in ihrer Hand, während Isabella ihr eine Standpauke hielt. Sie drohte, Jakoba nachts einschließen zu lassen. Danach rief sie eine ihrer eigenen Hofdamen und forderte diese auf, die Schwiegertochter bis zu deren Schlafgemach zu begleiten.

Noch nie war Jakobas Herz so voller Hass gewesen.

Am folgenden Morgen gab sich Jakoba besonders viel Mühe mit ihrer Garderobe. Mit Beatrix' Hilfe polsterte sie ihre Brust etwas auf und wählte eine besonders kostbare mit Perlen gesäumte hohe Hörnerkappe im Rot ihres Samtkleides und setzte sie auf die Ohrenkissen. Der weite ausgestellte Kragen verbarg ihren etwas zu mageren Hals und schmeichelte ihrem Gesicht. Ein schlichtes Goldband betonte die schlanke Taille. Sie verzichtete auf einen Umhang.

So betrat sie den Saal, in dem Jean mit seinen Beratern und seiner Mutter zusammensaß.

Bei ihrem Erscheinen verstummte das Gespräch.

Isabella wollte die Schwiegertochter des Saales verweisen, aber Jean deutete auf den Platz neben sich. »Wie meine verehrte Mutter meinen Vater vertritt, so könnte meine Gemahlin einst mich vertreten müssen«, sagte er in ungewohnt gekünsteltem Ton. Hoffentlich nicht aus dem gleichen Grund, dachte Jakoba erschrocken und musterte Jean. Unter seinem Wams trug er das rote Hemd, das seine Mutter in der Hand gehalten hatte, aber die leuchtende Farbe ließ seine Haut fahler erscheinen. Jakoba staunte, dass dies der geschmacklich unfehlbaren Isabella entgangen war.

Sie verstand nichts von dem, was verhandelt wurde, aber sie versuchte in den Gesichtern der Beteiligten zu lesen. Wem konnte man Vertrauen schenken?

Plötzlich erhob sich Jean. Fieberflecken leuchteten in seinem ansonsten bleichen Gesicht.

»Ich ziehe mich zurück«, sagte er tonlos. Dann brach er zusammen.

Strenger Geruch von Schwefelsalbe zog bis in die angrenzenden Räume. Der Wundarzt hatte die weingetränkten Umschläge auf den Kräuterpackungen erneuert, war aber nicht in der Lage, die Schmerzen des Kranken zu lindern. Prinz Jean, dessen ganzer Oberkörper von einem Ausschlag bedeckt war, konnte jetzt nichts mehr schlucken. Weitere Ärzte wurden herbeigerufen, aber nach langen Beratungen waren sie sich einig.

»Er kann nicht vergiftet worden sein!«, widersprach Jeans Gefährte Dirk von der Merwede. »Jede Speise ist vorgekostet worden und die Schlangenzungen haben nichts angezeigt!«

»Gift«, sagte der Arzt traurig, »findet auch andere Wege in den Körper als über das Essen.« Jakoba schlug die Hände vor den Mund, zog sich die Kappe vom Kopf, warf die Ohrenkissen zu Boden und raufte sich die Haare. Sie rannte zu Jeans Schränken, riss sie auf und zerrte wahllos Kleidungsstücke heraus.

»Wo ist das rote Hemd«, brüllte sie, »das rote Hemd, das er anhatte!«

Die Umstehenden glaubten eine Wahnsinnige vor sich zu haben.

Mit sprühenden Augen stellte sich Jakoba vor die Königin und schrie: »Sie war es! Sie hat ihren Sohn vergiftet! Weil sie ihn hasst! Wie seinen Bruder! Weil sie Söhne eines Verrückten sind! Weil sie ihre Macht nicht abgeben will.«

Nur kurz lähmte Entsetzen die Anwesenden. Dann wurde durcheinander geschrien. Isabellas Gesicht war regungslos. Dirk von der Merwede legte den Arm um Jakoba und führte sie aus dem Zimmer. Sie spürte sein Zittern.

»Du glaubst mir doch?«, fragte sie erschöpft.

Er drückte sie leicht an sich. Arme Jakoba, dachte er, vor wem soll man dich schützen? Vor anderen oder vor dir selbst? »Es gibt niemanden, vor dem sich Jean mehr fürchtete als vor seiner Mutter«, antwortete er. »Aber welche Mutter würde die eigenen Söhne umbringen wollen?«

Nach drei Tagen hatte Jeans Leiden ein Ende. Die sechzehnjährige Jakoba war Witwe. Das rote Hemd aber blieb verschwunden.

Nachdem Jean in der Grabkammer des Heiligen Cornelius in Compiègne beigesetzt worden war, kehrte Jakoba mit ihrem Hofstaat nach Le Quesnoy zurück. Ihre Worte in Jeans Krankenzimmer waren nicht ungehört verhallt und hatten Isabellas Feind Graf Armagnac in Paris erreicht. Es gelang ihm, Isabella in ein Kloster zu verbannen und endlich seinen Wunschkandidaten, Jeans Bruder Prinz Karl, offiziell zum Kronprinzen auszurufen. Das tröstete Jakoba wenig. Sie machte sich Vorwürfe, dass sie den Mord nicht verhindert hatte. Jahrelang war ihr in ihren Visionen Isabella mit dem roten Stoff in der Hand erschienen! Es war eine Warnung gewesen und sie hatte sie nicht verstanden.

Weinend fiel sie Marjan in der großen Halle in Schloss Le Quesnoy um den Hals. »Es ist meine Schuld«, schluchzte sie, »meine Schuld, weil ich zu dumm bin meine Visionen zu deuten ...«

»Ganz ruhig«, flüsterte Marjan. Ein rascher Blick überzeugte sie, dass niemand Jakobas Worte verstanden hatte. Sie nahm Jakoba bei der Hand und führte sie über eine steile steinerne Wendeltreppe in ihr eigenes winziges Zimmer. Das Fenster war geöffnet und ein frischer Kräuterstrauß stand auf einem einfach gezimmerten Tisch neben ihrem schmalen Bett. Es gab keine Teppiche, nicht einmal an der Wand. Da hing nur ein leicht ausgebleichtes Bild von einem schlafenden Kind. Noch nie hatte Jakoba den Privatraum Marjans betreten und sie war erschüttert von seiner Schlichtheit.

Marjan deutete ihren Blick und lächelte leicht. »Mir gefällt es so. Ich habe alles Überflüssige entfernt.«

Wie von ihrer Kleidung. Trotz Marguerites und des Herzogs Flehen hatte sich Marjan nicht von ihren einfachen braunen Kleidern und den Kapuzen, die das inzwischen ergrauende Haar bedeckten, getrennt. Auch wenn das bedeutete, dass sie an den Abendgesellschaften oft nicht teilnehmen konnte. Aber das machte ihr nichts aus. Seltsamerweise schien es sie auch nicht zu stören, dass sich bei ihrem Sohn ein ausgesprochener Hang zum Luxus entwickelt hatte. David ließ sich die feinsten Gewänder aus Seide, Samt, exotischem Fischleder und Goldtuch nach der neusten Mode schneidern, trug Beinkleider in unterschiedlichen Farben und schätzte edlen Schmuck. Marjan schob Jakoba einen steilen Stuhl zu, setzte sich selbst aufs Bett und faltete die Hände.

»Manchmal ist ein offenes Fenster eine gute Idee«, sagte Jakoba. Sie blickte hinaus auf die Weide, hinter der die Sümpfe begannen, in denen sie einst beinah versunken war, bis hinüber zum Wald, in dem sie ihre treuste Freundin gefunden hatte. Sie atmete tief durch. Zum ersten Mal seit Wochen umfing sie Frieden. Lange Zeit sprach keine der beiden. Dann nickte Jakoba zu dem Bild hin: »Wer ist das Kind?«

»Ein kleines Mädchen, das mir mal sehr nahe stand«, erwiderte Marjan.

»Und wo ist sie jetzt?«

»Jetzt ist sie eine erwachsene Frau und hat wahrscheinlich selbst Kinder.«

»Und wer ist sie?«

Marjan lachte etwas wehmütig. Für Jakoba war es selbstverständlich, dass sie zumindest jeden vom Namen her kannte, der mit den Schlossbewohnern Umgang pflegte. »Eine ganz einfache Frau. Sie heißt Isabella und wohnt jetzt mit ihrer Familie wahrscheinlich irgendwo im Süden.«

Bei der Nennung des Namens zuckte Jakoba zusammen. Sie sprang vom Stuhl und lief erregt im Zimmer auf und ab.

»Von Isabella kommt alles Übel! Marjan, ich habe Jean wirklich geliebt, ach, warum habe ich ihn nicht beschützen können!«

»Bitte setz dich, Jakoba. Wir können nicht immer die Menschen beschützen, die wir lieben. Wie hättest du denn deine Vision richtig deuten können? Du hast mir davon erzählt, und obwohl ich erfahrener bin als du, ist der Gedanke nie in mir aufgekommen ...«

»... dass eine Mutter ihr eigenes Kind umbringt? Wenn einen nicht einmal die eigenen Eltern beschützen, wer dann?«

»Jakoba ...«, setzte Marjan an, brach dann ab und sah ihren Schützling etwas verzweifelt an. Wie sollte sie Jakoba mitteilen, dass jetzt auch ihr Vater im Sterben lag, keine sechs Wochen nach Jeans Tod? »Auch Eltern sind nicht immer da, um einen zu beschützen, Jakoba ... und du weißt, dass dein Vater schon seit langem an seiner alten Beinwunde leidet. Sie ist wieder aufgebrochen und eitert. Es geht ihm nicht gut, und wenn ich dich jetzt zu ihm bringe, musst du mir etwas versprechen: Reg ihn nicht auf und tue, was er dir aufträgt ...«

»Ach«, lächelte Herzog Wilhelm, »da muss ich erst vor der Himmelspforte stehen, ehe mich diese Engelshände berühren!« Mühsam hob er eine Hand, um Marjans Finger zu streicheln, die ihm einen neuen kalten Umschlag auf die Stirn legten. »Könnte ich mein Leben noch mal anfangen, dann würde ich dich zum Weibe nehmen, dich, Marjan aus dem Walde, und keine andere mehr ansehen. Zum Teufel mit all den dynastischen Rücksichten ...«

Jetzt erst entdeckte er Jakoba, die hinter Marjan stand. »Armes Kind«, brummte er, »dein Jean war ein lieber Junge, wenn auch etwas schwach. Aber du bist stark und das musst du bleiben!«

Er versuchte sich aufzurichten, aber Marjan drückte ihn wieder in die Kissen und presste den Umschlag fest auf die Stirn.

»Nicht bewegen«, sagte sie.

»Du musst schnell wieder heiraten«, fuhr Wilhelm fort, »sonst nehmen dir Kaiser und Kabeljaue deine Länder weg. Wo ist mein Bruder?«

»In der Schlosskapelle«, antwortete Marjan.

»Er soll sofort kommen.«

Jakoba wunderte sich ein wenig, dass sich Marjan die Kapuze fast ganz über den Kopf zog, bevor sie das Zimmer verließ. Jakoba flößte dem Kranken etwas gewürzten Wein ein. Sie stand unter Schock und wollte nicht glauben, dass sie jetzt auch noch den Vater verlieren sollte. Er lächelte sie schwach an.

»Ich habe gleich nach Jeans Tod eine Versammlung der Edlen und Städte von Holland, Seeland und dem Hennegau einberufen«, sagte er, »und habe sie schwören lassen, dir nach meinem Tod treu zu dienen, Jakoba. Du verstehst, weshalb das wichtig ist? Es könnte nämlich sein, dass dich Kaiser Sigismund als weiblichen Erben der Lehensländer Holland und Seeland nicht anerkennen wird. Der Hennegau ist ein Kunkellehen, ein französisches Frauenlehen, da hat der Kaiser nichts zu melden. Aber überall werden die Kabeljaue darauf lauern …«

Er brach ab, als Marjan mit Johann dem Unbarmherzigen das Zimmer wieder betrat, und bedeutete seinem Bruder sich zu nähern.

»Johann«, sagte er, »ich weiß, dass ich sterbe, und komm mir jetzt nicht mit irgendwelchen Bibelsprüchen. Ich habe schon frommere Bischöfe als dich gesehen, aber keinen klügeren. Darum vertraue ich dir jetzt Jakoba an. Du wirst ihr Vormund sein und dafür sorgen, dass sie ihre Länder behält und sich weder der deutsche Kaiser noch die Kabeljaue oder etwa …«, er hustete, bevor er fortfuhr, »… Burgund daran vergreifen. Gelobst du mir, Jakobas Interessen treu zu vertreten?«

»Ich gelobe Holland, Seeland und den Hennegau vor feindlichen Angriffen jedweder Art zu schützen und meiner Nichte ein guter Ratgeber zu sein«, versprach Johann der Unbarmherzige. Im Schatten der Kapuze wurde Marjans Gesicht bleich. Dies war nicht der Eid, den Herzog Wilhelm gefordert hatte.

Aber der Herzog schien zufrieden zu sein. »Das enthebt mich einer Sorge«, sagte er, »jetzt bleibt nur noch eine andere. Jakoba muss sofort wieder heiraten. Komm her, mein Kind.«

Jakoba kniete am Bett ihres Vaters nieder und legte den Kopf auf die Kante. Sie schluchzte laut.

»Du darfst nicht sterben, Vater, und mich allein lassen.«

Er strich ihr sanft über den Kopf. »Aber du bist nicht allein. Du hast meinen Bruder … und Marjan … und bald einen neuen Ehemann. Du hast Jean geliebt?« Jakoba nickte.

»Vielleicht wirst du deinen neuen Ehemann auch lieben lernen. Er ist etwas jünger als du, und du wirst ihn vieles lehren müssen. Ich weiß aus sicherer Quelle, dass du schon eine kleine Schwäche für ihn hast, und das ist erfreulich. Es ist eine wichtige Verbindung, mein Kind, denn sein Land liegt zwischen dem Hennegau und Seeland, du wirst dann endlich über ein zusammenhängendes Gebiet –«

»Nein!«, schrie Jakoba. »Nein, Vater, nicht Jan von Brabant!«

In ihren schlimmsten Träumen hätte sie sich nicht vorstellen können, dass ihr Vater sie dem faulen, pickeligen, unsympathischen Vielfraß ausliefern würde. Wie kam er nur auf die Idee, dass sie für dieses Kind eine Schwäche haben könnte! Sie sprang auf, ging zum Fenster und starrte blicklos hinaus.

Marjan mischte sich ins Gespräch. »Er ist ein Cousin ersten Grades«, gab sie zu bedenken.

»Einer der drei Päpste wird schon die Dispens erteilen«, versicherte Johann der Unbarmherzige. »Es ist eine kluge Verbindung.«

Verkauft, dachte Jakoba, *jetzt hat mich mein Vater wirklich verkauft. Ich wünschte, ich könnte wegrennen!* Das hatte sie vor mehr als zehn Jahren getan, auf der Suche nach dem Engelland. Sie wischte sich die Tränen von der Wange und wandte sich wieder dem Bett zu.

»Vater«, sagte sie leise, »darf ich keine Wünsche äußern?«

»Nur zu, mein Kind!« Er versuchte sich wieder aufzurichten und diesmal hielt ihn Marjan nicht zurück.

»Ein englischer Prinz«, begann sie zögernd. »Humphrey, der Herzog von Gloucester, ist noch unverheiratet …«

»England!« Johann der Unbarmherzige spuckte das Wort beinahe aus. »Als Witwe des französischen Kronprinzen willst du denjenigen heiraten, der Frankreich verwüstet? Und deine niederen Lande der englischen Krone schenken! Nein, Jakoba, das können wir nicht zulassen.«

Herzog Wilhelm hatte sich wieder in die Kissen fallen lassen. Er sagte gar nichts, sondern atmete nur schwer. Marjan beugte sich über ihn, legte den Umschlag wieder auf und flüsterte ihm etwas ins Ohr. Ein kleines Lächeln zeigte sich, dann schlief der Herzog ein.

»Was hast du ihm gesagt?«, wollte Johann der Unbarmherzige wissen.

Sie richtete sich auf und verließ das Zimmer. Dem ungeweihten Bischof von Lüttich war sie keine Rechenschaft schuldig. Sie hoffte nur, Wilhelm würde noch die Zeit haben, seinen Entschluss zu überdenken. *Zum Teufel mit den dynastischen Rücksichten*. Das hatte sie ihm zugeflüstert. Sie konnte sich nicht vorstellen, dass Wilhelm von selbst auf die Idee gekommen war, Jakoba an Brabant zu verschachern. War er auch nicht. Diesen Floh hatte ihm seine Bastardtochter Beatrix ins Ohr gesetzt, die ihn wiederum von ihrem Liebhaber Philipp von Burgund übernommen hatte. Gleich nach Jeans Tod hatte Beatrix einen Brief an ihren Vater in den Hennegau geschickt und darin auf Jakobas Schwäche für Jan von Brabant hingewiesen.

Jakoba kam nicht mehr dazu, ihren Vater über diesen Irrtum aufzuklären. Wilhelm VI., Graf von Holland, Seeland und dem Hennegau, Herzog von Niederbayern, wachte nicht mehr auf. Er starb am 31. Mai des Jahres 1417. Jakoba war jetzt Gräfin vom Hennegau. Und wenn sie nur schnell genug heiratete, würde ihr der Kaiser auch Holland und Seeland überlassen müssen. Beinahe alle Edlen und Städte dieser Länder bekräftigten, dass sie Jakoba als Erbin ihres Vaters anerkannten – nur da, wo die Kabeljaue das Sagen hatten, wurde erklärt, dass man das Edikt des Kaisers abwarten wollte. Vor allem Dordrecht, die größte und reichste Stadt Hollands, stellte sich quer.

Wenig später verbreitete Johann der Unbarmherzige, Jakoba habe ihrem Vater auf dem Totenbett versprochen, Jan von Brabant zu heiraten. Zwei Wochen danach saßen bereits die Unterhändler im kleinen Ort Biervliet in Flandern zusammen, um den Ehevertrag zwischen Jakoba und Jan von Brabant aufzusetzen. Johann ohne Furcht hatte seinen einundzwanzigjährigen Sohn Philipp mit der Führung der Verhandlungen betraut. Dieser kam in Begleitung eines seiner besten Freunde, Frank van Borsselen, einem seeländischen Adligen, der in den Augen von Jakobas Vater einen großen Fehler gehabt hätte: Er war Anhänger der Kabeljaue. Selbst ein unermesslich reicher Großgrundbesitzer, der sein Geld unter anderem der Salzgewinnung auf den seeländischen Inseln zu danken hatte, vertrat er die Überzeugung, dass sich die Zeiten geändert hätten und das feudale System so wie bisher nicht aufrechtzuerhalten sei. Er fand es auch bedauerlich, dass dem jungen Mädchen keine Zeit gegeben wurde, um Ehemann und Vater zu trauern. Als Prinzessin hätte sie mindestens sechs Wochen lang ihr Bett in einem vollkommen schwarz ausgestatteten Zimmer nicht verlassen dürfen. Das gebot die Regel, wenn der Gemahl starb.

Aber Frank kannte Jakoba nicht persönlich und war bei den Verhandlungen darauf bedacht, vor allem Philipp dienlich zu sein. Schon jetzt zeichnete sich ab, dass sich Philipps Interesse auf die niederen Lande konzentrierte – im Gegensatz zu dessen von ihm verehrten Vater Johann ohne Furcht, der sich lieber mit Frankreich beschäftigte und dem Traum von der Königskrone auf einem Burgunder Kopf nachhing.

Die Ehe mit Jan von Brabant würde auch Jakobas Länder Burgund ein Stück näher bringen. Frank van Borsselen freute sich, dass der junge Burgunder so viel Anteil an den Geschicken der niederen Lande nahm, ihre Wirtschaft fördern wollte und so gut über sie informiert war. Er konnte nicht ahnen, dass genau dies ihm viele Jahre später, als Jakoba ihm am Herzen liegen sollte, beinahe zum Verhängnis werden würde.

Jakobas Vormund, Johann der Unbarmherzige, nahm nicht an den Verhandlungen teil. Er war zum deutschen Kaiser gereist, um dessen Genehmigung für die geplante Eheschließung einzuholen. Die Mitteilung, die er empfing, ließ ihn jubeln. Er warf augenblicklich alle seine Pläne um.

Jakoba setzte ihre Hoffnungen auf ein päpstliches Verbot gegen die Eheschließung mit dem verhassten Cousin. »Es gibt doch drei Päpste«, sagte sie eines Abends beim Essen zu David. »Kann ich nicht einen Botschafter zu allen dreien schicken? Einer wird die Ehe doch bestimmt verbieten!«

»Ich gehe sofort«, meldete sich Dirk von der Merwede, der sich inzwischen einen feuerroten Bart hatte wachsen lassen. Er sprang so schnell auf, dass er mit seinen weiten Ärmeln einen Weinbecher umstieß. Dirk hatte Jakoba nach Jeans Tod Treue geschworen, und ihm war der Gedanke unerträglich, dass die verehrte Gräfin das Bett mit dem widerlichen Brabanter teilen sollte.

»Ich auch«, sekundierte ihm Jan von Vliet, der in seiner Eigenschaft als Verlobter von Beatrix weiter auf Schloss Le Quesnoy lebte. Das Eheversprechen hatte er ihr an jenem Tag gegeben, als Johann der Unbarmherzige die geplante Verbindung zwischen Jakoba und Jan von Brabant bekannt gegeben hatte. Als Jan von Vliet Beatrix nachts aufsuchte, war sie in Tränen ausgebrochen. »Jetzt kriegt meine Schwester schon ihren zweiten Mann! Und was ist mit mir?«, hatte sie geschluchzt. »Ich bin fünf Jahre älter und mich will keiner zur Frau. Nur weil ich ein Bastard bin und keine Länder erbe …« Jan von Vliet war ein Ehrenmann. Er konnte es nicht auf sich sitzen lassen, des Herzogs Tochter geschändet zu haben.

»Und was sagst du, David?«, fragte Jakoba. Wie ihr Vater setzte auch sie größtes Vertrauen in den Hofnarren.

»Ich werde wohl gar nicht gefragt!« Marguerite, die sich nach Wilhelms Tod auch nicht an die verordnete Trauerzeit im Bett gehalten hatte und erst vor wenigen Stunden aus Paris zurückgekehrt war, hatte, von Aprikosenduft umweht, den Raum betreten. Ihr schwarzseidenes, mit grauen Perlen übersätes Trauerkleid, das nach der neuesten Mode in der Taille sehr hoch geschnitten war und eine besonders lange Schleppe aufwies, raschelte, als sie sich an den Tisch setzte. An Armen und Hals funkelten neue Schmuckstücke. Auf die Barbette, den langen Trauerschleier, der am Kinn befestigt wurde, hatte sie verzichtet. Sie wusch sich bedächtig die Finger in der Silberschüssel, die ihr ein Diener hinhielt.

»Jakoba wird den letzten Wunsch ihres Vaters erfüllen«, sagte sie kalt und trocknete sich die Hände an einem Damasttuch. »Für jede Eheschließung ist auch meine Zustimmung erforderlich. Ich gebe Jakoba und Jan von Brabant meinen Segen. Damit ist das Thema abgeschlossen.« Sie legte einen filetierten Salzhering auf ihre Brotscheibe und begann ihn mit den Fingern zu zerteilen.

David griff zur Laute und sang ein Lied über die Treue zu Burgund. Marguerite unterbrach ihn: »Ich soll dich von Königin Isabella grüßen, Jakoba.«

Jakoba verschluckte sich beinahe an einem Hühnerknochen. »Ich denke, sie sitzt im Kloster?«, sagte sie, spuckte den Knochen aus und warf ihn den Hunden hin. Sofort begann unter dem Tisch das wilde Gezänk der Tiere. Marguerite lächelte, ließ die Reste des Fischs ebenfalls fallen und tunkte eine Scheibe Storchenfleisch in die süßsaure Senfsauce.

»Daraus hat sie mein Bruder befreit. Ich habe die beiden in Paris getroffen. Johann ohne Furcht herrscht jetzt gewissermaßen mit Isabella über Frankreich. Isabella verzeiht dir, Jakoba, aber natürlich besteht sie darauf, dass du nicht weiter Lügen über sie verbreitest. Der Tod ihrer Söhne hat ihr sehr zu schaffen gemacht. Jetzt hat sie nur noch Karl.«

»Karl ist der Nächste«, sang David.

»Lass den Unsinn!«, schnauzte Marguerite ihn an.

»Der nächste König von Frankreich«, fuhr David unschuldig fort.

Niemandem fiel auf, dass Beatrix den Tisch verließ. Endlich hatte sie einen Grund, Philipp herbeizurufen. Er musste verhindern, dass sich Jakoba den Wünschen von Burgund widersetzte.

Und das gelang ihm. Wenige Tage später saß er wie in alten Zeiten mit Jakoba am Fenster des blauen Zimmers und spielte mit ihr Schach. Er ließ sie gewinnen und gab sich danach sehr niedergeschlagen.

»Endlich!«, jubelte Jakoba, sprang auf und lief zu Marjan, die in der Ecke an ihrem Lebenswerk arbeitete, einer riesigen Decke, die sie mit Motiven aus der Natur bestickte. »Stell dir vor, Philipp hat aufgegeben!«

Marjan blickte auf und musterte den jungen Mann mit dem schönen langen finsteren Gesicht. Er ließ den Kopf hängen und hob geschlagen beide Schultern.

»Ich hoffe nur, dass der Preis nicht zu hoch ist«, bemerkte sie, ohne den jungen Burgunder anzusehen.

»Du verstehst mich nicht! *Ich* habe gewonnen!«, rief Jakoba, rannte wieder zu Philipp, drückte ihm einen Kuss auf die Stirn und blickte auf das Schachbrett.

»Den weißen König hättest du hinlegen sollen, nicht die Dame!«, lachte sie, stellte Philipps Dame wieder auf und warf den König um. »Nimm's nicht so schwer, liebster Cousin! Wahrscheinlich wird es nie wieder vorkommen.«

»Da bin ich mir nicht so sicher«, entgegnete Philipp, »du bist sehr gut geworden. Das zeigt, dass du ein hervorragendes strategisches Talent besitzt. Eigentlich hätte ich mir das denken können, sonst wärst du nie auf die Idee verfallen, unseren lächerlichen Cousin Jan zu heiraten. Ein genialer Gedanke, Mondgesicht!«

»Wie meinst du das?«, fragte sie vorsichtig und fügte automatisch hinzu: »Pferdekopf?«

Jetzt schnappt die Falle zu, dachte Marjan und verließ das Zimmer.

Er lachte und griff nach Jakobas Händen.

»Mir brauchst du doch nichts vorzumachen, Cousinchen! Vergiss nicht, dass ich Zugang zu den geheimen Kammern deines Kopfes habe.« Er sprach jetzt das flämische Holländisch, und Jakoba lauschte entzückt, wie weich und melodisch die ansonsten harten Laute ihrer Vatersprache bei ihm klangen. »Du bist eine erwachsene Frau mit politischem Weitblick geworden! Keines dieser sentimentalen Weiber, die nicht begreifen, wie vorübergehend Leidenschaften sind!« Ein wohliges Gefühl breitete sich in Jakoba aus, als er mit seinen schönen langen Fingern ihre Handrücken sanft streichelte.

»Ich bewundere dich, Jakoba! Die französische Krone hast du verloren, aber du gibst nicht auf! Mit Jan liegen dir Brabant und Limburg zu Füßen, *du* wirst die eigentliche Herrscherin sein, du wirst die vielen verstreuten und zerstrittenen niederen Lande zu einem einzigen Reich vereinigen können. Wie willst du es nennen? Nordbayerland? Nordwittelsbach? Oder einfach Niederlande? Darüber wirst du nachdenken müssen, Jakoba. Du bist wahrlich eine geborene Fürstin. Es gibt nur ein Problem ...«

»Was für eins?«, fragte Jakoba geschmeichelt und gespannt. Der Druck seiner Hände wurde fester und jagte ihr einen Schauer über den Rücken.

»... dass du mir einst auch noch Flandern abspenstig machen könntest – und danach Burgund! Wer einmal den Geschmack von Macht ...« Er zog seine Hände abrupt weg.

»Philipp!«, rief Jakoba empört. »Du glaubst doch nicht, dass ich dir je in die Quere kommen könnte! Du bist nicht nur mein liebster Cousin, du bist mein Freund, mein allerbester!« Sie streckte die Hände wieder aus.

»Darf ich Trauzeuge sein?«

»Mit Freuden!«, rief Jakoba und lachte froh, als er ihre Hände wieder in seine nahm. Erst nachts im Bett begriff sie, dass sie mit diesen Worten ihr Schicksal als Jan von Brabants Ehefrau besiegelt hatte. *Warum auch nicht*, dachte sie trotzig, *den dummen Jungen kann ich beherrschen. Und ich werde ihn mir vom Leibe halten. Einen Erben kann ich mir auch von einem anderen Mann machen lassen.* Sie würde Jan von Brabant heiraten und einer der mächtigsten Menschen in Europa werden. Die jüngste Fürstin war sie jetzt schon. Was für eine Zukunft stand ihr offen! Vielleicht würde sie sogar England erobern und Humphrey zu ihrem Liebhaber machen! Mit dem Gedanken, einst Königin der neu zu gründenden Nation der *Niederlande* zu werden und sich England und den schönen Humphrey zu unterwerfen, schlief sie lächelnd ein.

Widerstand kam von völlig unerwarteter Seite. Wenige Tage später sprengte Johann der Unbarmherzige in den Hof von Schloss Le Quesnoy. Sein Pferd, das er seit zwei Tagen unerbittlich angetrieben hatte, brach auf der Stelle zusammen und verendete.

Johann hatte keine Zeit zu verlieren. Noch bevor er seine Reisekleidung gewechselt hatte, ließ er Jakoba rufen.

Sie eilte aus dem Küchengarten ins Haus und winkte mit Blick auf ihre erdbekrusteten Finger ab, als er ihr einen Handkuss geben wollte. Er küsste sie auf die Stirn.

»Ich habe eine erfreuliche Nachricht für dich«, begann er. »Du hast deinem Vater zwar auf dem Totenbett versprochen, dass du Jan von Brabant heiraten wirst …«

»Habe ich nicht«, entgegnete sie trotzig.

»Du musst es auch nicht! Besser noch, du darfst es gar nicht! Ich habe inzwischen mit den Kirchenoberen gesprochen, und sie gehen davon aus, dass ein neuer Papst euch wegen zu naher Verwandtschaft keine Dispens erteilen wird. Freust du dich?«

»Ich habe meine Meinung geändert«, erwiderte Jakoba. »Aber natürlich warte ich die päpstliche Bulle ab.«

Verunsichert blickte Johann der Unbarmherzige auf.

»Wieso geändert?«

»Ich möchte Jan von Brabant jetzt heiraten«, sagte sie einfach.

»Das ist nicht dein Ernst!«, rief er entsetzt.

Jakoba lächelte. »Andere Mütter haben schönere Söhne«, gab sie zu. »Aber Jan hat einige Vorzüge.«

»Brabant«, knurrte Johann der Unbarmherzige. »Dahinter steckt doch dein anderer Onkel, Johann ohne Furcht!«

»Keineswegs«, erwiderte Jakoba, »ich kann selber denken!« *Und sogar Philipp Schachmatt setzen,* dachte sie vergnügt.

»Dann solltest du jetzt noch einmal denken!«, schäumte Johann. »Und zwar daran, dass ich dein Vormund bin! Ich verbiete dir diese Ehe.«

Jakoba verstand die Welt wirklich nicht mehr. Johann der Unbarmherzige war es doch gewesen, der diese Ehe in erster Linie propagiert hatte.

Erst eine Woche später sollte David sie darüber aufklären, weshalb der Bischof von Lüttich jetzt anderer Ansicht war.

Der Zwerg hatte Marguerite und Jakoba zwei Wochen zuvor um Urlaub gebeten.

»Ich bin zwar nicht der klassische Minnesänger«, hatte er gesagt, »keine Frau wird mir Kränze winden oder mich in ihre Kemenate einladen, aber mir ist daran gelegen, zu anderen Höfen zu reisen, meinen Horizont zu erweitern und Erfahrungen zu sammeln.« *Und mich umzuhören*, setzte er für sich selbst hinzu.

»Natürlich, David, du bist hier doch nicht eingesperrt!«, rief Jakoba, als ihre Mutter nickte. »Reise schön und bring uns spannende Geschichten mit, ja?«

Die Geschichte, die er mitbrachte, war spannender, als sie gewünscht hatte. An einem deutschen Hof hatte er erfahren, dass der Kaiser nach Herzog Wilhelms Tod Johann den Unbarmherzigen empfangen und ihm Jakobas Lehen Holland und Seeland zugesprochen hatte. Dem deutschen Kaiser war ein Bayer in den niederen Landen lieber als ein wankelmütiges junges Mädchen unter dem Einfluss der burgundischen Verwandtschaft.

»Natürlich wäre es etwas anderes, wenn Gräfin Jakoba wieder verheiratet wäre«, soll der Kaiser gesagt haben, worauf Johann der Unbarmherzige erwidert haben soll, davon sei keine Rede. Die junge Frau sei untröstlich über den Tod ihres französischen Gemahls, und dadurch auch nicht in der

Lage, die Lande angemessen zu verwalten. Leider pochten die Burgunder auf eine Verbindung mit dem Hause Brabant, aber selbstverständlich könne der Kaiser einer solchen Ehe unmöglich zustimmen. Natürlich nicht, hatte der Kaiser geantwortet. Der Einfluss der französisch orientierten Burgunder sei viel zu gefährlich. Holland und Seeland gehörten zum Deutschen Reich.

Johann der Unbarmherzige verließ die Residenz des Kaisers nicht nur als Herzog von Niederbayern, Pfalzgraf vom Rhein und Bischof von Lüttich, sondern auch als Graf von Holland und Seeland.

Bevor er nach Le Quesnoy reiste, stattete er Elisabeth Görlitz von Luxemburg, der Stiefmutter von Jan von Brabant und Witwe dessen in Azincourt gefallenen Vaters, einen Besuch ab. Die lebenslustige Witwe war nicht nur eine elegante Erscheinung und geistreiche Unterhalterin, sondern auch Nichte des Kaisers und eine hochinteressante Erbin. Sie hatte in der Vergangenheit öfter ihr Bedauern darüber ausgedrückt, dass Johann als Mann der Kirche für das schöne Geschlecht unerreichbar wäre. Nun, das würde sich ändern lassen. Er würde sein Bistum aufgeben und Elisabeth heiraten, damit Luxemburg besitzen und Ansprüche auf Brabant erheben – schließlich war sie die Witwe des vorherigen Herzogs. Endlich stellte Gott dem jüngsten Sohn Albrechts von Bayern eine angemessene weltliche Karriere in Aussicht! Elisabeth willigte mit Freuden in eine Verlobung ein und versprach, in zwei Wochen in seine neue Residenz nach s'Gravenhage zu kommen.

Deswegen hatte er sein Pferd so abgehetzt. Erst musste er dafür sorgen, die Ehe zwischen Jakoba und Jan von Brabant zu verhindern, und dann musste er seinen Maler Jan van Eyck nach s'Gravenhage schicken, damit er im dortigen Schloss die Wände in Windeseile neu strich. Der junge Mann, der vor kurzem um eine Stelle nachgesucht hatte, schien recht talentiert zu sein. Vielleicht schafft er es sogar, einige Wände mit hübschen Szenen zu dekorieren, überlegte Johann.

Er hoffte, in Schloss Le Quesnoy nicht wieder jener seltsamen Frau im braunen Kapuzenkleid über den Weg zu laufen. Sie schien einen ungesunden Einfluss auf Jakoba auszuüben, und außerdem hatte er – ähnlich wie seine Schwägerin Marguerite – den Eindruck, dass er ihr vor langer Zeit unter merkwürdigen Umständen schon einmal begegnet war. Auch ihn irritierte es, dass ihm die genaueren Umstände entfallen waren.

Marjan aber ließ sich in dieser Zeit wenig blicken. Sie trauerte um Herzog Wilhelm und dachte oft daran, dass sie ihn sicher erhört hätte, wenn nicht ein anderer Mann vor vielen Jahren ihr Herz gebrochen hätte. Danach hatte sie der Welt abgeschworen und war ins Kloster gegangen. Wo sie auch heute noch wäre, wenn sie nicht David, der in Wirklichkeit der Sohn einer anderen Frau war, das Leben hätte retten müssen. Sie wusste, wer Davids Mutter war, und sie hatte oft darüber gerätselt, wer mit dieser stolzen, unnahbaren und edlen Dame diesen klugen verwachsenen Jungen gezeugt hatte. Die Vermutung, die sich ihr schon damals aufgedrängt hatte, war so ungeheuerlich, dass sie sich selbst wegen unreiner Gedanken tagelang kasteit hatte. David ließ sie in dem Glauben, er sei ihr Sohn. Nur wenn es für ihn von Vorteil wäre, würde sie ihm reinen Wein einschenken. Auf die Frage nach seinem Vater hatte sie mit den Achseln gezuckt.

»Aber du musst dich doch mit einem Mann eingelassen haben«, hatte er gerufen, als er herangewachsen war und mit ihr in dem Häuschen unter dem Erddach im Jagdforst Mormal wohnte.

»Ja«, hatte sie wahrheitsgemäß geantwortet und an die Tochter gedacht, die sie hatte weggeben müssen und deren Bild sie täglich betrachtete, »mit einem Mann der Kirche.«

David hatte sie missbilligend angeblickt und nie wieder eine Frage nach seiner Herkunft gestellt.

»Mein Onkel und Vormund ist also jetzt mein Feind«, fasste Jakoba Davids Bericht zusammen. Sie saß auf einer Holzbank in einem kleinen Raum des Schlosses, den sie nach dem Vorbild von Marjans Zimmer spärlich eingerichtet hatte, weil dies ihr beim Denken zu helfen schien. Sie war in den vergangenen Wochen von den übelsten Visionen heimgesucht worden, bei denen Bekannte und Unbekannte einander niedermetzelten, sie hatte den Kopf von Beatrix' Verlobtem, Jan von Vliet, auf dem Stadttor von s'Gravenhage aufgespießt und sich selbst in Männerkleidern gesehen – eine absolut widerliche Vorstellung.

Der kleine helle Raum mit seinen weiß getünchten Wänden und seinen grünen Kräutersträußen ließ sie zur Ruhe kommen und milderte die Erinnerung an die scheußlichen Visionen. David hatte sich bei seinem Eintritt geschüttelt und gefragt, ob sie sich mit dem Gedanken trage, ins Kloster zu gehen. Die Kammer sei ja genauso anheimelnd wie die entsetzlich karge Zelle seiner Mutter, die sich wohl dafür bestrafe, einer Ausgeburt wie ihm das Leben geschenkt zu haben. Unzählige goldene Schellen an seinem teuren Samtmantel klingelten hell, als er das Kleidungsstück auszog und sorgfältig über die Lehne eines Holzstuhls hängte. Er setzte sich neben Jakoba auf die Bank, klagte über deren Härte, bewunderte kurz seine neuen maßgeschneiderten spitzen violetten Schuhe und begann dann mit seinem Bericht.

»Er ist jetzt nicht nur dein Feind, sondern auch der von deinem anderen Onkel Johann ohne Furcht. Was dein Vormund zum Kaiser gesagt hat, war eine offene Kriegserklärung an Burgund, Jakoba«, schloss er. »Es ist schon etwas Seltsames um die hohen Herren, mein Schatz ... da metzeln sie vor ein paar Jahren gemeinsam die Bürger von Lüttich nieder und dann graben sie einander das Wasser ab. Alles aus Gier, alles aus Gier ...«

»Aber was soll ich denn jetzt tun!«, rief Jakoba.

»Schnell heiraten, damit du dich deinem Vormund entziehst!«, riet David und stand auf. »Tut mir Leid, aber auf diesem Martersitz kann ich nicht verweilen. Ich werde jetzt zu deiner Mutter gehen, der ich ein paar schöne Stoffe, Bänder und Steine mitgebracht habe ...«

»Und mir hast du nichts mitgebracht?«, fragte Jakoba, enttäuscht, dass ihr Freund David sie verlassen wollte. Sie verstand nicht, weshalb der Zwerg ihre kalte, unfreundliche Mutter so schätzte – es konnte doch nicht nur ihr ausgeprägter Sinn für Stil sein! –, und es war ihr rätselhaft, dass ihre Mutter ein ganz anderer, angenehmerer Mensch wurde, sobald David anwesend war.

»Ich habe dir doch eine spannende Geschichte mitgebracht«, versetzte David, »und außerdem …«, er sah sich erschauernd um, »… würde jemand, der sich in diesem Kerker wohl fühlt, hochroten Samt auf Goldgrund sicherlich verabscheuen.«

Leise schloss sich die Tür hinter ihm.

Der neue – und jetzt einzige – Papst, Martin V., stimmte einer Heirat zwischen den Cousins ersten Grades Jakoba von Bayern und Jan von Brabant zu. Johann ohne Furcht hatte dafür seinen Bürgern eine kleine Steuererhöhung zumuten müssen, aber sein Sohn überzeugte ihn davon, dass dieses Geld gut angelegt wäre. Johann der Unbarmherzige besuchte daraufhin den neuen Papst, der es recht erfreulich fand, einen so angenehmen und ihm gewogenen Mann in den niederen Landen zu haben. Außerdem kam ihm die Geldspende von Johann dem Unbarmherzigen sehr gelegen. Er entließ den Bayern aus dem geistlichen Stand, gab ihm die Genehmigung, Elisabeth Görlitz von Luxemburg zu heiraten, widerrief die Dispens für Jakoba und Jan und untersagte die Eheschließung.

Mit einer Abschrift der letzten Botschaft in der Hand besuchte Marguerite ihre Tochter im blauen Zimmer. »Was wirst du tun?«, fragte sie und hielt ihr die Schrift unter die Nase.

»Heiraten«, erwiderte Jakoba und zerriss den Widerruf. »Ich habe doch die Dispens.« David huschte herbei, hob die Papierfetzen auf und steckte sie in sein Gewand.

»Man kann nie wissen«, sagte er. »Ich werde dieses Papier an einem geheimen Ort gut aufbewahren.« Marguerite nahm ihm den gebogenen Hut ab und streichelte ihm sanft über das glatte dunkle Haar. »Tu das, mein Junge, du weißt immer, was gut ist.« Sie beugte sich zu ihm hinab und küsste ihn auf die

Stirn. »Ich segne den Tag, an dem du geboren wurdest, mein weiser kleiner Mann«, sagte sie mit einer Samtstimme, die Jakoba an ihr nicht kannte. »Obwohl deine Mutter …«, sie wandte sich zu Marjan um, die mit ihrem Lebenswerk in der Ecke saß, »… es so lange für nötig befunden hat, dich vor der Welt zu verbergen.«

Marjan beugte sich über ihren Stickrahmen. *Es ist noch schlimmer*, dachte sie, *seine Angehörigen hatten es für nötig befunden, ihn umbringen zu lassen, bevor sie ihn überhaupt gesehen hatten. Und wenn seine Mutter ihn gesehen hätte, hätte sie ihn vielleicht eigenhändig umgebracht. Oder auch nicht …*

Am 8. März 1418, ein knappes Jahr nach dem Tod von Jean von Touraine, stand Jakoba wieder vor einem Traualtar in s'Gravenhage. Den Mann neben ihr hatte sie nur eines kurzen Blickes gewürdigt und festgestellt, dass die Pickel verschwunden waren. Dafür war er dicker und feister geworden. Die Unterlippe hing immer noch herab. Jakoba schüttelte sich bei dem Gedanken, dass dieser hässliche Kerl sie anrühren könnte, und sah immer wieder zu Philipp, der ihr ermutigend zulächelte. Er hatte am Vortag Jan von Vliet einen wichtigen Auftrag erteilt, der ihn ein paar Tage außer Landes halten würde, und daraufhin eine besonders erfreuliche Nacht mit Beatrix verbracht. Der einzige Wermutstropfen war Beatrix' wieder geäußerter Wunsch, nach Flandern zu kommen. Er solle ihrem Mann in Brügge eine Anstellung anbieten. Philipp fand ihr Ansinnen unmöglich. Was sollte sie an seinem Hof? Seine Frau hatte genügend Hofdamen. Begriff sie denn nicht, dass er sie in Jakobas Nähe brauchte? Er hatte lachend erwidert, dass er ihrer vielleicht überdrüssig werden würde, und daraufhin hatte sie das Thema fallen lassen.

Natürlich kannte auch Philipp die beiden päpstlichen Bullen, und er hatte seinen Vater gedrängt noch mehr Mittel aufzuwenden, um eine dritte zu bestellen, die diese Ehe endgültig gutheißen würde. Dabei war es zum ersten Mal zwischen Vater und Sohn zum Streit gekommen. Johann ohne Furcht verstand zwar die Ambitionen seines Sohnes in den niederen Landen, aber er brauchte eine ordentliche Kasse, um die eigenen in Frankreich zu verfolgen. Und seinen Bürgern konnte er wirklich keine noch höheren Steuern abverlangen.

Johann der Unbarmherzige war bei der Hochzeit nicht anwesend. Er befand sich in Dordrecht, der Kabeljau-Stadt ersten Ranges, und stachelte die Edlen auf, sich gegen das neue junge Fürstenpaar zu wehren. Die Dordrechter, denen zu Ohren gekommen war, wie viel Selbstbestimmung Johann seinen Bürgern in Lüttich nach dem Aufstand gewährt hatte, schlossen sich ihm gern an. Johann der Unbarmherzige mochte zwar vor Jahren einen Aufruhr in seiner Stadt blutig niedergemetzelt haben, aber er hatte dies inzwischen öffentlich bedauert. Er hatte dazugelernt, war weiser und milder geworden. Vor allem hatte er sich jetzt als ein Mann der neuen Zeit erwiesen, der begriffen hatte, dass auch Bürger Menschen mit Verstand, und Gilden nützliche Einrichtungen sein konnten. Johann der Unbarmherzige war ein Kabeljau geworden.

Während sich Jakoba und Jan von Brabant das Jawort gaben, wurden in Dordrecht und anderen Orten Hollands und Seelands Kriegsvorbereitungen getroffen. Man wollte nicht dem Herzog von Brabant ausgeliefert werden, dem ein sehr schlechter Ruf vorausging. Das Gerücht, er nähme sich bei Hochzeiten in seinem Gebiet sogar das Recht der ersten Nacht heraus, stimmte zwar nicht, spiegelte aber wider, welche Zügellosigkeit man ihm zutraute. Diese Zeiten waren vorbei, fanden die Kabeljaue und rüsteten auf.

Schon bei dem Eintritt in den umgebauten Rittersaal in s'Gravenhage hatte Jakoba das enorme Prunkbett vor dem Altar gesehen. Philipp hatte ihr am Abend zuvor erklärt, dass ihre Ehe nach einem neuen Ritus vollzogen werden würde. »Es gibt ja noch den Widerruf des Papstes«, hatte er ausgeführt, »irgendjemand könnte deine Ehe mit Jan damit für ungültig erklären lassen. Wenn du aber vor der gesamten Versammlung mit Jan ins Bett steigst, ist die Ehe unverbrüchlich. Dann kann dir in dieser Hinsicht niemand etwas anhaben.«

Jakoba hatte ihn entsetzt angestarrt und dann flüsternd gefragt: »Ich muss … vor allen Leuten … mit Jan …« Sie zog ein Gesicht, als ob sie sich erbrechen wollte.

»Nein, nein, Jakoba, so barbarisch ist es nun auch wieder nicht«, hatte Philipp gelacht und seine Cousine tröstend in den Arm genommen. »Es ist nur rein symbolisch. Ihr schlüpft unter die Decke und küsst euch. Das ist alles.« Er küsste sie sanft auf die Wange.

»Küssen«, sagte Jakoba und dachte an Jans hängende Unterlippe. »Das ist schon schlimm genug.«

Jetzt war der Moment gekommen. Am Arm des dämlich grinsenden fünfzehnjährigen Jan von Brabant schritt sie auf das Bett zu.

»Na, Madame«, sagte er, »wollen wir den Zuschauern etwas für ihr Geld bieten?«

Mit einer schnellen Bewegung, die sie nicht vorausgesehen oder erwartet hatte, warf er sie auf das Bett und legte sich auf sie. Nur Philipp sah den kleinen Speichelfaden, der ihm aus dem Mund lief. Alle anderen achteten auf Jakoba, die plötzlich einen Schrei ausstieß.

3. KAPITEL

Ehehölle

1418–1420

»Jeder hat gesehen, wie du Jan auf dem Prunkbett eine Ohrfeige versetzt hast«, sagte Beatrix, als sie Jakoba im Brautgemach aus dem Kleid half. Es war nicht das Zimmer, in dem Jakoba ihre Hochzeitsnacht mit Jean verbracht hatte, sondern ein Raum mit einer Verbindungstür zu einem angrenzenden Schlafzimmer. Jakoba war entschlossen, keine Nacht mit ihrem Gemahl zwischen den gleichen vier Wänden zu verbringen, auch nicht die Hochzeitsnacht. »Du hast ihn gedemütigt. Das wird er dich büßen lassen«, setzte Beatrix hinzu. »Er hat mich in die Brust gekniffen!«, rief Jakoba. »Und das gehört nicht zu seinen Rechten!«

»Die Frau ist ihres Mannes Besitz«, entgegnete Beatrix. »Er kann mit ihr tun, was er will. So ist es Brauch.«

Sie reichte Jakoba das neue blaue Nachtgewand aus feinstem Leinen. Seitdem sie Königin Isabella im weißen Nachthemd gesehen hatte, weigerte sich Jakoba, nachts Weiß zu tragen.

»Das musst gerade du mir sagen, Beatrix! Du tust doch mit dem guten Jan von Vliet, was du willst! Manchmal sieht er dich sogar an, als hätte er Angst vor dir.«

Die Tür zum angrenzenden Zimmer flog auf und Jan von Brabant trat ein. Er trug ein Hemd, das ihm bis zu seinen dunkel behaarten dicken Waden reichte, und baute sich vor der halb nackten Jakoba auf.

»Wir sind noch nicht fertig«, bemerkte Beatrix.

Schweigend blieb er stehen, betrachtete seine Braut und spielte mit dem Zeigefinger an seiner Unterlippe herum.

»Raus!«, brüllte Jakoba und deutete zur Tür.

Irgendetwas vor sich hin murmelnd schlich er aus dem Zimmer. Beatrix und Jakoba sahen einander an und brachen in Gelächter aus.

Jakoba schlief in dieser Nacht etwas unruhig. Sie hatte zwar die Tür zum Nebenzimmer verriegelt, befürchtete aber, dass Jan doch noch einen Versuch unternehmen würde, sie aufzusuchen. Aber nebenan rührte sich nichts. *Wahrscheinlich wartet er darauf, dass ich zu ihm komme*, dachte Jakoba. Da konnte er lange warten.

Aber Jan hatte die Nacht nicht in dem ihm zugewiesenen Zimmer verbracht. Nach der zweiten Demütigung, die Jakoba ihm innerhalb weniger Stunden zugefügt hatte, ließ er sich von seinem Oberschatzmeister und engsten Vertrauten Willem van den Berg aus dem Schloss schmuggeln. Van den Berg hatte ein Haus ausfindig gemacht, wo sich Männer und Frauen begegneten, die eine spezielle Neigung Jans teilten. Der junge Herzog von Brabant betrachtete diesen Ausflug als eine Wallfahrt – heilige Handlungen würden ihn für die Sünden der vergangenen Tage bestrafen: unmäßige Völlerei, Feigheit beim Turnier, respektloses Betragen vor dem Altar und die Unfähigkeit, sich seine Frau untertan zu machen.

Schon am nächsten Tag wollte das junge Paar zu einer Reise durch Jakobas Lande aufbrechen. Die Städte und Adligen sollten Jan von Brabant huldigen und ihr Treuegelöbnis zu Jakoba bekräftigen. Am Morgen, als Jakoba mit ihren Hofdamen zum Frühstück erschien, bat David sie um ein Gespräch unter vier Augen. Er führte sie hinaus auf den Hof. »Im Schloss haben alle Wände Ohren, Jakoba«, sagte er.

»Was ist los?«, fragte sie beunruhigt.

»Sag die Reise ab«, riet er ihr. »Dein Onkel Johann von Bayern sitzt in Dordrecht und hat Briefe an deine Städte abgeschickt, die er mit Graf von Holland, Seeland und dem Hennegau unterschreibt.«

»Hennegau!« Jakoba lachte bitter. »Das setzt der Unverschämtheit die Krone auf! Da hat der Kaiser doch nichts zu melden!«

»Noch nicht«, gab David finster zurück. »Aber er wird deinem Onkel noch mehr Unterstützung zukommen lassen, wenn dieser ihm den Hennegau auf einem Silbertablett serviert.«

»Aber die Städte und der Adel haben mir Treue geschworen!«

»Heute mir, morgen dir«, sang David. »Einigen ist Johann der Unbarmherzige lieber als Jan der Vielfraß. Wenn du deine Länder behalten willst, Jakoba, musst du um sie kämpfen.«

Jan war entsetzt, als seine Frau ihm mitteilte, dass es statt prunkvoller Huldigungszeremonien und ausladender Feste Kriegshandlungen geben würde. Er wurde augenblicklich schwer krank, ließ sich nach Brüssel bringen und wartete ab. Willem van den Berg ließ er mit dem Auftrag, in seinem Namen zu handeln, bei Jakoba zurück. Diese sammelte ihre treusten Ratgeber um sich, und einer der blutigsten Kriege zwischen Haken und Kabeljauen nahm seinen Anfang.

Zu Beginn sah es noch so aus, als ob Jakobas Truppen an Terrain gewinnen könnten. Aber Johann der Unbarmherzige trieb seine Kabeljaue an und wurde immer dreister. Bald konnte niemand mehr zählen, wie viele Menschen bei den Schlachten um die Städte ihr Leben lassen mussten. Eine Stadt nach der anderen ergab sich den Kabeljauen. Rotterdam, Delft, Brielle und Gouda waren bedroht. Jakobas Kriegskasse war inzwischen fast leer, und es wurden nicht genügend illustre Gefangene gemacht, um Lösegeld zu erpressen. Sie verkaufte oder verpfändete mehrere Landgüter und Dörfer, einen großen Teil ihres Schmucks und andere Wertgegenstände und verstand nicht, dass es immer noch nicht ausreichte, um Männer auszurüsten, Bollwerke zu bauen und Städte zu belagern. Da sie davon überzeugt war, jeder in ihrer Umgebung kämpfe mit der gleichen Besessenheit wie sie, kam sie gar nicht auf die Idee, dass Schatzmeister van den Berg große Summen in die eigene Tasche umgeleitet hatte. Dies wurde ihr von David zu jenem Zeitpunkt zugetragen, als die Truppen ihres Onkels bereits vor den Toren von s'Gravenhage standen.

Der Zwerg war gerade aus Dordrecht zurückgekommen und hatte zum ersten Mal in seinem Leben ein Gefecht aus nächster Nähe beobachtet. Bei der Erinnerung daran drehte sich ihm immer noch der Magen um. Er konnte es nicht fassen, dass Jakoba vor wenigen Tagen selbst einen Angriff angeführt hatte – natürlich in Frauenkleidern und ohne Rüstung – und nicht nur unverletzt, sondern auch unverändert zurückgekommen war. Wie konnte es sein, dass der jungen Frau der Anblick von Blut, abgeschlagenen Gliedern und Köpfen, von herausquellenden Eingeweiden, von mit Pfeilen bespickten Körpern und von Pferdehufen zerstampften Leibern nichts ausgemacht hatte? David wusste nichts von Jakobas Visionen. Er konnte nicht ahnen, dass sich ihr schon seit frühester Kindheit Bilder von unvorstellbarer Grausamkeit zeigten. Selbst hatte er gesehen, wie Ludwig, einer von Jakobas Bastardbrüdern, von einer Lanze durchbohrt wurde und wie die Kabeljaue am Ende alle verwundeten Haken abschlachteten. So groß war der Hass, dass nicht einmal die Aussicht auf Lösegeld für Gefangene der Meuchelei ein Ende setzte. Niemand achtete auf den winzigen Mann in seinem roten Schellenmantel, der ohne Rüstung oder Kettenhemd in den Leichenbergen nach Lebenden suchte und das ohrenbetäubende Geläut aller Kirchturmglocken der Stadt verfluchte. Ein Mann mit feuerrotem Bart atmete noch schwach. Als die Nacht einbrach und die Kabeljaue in die Stadt zurückkehrten, um den Sieg zu feiern, holte David Hilfe. Dirk von der Merwede öffnete kurz die Augen.

»Es lebe Gräfin Jakoba«, murmelte er, bevor er wieder das Bewusstsein verlor. Aber er sollte nie vergessen, dass David ihm das Leben gerettet hatte. Er war es auch, der ihm mitteilte, dass Oberschatzmeister Willem van den Berg keine Mittel für ein neues Bollwerk zur Verfügung gestellt hatte.

»Überall Verrat«, entgegnete Jakoba bitter, nachdem sie sich Davids Bericht in ihrer Kemenate angehört hatte. Marjan legte ihr Lebenswerk zur Seite und musterte nachdenklich das kleine Kerlchen, das sie großgezogen hatte. *Wäre er legitim zur Welt gekommen, hätte er ein großer Mann werden können*, dachte sie. War aber ihre fürchterliche Vermutung von damals zutreffend, hätte David nie in einem Ehebett gezeugt werden können.

»Und meinen Gemahl plagen immer noch zu große Leibschmerzen, als dass er mir zu Hilfe kommen könnte«, rief Jakoba verzweifelt. »Es sind doch jetzt auch seine Länder! Wieso schickt er dann nicht Verstärkung? Oder wenigstens Geld? Und warum lässt er zu, dass sein Schatzmeister uns bestiehlt? Ich stehe mit meinen Haken ganz allein, was soll ich jetzt nur tun, David!«

»Verhandeln«, sagte der Zwerg, dem das Wort nach seinen letzten Erlebnissen mehr denn je die liebste Waffe war. »Es bleibt dir nichts anderes übrig. Johann von Burgund könnte vermitteln.«

»Nein«, erklärte Jakoba entschieden. »Der herrscht mit Isabella in Paris. Damit ist er mein Feind. Stell dir vor, er hat es zugelassen, dass Isabella jetzt ihren Sohn Karl öffentlich enterbt und für illegitim erklärt.« Jakoba lachte bitter. »Eine neue Strategie der Dame. Sie traut sich wohl nicht, noch einen Sohn zu vergiften!«

»Der Kronprinz befindet sich in Bourges«, bemerkte David.

Jakoba nickte: »Sehr vernünftig, dass er sich von seiner grässlichen Mutter fern hält! Und von Johann ohne Furcht.«

»Jakoba«, sagte der Zwerg, »du solltest einmal versuchen über den Tag hinaus zu denken. Wenn höhere Interessen auf dem Spiel stehen, können sich Allianzen sehr schnell ändern. Johann ohne Furcht plant langfristig. Mich würde es nicht wundern, wenn er sich in absehbarer Zeit – zumindest vorübergehend – mit Karl verbinden würde. Der Herzog von Burgund kann auf Dauer kein Interesse daran haben, Frankreich den Engländern zu überlassen. England wird immer mächtiger.«

England, dachte Jakoba, *Engelland, das klingt so wunderschön weit weg von all meinen Sorgen, starkes, schönes Engelland mit seinem starken schönen Königssohn* … Sie schüttelte den Gedanken an Humphrey Herzog von Gloucester, den galanten Ritter ihres ersten Hochzeitsfestes, mit Bedauern ab und fuhr fort: »Wenn Johann ohne Furcht so intensiv französische Politik macht, interessieren ihn meine Länder jetzt nicht.«

»Philipp dafür umso mehr«, warf der Zwerg ein.

Jakoba entging die Zweideutigkeit seiner Bemerkung nicht. Sie war von so viel Verrat umgeben, dass sie sich eigentlich nur noch in David und Marjans Gegenwart sicher fühlte. Aber sie wollte nicht darüber nachdenken, dass ihr geliebter Cousin Philipp etwas anderes als ihr Wohl im Sinn haben könnte.

Zum ersten Mal seit jenem Tag, an dem sein Pferd auf ihrem Schlosshof verendet war, stand Jakoba ihrem Onkel wieder gegenüber. Sie schlug seine ausgestreckte Hand aus. Als sie sich am Verhandlungstisch in Schloss Woudrichem niederließ, würdigte sie ihn nur eines kalten Blickes, der sie als Tochter ihrer Mutter auswies.

»Meine Nichte mit ihrem bayerischen Dickschädel und dem heißen Burgunderblut!«, lachte Johann der Unbarmherzige und klopfte Jan von Brabant heftig auf den Rücken. »Aber wir kriegen das Mädel schon noch hin, nicht wahr, mein Sohn?«

Unsicher lächelte Jan zurück und setzte sich dann mit hängender Unterlippe neben seine Frau. Sie unterschrieb mit zitternden Fingern den Friedensvertrag, der dem fünfzigjährigen Zwist zwischen Haken und Kabeljauen in Holland und Seeland ein Ende bereiten sollte.

Jakoba bezahlte einen hohen Preis, aber sie hatte keine Wahl. Philipp teilte die Länder zwischen Onkel und Nichte auf, wobei Johann der Unbarmherzige nicht nur den größten Teil Hollands erhielt, sondern auch noch zum Statthalter ernannt wurde, der Jakobas Einkommen zu kontrollieren hatte. Angesichts ihrer miserablen Finanzverwaltung hatte Philipp dies für erforderlich gefunden. Am schlimmsten aber war, dass Jakoba selbst künftig überhaupt nichts mehr zu sagen hatte: Johann der Unbarmherzige und Jan von Brabant sollten in den kommenden fünf Jahren gemeinsam über die ihr noch verbliebenen Länder herrschen. Und das schloss sogar den Hennegau ein.

Tränen stiegen in Jakoba auf, mehr Tränen der Wut denn Tränen der Trauer.

Der reiche seeländische Adlige Frank von Borsselen, den Philipp natürlich wieder in sein Unterhändlergremium berufen hatte, musterte voller Mitgefühl die junge unerfahrene Fürstin. Falsche Ratgeber, untreue Vasallen, machthungrige Angehörige, die politischen Verhältnisse in Europa und eine rückwärts gewandte Einstellung hatten sie um den größten Teil ihres Erbes gebracht. Armes Mädchen, dachte Frank, du bist ein Jahrhundert zu spät geboren worden.

Eine Schönheit nach gängiger Vorstellung war Jakoba zwar nicht, aber sie gefiel Frank. Er hatte eine Abneigung gegen übermäßig herausgeputzte Frauen und zielgerichtet eingesetzte weibliche Raffinesse. In seinen Augen war Jakoba eine interessante Erscheinung mit energischen Zügen, offenem Gesicht und vernünftiger Garderobe. Aber er las etwas in ihren Augen, einen gepeinigten Ausdruck, den er von Männern kannte, die auf dem Schlachtfeld dem Tod ins Auge geblickt hatten und die in den Nächten von Alpträumen heimgesucht wurden: Verzweiflung darüber, den Hunger nach innerem Frieden nicht stillen zu können. Was hat diese Frau erlebt, welche Bilder quälen sie so?, fragte sich Frank von Borsselen, der mit Mühe das Bedürfnis unterdrückte, Philipp zu neuen Verhandlungen zu überreden. Der Anblick der verzweifelten, aber Haltung bewahrenden Frau durfte ihn nicht von seiner Überzeugung abbringen. Der Vertrag, der zustande gekommen war, würde Bürgern, Gilden und Städten und damit dem Wohl der Länder mehr zugute kommen als eine Alleinherrschaft von Jakoba und Jan. Aus Brabant war bekannt, wie Jan seine Untertanen ausnahm. Und Jakoba war einfach zu unerfahren und steckte zu tief in der ausbeuterischen Haken-Tradition ihres Vaterhauses. Die Burgunder hatten die Zeichen der neuen Zeit erkannt, und diese Erkenntnis hatte Frank von Borsselen bewogen, sich auf die Seite Philipps zu stellen.

Philipp hätte den Seeländer gern noch enger an sich gebunden und hatte ihm eine hohe Position an seinem Hof in Dijon angeboten. Mit dem Hinweis auf zahlreiche Verpflichtungen in seinem Heimatland lehnte Frank ab. Er könne Philipp besser in Seeland dienen, erklärte er. Von dort aus sei es schließlich nur ein Katzensprung nach Flandern, wo sich Philipp doch am meisten aufhalte. Da Philipp wusste, dass sich Frank nicht nur mit Salzgewinnung beschäftigte, sondern vor allem an der Zusammenlegung von Inseln arbeitete, nahm er die Weigerung gnädig auf. Frank war erleichtert, denn bei dem Gedanken an Pomp, Prunk und Posen des Dijoner Hofs standen ihm die Haare zu Berge. Er brauchte ein einfaches übersichtliches Umfeld mit viel Himmel und weitem Horizont. Intrigen waren dem gradlinigen Seeländer ein Gräuel und ausschweifende Gelage hielt er für Zeit- und Geldverschwendung. Die Vorstellung, Höflingen schmeicheln zu müssen, war ihm ebenso ein Gräuel, wie aufgeputzten Damen Liebesgefühle vorzuspiegeln. Philipp amüsierte sich oft darüber, dass sich Frank in den Badehäusern nicht auskannte und sein Name auch nicht mit edlen Damen in Verbindung gebracht wurde. »Entweder du bist ein ganz besonders Gerissener oder das schöne Geschlecht lässt dich kalt«, hatte der Burgunder einmal erklärt, nachdem sich Frank höflich, aber bestimmt geweigert hatte eine seiner ausgemusterten Mätressen zu übernehmen. Frank hätte darauf antworten können, dass er warten wollte, bis ihm das Herz beim Anblick der einzig für ihn wahren Frau wirklich aufging, aber er schwieg. Erstens, weil er ein wortkarger Seeländer war, und zweitens, weil Philipp ihn nicht verstanden hätte. Der Sohn des Herzogs von Burgund mochte ihn in Liebesdingen für einen Eisblock halten, aber Frank kannte sich. Wenn er liebte, dann war es für immer, wenn er Mitgefühl hatte, dann kam es von Herzen. Wie jetzt, als er aufstand, um den Tisch herumging und Jakoba ein Tuch zusteckte.

»Es tut mir Leid um Euch«, flüsterte er, »aber Ihr sollt wissen, dass Seeland Euch allzeit willkommen heißen wird.«

Nie hätte sie sich vorstellen können, dass die Augen eines

Kabeljaus so warm und gütig blicken könnten. Sie schenkte ihm den Hauch eines Lächelns und bedauerte zutiefst, dass dieser Mann nicht ihrer Fraktion angehörte. Sie hatte David – aber mit dem war nach außen hin leider kein Staat zu machen.

Philipp hatte darauf bestanden, die Unterzeichnung des Friedensvertrags mit einem großartigen Fest zu feiern. Jakoba graute es davor, mit ihrem Onkel an einem Tisch speisen zu müssen. Als er sich unter dem Baldachin sogar noch neben sie setzte, stand sie auf. Eine schwere Hand drückte sie wieder auf ihren Stuhl.

»Nichtlein«, sagte Johann ohne Furcht, »Krieg führen ist nichts für Frauen. Ich bin froh, dass wieder Frieden zwischen uns herrscht. Schade nur, dass dies so viele Menschenleben gekostet hat.«

»Du hast deinen Eid gegenüber meinem Vater gebrochen«, zischte Jakoba.

»Nein. Ich habe deinem Vater versprochen Unheil von seinen Ländern abzuwenden. Das habe ich versucht. Und ich habe versprochen dir ein guter Ratgeber zu sein. Du hättest versprechen sollen auf mich zu hören, dann wäre uns einiges erspart geblieben!«

»Kabeljau!«, spuckte Jakoba aus.

»Ja, ich bin ein Kabeljau geworden, Jakoba. Aus gutem Grund. Ich gestehe auch anderen, sogar braven Bürgern, das Recht zu, frei herumzuschwimmen, wenn es niemandem zum Schaden gereicht. Das halte ich für redlicher als mit Haken nach dem schwer erarbeiteten Besitz der Untertanen zu angeln, wie es bisher üblich war. Es geht nicht nur darum, Länder zu besitzen, mein Kind, sondern auch, sie gut zu verwalten und an das Wohl der Bevölkerung zu denken. Warum glaubst du denn, dass ich so viel Unterstützung erhalten habe, dass sich so viele freiwillig melden, wenn ich zu den Waffen rufen lasse?«

Darauf hatte sie keine Antwort. Die Macht eines einstigen Bischofs, dem der Papst sogar die Genehmigung zur Eheschließung mit Jan von Brabants Stiefmutter erteilt hatte, schien schier unermesslich zu sein. Von ihrem Vater hatte Jakoba gelernt, jeder Fürst habe die Aufgabe, seinen Machtbereich zu erhalten und womöglich auszubreiten. Johanns Worte über das Wohl der Bevölkerung prallten an ihr ab. Sie verstand nicht, was er meinte. Bürger waren eine anonyme ungebildete Masse, die den Zwecken des Fürsten zu dienen hatte und deren Wohlergehen sie wenig anging. Das war gottgewollt und seit Urzeiten nicht anders gewesen.

Jakoba verabschiedete sich an jenem Abend sehr früh und zog sich in ihre Räume zurück. Sie schickte ihre Hofdamen weg, wollte selbst Marjan nicht in ihrer Nähe haben. Auf einem Stuhl am offenen Fenster hieß sie die Kühle der Nacht willkommen. Wie würde ihr Leben jetzt weitergehen? Laut Vertrag durfte sie nicht mehr in Holland wohnen, und das bedeutete, dass sie zusammen mit ihrem Mann nach Brabant ziehen müsste. Eine fürchterliche Vorstellung. Natürlich hätte sie auch nach Le Quesnoy zurückkehren können, aber da wohnte ihre Mutter, und sie fühlte sich jetzt nicht in der Lage, Marguerite gegenüberzutreten. Sie schämte sich, dass es ihr nicht gelungen war, das Erbe ihres Vaters intakt zu erhalten. Außerdem würde Jan in seine Heimat zurückwollen und als seine Frau musste sie ihm folgen. Sie schüttelte sich.

Leises Klopfen riss sie aus ihren Gedanken.

»Ja?«, antwortete sie ungehalten und wandte sich um, als sich die Tür öffnete.

Als sie ihren Mann erkannte, blickte sie wieder aus dem Fenster. »Geh weg!«, sprach sie den Satz, den sie ihm gegenüber wohl am häufigsten gebrauchte.

»Jakoba …«, murmelte er zögernd.

Sie stand auf und trat auf ihn zu. Irgendetwas verbarg er hinter seinem Rücken.

»Was willst du?«, fragte sie mit der autoritären Stimme, die sie für ihn reserviert hatte.

»Ich biete dir meine Hilfe an …«

Sie lachte. »Damit kommst du recht spät, findest du nicht?«

Er schüttelte den Kopf. »Ich meine es anders. Ich kenne ein Mittel, das dir helfen wird dich wohler zu fühlen.«

»Gift«, sagte sie, »mir kann nur noch Gift helfen.« Sie

streckte die Hand aus. »Das hast du mir wahrscheinlich mitgebracht. Du bist nicht jemand, der einen Dolch zu führen versteht.«

Zögernd zeigte er, was er in seiner Hand hielt.

Jakoba trat einen Schritt zurück, als sie die Geißel sah. Er reichte ihr die Geißel. Automatisch schlossen sich ihre Finger um den Griff. Fassungslos sah sie zu, wie sich Jan von seinen Beinkleidern befreite, sich über den Stuhl legte, auf dem sie gerade gesessen hatte und ihr seinen riesigen nackten Hintern zureckte. Sogar im schwachen Schein der Kerzen zeichneten sich darauf ein paar Pickel ab – und nicht nur das. Jakoba sah schlecht vernarbte Striemenspuren. Sie sog hörbar die Luft ein.

»Schlag mich«, bettelte Jan, »dann geht es mir wieder besser. Und dann schlage ich dich. Du wirst sehen, es hilft, alle Sorgen verschwinden, du wirst dich wieder rein wie frisch gefallener Schnee fühlen …« Jakoba ließ entsetzt die Geißel fallen. Jan war ein Kreuzbruder! Nie wäre sie auf die Idee gekommen, dass sich ihr Gemahl der Bewegung der Flagellanten angeschlossen haben könnte. Sie hatte vor wenigen Wochen erstmals von diesen seltsamen Menschen gehört, als ihr David berichtet hatte, das Konstanzer Konzil habe jetzt ihr Treiben verboten. »Was für Leute sind denn das, die sich freiwillig auspeitschen lassen?«, hatte sie gefragt. Und jetzt stellte sich heraus, dass sie mit einem dieser Leute verheiratet war!

Sie wandte sich ab. »Zieh dich an und geh!«, forderte sie ihn auf.

»Bitte, Jakoba, bitte, ich habe es doch verdient, ich habe dich im Stich gelassen, alles musstest du allein machen, weil ich so ein Feigling war.« In weinerlichem Ton redete er weiter ohne seine Position zu verändern.

Schließlich hielt es Jakoba nicht mehr aus. Sie packte die Geißel und schlug mit aller Kraft auf Jan ein. Blind vor Wut und Ekel züchtigte sie ihn, bis ein Tropfen Blut sie ins eigene Auge traf. Entsetzt hielt sie inne, griff nach ihrem Umhang und flüchtete aus dem Zimmer.

Schwer atmend blieb sie im Gang stehen und lehnte sich an die Wand. Marjan, dachte sie nur, ich muss zu Marjan! Aber sie wusste nicht, wohin ihre Freundin sich zurückgezogen hatte und wo sie sie suchen sollte. Ich besitze so viele Burgen und bin in den meisten doch eine Fremde, dachte sie. Ein Satz, den Johann der Unbarmherzige ihr am Abend zugeraunt hatte, schoss ihr durch den Kopf: »Du lebst im Luxus, Jakoba, und hast keine Ahnung, wie sehr dein Volk dafür darben muss. Das war es satt und darum hat es sich gegen dich gekehrt.« Aber sie war doch eine Fürstin von Gottes Gnaden! Zählte das denn überhaupt nicht mehr?

»Nein«, flüsterte sie flehentlich, als eine Vision vor ihr aufstieg. Entsetzt versuchte sie die Szene zu verdrängen, aber es gelang ihr nicht. Der ovale kleine Stein, der ihr in den vergangenen Jahren so gute Dienste erwiesen hatte, befand sich in dem Zimmer, wo Jan mit nacktem Hintern auf weitere Züchtigung wartete. Sie atmete erleichtert auf, als sich ein friedliches Bild entwickelte. Sie stand in einer Kirche und hielt ein Kind über ein Taufbecken. *Meins?*, fragte sie sich. Aber ganz bestimmt nicht von ihrem Gemahl. Nach den Ereignissen in ihrem Zimmer war sie entschlossener denn je, sich Jan von Brabant vom Leibe zu halten. Obwohl die Menschen in ihrer Vision sehr klein waren, versuchte sie Gesichter zu erkennen. Es gab nur einen Mann, der ihr entfernt bekannt vorkam, aber sie wusste nicht woher.

Das Bild verblasste, und Jakoba ging langsam den Gang entlang, bog um eine Ecke in einen weiteren, stieg eine steile Wendeltreppe hinauf, wanderte wieder einen Gang entlang, eine weitere Treppe hinauf und wusste weder, wo sie hinging, noch, wo sie sich befand. An den schwächer werdenden Festgeräuschen erkannte sie, dass sie sich weiter von dem Saal entfernte, in dem noch immer der Abschluss des Friedensvertrages gefeiert wurde. Ewig so weitergehen und mich in meinem Schloss verlieren, dachte sie. Plötzlich ging vor ihr eine Tür auf. Sie blieb erschrocken stehen.

»Gräfin Jakoba?«, fragte Frank von Borsselen überrascht.

Sie dachte daran, wie liebevoll er ihr das Taschentuch überreicht hatte, und brach augenblicklich in Tränen aus. Frank von Borsselen sah sich um. Sie waren allein auf dem Flur. Behutsam nahm er ihren Arm und steuerte Jakoba in das Zimmer, das er gerade verlassen hatte. Neben einem ungemachten Bett befand sich ein kleiner Stapel mit Büchern – eine unglaubliche Kostbarkeit. Noch nie in ihrem Leben hatte Jakoba mehr als dreißig Bücher an einer Stelle gesehen, und zwar beim Hofkaplan Dirk von Delft. Die Abschriften wurden wie Gold gehütet.

Frank von Borsselen folgte ihrem Blick. »Mein Luxus«, gab er zu, »und ich habe einen Traum. Dass eines Tages jemand kommt und ein Mittel entwickelt, um Bücher jedermann zugänglich zu machen.«

Jakoba lachte verunsichert. Noch ein Verrückter an diesem verrückten Abend.

»Da bräuchten wir aber viel mehr Mönche«, entgegnete sie und trocknete sich die Tränen an einem Tuch, das er ihr hinhielt.

»Mir werden bald die Tücher ausgehen«, lächelte er. »Dann werde ich Euch meinen Ärmel anbieten müssen. Nein, ich spreche nicht von Abschriften, sondern von einer Methode, die es möglich macht, Bücher in größerer Anzahl gleichzeitig herzustellen. Davon sind die Brüder der Feder nicht begeistert, aber es gibt Leute, die sich derzeit damit beschäftigen«, setzte er hinzu. Er führte Jakoba zu einem Stuhl. »Wenn Ihr mir sagt, was Euch in diesen Flügel des Schlosses führt, kann ich Euch vielleicht behilflich sein?«

Er mühte sich, sie nicht zu genau anzusehen. Einer Dame musste man auch im Nachthemd, selbst wenn dieses durch einen Umhang halb verborgen war, Respekt erweisen. Ein seltsamer Gedanke stieg in ihm auf: Wenn eine Nachthemd-Garderobe Tagesmode werden sollte, würde wohl jeder Jakoba für so schön halten wie er sie in diesem Augenblick. Es war aber weniger das Hemd als vielmehr das von keiner Kappe und keinem Zuckerwasser gezähmte, frei fließende dichte kastanienbraune Haar, das ihn bezauberte und Jakobas Züge weicher und liebenswerter erscheinen ließ. Dass dieses Prachtweib an einen so dummen und hässlichen Knaben gefesselt war! Das wäre eine Frau für Philipp gewesen! Er dachte an die knochige französische Prinzessin, mit der Philipp verheiratet war und die er ganz öffentlich mit ungezählten Mätressen betrog. Aber er dachte auch an Johann ohne Furcht, dem eine Verbindung seines Sohnes mit Frankreich erstrebenswerter erschienen war.

»Ich habe mich verirrt«, gab Jakoba kleinlaut zu.

In mehr als nur einer Hinsicht, dachte Frank und bot an, sie zu ihrem Zimmer zurückzubegleiten.

»Das wäre begrüßenswert«, entgegnete sie und war sich durchaus der Ironie bewusst, von einem Kabeljau in ihrem eigenen Schloss den Weg gewiesen zu bekommen. Nun, das passte zur Stimmung des ganzen Tages. Er reichte ihr seinen Arm. Einen Augenblick bedauerte sie, dieses unaufgeräumte, gemütliche Zimmer verlassen zu müssen. Sie hoffte nur, dass Jan inzwischen aus ihrem eigenen Gemach verschwunden war. Der Gedanke, ihn möglicherweise immer noch mit nacktem Riesenhintern über dem Stuhl hängend vorzufinden, ließ sie unwillkürlich auflachen. Die Szene von vorhin hatte ihren Schrecken verloren, war nur noch auf absurde Weise komisch. Frank sah sie fragend an.

»Man wird tatsächlich vermuten, dass ich Frieden mit den Kabeljauen geschlossen habe, wenn ich an Eurem Arm, Herr Frank, durch das Schloss gehe … im Nachthemd«, fügte sie noch hinzu.

Frank schoss das Blut ins Gesicht. Er wollte Jakoba auf keinen Fall kompromittieren.

»Ich könnte eine Eurer Hofdamen informieren«, erbot er sich.

Jakoba schüttelte den Kopf. Sie hätte nur Marjan um sich gewünscht und die hatte sich wahrscheinlich in irgendeines der vielen Turmzimmer zurückgezogen. Darum wohl war sie immer weiter nach oben gegangen.

»Ich habe keine Angst vor Gerüchten«, sagte sie und stand auf.

Frank öffnete die Tür und blickte hinaus. »Ich vermute, dass Ihr im Hauptgebäude oberhalb des Rittersaals untergebracht seid?«, fragte er.

Jakoba nickte. »Irgendwo da«, erwiderte sie.

»Wird Euer Gemahl Euch nicht vermissen?«

»Mein Gemahl«, bemerkte Jakoba mit besonderer Betonung, »ist anderweitig untergebracht.«

Ohne jemandem zu begegnen gelangten sie bis zu jenem Stockwerk, in dem sich Jakobas Zimmer befand. Plötzlich wurde es sehr laut. Eine brüllende Schar von Menschen raste die Treppen hinauf, man hörte Geklirr von Waffen und Rüstungen und aufgebrachte Stimmen. Frank riss eine Tür auf und zog Jakoba mit sich in ein dunkles Zimmer.

»Es muss etwas Furchtbares geschehen sein«, flüsterte sie.

Sie standen dicht nebeneinander und lauschten, wie tausend Schritte über den Flur zu rennen schienen. Mehrmals erklang der Name Philipps. Jakoba spürte den Körper des Mannes neben ihr, seinen Atem auf ihrer Stirn. Sie rückte näher an Frank heran. Dass er ein feindlicher Kabeljau war, vergaß sie, er war stark und besonnen und würde sie beschützen.

Wie von selbst legten sich seine Arme um sie, und sie hob den Kopf, um seinen Kuss zu empfangen. *Keine Frau für Philipp, eine Frau für mich*, dachte er voller Schreck, als ihre Lippen seine berührten. Jakoba drückte sich an ihn, spürte seinen Mund und seine Hände, wie sie noch nie einen Mund und Hände gespürt hatte, dachte ganz kurz an Jean, wie ungeschickt er doch gewesen war, und wünschte sich nur noch eins: von Frank auf ein Bett, das sich ganz bestimmt in diesem dunklen Zimmer befand, geworfen und endlich zur Frau gemacht zu werden.

»Jakoba«, murmelte er, als er sie nach einer kleinen Ewigkeit losließ, »verzeiht mir! Verzeiht mir!« Er öffnete die Tür und ging schnellen Schrittes dahin, woher all die Stimmen kamen.

Von Schluchzern geschüttelt fahndete Jakoba im Dunklen nach einem Sitz. Plötzlich hörte sie, wie eine Kerze entzündet wurde. Sie wirbelte herum.

»Endlich darf ich wieder atmen«, sagte Marjan und fügte hinzu: »Das wäre ein Mann für dich gewesen, meine arme Kleine!«

Jakoba hätte nur zwei Zimmer weiter gehen müssen, um ihre treue Freundin zu finden, aber ihr Schicksal hatte an diesem Abend dafür gesorgt, dass sich ihre und Frank von Borselens Wege kreuzten.

Jakoba flog in Marjans Arme.

»Ein Kabeljau!«, schluchzte sie.

»Das sind schließlich auch nur Menschen«, beruhigte sie Marjan und klopfte ihr sacht auf den Rücken. »Aber ich halte es für geraten, dass du dich wieder ankleidest und nach unten gehst. Es muss etwas geschehen sein und dies ist dein Schloss. Du musst wissen, was hier vorgeht.«

David stürzte auf sie zu, als sie – wieder im Festgewand – den Rittersaal betrat.

»Johann ohne Furcht ...«, stieß er atemlos hervor, »... ist ermordet worden. Von den Armagnacs und Karl höchstpersönlich. In eine Falle gelockt. Auf einer Brücke in Montereau. Schaurig, schaurig, wenn man den Einzelheiten glaubt. Und so dumm von Karl! Denn jetzt wird sich das Herzogtum Burgund zweifellos England zuwen–«

Jakoba schob den Zwerg zur Seite. *Philipp*, dachte sie, *du Armer, du Armer!* Sie wusste, was es bedeutete, einen Vater zu verlieren, und sie wusste, dass Philipp seinem noch näher gestanden hatte als sie ihrem. Der Mann mit dem hässlichen finsteren Gesicht und der verschwenderischen Garderobe war sein bester Freund gewesen.

Sie musste nicht lange suchen. Der sonst immer gefasste Philipp, der selten die Stimme erhob, stand auf einem Tisch im Rittersaal, schwang sein Schwert und brüllte. Zu seinen Füßen auf den halb geleerten Schüsseln lag der teure purpurrote Mantel, den er an diesem Tag getragen hatte, und darauf ein Häuflein Goldschmuck.

»Rache!«, rief Philipp mit sich überschlagender Stimme. »Rache dem Hause Armagnac, Rache dem Dauphin! Ich schwöre, nicht zu ruhen, ehe nicht die Mörder meines Vaters ihre gerechte Strafe erhalten haben. Ich werde keinen Schmuck mehr tragen ...« – er beugte sich nach unten, nahm das Gold auf und warf es unter die Ritter, die den Tisch umringten – »... und mich und mein Gefolge nur noch schwarz kleiden, bis sein Tod gerächt ist. Und Frankreich ...«, seine Stimme hallte jetzt durch den ganzen Saal, »Frankreich, sei gewarnt! Deine Feinde sind jetzt unsere Freunde!«

Sein Blick fiel auf Jakoba. Er sprang vom Tisch, eilte auf sie zu, fiel ihr um den Hals und weinte. Sie wären beide gestürzt, wenn nicht ein starker Arm das Paar aufgefangen hätte.

»Du bist nicht allein, Philipp«, sagte eine Stimme, die Jakoba an diesem Abend lieben gelernt hatte, »wir werden dir beistehen.« Einen im Saal erschütterte diese Nachricht aus ganz anderen Gründen. Johann der Unbarmherzige saß in einer Ecke und leerte nachdenklich einen Becher Wein. *Ein Gegner weniger*, dachte er, *aber sein Nachfolger könnte mir gefährlicher werden. Er hat die gleichen Ziele wie ich. Nein,* verbesserte er sich, *Philipps Ziele sind viel weiter gesteckt, aber einige kommen meinen in die Quere.* Johann der Unbarmherzige würde sehr wachsam sein müssen.

Die Festlichkeiten und Turniere der nächsten Tage wurden abgesagt. Philipp, der neue Herzog von Burgund, eilte zurück nach Flandern. Als Erstes verbannte er seine Gemahlin Michaela in ein Kloster. Sie war die Schwester des Mannes, der seinen geliebten Vater getötet hatte, und er wollte sie nie wieder sehen. Als sie drei Jahre später starb, weigerte er sich sogar, ihr die letzte Ehre zu erweisen.

Jakoba und Jan begaben sich an Jans Hof in Brüssel. Hier erst begriff die junge Frau, was es bedeutete, ihrem Gemahl ausgeliefert zu sein. Bisher hatten sie sich in ihren Ländern aufgehalten, umgeben von ihren Getreuen. Sie hatte das Wort geführt, sich den Gefahren einer Schlacht ausgesetzt und bestimmt, was geschehen sollte. Keinen Augenblick hatte sie daran gezweifelt, den schwachen, dummen Knaben an ihrer Seite beherrschen zu können.

Aber in Brüssel war alles anders.

Jan ließ keinen Zweifel daran, dass er hier der Herr war. Schon in der ersten Nacht stürmte er ohne anzuklopfen in ihr

Schlafzimmer und bestand auf Erfüllung ihrer ehelichen Pflichten. Jakoba, die an ihrem Lesepult versucht hatte das finanzielle Chaos ihres Hauses zu begreifen, forderte ihren Gatten auf, augenblicklich zu verschwinden. Aber in Brabant verfehlte die autoritäre Stimme ihre Wirkung. Jan hatte sich vor Jakobas Bett aufgebaut und wich keinen Zentimeter.

»Glaube nicht, dass mich deine Reize hierher geführt haben«, sagte er, »dann könnte ich mir genauso gut eine Ziege ins Bett legen ...«

»Dann tu das doch!«, fauchte Jakoba.

»Die könnte mir nicht den erforderlichen Erben geben. Und wenn ich kinderlos sterbe, fallen meine Länder an Johann den Unbarmherzigen, wie du weißt.«

»Meine Länder!«, echote sie empört.

»Nein, meine. Es wird Zeit, dass du dich wie eine Ehefrau beträgst.« Er trat näher und fasste sie hart am Arm. »Und zwar noch heute Nacht.«

In Jakoba arbeitete es. Sie wusste, dass sie ihm körperlich unterlegen war und er sie mit Gewalt nehmen konnte, wenn er dies wünschte. Wahrscheinlich würde ihm das sogar Spaß bereiten. Es war Zeit für eine andere Taktik.

»Bitte«, flüsterte sie. »Lass mich los. Du hast ja Recht.«

Misstrauisch sah er ihr ins Gesicht. Sie hatte den Blick gesenkt und ihre Unterlippe zitterte leicht. Er ließ sie los. »Gut, Madame, und jetzt entferne die Gewänder, damit ich endlich sehen kann, was ich für teures Geld gekauft habe.«

Jan hielt sie auf, als sie die Lärmkugel in das Bronzebecken werfen wollte. Jakoba sah ihn unschuldig an. »Ich muss meine Zofe rufen, Jan ...«

Unwillig schüttelte er den Kopf. »Wenn du es nicht schaffst, dich allein zu entkleiden, reiße ich dir die Kleider höchstpersönlich vom Leib.«

Es klang alles einstudiert, so, als ob jemand ihn auf dieses Gespräch vorbereitet hätte. Wahrscheinlich Willem van den Berg, dachte Jakoba grimmig, der weiß, dass ich ihm auf der Spur bin. Er wird Jan geraten haben mich einzuschüchtern. Langsam zog sie sich ihre lange Weste über den Kopf.

»Schneller«, drängte Jan.

»Wo ist denn dein … dein … Spielzeug?«, fragte Jakoba und schwang eine imaginäre Peitsche. Sie würde ihn lieber wieder verprügeln als seinen Körper an ihrem spüren.

Er lachte. »Nein, meine Liebe, dafür habe ich Leute, die sich besser darauf verstehen.«

»Ich muss dich auf etwas aufmerksam machen«, sagte Jakoba flüsternd. Sie blickte an sich herab. »Es ist besser, wenn wir ein paar Tage warten … die Zeit des Monats, verstehst du?«, hauchte sie.

»Zeig es mir!«, forderte er.

Sprachlos sah sie ihn an.

In dem Augenblick klopfte es und Beatrix trat ein. Sie wollte sich sofort wieder zurückziehen, als sie den Herzog sah, aber der flehende Ausdruck in Jakobas Augen ließ sie an der Tür verharren.

»Verschwinde!«, bellte Jan sie an.

»Ein Bote ist da. Mit einer wichtigen Nachricht«, stotterte Beatrix.

Jakoba hätte sie umarmen können. In Jans Augen glomm jetzt ein seltsames Feuer. Er musterte die Hofdame seiner Frau. Sie sah Jakoba nicht unähnlich, war aber erheblich fülliger, etwas, was der Herzog bei seinen Gespielinnen schätzte. Sein Auge war schon früher auf sie gefallen, aber er hatte sich zurückgehalten, da sie mit einem von Jakobas Rittern verheiratet war. Aber jetzt befand er sich in seinem Land, in seiner Stadt, in seinem Schloss! Hier machte er die Gesetze. Und außerdem war Beatrix Zeugin seiner Demütigung in der Hochzeitsnacht gewesen. Dafür musste sie bestraft werden. Er trat auf sie zu, fasste sie grob am Arm und schleuderte sie aufs Bett.

»Entweder meine Frau oder ihre Schwester!«, grölte er. Beatrix regte sich nicht. Sie wusste, wann Widerstand zwecklos war.

Mit beiden Händen hatte sich Jakoba an der Rücklehne eines Stuhls so stark aufgestützt, dass ihre Knöchel weiß hervortraten. Plötzlich warf sie den Stuhl zur Seite und rannte zur Tür. Herzog Jan war trotz seiner Fettleibigkeit schneller. Er drehte den Schlüssel im Schloss, steckte ihn in seine Wamstasche und stieß Jakoba zu ihrer Schwester aufs Bett. Beatrix hatte sich nicht von der Stelle gerührt. Jakoba sprang auf und begann zu schreien. Er versetzte ihr eine Ohrfeige.

»Das«, stieß er zwischen den Zähnen hervor, »wollte ich schon lange tun!«

Jakoba schmeckte Blut. Wieder stürzte sie sich auf ihren Mann. Diesmal schlug er sie so kräftig vor die Brust, dass sie taumelnd durchs Zimmer flog, sich den Kopf an der Tür stieß und halb bewusstlos hinstürzte. Der Nebel, der vor ihren Augen aufstieg, lichtete sich schnell und machte Platz für eine fürchterliche Vision. Sie glaubte Marjan zu erkennen, eine viel jüngere Marjan, die den Mund zu einem stummen Entsetzensschrei geöffnet hatte und in deren Augen Wahnsinn und Todesangst flackerten. Jakoba sah nur den Kopf und der befand sich in einem Flammenmeer. Sie schrie.

»Was schreist du denn?«, hörte sie plötzlich Jans Stimme. »*Dich* habe ich doch gar nicht angerührt.«

Sie musste ein paar Mal blinzeln, ehe sie wieder scharf sehen konnte. Der Herzog war von ihrem Bett gestiegen und zog sich die Beinkleider an. Von Beatrix war nur der entblößte Unterkörper zu sehen. Die hochgeschobenen Röcke verbargen ihr Gesicht. Jan gab ihr einen Klaps.

»Ein hervorragend zugerittenes Pferd«, erklärte er gut gelaunt. »Das werde ich jetzt öfter besteigen.«

Jakoba stand langsam auf, ging zum Bett, zog Beatrix' Röcke wieder nach unten und umarmte ihre Schwester.

»Es tut mir so Leid«, flüsterte sie, »so Leid …«

Beatrix setzte sich auf. Entsetzt blickte Jakoba auf die Bissspuren an ihrem Hals. »Es war schnell vorbei«, murmelte Beatrix.

»Was für ein Bote?«, fragte Jan. »Du hast doch eben von einem Boten gesprochen?«

Beatrix setzte sich auf und band sich die Haare zusammen. »Ein päpstlicher Kurier«, antwortete sie, als ob nichts geschehen wäre. Aber in ihr kochte es. *Sie* suchte sich die Männer aus, die sich ihr nähern durften, und diesen Fettwanst hätte sie nie erwählt. Er würde es ihr büßen müssen, schwor sie. Ihrem Mann würde sie nichts sagen, aber Philipp. Am liebsten hätte sie sofort einen Boten nach Flandern geschickt, aber sie wusste, dass Philipp jetzt andere Sorgen hatte. Und Jakoba hatte nichts getan, um sie zu beschützen! Auf dem Boden vor der Tür hatte sie gelegen, wahrscheinlich zugeschaut und sich gefreut, dass wieder mal ein anderer den Kopf für sie hingehalten hatte – in diesem Fall natürlich den Körper! Jakoba war an allem schuld.

Wenig später ließ der Herzog Jakoba in einen der Empfangsräume rufen. Er hatte einen Brief in der Hand, den er ihr laut vorlas. Es war die endgültige päpstliche Dispens für die Ehe. Auf diesem Schriftstück hatte Philipp bei der Vertragsunterzeichnung bestanden. Den Papst hatte er wissen lassen, mit der Anerkennung dieser Ehe würden Krieg und Blutvergießen in den niederen Landen ein Ende haben. Papst Martin V. erklärte damit das zweite Papier, die Ungültigkeitserklärung, für null und nichtig.

In den folgenden Tagen zog Herzog Jan die Zügel strenger an. Er verlangte, alle Hofdamen Jakobas in ihre Länder zurückzuschicken und statt ihrer Brabanter Frauen einzustellen. Er hätte auch gern Marjan entfernt, aber das traute er sich nicht. Die streng gekleidete Frau, die kaum sprach, den Blick selten hob und sich geräuschlos bewegte, flößte ihm Angst ein. Es war etwas Heiliges um sie, fand er und fürchtete, auch Geißlung würde ihn nicht von dieser Sünde befreien, wenn er sie verstieß. Er wollte es sich mit Gott keinesfalls verderben.

Jakoba wehrte sich gegen die Abschiebung ihrer Hofdamen. Sie verbarrikadierte sich mit ihnen in ihrer Zimmerflucht. Jan gab der Hofküche den Auftrag, keine Lebensmittel in diese Räume bringen zu lassen. Er würde seine Frau aushungern! Aber die Frauen hatten sich auf eine Belagerung eingerichtet, und außerdem gab es noch David, der für frisches Wasser und zusätzliche Nahrung sorgte. Der Herzog, dem gegenüber David sich immer ausnehmend albern verhielt, nahm den Zwerg nicht ernst und ließ ihn ungestört im Schloss herumlaufen. Aber dann hörte er von seinem Schatzmeister Willem van den Berg, dass der kleine Mann sich seinen Befehlen widersetzt hatte. Augenblicklich ließ er ihn zum Auspeitschen auf den Hof bringen.

Er selbst wollte den Rebellen strafen. Aber dazu kam es nicht. Jan hatte die Peitsche noch nicht erhoben, als Marjan auf den Hof trat. Ihm kam es beinahe so vor, als ob sie sich ihm schwebend näherte. Ein trauriges Lächeln lag um ihren Mund, als sie auf den Herzog zuging und ihm die Peitsche einfach aus der Hand nahm.

»Herr«, sagte sie und er staunte, wie melodisch ihre Stimme klang, »beendet den Krieg im eigenen Haus. Ihr habt dazu die Macht.«

Noch am selben Abend ließ er Jakoba wissen, dass ihre Damen bleiben könnten.

Willem van den Berg beobachtete mit großem Unbehagen, dass Jakoba sich für den Zustand der Finanzen zu interessieren schien, und beklagte sich bei Jan. Seine Gemahlin habe Unsummen für den unsinnigen Krieg mit ihrem Onkel ausgegeben, obwohl schon im vornherein klar gewesen wäre, wie dieser Kampf ausgehen würde. Er, van den Berg, habe sie auf Knien angefleht zu verhandeln statt zu kämpfen, aber sie hätte ihn ausgelacht und das Geld aus der Kasse ihres Gemahls für Bollwerke verschwendet. Und all ihre Kriegstreiberei habe dazu geführt, die Position des Hauses Brabant bei den Verhandlungen derart zu schwächen, dass der Herzog nur noch über einen Bruchteil der durch die Ehe eingebrachten Lande verfügen konnte. Jan glaubte jedes Wort. Jakoba war eine Verschwenderin. Nun, er würde ihr den Geldhahn zudrehen!

Ihrem Bett näherte er sich nicht mehr. Er fürchtete schwach zu werden und ihr möglicherweise die Handlungen, die ihn – wie van den Berg versicherte – in den Ruin treiben würden, zu vergeben. Er musste sie erst zähmen und brechen, dann würde er sich an die Produktion des Erben begeben. Bis dahin würde er seine Freuden bei den Damen suchen, die seine Gegenwart zu schätzen wussten. Beatrix gehörte nicht dazu, obwohl er sich das gewünscht hätte. Nach der Szene in Jakobas Zimmer schalt er sich für seine Unbeherrschtheit. Nie hätte er die Frau eines Ritters gegen ihren Willen anrühren dürfen! Dafür waren schon Könige ermordet worden. Er konnte nur hoffen, dass Beatrix den Mund hielt. Zusammen mit einer gestotterten Entschuldigung überreichte er ihr eine schwere Goldkette. Jan von Vliet war zwar nicht in der Nähe gewesen, aber das nahm ihm nicht die Angst vor einem möglichen Anschlag auf sein Leben. Das Beste wäre es gewesen, wenn Beatrix den Brabanter Hof verließe. Deshalb hatte er alle Hofdamen entfernen wollen.

Beatrix selbst nutzte die Gunst der Stunde und bat Jakoba um eine Versetzung. Nach allem, was vorgefallen war, hatte Jakoba dafür Verständnis. »Aber wohin, Beatrix? Du weißt, dass meine Mutter dich nicht aufnehmen wird.«

»Auch als ehrbare Ehefrau bleibe ich für sie ein Bastard«, nickte Beatrix und wartete auf die richtige Eingebung Jakobas.

»Und zu unserem Onkel wirst du nicht gehen wollen.« Beatrix unterdrückte ein Lächeln. Jakoba ging davon aus, dass ihr Personal auch ihre Abneigungen teilte. »Es müsste ein Hof sein, wo sich auch mein Mann bewähren könnte«, half ihr Beatrix weiter. »Wo er etwas lernen könnte.«

»Es ist ein Jammer, dass Philipp seine Gemahlin verbannt hat«, überlegte Jakoba, »sonst würde ich dich zu ihr schicken.«

»An seinem Hof gibt es sicher auch noch andere Aufgaben für eine Dame«, bemerkte Beatrix. »Für meinen Mann wäre es eine gute Schule, und außerdem wäre es für dich nützlich, dort Augen und Ohren zu haben.«

»Das ist wohl wahr«, überlegte Jakoba und dachte, wie viel lieber es ihr gewesen wäre, wenn diese Augen und Ohren Frank van Borsselen gehört hätten. Aber der Seeländer war leider ein unbeugsamer Kabeljau.

»Ich werde Philipp schreiben«, versprach sie.

»Lass uns den Brief selbst überbringen«, bat Beatrix, die sich nur zu gut daran erinnerte, wie Philipp auf ihren Wunsch, an seinen Hof zu kommen, reagiert hatte. »Ich möchte hier keinen Tag länger bleiben als nötig!«

Sobald Jan von Vliet aus Holland zurückgekehrt war, reiste sie mit ihm ab.

Herzog Jans Schikanen gingen weiter. Jakobas Hofdamen wurden bei Tisch übergangen und mussten sich selbst bedienen. Jakobas Lieblingsfalke wurde verkauft und auf ihren neu angelegten Kräutergarten ließ er seine Hunde los. Als Tuchhändler ihre Ware im Schloss präsentieren wollten, schickte sie der Herzog weg. Die Garderobe seiner Gemahlin bräuchte in den nächsten Jahren nicht erneuert zu werden. Jakoba stellte ihn zur Rede, aber er warf ihr Verschwendung vor und ließ sich auf kein Gespräch mit ihr ein. Er beschlagnahmte ihre Schmuckkassette und ließ ihr nur stark verdünnten Wein ausschenken. Frisches Obst sah sie wochenlang nicht. Sie war ans Schloss gebunden, da Jan den Auftrag gegeben hatte, ihr Pferd auf keinen Fall zu satteln. Dankbar, dass er sich ihr nicht länger aufdrängte, ließ sich Jakoba alles gefallen. Lieber würde sie ungeschmückt in Fetzen zwischen Schlossmauern herumlaufen als diesem Mann zu Willen sein!

David war seit dem Vorfall mit der Peitsche verschwunden, und jetzt hatte sie niemanden, der sie über die Ereignisse in ihren Ländern informieren konnte. Jan überwachte ihre Korrespondenz.

Außer Marjan durfte Jakoba niemanden empfangen. Marjan versuchte ihr die Gefangenschaft erträglich zu machen. Sie schmuggelte gezuckertes Obst, Gewürzkuchen, Wein und Blumen in ihr Zimmer, spielte ihr auf der Harfe vor und schlich mit ihr manchmal nachts hinaus in den Schlossgarten. In dieser Zeit plagte Jakoba eine sich ständig wiederholende Vision: Blutfontänen, die aus dem Rumpf eines Mannes spritzten, dem der Kopf abgeschlagen worden war. Jakoba konnte diesen Anblick ertragen, wenn sie sich vorstellte, der im Bild nicht sichtbare Kopf gehörte Jan. Einmal wartete sie sogar sehr lange mit dem Wenden des Steines, weil sie hoffte einen Blick auf den abgeschlagenen Kopf werfen zu können.

Sie dachte nur noch an Flucht. Aber wohin? Manchmal, wenn sie nachts nicht schlafen konnte, versetzte sie sich in Gedanken auf ein Boot, das sie ganz weit weg brachte. *Engelland*, dachte sie, da wäre ich vor Jan sicher.

Natürlich klangen ihr auch noch die Worte Franks in den Ohren. In Seeland wäre sie jederzeit willkommen ... Aber über Seeland herrschte jetzt Johann der Unbarmherzige zusammen mit Jan von Brabant. Und Frank würde sie nicht vor ihrem Mann beschützen können – er war nicht nur ein Kabeljau, sondern auch ein Freund Philipps, der große Anstrengungen unternommen hatte, diese Ehe zustande zu bringen. Warum eigentlich? Um sie zur mächtigen Herrscherin über viele Länder zu machen, wie er behauptet hatte? Wieso hatte er dann zugelassen, dass sie ihre Macht hatte abgeben müssen? Wieso hatte er keine Truppen geschickt, als sie gegen ihren Onkel Krieg führte? Er hatte ihrer Eitelkeit geschmeichelt und sie in diese Ehe hineingeredet! Aber jetzt, da sie endlich Muße hatte nachzudenken, musste sie sich eingestehen, dass der beste Freund ihrer Kindheit als Herzog von Burgund nicht unbedingt ihr Wohl im Auge hatte. Und der Gedanke schmerzte.

Du musst schnell erwachsen werden, hatte ihr Vater ihr ans Herz gelegt, als sie Kronprinzessin von Frankreich geworden war. Das war leichter gesagt als getan. Jakoba war gerade erst neunzehn Jahre alt geworden, und zum ersten Mal begriff sie, dass die Gnade der hohen Geburt nicht ausreichte. Gott machte zwar die Fürsten, aber er erwartete auch, dass sie richtige Entscheidungen trafen. Sie musste selbst denken lernen. Und herausfinden, wer ihre wirklichen Freunde waren.

Zwei davon trafen in dunkler Nacht in Brüssel ein. Die Wachen erkannten den Zwerg, der zum Haushalt gehörte, und Dirk von der Merwede, der erst vor wenigen Wochen das Schloss verlassen hatte. Sie grüßten und ließen das Paar durch.

David weckte als Erstes Marjan und schickte sie in den Stall. Sie würde es schaffen, zwei weitere Pferde in den Schlossgarten zu führen ohne die Stallburschen aufzuschrecken. Es gab einen kurzen heftigen Wortwechsel zwischen Marjan und David. Zur Flucht durften sie nur das Allernotwendigste mitnehmen, aber Marjan bestand darauf, ihr Lebenswerk einzupacken. Kopfschüttelnd sah David zu, wie sie die Decke, an der sie schon seit vielen Jahren stickte, sorgfältig in einem Leinensack verstaute.

Dirk von der Merwede begab sich sofort zur Kammer des Oberschatzmeisters. Er riss ihn aus dem Schlaf und sagte: »Wer seine Herrschaft bestiehlt, mit ihren Feinden gemeinsame Sache macht und uns den Lohn vorenthält, muss dafür zahlen.«

Bevor Willem van den Berg den Mund öffnen konnte, hatte ihm Dirk von der Merwede mit einem Streich den Kopf abgeschlagen.

Jakoba glaubte zu träumen, als David sie wachrüttelte. »Schnell«, sagte er, »wir müssen weg.«

Die Tür zum Zimmer des Oberschatzmeisters stand offen. Mit seiner Kerze leuchtete David hinein. »Der Ritter von der Merwede hat seine Arbeit getan. Er wird unten auf uns warten«, bemerkte David. Jakoba biss sich auf die Lippen. Im schwachen Schein der Kerze sah sie auf dem Boden nahe der Tür den Kopf, der in ihrer Vision gefehlt hatte.

Sie verließen durch das hintere Tor das Schlossgebiet, und Dirk von der Merwede entschuldigte sich bei Jakoba, dass er zu diesem Zweck den Wachposten hatte bewusstlos schlagen müssen.

»Ich war vorsichtig«, versicherte er. »Der Mann wird morgen nur Kopfschmerzen haben.«

»Etwas, was Herrn van den Berg nicht mehr plagen kann«, lachte der Zwerg.

Marguerite erwartete die Flüchtlinge. Jakoba konnte sich nicht erinnern, jemals von ihrer Mutter eine Zärtlichkeit empfangen zu haben. Als Marguerite sie nun in die Arme nahm und sie in ihren Aprikosenduft einhüllte, brach sie in Tränen aus.

»Du armes Kind«, flüsterte die Herzogin-Witwe, »was du zu leiden hattest! Ich mache mir fürchterliche Vorwürfe. Aber wer hätte das von Jan vermutet! Von einem Enkel meines Vaters Philipp des Kühnen! Zum Glück haben wir David!«

Sie hob den kleinen Mann hoch und drückte ihn an ihr Herz. »Dank dir, du gottgesandter kleiner Mann. Ich bin froh, dass du wieder da bist!« Dann wandte sie sich an Jakoba. »Natürlich kannst du hier nicht bleiben.« Jakoba kniff die Lippen zusammen. So kannte sie ihre Mutter.

Marguerite war über den Mord an Willem van den Berg entsetzt.

»Es gibt nur eines, was noch dümmer gewesen wäre, nämlich dem Herzog selbst den Kopf abzuschlagen! Jakoba, jetzt kann ich dir wirklich nicht mehr helfen! Und ich weiß auch nicht, wer sonst.« Auf ihrer Unterlippe herumkauend lief sie im blauen Zimmer auf und ab. »Ein geköpfter Oberschatzmeister und eine geflüchtete Hausfrau ... Selbst Philipp wird dir hier nicht helfen können.«

»Ich brauche seine Hilfe nicht«, erklärte Jakoba verstockt.

»Wessen dann? Die deines Onkels Johann von Bayern? Weißt du, dass er inzwischen – über euren Friedensvertrag kann ich ja nur lachen! – fast ganz Holland und Seeland in Händen hat? Dein edler Gemahl, ja, ja, ich gebe zu, ich habe mich in ihm geirrt, lässt ihm völlig freie Hand.« Sie gab ihrer Stimme den Klang eines quengelnden Kindes: »Ach, lieber Onkel Johann, ich verstehe doch nichts von Holland und Seeland, mach du nur, was du für richtig hältst ... Das lässt er sich natürlich nicht zweimal sagen, und wo sich noch ein paar verirrte Haken wehren, schlägt er sie auf altbewährte Manier nieder. Glaub nicht, dass die Ehe ihn milder gemacht hat! Der Krieg in deinen Ländern ist wieder aufgeflammt, Jakoba, aber das ist dir wohl entgangen! Und am schlimmsten ist, dass dieser Feigling Jan auch den Hennegau preisgegeben hat.«

Marguerite packte Jakoba an den Schultern und schüttelte sie. »Aber der Hennegau«, fauchte sie, »das ist *mein* Erbe, und ich würde lieber sterben als es in bayerischen Händen zu sehen!« David machte den Mund auf und klappte ihn sofort wieder zu. Es war jetzt sicherlich nicht ratsam, sie daran zu erinnern, dass ihr dieses Erbe über ihren ebenso bayerischen

Gemahl zugefallen war. Wenn Marguerite einen ihrer Anfälle hatte, musste man sie toben lassen. Danach konnte man vernünftig mit ihr reden.

Als sich Marguerite nach ihrer Tirade erschöpft in einen Sessel fallen ließ, meldete sich David zu Wort. »Es gibt die kleine Möglichkeit einer Lösung.«

Alle starrten ihn gebannt an, als er aus seinem Wams eine an mehreren Stellen geleimte Schrift zog. »Der Widerruf des Papstes. Die Ungültigkeitserklärung der Ehe.«

Marguerite winkte ab. »Inzwischen hat der Papst die Dispens noch einmal bestätigt.«

»Aber als die Ehe geschlossen wurde, galt der Widerruf«, gab David zu bedenken. »Jan und Jakoba haben gegen den Willen des Papstes geheiratet!«

»Hätte ich mich nur daran gehalten!«, rief Jakoba.

Marguerite zog den Zwerg auf ihren Schoß und drückte ihn an sich. »Eine kluge Idee, David, aber ich fürchte, sie ist juristisch unhaltbar. Erinnerst du dich nicht, dass die Ehe nach dem neuen Ritus vollzogen worden ist? Damit hinterher niemand die Ehe für ungültig erklären kann? Jeder hat gesehen, wie meine Tochter mit diesem widerlichen Knaben vor dem Altar ins Bett gestiegen ist.«

In das du mich gestoßen hast, dachte Jakoba. Es wurde wirklich allerhöchste Zeit, dass sie ihr Schicksal selbst in die Hand nahm. *Eigentlich bin ich von anderen gelebt worden,* dachte sie. Sie konnte nur an einen einzigen Rat denken, der ihr gut getan hatte. Ihre Finger umschlossen den kleinen ovalen Stein und sie blickte voller Dankbarkeit zu Marjan.

»Ich werde die Ehe mit Jan öffentlich für ungültig erklären«, sagte sie und wandte sich an Dirk von der Merwede. »Ich fürchte, du wirst nicht viel Zeit zum Ausruhen haben, mein Freund. Morgen früh musst du dich auf den Weg nach England machen. Ich habe eine wichtige Botschaft für König Heinrich.«

4. KAPITEL

Im Exil

1420–1421

Der König von England war bester Laune, als er sich an einem kühlen Winterabend zum Speisen in die Haupthalle begab. Er hatte einen Bärenhunger und freute sich auf seinen Krug Bier. Gerade hatte Heinrich V. seinen besten Rittern wieder einmal bewiesen, dass keiner Eisenstangen und schwere Steine so weit werfen konnte wie er, und wieder hatte ihn niemand beim Ringen oder Rennen besiegt. Sein Körper war noch genauso kräftig wie in seinen Jugendjahren und er wusste, dass sein Volk jetzt auch seinen Geist zu schätzen gelernt hatte.

Als er sieben Jahre zuvor den Thron bestiegen hatte – wobei die Rechtmäßigkeit seiner Nachfolge von einigen Seiten angezweifelt worden war –, hatte sich wohl kaum jemand vorstellen können, wie erfolgreich seine Herrschaft sein würde. Keiner hatte damit gerechnet, dass er mit der Übernahme der Verantwortung sofort seinem alten ausschweifenden Leben, seinen zweifelhaften Freunden, seinen zahlreichen Geliebten und vielen seiner schlechten Angewohnheiten Adieu sagen würde. Erst vor wenigen Tagen hatte ihm der Erzbischof von Canterbury gestanden, bei keinem Menschen jemals zuvor eine solche Wandlung vom Saulus zum Paulus erlebt zu haben, von Sünde zu Tugend, von Leichtsinn zu Verantwortung.

Nicht immer war es Heinrich leicht gefallen, sein altes Verhalten abzulegen. Er wusste, dass seine Manieren noch viel zu wünschen übrig ließen und dass die französischen Höflinge seiner Frau ihn hinter vorgehaltener Hand einen Barbaren nannten. Katharina zuliebe würde er sich bessern, nahm er sich immer wieder vor, aber er konnte es eben nicht verhindern, dass ihm bei Mahlzeiten Rülpser oder schlimmere Geräusche entfuhren.

Manchmal fand er auch, dass seine Frau es mit ihrem Beharren auf feiner Lebensart übertrieb. Schließlich hatte sie in ihrem jungen Leben am französischen Hof einiges miterlebt. Die amourösen Ausschweifungen ihrer Mutter waren legendär, und ihr Vater hatte sich mehr als einmal während einer Audienz all seiner Kleider entledigt, war brüllend durchs Schloss getobt und hatte alles, was sich ihm in den Weg stellte, kurz und klein geschlagen. Nun gut, König Karl war geisteskrank und damit wollte sich Heinrich nicht vergleichen.

Mit Katharina hatte er das große Los gezogen. Nicht nur weil durch diese Heirat sein Anspruch auf den französischen Thron endlich akzeptiert worden war – er dachte noch immer mit Freuden an den triumphalen Einzug in Paris an der Seite seines schwachsinnigen Schwiegervaters –, sondern weil Katharina eine der schönsten, edelsten und liebenswertesten Frauen ihrer Zeit war. Er liebte ihren niedlichen französischen Akzent und nahm es seinen Beratern übel, dass sie darauf bestanden, ihn ihr auszutreiben. Es mache sich nun einmal nicht gut, wenn die Königin von England jeden daran erinnere, dass sie aus dem Land des Feindes stamme, hieß es. Denn leider musste Heinrich in Frankreich immer noch Krieg führen. Aber Katharinas Bruder, der von seiner Mutter enterbte Dauphin, konnte mit seinen Truppen nur wenig gegen die glorreichen englischen Bogenschützen mit ihren *long bows* und den Pfeilen mit der enormen Reichweite ausrichten. Heinrich, der sich mit seinen drei Brüdern vorzüglich verstand, begriff die Zerrissenheit des französischen Königshauses nicht, obwohl Philipp, der Herzog von Burgund, versucht hatte ihm die Hintergründe zu verdeutlichen.

König Heinrich schätzte und fürchtete Philipp mehr als einst dessen Vater. Es zeichnete sich jetzt schon ab, dass dieser junge Mann zur bedeutendsten Figur des Kontinents heranwachsen würde, und deswegen war es unbedingt erforderlich, sich seine Gunst zu erhalten. Die Verhandlungen zum Friedensvertrag in Troyes zwischen England und dem französischen Königshaus – vertreten durch Königin Isabella – hatte er mit viel Gespür geleitet. Schon sein Auftritt hatte die Engländer beeindruckt: Philipp war vor seinem ganz in Schwarz ausgestatteten Hofstaat hergeritten, in einen schwarzen Samtmantel gehüllt, der so lang war, dass er nicht nur die Flanken des Pferdes bedeckte, sondern bis zur Erde reichte. Die Nachricht, die er der Welt damit übermittelte, war deutlich. Er mochte in Troyes zwar als Vermittler auftreten, aber seine eigene Mission, nämlich den Tod seines Vaters Johann ohne Furcht zu rächen, war noch nicht erfüllt.

Heinrich hielt es für einen Geniestreich, dass der Burgunder es fertig gebracht hatte, Isabella davon zu überzeugen, ihren Sohn öffentlich zu verleugnen und zu enterben. Was den natürlich nun erst recht dazu anspornte, die Waffen gegen die Engländer zu erheben … Inzwischen wusste Heinrich auch, dass Philipp bei den Verhandlungen zum Friedensvertrag für die Anwesenheit der schönen Königstochter Katharina gesorgt hatte.

»Ich bin in seine Falle gelaufen und habe mich wirklich in dich verliebt«, hatte er mehr als einmal zu seiner heutigen Frau gesagt. Diese schätzte sich glücklich einem Mann angetraut worden zu sein, der sie auf Händen trug. Sie musste sich nur das Schicksal ihrer armen, mit Philipp verheirateten Schwester Michaela vor Augen halten, um zu wissen, wie begünstigt sie war. Ihre Bitte, die verstoßene Schwester zu sich nach London zu holen, hatte Heinrich allerdings abgelehnt. »Ich kann es mir nicht leisten, den Herzog von Burgund zu verärgern«, hatte er bedauert.

Katharina saß bereits an der Tafel, als er in die Haupthalle eintrat. Sie stand auf, umarmte ihn und drohte ihm dann mit dem Zeigefinger.

»Ich habe gehört, dass du dich wieder bis zur Erschöpfung verausgabt hast«, sagte sie auf Französisch.

»Englisch!«, flüsterte er ihr zu, als er die hochgezogenen Augenbrauen des Bischofs von Winchester sah, seines Onkels und Kanzlers Henry Beaufort. Vor drei Jahren hatte Papst

Martin Henry zum Kardinal und päpstlichen Gesandten ernannt, aber König Heinrich hatte ihn angefleht, diese Ämter aufzugeben und ihm als Kanzler und Hauptberater zu dienen. Er brauchte den gewieften Politiker. Nach ihm war der Bischof der mächtigste Mann in England.

»Du bist ein sehr starker Mann«, sagte Katharina gehorsam auf Englisch. »Aber ich bedarf deiner Kraft auch!«

Heinrich lachte, hob seine Gemahlin wie eine Feder und setzte sie auf den Tisch neben eine Schüssel mit einem gekochten Eberkopf. Er beugte sich vor und küsste sie herzhaft auf den Mund. Sie strampelte mit den Beinen und bestand darauf, wieder auf ihrem Stuhl zu sitzen.

»Meine Gemahlin kann gar nicht hoch genug platziert werden«, erwiderte Heinrich, bevor er sie zu ihrem Stuhl trug.

Der Bischof machte ihn darauf aufmerksam, dass ein Kurier vom Festland auf ihn warte. »Ich habe ihm nach der Mahlzeit eine Audienz zugesagt«, erklärte Henry Beaufort.

»Warum nach der Mahlzeit? Soll er doch mit uns speisen!«, dröhnte Heinrich, wie Katharina erwartet hatte. Sie konnte sich nicht daran gewöhnen, dass in diesem Reich jeder Mann, der ein ehrliches Anliegen hatte, einfach an der Tafel des Königs zugelassen wurde.

»Wer ist der Mann?«, erkundigte sich der König, während er die gemeinschaftliche Suppenschüssel näher zu sich heranschob und seinen Löffel hineinsteckte. Katharina schüttelte fast unmerklich den Kopf. Der König hatte schon wieder die Waschschüssel ignoriert, die ihm ein Diener hingehalten hatte.

»Ein Ritter aus dem Hennegau«, antwortete der Bischof.

»Woher?« Es gab so viele Orte auf dem Festland, da konnte sich ein König im fernen England nicht alle Namen merken. Er wischte sich die Finger an dem feuchten Tuch ab, das Katharina ihm in die linke Hand gedrückt hatte, und riss dann ein großes Stück gebratenes Schwanenfleisch mit beiden Händen auseinander.

»Nicht weit von Frankreich«, half ihm seine Frau und der

Bischof von Winchester fügte hinzu: »Hängt irgendwie mit Holland und Seeland zusammen.«

»Holland und Seeland«, strahlte Heinrich, »großartige Seefahrernationen! Und so reich! Vor allem jetzt, wo sie diese großen Fangnetze stricken und ihre gesalzenen Heringe exportieren! Haben uns – abgesehen von der Handelskonkurrenz – noch nie Probleme bereitet.«

»Vielleicht ändert sich das jetzt«, murmelte der Bischof düster.

Dirk von der Merwede war hereingeführt worden, verbeugte sich respektvoll vor dem König und hielt ihm eine versiegelte Schriftrolle hin.

»Komm, setz dich zu uns, du tapferer Holländer«, sprach Heinrich, stand auf, haute dem verdatterten Ritter mit seiner senfverschmierten Hand so heftig auf den Rücken, dass es ihm die Sprache verschlug, und schob ihm höchstpersönlich die kleine Bank neben sich zu. »Was bringt dich zu uns?«

Dirk deutete auf den Brief, den er immer noch in der Hand hielt. »Meine Herrin Jakoba von Bayern, Gräfin von Holland, Seeland und dem Hennegau«, erwiderte er.

»Und was wünscht sie von mir?« Heinrich überlegte schnell, ob irgendwelche seiner Truppen sich möglicherweise jenseits der französischen Grenze der Plünderungen schuldig gemacht haben könnten. Er wollte keinen Ärger mit anderen Fürsten des Kontinents.

»Dies steht hier geschrieben, Eure Majestät«, erwiderte Dirk. »Ich kenne den Inhalt des Schreibens nicht.« Heinrich reichte den Brief an seine Frau weiter. »Mach ihn auf, du bist die Expertin für alles Französische!«

Katharina strahlte. Mit der Ankunft des fremden Ritters würde an diesem Abend aus Höflichkeit ihre Muttersprache gesprochen werden. Sie riss den Brief auf und stieß einen Begeisterungsschrei aus. »Jakoba möchte herkommen!«, erklärte sie. »Und damit nicht genug! Sie will deinen Bruder heiraten!«

Niemand achtete auf das fassungslose Gesicht des Überbringers der Nachricht. Dirk von der Merwede war entsetzt.

»Aber der ist doch mit Philipps Schwester Anna verlobt«, bemerkte Heinrich leicht verwirrt.

»Nicht John, sondern Humphrey!«

Der Bischof von Winchester schüttelte den Kopf.

»Da kann etwas nicht stimmen«, warf er ein. »Wenn ich mich recht entsinne, ist die Dame mit Herzog Jan von Brabant verheiratet. Dessen Vater in Azincourt gefallen ist. Aber der Sohn lebt doch noch, oder etwa nicht?«, wandte er sich fragend an Dirk von der Merwede. Man konnte nie wissen.

Der Ritter nickte, zupfte an seinem feuerroten Bart und wünschte, er wäre mitsamt der Nachricht im englischen Kanal ertrunken. Es konnte doch nicht wahr sein, dass Jakoba ihre Länder einem Engländer schenken wollte!

»Die Ehe ist ungültig. Das steht alles hier, auch eine Abschrift der Ungültigkeitserklärung von Papst Martin!«, versicherte Katharina und wedelte mit den Papieren.

»Du kennst diese Jakoba?«, fragte Heinrich seine Frau.

»Natürlich. Ein sympathisches Mädchen. Und nicht hässlich. Sie war mit meinem Bruder Jean verheiratet.«

»Richtig!«, erinnerte sich Heinrich. »Einer der beiden Kronprinzen, die so früh gestorben sind ... Woran eigentlich? Das ist mir entfallen.«

»An einem Fieber«, entgegnete Katharina unschuldig.

»Da müssen wir gut auf dich aufpassen«, bemerkte Heinrich. »Ihr Franzosen seid viel zu wenig abgehärtet. Das liegt auch an eurem komplizierten Essen. Manchmal konnte ich gar nicht erkennen, was mir da vorgesetzt wurde. Alles viel zu viel verziert. Zu viel Pfeffer und viel zu wenig Zucker. Es ist gut, dass du dich hier an ehrliche Nahrung gewöhnst.«

Schaudernd blickte Katharina auf die grauen Fleischberge, das faserige Geflügel, die matschigen Pasteten und die trübe Suppe vor sich, lieblos angerichtet auf riesigen Schüsseln. Sie fürchtete, sich nie an das *ehrliche* englische Essen gewöhnen zu können. »Jakoba ist Erbin ihres Vaters«, informierte sie ihren Gemahl. »Wenn sie Humphrey heiratet, bringt sie ein paar schöne Länder mit in die Ehe.« *Und vielleicht etwas kontinentales Flair nach London*, hoffte sie.

»Hmmm«, sinnierte Heinrich, »holländische Schiffe könnten wir brauchen …« Er winkte seinem Bruder zu, dem Herzog von Gloucester, der in diesem Augenblick die Halle betrat.

»Humph«, rief er, »wie wär's? Hättest du keine Lust zu heiraten? Zeit wäre es ja, du bist schließlich bald dreißig!« Humphrey musterte seinen Bruder misstrauisch. »Welches Land willst du denn jetzt der Krone einverleiben?«, fragte er, als er sich neben Katharina setzte und die Hände in die Waschschüssel steckte.

»Ich?« Der König verdrehte die Augen und rülpste. »Nicht ich habe um ein Land angehalten, sondern das Land um dich. Sehr diskret übrigens, aber recht deutlich. Eigentlich sind es gleich drei Länder. Holland, Seeland und …« Er wandte sich an seine Frau.

»Der Hennegau«, ergänzte sie, wischte fürsorglich seine Finger ab und wandte sich an Humphrey: »Gräfin Jakoba will dich zum Mann. Wo hast du sie denn kennen gelernt?«

Er hob die Schultern und biss in eine Pastete. »Ich kann mich nicht erinnern. Vielleicht auf irgendeiner Hochzeit?«

Jakoba setzte ihre Mutter über ihren Brief an König Heinrich erst ins Bild, als Dirk von der Merwede mit seinen Begleitern das Schloss bereits verlassen hatte. Marguerite schäumte. »Was fällt dir ein, Entscheidungen zu treffen, ohne dich vorher zu beraten! Wer weiß, was du da angerichtet hast! Warum hast du nicht mit mir gesprochen? Oder mit Philipp?«

»Oder mit meinem Onkel und Vormund?«, fragte Jakoba mit neuem Selbstbewusstsein. »Der hätte bestimmt nichts dagegen, mich weit weg von meinen Ländern zu wissen. Andererseits könnte er jetzt befürchten, dass ich mir mit englischer Hilfe mein Recht verschaffe …«

»Philipp wird entsetzt sein«, versicherte Marguerite. »Er hat mich gebeten auf dich einzuwirken, dass du dich wieder mit deinem Mann versöhnst, und er hat versprochen mit ihm ein ernstes Wörtchen zu re…«

Jakoba lachte bitter. »Versöhnen!«, fuhr sie ihrer Mutter ins

Wort. »Als ob wir uns je verstanden hätten! Eher bringe ich mich um als noch einmal in die Nähe dieses widerlichen Kerls zu kommen. Außerdem ist mein Entschluss gefasst.«

»Aber Jakoba, England vor den Toren Flanderns! Philipp wird das nie zulassen. Wir müssen den Ritter von der Merwede aufhalten, bevor es zu spät ist.«

»Philipp, Philipp, Philipp«, sang Jakoba, »man möchte meinen, das Glück deines Neffen stehe dir näher als das deiner Tochter. Aber ich habe es satt, von euch wie eine Puppe an Fäden herumbewegt zu werden. Ab jetzt treffe ich meine eigenen Entscheidungen. Übrigens, Dirk von der Merwede wird schon längst in Calais sein. Und das ist seit Jahrzehnten in englischer Hand. Da hat auch Philipp nichts zu melden.« Hoch erhobenen Hauptes rauschte sie zur Tür.

»Vergiss nicht, Philipp ist Kopf des Hauses Burgund!«, rief die Mutter ihr hinterher.

Jakoba wandte sich um. »Was kümmert mich das?«, entgegnete sie und sagte zum ersten Mal in ihrem Leben: »Schließlich bin ich eine Wittelsbacherin!«

Innerlich allerdings war ihr etwas bang zumute. Nicht weil sie sich vor der Reaktion Philipps fürchtete. Oder vor der ihrer Städte und Edlen, die vielleicht etwas gegen eine englische Herrschaft einzuwenden hätten. An ihren Onkel dachte sie überhaupt nicht. Nein, Jakoba hatte nur Angst vor einer Zurückweisung.

Völlig überflüssigerweise, denn bereits wenige Tage später kehrte Dirk von der Merwede mit der Antwort zurück. Diese war günstig: Man freue sich darauf, Gräfin Jakoba in London willkommen zu heißen, und der Herzog von Gloucester fühle sich durch ihr Ansuchen sehr geehrt. Natürlich müssten noch ein paar Angelegenheiten geregelt werden. Da nach der Ungültigkeitserklärung der Ehe mit Jan von Brabant eine weitere Dispens erteilt worden war, müsse man vor einer Eheschließung natürlich die endgültige päpstliche Entscheidung abwarten.

Zu diesem Zwecke habe man bereits einen Kurier zum Papst geschickt. Aber dabei handele es sich wohl nur um eine reine Formsache. Jakoba selbst werde in Calais von einer englischen Abordnung erwartet.

Jakoba gab sich nicht lange dem Jubel hin, denn sie musste schnell handeln, bevor man ihr von anderer Seite wieder Steine in den Weg legte. Es ärgerte sie, dass die Engländer über die Dispens informiert waren und sich an den Papst gewandt hatten. Das könnte die Angelegenheit unnötig komplizieren.

Flugs setzte sie sich hin und komponierte einen Brief an den Heiligen Vater, in dem sie dringend um die Ungültigkeitserklärung nachsuchte. Sie deutete an, dass die Ehe nie vollzogen worden war, und scheute sich auch nicht zu berichten, dass Jan von Brabant sich den verbotenen Handlungen der Kreuzbrüder hingäbe. Sie glaubte noch einen Trumpf auszuspielen, als sie hinzufügte, mit englischer Hilfe werde sie wieder ihre Länder zurückgewinnen und befrieden können. Hätte sie sich besser informiert, wäre ihr bekannt gewesen, dass Papst Martin Johann den Unbarmherzigen als treuen Bundesgenossen und weitsichtigen Landesherrn schätzte.

Mit einigen Rittern, ein paar Hofdamen und Marjan machte sich Jakoba dann auf den Weg nach Calais. Marguerite hatte sich ausbedungen, dass David bei ihr blieb. Er wäre sowieso nicht mitgegangen, sagte er. »Was soll ein Hofnarr an einem Hof, dessen Sprache er nicht kennt? Außerdem werde ich seekrank.«

Jakoba bat ihn darauf zu achten, dass Marguerite ihr Versprechen einhielt und Philipp erst nach ihrer Abreise von ihren Plänen informierte. Für die Edlen und Städte des Hennegaus hatte sie Briefe aufgesetzt, in denen sie ihre Eheschließung mit Jan von Brabant für ungültig erklärte. Sie müsse das Land vorübergehend verlassen, da sie sich in Lebensgefahr befinde, hatte sie geschrieben. Sie fürchte gefangen genommen zu werden. Philipp würde alles schnell genug zugetragen werden.

Ein wenig bedauerte sie tatsächlich, dass sie sich nicht mit ihrem Cousin beraten konnte. Sie hatte größten Respekt vor seiner Klugheit, und sie begriff, dass ihn die Staatsräson oft zu Handlungen zwang, die er aus persönlichen Gründen vielleicht unterlassen hätte. Mit Wehmut dachte sie an die frühere Vertrautheit zwischen ihnen, und der Gedanke, dass ausgerechnet Philipp jetzt ihr Gegner war, versetzte ihr einen Stich. Sie wünschte sich, dass die Zeitläufe weniger kompliziert wären. David hatte ihr gerade mitgeteilt, dass sich die Brabanter gegen Herzog Jan erhoben und sich um dessen jüngeren Bruder geschart hätten. Philipp würde wieder vermitteln müssen.

»Mädelchen, Mädelchen«, brummte der Zwerg. »Was willst du bloß auf der wilden Insel?«

»Meinem Herzen folgen«, erwiderte Jakoba. »Ich habe den Herzog von Gloucester nie vergessen.«

»Und wo hast du ihn dann kennen gelernt?«

Jakoba errötete. »Auf meiner Hochzeit mit Jean«, flüsterte sie.

Ein herzlicher Brief von Humphrey wartete in Calais auf sie. Er freue sich darauf, die Bekanntschaft mit ihr zu erneuern, schrieb er, und er werde sie in Dover empfangen.

»Endlich fängt mein neues Leben an!«, sagte sie Marjan. »Mein richtiges eigenes Leben.«

»Bist du dir da so sicher?«, fragte Marjan. »Was sagen deine Visionen?«

»Dass ich Humphreys Sohn kriege«, strahlte Jakoba. Sie wusste jetzt, wer der Mann war, den sie in ihrer Vision von der Kindstaufe in der Kirche gesehen hatte. Ihre Zukunft sah endlich viel versprechend aus.

Die Überfahrt war stürmisch, aber das kümmerte Jakoba wenig. Sie stand auf dem Deck und sah Frankreich, das Land, dessen Königin sie beinahe geworden wäre, hinter dem Horizont verschwinden. Als Fünfjährige war sie schon einmal aufgebrochen, um nach *Engelland* zu gelangen. Jetzt würde sie niemand mehr aufhalten.

»Und wenn er mich nun nicht mag?«

Jakoba klammerte sich unter Deck an Marjan. Plötzlich hatte sie Angst vor ihrer eigenen Courage. War es nicht vielleicht etwas tollkühn gewesen, sich einem fremden Mann, einem fremden Land anzubieten? Marjan strich ihr sanft über den Rücken.

»Mach dich fertig, meine Kleine«, sagte sie, »die Kreidefelsen sind schon in Sicht. Begegne ihm höflich und denke daran, dass niemand seinem Los entkommen kann.«

Als sie in Dover am Strand wieder in die weit auseinander stehenden leuchtend blauen Augen des englischen Königssohns blickte, waren ihre Ängste verflogen. Humphrey strahlte Vertrauen und Zuversicht aus, und er schien angetan von dem, was er sah. Sie auch. Ihre Erinnerung hatte sie nicht getrogen. Vor ihr stand ein stattlicher hoch gewachsener Ritter. Sie dachte daran, dass er bei einem Turnier während ihrer ersten Hochzeit Philipp im Zweikampf besiegt hatte. *Das ist ein richtiger Mann*, dachte sie, *einer, auf den ich mich verlassen kann!*

Ihr Herzschlag setzte bei seinem Anblick allerdings nicht aus. Sie hatte zuvor sogar gefürchtet, möglicherweise ohnmächtig zu werden, denn sie erinnerte sich noch gut an den Eindruck, den Humphrey einst auf sie gemacht hatte. Wie sie ihn mit Jean verglichen und in der Hochzeitsnacht gewünscht hatte in seinen Armen zu liegen. *Auch meine Gefühle sind erwachsener geworden*, stellte sie fest und horchte in sich hinein. Bei dem Gedanken, von diesem attraktiven Engländer in die Arme genommen zu werden, flatterte ihr Herz schon ein wenig.

Mehrere Reisekutschen standen bereit, um Jakoba und ihre Reisegesellschaft nach London zu bringen. Ein kleiner Schauer lief Jakoba über den Körper, als ihr Humphrey in das eleganteste Fahrzeug half.

»Ich fürchte, bei uns ist es leider kühler als im Hennegau«, sagte er, als er sein Pferd wieder bestieg und neben ihr herritt.

Erstaunt, dass er ihr Zittern bemerkt hatte, sah sie ihn an. »Aus Holland und Seeland bin ich Schlimmeres gewohnt«, erwiderte sie. Es konnte nicht schaden, ihn an den Umfang ihrer Mitgift zu erinnern.

Zunächst war sie recht verlegen, dem Mann, in dessen

Hände sie ihr Schicksal legen wollte, plötzlich so nahe zu sein. Er nahm ihr die Scheu, indem er sofort munter drauflosplauderte und sie unterwegs auf kleine Sehenswürdigkeiten hinwies. Langsam begann sie sich zu entspannen.

Als ihr Humphrey von seiner Leidenschaft für Bücher berichtete, fiel ihr plötzlich Frank van Borsselen ein. Aber Frank, der sie so sanft und leidenschaftlich zugleich geküsst hatte, war jetzt mehr denn je ihr Feind. Johann der Unbarmherzige hatte ihn zu seinem Vertreter in Seeland ernannt und ihn mehrmals öffentlich als »beste rechte Hand, die sich ein Fürst wünschen kann« gelobt. Jakoba war überzeugt, dass Philipp hinter der Entscheidung steckte. Er war mit Frank van Borsselen befreundet und würde jetzt von ihm aus erster Hand alles über Holland und Seeland erfahren.

Humphreys Stimme unterbrach ihre Gedanken. Vor allem die Schriften der Antike hätten es ihm angetan, fuhr er fort, während die Kutsche einen ziemlich ausbesserungsbedürftigen Weg entlangrumpelte, und er korrespondiere darüber auf Lateinisch mit angesehenen Gelehrten in Italien.

»Es wäre schön, wenn jemand eine Methode erfinden könnte, Bücher in größerer Anzahl herzustellen, um sie vielen Menschen zugänglich zu machen«, erinnerte sich Jakoba an einen Satz, der sie beeindruckt hatte. Eine Sekunde lang sah sie sich wieder in einem gemütlichen unaufgeräumten Zimmer. Versonnen fuhr sie sich mit zwei Fingern über die Lippen.

Humphrey beugte sich vom Pferd herab und lächelte Jakoba an. Das war eine Frau nach seinem Geschmack! »Darüber wird zurzeit vielerorts nachgedacht«, nickte er. »Nur nicht in den Schreibstuben von den Brüdern der Feder, natürlich.«

Jakoba gestand, dass sie Rittergeschichten am meisten schätzte, die über König Artus, Merlin und vor allem die von König Lothar und Maller. Letztere war Humphrey unbekannt, und er ließ sich von ihr jene Abenteuer erzählen, die ihr einst ein anderer Königssohn nahe gebracht hatte.

Auf der ganzen Reise fiel kein Wort über Jakobas derzeitige Probleme, über ihre Länder oder über eine zukünftige Eheschließung.

Das geschah erst, als sie in Westminster von König Heinrich und seiner Gemahlin prunkvoll empfangen wurden. Die letzten Ängste fielen von Jakoba ab, als sie sah, wie viel Pomp für ihre Begrüßung aufgewendet worden war.

Königin Katharina ließ alle Regeln des höfischen Protokolls fahren – warum sollte sie das in England nicht auch einmal dürfen? – und fiel Jakoba um den Hals. »Ich freue mich so, dich hier zu haben!«, flüsterte sie ihr ins Ohr. »Endlich jemand, der auch lieber französisch spricht! Und mir sagen kann, was in Paris jetzt Mode ist! Wo sitzt jetzt die Taille? So hoch? Wirklich? Und die Ärmel sind wieder länger?Aber sie werden doch immer noch zugeknöpft? Was denn, es gibt noch längere Schleppen? Ach, Jakoba, hier hinkt alles ein paar Jahre hinterher. Und das Essen erst! Schade, dass du keinen Küchenmeister mitgebracht hast! Ich bin das ewige Wildbret satt.«

Katharinas Anblick versetzte Jakoba einen kleinen Stich. Wie sehr sie doch Jean glich! Katharina winkte eine ihrer Hofdamen zu sich. »Das ist Eleanor Cobham«, stellte sie ihr eine ausnehmend schöne blonde Frau vor, die in einen Hofknicks versank. »Ich sehe, dass du drei eigene Damen mitgebracht hast, aber du wirst mehr brauchen. Eleanor wird eine davon sein und die anderen aussuchen. Meine alte – und neue! – Schwägerin soll hier standesgemäß leben!«

Katharinas Freude hätte König Heinrich genügt, um Jakoba sofort ins Herz zu schließen. Aber davon abgesehen gefiel ihm die junge Frau, die nicht so aussah, als ob sie ein englischer Herbststurm gleich umwehen würde. *Handfest* war das Wort, das ihm zu ihr einfiel. Ein energisches Kinn. Die richtige Partie für seinen oftmals zu träumerischen Bruder. Diese Frau würde schon dafür sorgen, dass er mit den Füßen auf dem Boden blieb, hoffte der König. Eine Frau, die über drei Länder herrschte, würde ihm vielleicht etwas politischen Instinkt einimpfen können. Die Beschäftigung mit der Geschichte der Antike mochte ja ein netter Zeitvertreib sein, aber Humphrey musste dringend lernen sich mit den derzeitigen politischen Verhältnissen auseinander zu setzen. Es beeindruckte Heinrich, dass Jakoba sogar den Mut gehabt hatte, ihr Schicksal selbst in die Hand zu nehmen und sich an England zu wenden.

Nach dem ehrenvollen Empfang wurde Jakoba vor den Geheimen Rat gebeten, dem sie ihr Anliegen darlegen sollte. Sie schilderte die Umstände ihrer Ehe mit Jan, wobei sie aus Scham manche seiner Demütigungen verschwieg. Ein weiteres Argument für die Ungültigkeit dieser so genannten Ehe hatte ihr David als Abschiedsgeschenk mitgegeben: Ihre Mutter Marguerite war Patentante des Herzogs von Brabant, und das bedeutete, dass er nicht nur ihr Cousin ersten Grades, sondern so gut wie ihr Bruder war. Die Kirche hätte dieser Ehe niemals zustimmen dürfen.

Bischof Henry, der die Befragung leitete, wollte wissen, was sie einem möglichen englischen Gemahl zu bieten hätte. Jakoba holte tief Luft.

»Er wäre mein einziger Erbe von allem, was ich besitze und künftig besitzen werde«, antwortete sie.

»Würdet Ihr als Gräfin von Holland einen zeitlich unbeschränkten Vertrag mit England schließen?«, fragte der Bischof.

Jakoba nickte, ohne zu fragen, was dieser Vertrag enthalten könnte.

Am Ende der Besprechungen fühlte sie sich als Siegerin. König Heinrich gab ihr den Titel Dame Jake, setzte ihr eine großzügige monatliche Apanage aus und verkündete ihre Verlobung mit seinem Bruder Humphrey, dem Herzog von Gloucester. Der Hochzeitstermin sollte festgesetzt werden, sobald der Papst die offizielle Ungültigkeitserklärung ihrer Ehe mit Jan von Brabant unterzeichnet hatte. Aber auch bis dahin sei Dame Jake bereits als Mitglied der königlichen Familie zu betrachten. Heinrich küsste Jakoba auf die Stirn und nannte sie Schwester.

Humphrey traf sie während der folgenden zwei Tage nur bei den zahlreichen offiziellen Anlässen, den Turnieren, Jagden und Festgesellschaften, die Heinrich ihr zu Ehren hatte ausrichten lassen. Er schenkte ihr einen seiner schönsten Falken. Noch nie war sich Jakoba so vornehm vorgekommen wie am englischen Hof. Nicht nur, weil sich in diesen Tagen alles um sie zu drehen schien, sondern auch, weil sie von den englischen Damen bestürmt wurde, die neusten Entwicklungen auf dem Gebiet von Mode, Farben und Manieren zu enthüllen. Ihre Mutter hätte gestaunt, dass man sie plötzlich als eine Autorität in Sachen Stil und Kultur betrachtete!

Natürlich ging es am englischen Hof erheblich weniger elegant zu als in Paris oder sogar im Hennegau, aber dafür waren die Menschen freimütiger. Manchmal zu freimütig, fand Jakoba, die es ähnlich wie Katharina störte, dass der einfache Bürger so mühelos Zugang zum König erhalten konnte. Sie fand es mit der Würde des Amtes nicht vereinbar, dass sich ein viel beschäftigter Fürst auch noch mit den kleinen Sorgen und Querelen seiner Untertanen auseinander setzte. Allerdings musste sie jetzt zugeben, dass Johann der Unbarmherzige in einem Punkte Recht gehabt haben könnte: Man sollte das Volk als Masse nicht unterschätzen. Was hatte es ihr denn geholfen, dass so viele Adlige hinter ihr standen – als deren Soldaten zu den Herren der Kabeljaue überliefen? Sie selbst hatte bei dem Kampf um ihre Länder nur ein Gedanke geleitet: das Erbe ihres Vaters – und damit die eigene Macht – auf traditionelle Weise intakt zu halten.

»Was ist mit Euch?«, rief Eleanor Cobham, als sie Jakoba für eine Abendgesellschaft ankleidete. Die Herrin war plötzlich kreidebleich geworden, steif stehen geblieben und hatte die Augen so verdreht, dass nur noch das Weiß sichtbar war. Sie schien mit dem Atmen ausgesetzt zu haben.

Jakoba hörte sie nur wie von fern. Vor ihren Augen begann sich eine Szene zu entfalten, wie sie es noch nie erlebt hatte. Sie erkannte nicht wie sonst einzelne Menschen oder von der Wirklichkeit eingerahmte Teilbilder, sondern über ihre ganze Netzhaut legte sich etwas, das einer Sintflut glich. Hinter einem Regenvorhang sah sie Wassermassen, die sich durch geborstene Deiche drängten und in Windeseile einen ganzen

Landstrich bedeckten, reißende Strömungen, die Menschen, Hausrat und ganze Viehherden mit sich rissen, Bäume entwurzelten und wegspülten, Gebäude, die wie Kartenhäuser in sich zusammenfielen. Sie sah Menschen, die sich auf Dächer gerettet hatten und untergingen, als sie versuchten in schwankende Boote zu steigen, Kinder, die in die Strudel gezogen wurden, Kühe, die tot in den Baumwipfeln überschwemmter Gebiete hingen, und von Wasserwirbeln umgebene Kirchturmspitzen. Zuerst beobachtete sie alles wie ein Vogel aus der Luft, dann schien der Vogel tiefer zu fliegen und über einem Boot zu hängen, dessen Mannschaft verzweifelt versuchte dem Sturm zu trotzen. Sie glaubte einen Mann in diesem Boot zu erkennen und widerstand der Versuchung, jetzt schnell nach dem Stein zu greifen. Ja, es war ihr Onkel, Johann der Unbarmherzige, der in diesem schwankenden Kahn genau dahin fuhr, wo die Wirbel am wildesten wüteten. Das ist sein Ende, dachte Jakoba, für seine Sünden ertrinkt er in der Sintflut. Plötzlich blickte sie in die gebrochenen Augen einer Kinderleiche, die mit abgerissenen Armen und herausquellenden Eingeweiden in den Zweigen eines Baumes hing, und sie spürte, wie sich ihr der Magen umdrehte.

»Der Stein!«, schrie sie und deutete in die Richtung ihres Schreibtisches.

Eleanor Cobham verstand sofort. Sie sah den ovalen, rötlich glänzenden Stein auf dem Schriftstück, das Jakoba am Mittag aufgesetzt hatte, und begriff, dass ihr eine Herrin gesandt worden war, die in Verbindung mit dem Übernatürlichen stand. Ahnungslose würden dafür den dummen Begriff Hexerei heranziehen, aber Eleanor hatte sich seit frühster Jugend für das interessiert, was den Augen und den viel strapazierten fünf Sinnen normalerweise verborgen blieb. Sie begriff die Welt als eine Zwiebel, die nur von wenigen Auserwählten bis zum Kern der Wahrheit geschält werden konnte. Eine Zwiebel war weiß oder rot, und schon deshalb weigerte sich Eleanor hier von schwarzer Magie zu sprechen. Sie sah sich eher als Hohe Priesterin einer in Vergessenheit geratenen Kunst, und ihr ganzes Leben war darauf ausgerichtet, hinter die ungelösten Rätsel der geheimen Wissenschaften zu kommen. Sie stand in Verbindung mit Hellsehern, Astronomen, Zauberern und weisen Frauen, las verbotene Schriften und besuchte streng geheime Gesellschaften. Bis jetzt war es ihr gelungen, dies vor ihrer Umwelt zu verbergen. Sie wusste, dass schon der Hauch eines Verdachts genügte, um sie auf den Scheiterhaufen zu bringen. Aber sie brauchte diese Kenntnisse, darin bestand der Sinn ihres Lebens! Und jetzt hatte es der Vorsehung gefallen, ihr eine Herrin zu schicken, die augenscheinlich über die Gabe der Vision verfügte. Anders ließen sich die verdrehten Augen, die plötzliche Bleiche, das leichte Zittern der kalten Haut und der schaumige Speichel in den Mundwinkeln nicht erklären. Und es war klar, dass Jakoba auch einige Geheimnisse kannte – wie sonst wüsste sie um die Kraft des Steines?

Als sie Jakoba den Stein in die Hand drückte, beobachtete sie, wie die Farbe in das Gesicht ihrer Herrin zurückkehrte und der Blick wieder klar wurde.

»Was habt Ihr gesehen?«, fragte Eleanor leise.

Jakoba atmete tief ein und schüttelte den Kopf. »Wenn ich das wüsste«, entgegnete sie und fragte dann: »Woher weißt du, dass ich etwas gesehen habe?«

Eleanor griff nach ihren beiden Händen. »Euer Geheimnis ist bei mir sicher«, versprach sie. »Es ist mir eine Ehre, einer Dame zu dienen, deren Augen nicht nur das Offensichtliche wahrnehmen. Dies ist die Erfüllung meines Traumes. Wenn ich einen Vorschlag machen dürfte?«

»Bitte«, forderte Jakoba sie leicht verwirrt auf.

»Lasst mich Euch lehren mit den Visionen umzugehen, sie zu verstehen. Der Stein, so hilfreich er manchmal zu sein scheint, unterdrückt in Wirklichkeit die gottgesandte Botschaft. Eine solche Gabe muss man nutzen und nicht verdrängen …« Sie betrachtete Jakoba nachdenklich. »Wenn sich Euch sogar nach zwei Ehen noch Bilder zeigen, bedeutet dies, dass Ihr wahrlich auserwählt seid die Zukunft zu gestalten. In keiner Schrift ist je von Visionen einer verheirateten Frau die Rede gewesen. Ihr seid besonders gesegnet.« Sie sank zu Boden und küsste Jakobas Hand. »Lasst mich Euch dienen!«

Für Jakoba war diese Gabe bisher nur ein Fluch gewesen. Vielleicht hatte diese seltsame Hofdame Recht, vielleicht hatte sie nach England gehen müssen, um Eleanor Cobham zu begegnen. Jemand, der ihr helfen würde ihre Visionen zu verstehen. Marjan hatte ihr einst den Stein gegeben und tröstete sie auch heute noch, wenn sich ihr besonders scheußliche Szenen zeigten. Aber Marjan legte ihr immer wieder ans Herz, die Bilder zu unterdrücken, sie nicht zuzulassen und sich keinesfalls an eine Interpretation zu wagen. Sie hatte Jakoba inständig gebeten, so schnell wie möglich das Lager mit Humphrey zu teilen, um die Gesichte endgültig zum Verschwinden zu bringen. Jakoba vermutete sogar, dass sie ihr nur deshalb die Reise nach England nicht ausgeredet hatte. Aber vielleicht konnte das, was ihr bisher nur Verdruss gebracht hatte, sinnvoll eingesetzt werden. Sie sah in das gespannt wartende Gesicht ihrer Hofdame und erwiderte dann nickend: »Ich werde es mir überlegen.«

Pochen an der Tür schreckte die beiden Damen auf. Eleanor sah nach und wandte sich dann mit blassem Gesicht an Jakoba. »Ihr müsst Euch beeilen. Bei König Heinrich befindet sich ein Bote des Herzogs von Burgund. Und Bischof Henry soll einen Tobsuchtsanfall bekommen haben und jetzt darauf bestehen, Eure Verlobung mit dem Herzog von Gloucester rückgängig machen zu lassen.«

Philipp, dachte Jakoba verzweifelt, *kannst du mich denn nicht in Ruhe lassen?* Natürlich hatte sie damit gerechnet, dass er auf ihre Flucht – als eine solche hatte sie es ja selbst bezeichnet – reagieren würde, aber sie hatte gehofft, dass man sich in England davon nicht allzu sehr beeindruckt zeigen würde.

Bei König Heinrich traf sie Ludwig von Luxemburg. Er verbeugte sich tief vor ihr und erklärte, dass er auch im Namen ihres Gemahls, des Herzogs von Brabant, gekommen sei und den Auftrag habe, sie aufs Festland zurückzubegleiten. Philipp von Burgund stehe für ein Versöhnungsgespräch zwischen den Ehegatten zur Verfügung. Ihre Angst, gefangen genommen zu werden, sei völlig unbegründet, versicherte er. Philipp von Burgund sei zutiefst getroffen, dass sie sich an ein fremdes Land um Hilfe gewandt habe, dass sie einen Mann umwerbe, der für eine seiner Schwestern gedacht war, und dass sie ihren Ehemann beleidigt und verlassen habe.

Jakoba stellte sich sofort an Humphreys Seite und griff nach seiner Hand.

»Dies ist mein künftiger Gemahl«, erklärte sie würdevoll. »Einen anderen möchte ich nicht und habe ich nicht!«

Höflich wies Ludwig von Luxemburg darauf hin, dass die Ungültigkeitserklärung, auf die sie sich beziehe, vom Papst zurückgezogen worden und sie somit als Gemahlin des Herzogs von Brabant zu betrachten sei.

»Wir erwarten jeden Tag eine Bestätigung der Ungültigkeitserklärung«, mischte sich jetzt Humphrey ein. »Es dauert mich, dass Ihr die weite Reise umsonst unternommen habt. Aber vielleicht habt Ihr ja Lust, unserer Hochzeit beizuwohnen. Gräfin Jakoba bleibt hier!«

»Halt!«, rief König Heinrich. Wieder einmal zeigte sich sein Bruder als ungeschickter Diplomat. Diese Angelegenheit musste zunächst im kleineren Kreis ohne den Abgesandten Philipps besprochen werden. Sein Bruder musste wirklich lernen sich zurückzuhalten! »Wir werden alles tun, um Euch den Aufenthalt so angenehm wie möglich zu machen«, sagte der König. »Nach der langen Reise seid Ihr sicher ermüdet.« Er winkte einen Kammerdiener heran. »Erholt Euch und dann sprechen wir uns beim Abendessen wieder.« Kaum hatte sich die Tür hinter Ludwig von Luxemburg geschlossen, als der Monarch auf seinen Bruder losfuhr. »Wie kannst du es wagen, in meinem Namen zu sprechen!«

Humphrey hob die Schultern. »Ich dachte, dass wir uns einig wären. Wir haben meine Verlobung mit Jakoba gefeiert und du bist doch an Holland und Seeland interessiert …«

»Aber nicht um jeden Preis!«, rief der König. »Kennst du den Namen unseres einzigen Bundesgenossen auf dem Festland? Glaubst du, dass wir ohne den Herzog von Burgund unsere Ziele in Frankreich erreichen können? Ich kann es mir nicht leisten, ihn zu verärgern!« Er wandte sich an seinen Onkel Henry Beaufort. »Was sagt der Bischof dazu?«

Henry blickte zu Jakoba. »Sollten wir dies nicht im kleineren Kreis besprechen?«, bemerkte er und zog seine buschigen Augenbrauen hoch.

Es geht doch um mich!, wollte Jakoba herausbrüllen, aber sie war zu gut erzogen. Außerdem wollte sie es sich mit niemandem in England verderben. Demütig blickte sie zu Boden. »Ich vertraue auf die Weisheit Eurer Beschlüsse«, murmelte sie, bevor sie den Saal verließ.

Wieder einmal wurde über sie hinweg ihr Schicksal verhandelt. Sie wusste, dass der König sie schätzte, aber dem einflussreichen Bischof von Winchester war sie von Anfang an ein Dorn im Auge gewesen. Er hatte sich schon früher für eine Heirat Humphreys mit Philipps Schwester Agnes ausgesprochen.

Jakoba eilte in die Schlosskapelle. Sie entzündete eine Kerze und fiel vor dem Altar auf die Knie. Gott würde ihre Verzweiflung sehen, er würde nicht zulassen, dass sie wie ein unwillkommenes Geschenk zu ihrem Brabanter Quälgeist zurückgeschickt werden würde. Wo blieb die Erklärung des Papstes? Davon hing jetzt alles ab.

Wirklich? Sie machte sich nichts vor. König Heinrich war der französische Königsthron wichtiger als die Grafenkrone von Holland, Seeland und der anderen Grafschaft, deren Namen er ständig vergaß. Wenn ihm Philipp das Bündnis wegen ihrer Verbindung zu Humphrey aufzukündigen drohte, würde sie der König mit Bedauern fallen lassen. Sie hatte sich geschworen ihr Schicksal in die eigene Hand zu nehmen, aber die Großen der Welt schienen das nicht zulassen zu wollen.

»Hier bist du also!«, hallte eine helle holländisch sprechende Stimme durch die Schlosskapelle. Jakoba, die sich gerade bekreuzigt hatte, wirbelte herum.

»Ich habe dich schon überall gesucht«, sagte Beatrix. Sie kam lächelnd näher.

Jakoba starrte ihre Schwester sprachlos an. »Wie bist du denn hergekommen?«, brachte sie schließlich hervor.

Beatrix bekreuzigte sich vor dem Altar, machte einen Knicks und bugsierte dann Jakoba aus der Kapelle. »Mit Ludwig von Luxemburg. Ich wollte zu dir zurück. Es gefällt mir nicht bei unserem Onkel und seiner Frau.«

»Bei unserem Onkel?!«

»Wusstest du das nicht?«, fragte Beatrix erstaunt. »Na ja, woher auch. Du hast ja anderes um die Ohren als dir Gedanken um das Los deiner Bastardschwester zu machen. An Philipps Hof fand mein Mann keine standesgemäße Aufgabe. Es war nicht besonders angenehm, als arme Verwandte nur geduldet zu werden … Und als ihm dann Johann der Unbarmherzige einen Posten als Hofmarschall angeboten hat …«

»… konnte Jan von Vliet natürlich nicht ablehnen«, nickte Jakoba grimmig. »Sind inzwischen alle meine Freunde zu meinem Feind übergelaufen?«

Auf diese Frage hatte Philipp Beatrix vorbereitet. »Das Gegenteil ist der Fall«, versicherte sie. »Ist es nicht wünschenswert, einen von deinen Leuten bei jenem Mann unterzubringen, der zurzeit über deine Länder herrscht?«

Jakoba musterte sie misstrauisch. »Und warum würde mein Onkel einen *meiner* Leute einstellen wollen?«

»Ganz einfach«, erwiderte Beatrix unschuldig, »weil der sich auskennt. Viele *deiner* Leute sind in Onkel Johanns Diensten. Sollten sie denn verhungern? Sie konnten dir ja schlecht alle nach England folgen.«

»So wie du. Braucht Tante Elisabeth denn keine Hofdame?«

Beatrix brach in Tränen aus. »Freust du dich denn überhaupt nicht mich zu sehen? Ich dachte, du brauchst mich, hier unter all diesen fremden, seltsamen Menschen!«

Kurz kehrten Jakobas Gedanken zu der unbeschwerten Zeit zurück, als sie mit Jean, Dirk von der Merwede, Jan von Vliet und Beatrix tagsüber durch den Hennegau geritten war. Würde sie sich jemals wieder so sorglos die Abende mit Gesellschaftsspielen und Rätselraten vertreiben können? Wie konnte sie verhindern ewig als Spielball politischer Mächte hin und hergeworfen zu werden?

Wenn ich nur meine Visionen lenken könnte, dachte sie. Vielleicht konnte ihr Eleanor Cobham wirklich helfen. Sie war bereit, dafür einen Preis zu zahlen: Humphrey erst dann in ihr Bett zu lassen, wenn sie den Weg durch das Dunkel ihres Schicksals ausgeleuchtet hatte.

Inzwischen war sie mit der schluchzenden Beatrix vor ihren Gemächern angelangt.

»Komm rein«, sagte sie, »natürlich freue ich mich, dich zu sehen.«

Eine Hofdame teilte ihnen mit, dass in der Halle inzwischen die Speisen aufgetragen worden wären. »Speisen«, flüsterte sie Beatrix zu und verzog das Gesicht. »Ich warne dich, man braucht einen Pferdemagen, um diese Kost zu verdauen! Komm mit, ich stelle dich dem Hof vor.«

Aber Beatrix winkte ab. Sie wäre nicht angemessen angezogen.

»Hier?« Jakoba lachte. »Hier würde es nicht einmal auffallen, wenn du wie eine Küchenmagd gekleidet wärest. Sogar Marjan isst an unserer Tafel mit und es hat sich noch niemand über ihre Kapuzenkleider beklagt.«

»Die Reise hat mich ermüdet«, wehrte Beatrix ab. Sie musste unbedingt einen Brief an Philipp schreiben, bevor Ludwig von Luxemburg wieder abreiste.

Später am Abend konnte sie noch ein paar Neuigkeiten hinzufügen: König Heinrich hatte gesprochen. Jakoba war Ehrengast in seinem Schloss und könne bleiben, solange sie wolle. Ein Hochzeitstermin mit Humphrey würde erst festgesetzt werden, wenn der Papst die Dispens zurückzog.

Bis dahin müsse sich Humphrey seinen Pflichten widmen. Dazu gehörte vor allem, neue Mannschaften für den Krieg mit Frankreich anzuwerben, denn in Kürze wollte der König an der Seite seines Bruders die Truppen in Frankreich wieder selbst anführen. Zusammen mit Philipp von Burgund wollte Heinrich nach Paris vorrücken, während Humphrey für die Belagerung diverser Städte sorgen sollte.

Jakoba, schrieb Beatrix, war guten Mutes, dass ihr Verlobter bald zurückkehren würde und sie dann Hochzeit feiern konnten. Sie zweifele nicht im Geringsten daran, dass der Papst ihr entgegenkommen würde. Vor allem das Argument, ihre Mutter habe Jan von Brabant über das Taufbecken gehalten, könne der Papst nicht ignorieren. »Ich ahne schon«, schrieb Beatrix, »dass du deinen geplagten Bürgern wieder mit einer Steuererhöhung kommen musst, mein armer Geliebter. Aber in Kriegszeiten wird wohl jeder dafür Verständnis haben. Du fehlst mir zu jeder Stunde, aber sei unbesorgt, ich werde hier die Stellung halten. Übrigens ist Jakoba in ihrer üblichen Ahnungslosigkeit nicht auf die Idee gekommen, dass du jetzt mit unserem Onkel Johann an einem Strang ziehst. Sie hat mich nicht einmal gefragt, wie es um Holland steht, und ist, wie immer, nur an sich selbst interessiert!«

5. KAPITEL

Hexerei

1421–1424

Nie hatte Jakoba Marjan fassungslos oder aufgeregt erlebt. Nie bis zu jenem Tag, an dem sie sich vor Jakoba aufbaute und ihr ein abgeschnittenes kleines Pflänzchen hinhielt.

»Du gehst zu weit, Jakoba!«, schrie Marjan. »Das darf ich nicht zulassen!« Sie zitterte am ganzen Körper. Jakoba sprang auf, um sie festzuhalten. Marjan wich zurück.

»Fass mich nicht an!« Sie begann zu weinen.

Jakoba setzte sich wieder still hin und wartete. Ihr war bang zumute. Marjans ruhige Kraft hatte sie durch alle Stürme ihres Lebens manövriert. Ein ungekannt fürchterliches Unwetter musste sich über ihnen zusammengebraut und Marjan um das Gleichgewicht gebracht haben. Die Freundin wurde zur Fremden, als sie mit lauter Stimme rief: »Tu nicht so, als ob du nicht wüsstest, was das hier ist!«

»Eine Alraune«, erwiderte Jakoba überrascht. »Eleanor ist ganz glücklich, dass es ihr nach Jahren gelungen ist, sie in diesen Breiten zum Wachsen zu bringen. Und du hast ihr jetzt die Freude verdorben.«

»Freude!«, schnaubte Marjan. Sie hob das schwarze Hündchen hoch, das Humphrey Jakoba vor seiner Abreise nach Frankreich geschenkt hatte.

»Wäre es für dich denn auch eine Freude, wenn dein Hund sterben müsste und du dadurch alles verlieren würdest?«

In Jakobas Gesicht las sie, dass ihr Schützling sie wirklich nicht verstand. Sie atmete auf. Vielleicht war es noch nicht zu spät, Jakoba vor Eleanors Einfluss zu warnen. Schon als ihr die englische Hofdame vorgestellt worden war, hatte Marjan ein ungutes Gefühl beschlichen. Bestimmte Merkmale an ihrer Garderobe hatten sie beunruhigt. Als ihr dann auch noch kleine, fast unmerkliche Gesten auffielen, die zu gewissen Beschwörungsritualen gehörten, war sie auf der Hut. Mit großer Besorgnis beobachtete sie, wie die Freundschaft zwischen Jakoba und Eleanor vor allem nach dem Umzug in Humphreys Palast in Hertford immer enger wurde. Sah Jakoba denn nicht die Blicke, die Eleanor Humphrey zuwarf?

Gern hätte Marjan ihren Schützling vor der Hofdame gewarnt, aber sie kannte Jakoba zu gut. Niemand durfte Dame Jake sagen, mit wem sie umzugehen habe. Jakoba würde sie der Eifersucht bezichtigen, sich noch mehr von ihr abwenden und sich schon aus reiner Neugier immer mehr in Eleanors Netze verstricken. In manchen Dingen war Jakoba unbelehrbar. Aber jetzt durfte Marjan nicht mehr schweigen.

»Die Alraune«, begann Marjan, »oder Mandragora hat noch einen anderen Namen. Man nennt sie auch Erdmänneken, weil ihr zweigespaltener Wurzelstock der menschlichen Gestalt gleicht. Es ist eine der mächtigsten Zauberpflanzen, und du tätest gut daran, dich von ihr fern zu halten.«

»Warum?«, fragte Jakoba. »Du baust doch auch Kräuter mit speziellen Kräften an.«

»Aber die Mandragora ist eine Versuchung, eine Pflanze des Teufels, die Höllenmächte verleiht! Verstehst du mich jetzt?«

Jakoba schüttelte den Kopf.

»Der Besitzer dieser Pflanze wird Schätze und Reichtümer ansammeln und das Herz des Menschen gewinnen, auf den er es abgesehen hat.«

»Das ist doch nichts Schlechtes.«

»Der Besitzer dieser Pflanze schließt einen Pakt mit dem Teufel. Er erntet die Wurzel der Mandragora, indem er den Boden um sie herum langsam lockert. Die Wurzel selbst darf beim Ausgraben von menschlicher Hand nicht berührt werden. Dann bindet er einen schwarzen Hund an die Wurzel und lockt ihn mit einem Stück Fleisch, damit er wegläuft. Dabei zieht das Tier die Wurzel aus der Erde. Dann erst darf sie der Besitzer anfassen. Der Hund aber stirbt auf der Stelle.«

»Woran?«, fragte Jakoba.

»Am Alraunenschrei«, antwortete Marjan.

»Die Pflanze schreit?«, fragte Jakoba ungläubig.

»Nur für den Hund hörbar – und tödlich. Es gibt aber Berichte, wonach auch Menschen bei bestimmter Windrichtung den Laut hörten und daran starben, weil sie sich die Ohren nicht bedeckt hatten. Begreifst du jetzt, wie gefährlich diese Pflanze ist?«

Jakoba starrte auf die grünen Schnipsel zu Marjans Füßen. »Hat die Pflanze jetzt ihre Macht verloren?«

Marjan sah sie forschend an, nickte und setzte hinzu: »Die Frage ist, ob Eleanor die Macht über dich behalten hat.«

Wie erwartet fuhr Jakoba auf. »Eleanor ist meine Freundin! Sie steht in meinen Diensten und wird nichts tun, um mir zu schaden – im Gegenteil! Sie hilft mir bei …«

Jakoba brach ab. Sie hatte Eleanor geschworen Marjan nichts von ihrem Abkommen zu verraten. Auch Eleanor hatte sich Gedanken über Marjan gemacht, nachdem ihr aufgefallen war, wie diese bestimmte Kräuter hegte.

»… bei deinen Visionen«, ergänzte Marjan traurig und nickte. »Und sie hat wohl auch dafür gesorgt, dass der Herzog von Gloucester vor seiner Abreise das Lager nicht mit dir geteilt hat?«

Das hatte sie. Inzwischen wusste Eleanor, dass Jakoba auch nach zwei Ehen noch Jungfrau war, und wenn es nach ihr ginge, würde das in der dritten – falls diese überhaupt geschlossen werden sollte – auch so bleiben. Es gab Mittel, dieses zu bewerkstelligen. Für Eleanor war Jakoba aber nicht nur ein Medium, das sie für ihre Zwecke einsetzen wollte, sondern sie mochte sie wirklich gern und hatte großen Respekt vor ihrer Gabe. Deshalb bekümmerte es sie zunächst, als etwas geschah, was nicht hätte geschehen dürfen. Sie hatte es nicht herbeigeführt. Höhere Mächte mussten die Hände im Spiel gehabt haben, redete sie sich ein. Wahrscheinlich, um Jakoba die Unschuld zu erhalten, damit sie ihre Fähigkeiten zum Wohl der Welt einsetzte … Solche Überlegungen führten dazu, dass Eleanor sich erst weniger schuldig und dann sogar berufen fühlte, über Jakobas Jungfräulichkeit zu wachen, und sei es unter Einsatz des eigenen Körpers.

Zwei Tage vor Humphreys Abreise suchte sie in jenem Raum, der Bibliothek hieß und einer der wenigen Orte der Welt war, wo sich mehr als hundert Bücher befanden, nach einer Schrift, die sie am ersten Tag schon dort entdeckt hatte, eine lateinische Übersetzung über den Pythagoreismus, von der sie sich Aufschluss über frühere Existenzen erhoffte.

Als sie Humphrey in dem Zimmer vorfand, wollte sie sich höflich zurückziehen.

Er bat sie lachend, einzutreten und sich die Schrift herauszusuchen, die sie zu lesen wünsche. »Ich freue mich über jeden, der meine Leidenschaft teilt«, sagte er. Eleanor konnte hinterher nicht sagen, ob das Wort *Leidenschaft* oder einfach nur Humphreys angenehme Natur sie veranlasst hatte, den Verlobten ihrer Herrin plötzlich mit ganz anderen Augen zu betrachten. Sie erschrak vor dem Gefühl, das sich in ihr ausbreitete, als sie in die leuchtend blauen weit auseinander stehenden Augen blickte.

»Es ist nicht hier«, murmelte sie nach einem kurzen Blick auf die Regale und wollte flüchten.

Er hielt sie auf und fragte nach dem Titel der Schrift. Sie nannte ihn. »Glaubst du wirklich daran, dass die Seele menschliche oder tierische Körper durchwandert, bevor sie befreit ist?«, fragte er sie.

»Ich wollte mich über diese Theorie informieren«, antwortete sie vorsichtig.

»Dann wirst du mich begleiten müssen«, sagte er lächelnd und setzte nach einem Blick in ihre erschrockenen hellen Augen hinzu: »Die Schrift liegt in meinem Zimmer. Ich habe sie studiert. Wer so wie ich demnächst sein Leben auf dem Schlachtfeld lassen könnte, hat ein Interesse daran, sich über Möglichkeiten des Danach zu informieren.«

Es waren schon Menschen für weniger blasphemische Äußerungen auf den Scheiterhaufen gekommen. Eleanor tat, als hätte sie Humphreys Worte nicht gehört.

Er packte sie an den Schultern und zwang sie ihn anzusehen.

»Das wäre ein Satz, den mein Onkel, der Bischof, nicht ungeahndet lassen würde«, sagte er. »Aber vor einer verwandten Seele brauche ich mich nicht zu fürchten.«

Beide wussten, was geschehen würde, als Eleanor mit ihm zu seinen Gemächern ging. Humphrey hatte dabei kein schlechtes Gewissen Jakoba gegenüber. Zweimal hatte er sie aufgesucht, zweimal hatte sie ihn mit der Bemerkung zurückgewiesen, sie wolle warten, bis ihre Verbindung den kirchlichen Segen erhalten hatte. Humphrey verstand nicht, warum sich seine Verlobte wie eine Jungfrau zierte. Sie hatte ihm doch deutlich zu verstehen gegeben, dass sie ihn begehrte! Nun, er war ein Mann und er würde ihretwegen seine Natur nicht unterdrücken. Vor allem jetzt nicht, mit dem möglichen Tod vor Augen. Eleanors Schönheit war ihm schon lange aufgefallen, und die Tatsache, dass sie klug und belesen war, machte sie für ihn noch interessanter. Jakoba hatte ihn auf diesem Gebiet enttäuscht. Ihre Bemerkung auf der Fahrt nach London, Bücher sollten in größerer Anzahl hergestellt werden, war wohl nur ein höflicher Konversationsversuch gewesen. Jakoba schien an Jagden und Festen erheblich interessierter zu sein als an Schriften, hatte er zu seinem Bedauern festgestellt.

Humphreys Worte über den Tod beschäftigten Eleanor, als sie wenige Stunden später das Gemach des Herzogs von Gloucester verließ. Sie war so in Gedanken versunken, dass sie den Schatten in der Wandnische nicht bemerkte. Beatrix hielt den Atem an. Jakoba hatte wirklich kein Glück mit ihren Männern.

Eleanor half ihr tatsächlich, die Visionen zu steuern und zu deuten. Wie erfolgreich sie dabei war, zeigte sich einige Wochen später, nachdem der König mit seinen Brüdern Humphrey und Clarence wieder in den Krieg gezogen war. Seinen Bruder John von Bedford hatte Heinrich aus Frankreich zurückberufen und ihn für die Zeit seiner Abwesenheit mit den Regierungsgeschäften betraut.

Eleanor drängte Jakoba, sich im Geiste auf die Geschehnisse in Frankreich zu konzentrieren. Würden der König und seine Brüder den Feldzug unverletzt überstehen?

Sie führte Jakoba in das kleine dunkle Zimmer, das sie für ihre Rituale ausgesucht hatte, und verriegelte die Tür. Jakoba hängte sich ein weißes Gewand um, während Eleanor Kerzen und Kräuter in kleinen Gefäßen anzündete. Sobald die Luft von Weihrauch geschwängert war, stellte Eleanor einen Spiegel auf das Tischchen, um das sie einen Kreis gezogen hatte, und malte mit großzügiger Linienführung mehrere Pentagramme um den Kreis. Jakoba setzte sich auf den Stuhl vor dem Spiegel. Zu ihren Füßen lag ein Schwert. Sie murmelte einige Worte, sah mit beinahe blicklosen Augen in den Spiegel und befahl ihrem Geist, sich in die Zukunft nach Frankreich zu versetzen. Sie fiel bald in eine Art von Trance, benötigte aber eine lange Zeit, ehe sich die gewünschten Bilder zeigten. Danach griff sie zum Schwert und durchschnitt die Luft zwischen sich und dem Spiegel. Schon da wusste sie, dass es noch sehr lange dauern würde, ehe sie die Bilder des fürchterlichen Gemetzels wirklich verdrängen konnte.

»Clarence stirbt«, sagte sie nur, nachdem sie das Gewand abgelegt und die Pentagramme mit den Füßen verwischt hatte.

Die Bestätigung traf wenig später ein. Jakoba konnte sich nicht freuen, dass sie zum ersten Mal ein Gesicht richtig gedeutet hatte. Nicht dass sie um Clarence wirklich trauerte, sie war diesem Bruder Humphreys nur einmal flüchtig begegnet. Aber sie begann sich vor ihrer neuen Macht zu fürchten und auch vor dem Preis, den sie dafür zahlen musste: Noch Tage nach dem künstlichen Herbeiführen einer Vision fühlte sie sich körperlich geschwächt und wie ausgelaugt. Manchmal kam es ihr sogar vor, als ob ihre Seele den Körper verlassen hatte und sich wirklich an der Stelle und in der Zeit der Vorspiegelungen aufhielt. Sie magerte ab, litt unter Kopfschmerzen und wurde immer melancholischer. Marjan sah das mit Besorgnis, aber sie wusste nicht mehr, wie sie Jakoba erreichen konnte.

Jakoba selbst machte sich Sorgen über das Ausbleiben der päpstlichen Bulle. Sie fürchtete – nicht zu Unrecht –, dass Philipp wieder seine Kontakte hatte spielen lassen. Berichte aus Frankreich betrafen nicht nur den Kriegsverlauf, der für die Engländer günstig aussah, sondern auch das Wetter. Der Winter hatte unerwartet früh eingesetzt, und als König Heinrich im November wieder einmal triumphierend in Paris einritt, brach ein Schneesturm los. Königin Katharina, die ihr erstes Kind erwartete, sehnte sich nach ihrem Mann und flehte ihn an zurückzukommen.

Zusammen mit Humphrey traf er Mitte Dezember ein, und Jakoba machte sich mit Eleanor auf, die Helden zu begrüßen.

Im Londoner Schloss wartete bereits Dirk von der Merwede auf Jakoba. Er war aus Holland gekommen und brachte sehr schlechte Nachrichten mit. »Du musst Hilfe schicken«, flehte er sie an. »Dein Land hat eine fürchterliche Not ereilt!«

Am Tag der heiligen Elisabeth hatte Holland und Seeland eine Naturkatastrophe unvergleichlichen Ausmaßes getroffen, die zehntausenden von Menschen zum Verhängnis geworden war. Die Deiche entlang der Küste waren während der heftigen Herbststürme geborsten und die Nordsee hatte sich mit Wucht über das Land ergossen. Noch wusste niemand, wie viel tausende in den Fluten ertrunken waren. Mindestens zwanzig Dörfer wurden unter den Wassermassen begraben, und von der Stadt Dordrecht aus waren nur noch die Kirchtürme der umliegenden Dörfer zu sehen. Alle Ernten und riesige Viehherden waren vernichtet worden, unzählige Menschen hatten ihre Häuser verloren und großes Wehklagen scholl durch das Land. Es würde noch Jahre dauern, ehe auf der versalzenen Erde wieder etwas angebaut werden könnte, und Teile des Gebiets würden auch nach Jahrhunderten noch überflutet bleiben.

»Aber warum haben die Deiche nachgegeben?«, fragte Jakoba fassungslos.

Dirk sah sie mit traurigen Augen an. Unter dem struppigen feuerroten Bart schienen seine Lippen zu zittern. »Weil sich niemand um sie gekümmert hat«, erwiderte er. »Die Herren unserer Länder sind seit einem halben Jahrhundert mit Kriegführen beschäftigt und haben darauf Geld und Zeit verwendet. Niemand hat mehr an den alten Feind hinter der Küste gedacht, an die Kraft des Wassers. Und jetzt, Jakoba, denkt bei all dem Leid niemand an den Krieg.«

»Was ist meinem Onkel geschehen?«, fragte sie plötzlich mit angehaltenem Atem. Sie hatte die Katastrophe vorhergesehen, hatte beobachtet, wie Johann der Unbarmherzige in einem bedenklich schaukelnden Kahn auf Wasserwirbel zugerudert war. Hatte es auch ihn in die Tiefe gezogen?

Dirk antwortete nicht sofort. Und als er schließlich sprach, glaubte Jakoba sich verhört zu haben. »Johann der Unbarmherzige ist der Held und Retter des Landes«, sagte er, »soweit zumindest noch etwas zu retten ist. Er hat fast sein ganzes Vermögen zur Verfügung gestellt und den gesamten Schmuck seiner Frau in Bayern verkaufen lassen, um den Überlebenden ihre Verluste zumindest teilweise ersetzen zu können. Aber das ist noch nicht alles. Höchstpersönlich hat er sich in ein Boot gesetzt und versucht so viele Menschen wie möglich von den Häuserdächern und von Bäumen herunterzuholen, obwohl er jederzeit hätte kentern und selber untergehen können. Ihm ist es zu danken, dass die Katastrophe nicht noch schlimmer wurde, denn er hat die wenigen intakten Deiche sofort kontrollieren und reparieren lassen und eine Deichbewachung eingerichtet. Er war einfach überall, Jakoba, und ganz Holland segnet den Tag, an dem er die Verantwortung für das Land übernahm. Ich weiß, dass du dies nicht hören willst, Jakoba, aber es ist die Wahrheit.«

»Warum heißt er jetzt dann nicht Johann der Barmherzige?«, sagte Jakoba bitter. »Was kann ich noch tun?«

»Uns helfen, Jakoba«, flehte Dirk sie an. »Sprich mit dem englischen König, bitte ihn um Unterstützung für unser armes geschundenes Land.«

Jakoba dachte schnell nach. Irgendjemand hatte ihr einmal geraten über den Tag hinaus zu planen. Das tat sie jetzt. Die Sturmflut hatte Johann dem Unbarmherzigen Popularität verschafft, und Hilfe aus dem Ausland würde zweifellos auch ihm gutgeschrieben werden und seine Position und die der Kabeljaue nur festigen. Das französische Abenteuer Heinrichs verschlang Millionen, und das Geld, das er ihren Ländern jetzt vielleicht zur Verfügung stellen könnte, würde fehlen, wenn sie sich nach der Hochzeit mit Humphrey an die Zurückeroberung ihrer Gebiete machen würde. Sie durfte nicht zu viel vom König erbitten. Aber sie konnte Dirk von der Merwede auch nicht mit leeren Händen zurückschicken.

»Warte hier«, trug sie ihm auf und verließ den kleinen Saal, in dem sie ihn empfangen hatte. Als sie zurückkehrte, überreichte sie ihm ein kleines Bündel. »Mein Schmuck«, erläuterte sie. »Verkauf ihn und sage meinen Leuten, Jakoba, Gräfin von Holland, Seeland und dem Hennegau, wird sie nicht im Stich lassen. Nach meiner Eheschließung werde ich mit meinem Gemahl das Land aus seiner Not befreien.«

Er nahm das Bündel entgegen, als handele es sich um eine Selbstverständlichkeit. »Du wirst mit dem König sprechen?«, drängte er.

»Natürlich«, erwiderte Jakoba. Es wurde wirklich langsam Zeit, einen Hochzeitstermin festzusetzen.

Aber König Heinrich sprach nicht mehr von Hochzeit. Stattdessen bot er Jakoba an, Patentante seines neugeborenen ersten Sohnes zu werden. Als sie neben Humphrey stand und das Kind über das Taufbecken hielt, dachte sie voller Wehmut daran, wie sie sich in der Interpretation dieser Vision geirrt hatte. Ein Bild aus ferner Zukunft stieg in ihr auf und erfüllte sie mit Traurigkeit: Der kleine Kronprinz Heinrich würde einst die Krankheit seines wahnsinnigen französischen Großvaters erben.

Was nützt es mir, das zu wissen?, fragte sie sich. *Es macht mich auch nicht glücklicher, dass ich meine Visionen jetzt steuern und sogar deuten kann. Das ändert nichts am Lauf der Dinge. Wie damals, als ich vorhergesehen hatte, dass Monchou unter den Hufen des Pferdes zertrampelt werden würde. Zweimal habe ich um meinen Hund getrauert. Ist es das wert, wenn ich doch nichts ändern kann?* Sie blickte zu dem stattlichen Mann neben ihr, und plötzlich regte sich in ihr wieder das Bedürfnis, in seinen Armen zu liegen und alles Elend ihrer Welt zu vergessen. Sie war eine Frau, sie brauchte einen Mann, und Humphrey war der Erste, der jemals Begehren in ihr geweckt hatte. *Heute Nacht werde ich zu ihm gehen.*

Aber sie hatte die Rechnung ohne Eleanor Cobham gemacht. Die Hofdame hatte ihre Herrin während der Tauffeierlichkeit genau beobachtet und den Ausdruck in ihren Augen gelesen. Sie sah eine junge Frau am Altar, die ein Kind in den Armen hielt und von einem eigenen träumte. Von einem glücklichen Leben mit dem Mann an ihrer Seite. Eleanor Cobham wusste es so einzurichten, dass sich Humphrey nicht in seinen Gemächern befand, als Jakoba ihn aufsuchte.

Der englische König sorgte dafür, dass Humphrey schon in den darauf folgenden Tagen wieder mit ihm nach Frankreich zurückkehrte. Er kannte seinen Bruder und fürchtete eine überstürzte Handlung. Heinrich hatte Philipp von Burgund versprochen, auf keinen Fall einer Eheschließung zwischen Humphrey und Jakoba zuzustimmen. Er betrachte die Gräfin von Holland nicht mehr als Verlobte seines Bruders, sondern als einen Gast, der an seinem Hof Zuflucht gesucht habe, sagte er. Der Herzog hatte ihm angedeutet, eine Entscheidung des Papstes würde noch lange auf sich warten lassen. Es befand sich also niemand in Zugzwang. Die beiden Betroffenen setzte Heinrich von seiner Entscheidung nicht in Kenntnis, sondern hielt sie einfach hin. Vielleicht würde Gräfin Jakoba des Wartens überdrüssig werden und Humphrey seine kontinentalen Pläne selbst fallen lassen. Der König fand es verwunderlich, dass sein Bruder mit der resoluten Holländerin – als solche sah Heinrich Jakoba immer noch – nicht das Bett teilte. Als ihm Humphreys Verhältnis mit Eleanor Cobham zugetragen wurde, atmete er auf. Sein Bruder schien sich in die schöne Hofdame wirklich verliebt zu haben.

»Schluss mit der Hexerei!«, befahl Marjan mit ungewohnter

Autorität eines Abends im Sommer, als sie zu Jakoba ins Zimmer kam und ihren Schützling mit einem weingetränkten Umschlag auf dem Kopf vorfand. Sie setzte sich neben Jakoba ans Bett und fuhr fort: »Du wirst dünn und hässlich, mein Kind, und schlimmer noch, du schadest deiner Gesundheit. Wann warst du zuletzt ohne Kopfschmerzen? Weißt du noch, weshalb du nach England gekommen bist? Etwa wegen der Jagden, Spiele, Festgesellschaften und Beschwörungen? Du wolltest deinem Herzen folgen, weißt du noch? Wo ist dein Herz, Jakoba?«

»Still, Marjan, ich kann nicht denken«, murmelte Jakoba mit vor Pein verzerrtem Gesicht.

»Du wirst es aber müssen.« Marjan war unerbittlich. »Der Herzog von Gloucester ist wieder im Land, und es wird höchste Zeit, dass du ihm zugestehst, was du ihm versprochen hast. Damit der Spuk endlich ein Ende hat!«

»Ich kann nicht«, flüsterte Jakoba und dachte an das Ereignis des Vorabends, an den Schädel, vor den sie zum Schutz ihrer Jungfräulichkeit Blumen gelegt hatte.

Grimmig schüttelte Marjan den Kopf. »Sie hat dir das Keuschheitsritual aufgezwungen! Damit sie sich deine Kräfte zunutze machen kann. Aber du kannst den Bann brechen, mein Kind, und ich werde dir helfen.«

Staunend beobachtete Jakoba, wie Marjan unter Aufsagen eines unverständlichen Spruchs aus einem Korb diverse Gegenstände, darunter ein Fläschchen mit geweihtem Wasser und ein Bündel getrockneter Kräuter, zog und sich dann an die Arbeit machte, Eleanors Zauber zu brechen.

Keine Heilige, sondern eine Hexe!, dachte Beatrix erschüttert. Sie hatte Jakobas Zimmertür leise geöffnet, um nach ihrer kranken Schwester zu sehen. Schon seit längerem vermutete sie, dass in diesem Schloss mit Jakoba seltsame Dinge geschahen. Sie wäre aber nie auf die Idee gekommen, dass die fast stumme, unauffällige einstige Kinderfrau dahinter steckte. Jetzt glaubte sie auch eine Erklärung für Jakobas Zuneigung zu Marjan gefunden zu haben. Die Kapuzenfrau hatte sie mit

Zauberei von sich abhängig gemacht! Beatrix beschloss diese Information zunächst für sich zu behalten. Der Zeitpunkt, an dem sie daraus Gewinn schlagen konnte, würde sicherlich noch kommen.

Frieden umfing Jakoba. Sie atmete tief ein und aus und glaubte zu träumen. *Aber es ist wahr*, jubelte es in ihr, *ich bin frei, endlich frei* – und endlich glücklich. Voller Zärtlichkeit betrachtete sie den schlafenden Mann neben sich, stand dann auf und stellte sich nackt vors offene Fenster. Am liebsten hätte sie vor Freude laut geschrien. Ganz konnte sie es noch nicht glauben. Sie schloss die Augen und versuchte eine Vision heraufzubeschwören. Nichts. Nicht einmal ein leichter Nebel stieg auf. Sie öffnete die Augen und blickte hinaus auf einen Himmel voller Sterne. Wie klar ihr Kopf war! Wie rein sie sich plötzlich fühlte! Sie lachte leise. Galten nicht Jungfrauen als rein? Bei ihr war es offensichtlich umgekehrt.

Nachdem Humphrey sie mit einem keuschen Kuss auf die Stirn begrüßt hatte, war sie nicht züchtig zur Seite getreten. Sie hatte ihren Verlobten einfach an der Hand genommen und in ihre Kemenate geführt. Dort warteten nicht nur Speisen und Getränke, sondern auch aufgeschüttelte Kissen, in die er sein müdes Haupt betten konnte.

»Du hast mir gefehlt«, sagte Jakoba nur und bot ihm die Lippen zum Kuss. Alle Müdigkeit fiel von ihm ab, als er den Druck ihrer Brüste spürte. Er hatte sich auf eine Nacht mit Eleanor gefreut, aber wie viel süßer würde eine neue Eroberung sein – die eigene Verlobte! Er half ihr aus den Kleidern und staunte, als sie ihr kastanienbraunes Haar löste und es in reichen Wellen über die Schultern fallen ließ.

»Wie schön du bist!«, murmelte er und blickte in Augen, die ihn an die Nordsee erinnerten. An der Nordsee lag Holland. Holland gehörte Jakoba, und Jakoba würde jetzt endlich ihm gehören …

»Was ist das?«, fragte er plötzlich und zog unter einem Kissen ein Büschel Basilikum hervor. Jakoba lachte. Marjan überließ wohl nichts mehr dem Zufall.

»Königskraut«, erwiderte sie, »um die Liebe in dir zum Blühen zu bringen.«

Er warf das Büschel aus dem Bett und zog Jakoba an sich. »Überflüssig«, murmelte er, »dazu bedarf es keines Zaubers.«

Jakoba schrie nicht, aber er spürte einen Widerstand.

»Ich war zu lange allein«, flüsterte sie, »hör nicht auf.«

Sie hätte ihm gern gesagt, dass er ihr erster Mann war, aber sie dachte voller Wehmut an Jean und hätte das Gefühl gehabt, ihn noch nach seinem Tod zu verraten. Der Schmerz war sehr kurz und mehr als nur erträglich für eine Frau, deren Jungfräulichkeit ihr viel größere Pein verursacht hatte. Aber damit war es endgültig vorbei. Nie wieder würde sie von fürchterlichen Szenen heimgesucht werden, nie wieder von unverständlichen Visionen geplagt oder zu Interpretationen verleitet werden. Sie schwor sich, in Zukunft einen großen Bogen um jede Form von Zauberei zu machen.

»Komm zurück ins Bett, sonst holst du dir den Tod«, hörte sie Humphreys Stimme. Sie wandte sich um und sah, dass er wieder bereit war.

»Dann hole ich mir doch lieber das Leben!«, rief sie und sprang mit einem Satz ins Bett.

Wochen reinen Glücks folgten. Humphrey, der jetzt für seinen Bruder Heinrich die Regierungsgeschäfte übernommen hatte – John von Bedford war nach Burgund gereist, um seine Verlobte Anna abzuholen –, verbrachte viel Zeit mit Jakoba und lernte sie immer besser kennen und schätzen. Eleanor Cobham behandelte er freundlich und respektvoll. Er schenkte ihr ein kleines Landgut und bat sie um Verständnis, dass er sich jetzt seiner Verlobten widmen müsse. Aber sie beherrsche ein Plätzchen in seinem Herzen, zu dem niemand anders – auch nicht Jakoba – Zugang hätte. Sie erklärte, dankbar zu sein für jede Krume, die vom Tisch ihrer Herrin für sie abfalle. Ihre Gefühle ihm gegenüber wären unverändert und er könne sie jederzeit aufsuchen. Gelegentlich machte er von diesem Angebot Gebrauch, achtete aber mehr denn zuvor darauf, dies vor den anderen Schlossbewohnern geheim zu halten.

Humphrey fand jetzt auch, dass die Verlobung lange genug gedauert hätte. Er schrieb seinem Bruder nach Frankreich und bat ihn, sanften Druck auf den Papst auszuüben. So lange könne es doch nicht dauern, die Ungültigkeitserklärung von Jakobas zweiter Ehe aufzusetzen?

Aber Heinrich konnte sich jetzt nicht mit dem Problem seines Bruders befassen. Der sonst so kräftige und unverwüstlich erscheinende fünfunddreißigjährige König lag schwer krank im Schloss von Vincennes. Er bereitete sich selbst auf den Eintritt in die Ewigkeit und sein Land auf die Zeit nach ihm vor. Die Ärzte hatten ihn aufgegeben – auch ein König war vor Lagerfieber nicht gefeit.

Nachdem die sieben Bußpsalmen verlesen wurden, erklärte der Sterbende mit klarer Stimme, ihn reue am meisten, dass er Jerusalem nicht habe erobern können. Dann ernannte er Humphrey zum Regenten und Lord Protector seines jungen Sohnes Heinrich. Diesen letzten Willen focht der Bischof von Winchester in England augenblicklich an. Es sei noch nie vorgekommen, dass ein sterbender König über die Verwaltung seines Landes nach seinem Tod bestimmte, tobte er, als diese Nachricht in London bekannt wurde. Das Parlament ließ er wissen, dies sei im Widerspruch zur Magna Charta. Henry Beaufort war der Gedanke unerträglich, dass die Geschicke Englands künftig in Händen des träumerischen Herzogs von Gloucester liegen sollten.

Ein weiterer Todesfall komplizierte die Angelegenheit noch mehr: Ein Monat nach König Heinrich starb dessen schwachsinniger Schwiegervater Karl VI., König von Frankreich. Da er König Heinrich zu seinem Erben ernannt hatte, fiel diese Ehre jetzt dessen Sohn zu. Herzog John von Bedford sollte die französische Regentschaft für seinen kleinen Neffen übernehmen. In England wurde gejubelt: Endlich waren Frankreich und England ein Reich – auch wenn der neuer, Herrscher noch in den Windeln lag. Dessen Mutter, Königin Katharina, zog sich in ihre Gemächer zurück und wollte niemanden sehen. Sie trauerte nicht nur um ihren Mann und ihren Vater, sondern auch um die geliebte Schwester Michaela, Philipps verbannte Frau, die wohl an gebrochenem Herzen gestorben war. Es war aber auch von Gift die Rede. Ohne ihren Mann fühlte sich Katharina am englischen Hof verloren.

Frankreich jubelte nicht über die Nachricht, mit England zu einem einzigen Reich verschmolzen worden zu sein. Der französische Adel war schlichtweg entsetzt bei dem Gedanken, einem ausländischen Fürsten – noch dazu einem von dieser barbarischen Insel im Norden – untertan zu sein. Selbst frühere Anhänger Isabellas liefen jetzt zu dem französischen Kronprinzen Karl über, der sich immer noch in Bourges aufhielt und versuchte, den englischen Truppen das Leben schwer zu machen. Die alten Getreuen Isabellas vergaben ihm den Mord an Johann ohne Furcht, versprachen ihm Unterstützung in seinem Krieg gegen England und nannten ihn Karl VII.

In London setzte sich Henry Beaufort durch. Das Parlament ernannte Humphreys Bruder John Bedford zum Lord Protector. Humphrey sollte bei dessen Abwesenheit sein Vertreter sein. Der klangvolle Titel täuschte allerdings, denn dem Lord Protector wurde jede Macht entzogen: Alle Beschlüsse mussten erst von dem Kanzler des Großsiegels genehmigt werden. Und dieser Kanzler war Henry Beaufort, der Bischof von Winchester.

»Dass er es wagt, den letzten Willen meines Bruders anzufechten!«, schäumte Humphrey, als er Jakoba am Abend in ihrer Kemenate aufsuchte.

»Wenn wir erst verheiratet sind ...«, begann sie.

»Auch das hat mir Henry verboten!«, unterbrach er sie wütend. Jakoba starrte ihn ungläubig an.

»Dazu hat er kein Recht«, gab sie zurück. In ihrem Magen begann sich etwas zu verknoten. Jetzt hatte sie das Glück gefunden und wieder sollte es ihr genommen werden. Bestand die Welt denn nur aus Hindernissen?

Humphrey schnaubte. »Jakoba, du kannst dir die Schmach

nicht vorstellen! Vor allen Lords hat er öffentlich verkündet, dass ich dich nicht heiraten darf!«

»Woher nimmt er sich das Recht?«, fragte Jakoba.

»Von Papst Martin!«

Jakoba schlug eine Hand vor den Mund. »Nein, Humphrey, nein, er kann meine Ehe mit Jan nicht für gültig erklärt haben!«

Humphrey drückte sie an sich und streichelte ihr sanft den Rücken. »Nein, meine Liebe, das hat er auch nicht getan. Die Entscheidung dazu ist noch immer nicht gefallen. Aber solange das nicht geschehen ist, darfst du nicht wieder heiraten – befiehlt der Papst. Und dieses Verbot hat er meinem lieben Onkel schriftlich zukommen lassen. Deinem in Holland übrigens wahrscheinlich auch.«

»Müssen wir uns das gefallen lassen?«, fragte Jakoba. »Es ist, weiß Gott, genug Zeit verstrichen!«

Er musterte sie nachdenklich, ließ sich dann auf den Stuhl vor dem Kamin fallen und vergrub das Gesicht in beide Hände. Jakoba kniete sich neben ihm nieder und legte ihren Kopf auf seinen Schoß. Schweigend verharrten sie lange Zeit in dieser Stellung.

»Benedikt!«, sagte Humphrey plötzlich leise, aber deutlich.

Jakoba hob fragend den Kopf.

»Papst Benedikt«, wiederholte Humphrey. »Von dem holen wir uns die Ungültigkeitserklärung!«

»Er ist vom Konstanzer Konzil abgesetzt und aus Avignon vertrieben worden«, gab Jakoba zu bedenken, als sie sich aufrichtete. Aber ihre Augen leuchteten. Benedikt hatte noch eine offene Rechnung mit ihrem Feind Johann dem Unbarmherzigen zu begleichen. Dieser Papst hatte einst die Wahl Johanns von Bayern zum Bischof von Lüttich angefochten und einen Gegenkandidaten ernannt. Damit hatte er vor fünfzehn Jahren den Aufstand der Lütticher entfacht, den der Bayer mithilfe des Herzogs von Burgund und Jakobas Vater blutig niedergeschlagen und der ihm seinen Beinamen eingetragen hatte.

»Er hat noch reichlich Anhänger, darunter Philipps Gegner, die Armagnacs, und er hält Hof in Pensicola. Ich schicke sofort einen Kurier nach Spanien!«

Er sprang auf. »Warum sollte Gott nur einen Stellvertreter auf Erden haben? Sogar mein Neffe hat zwei! Jakoba, ich verspreche dir, noch bevor das Jahr um ist, werden wir vor Gott und dem Gesetz Mann und Frau sein!«

Er hielt sein Wort. Benedikt XIII., der es schon gegen drei römische Päpste und zwei Gegenpäpste aufgenommen und sich Papst Martin nicht unterworfen hatte, setzte mit Freuden sein Siegel unter die Ungültigkeitserklärung von Jakobas Ehe mit Jan von Brabant. Er fand es sehr begrüßenswert, vom englischen Königshaus anerkannt zu werden, und verlangte keine weitere Gegenleistung. Als Professor für Kirchenrecht hielt er es für unverantwortlich, dass sein Konkurrent Martin Jakobas Ehe mit Jan von Brabant zugestimmt hatte. Jakoba hätte nie einen Mann heiraten dürfen, dessen Patentante ihre Mutter war. Wie Jakoba vorhergesehen hatte, bereitete es ihm Genugtuung, Johann von Bayern Steine in den Weg zu legen.

Trotz der Proteste des Bischofs von Winchester heirateten Humphrey und Jakoba am letzten Oktobertag des Jahres 1422. Humphrey hatte darauf bestanden, die Hochzeit groß auszurichten, und er ließ sich während der Festlichkeiten als Graf von Holland und Seeland und als Herr von Friesland feiern. Das Getuschel der Geladenen entging ihm: Wo blieb die Verwandtschaft der edlen Braut? Nicht einmal deren Mutter war zur Hochzeit gekommen.

Aber Jakoba hatte Briefe von treuen holländischen Haken empfangen, die ihre Eheschließung bejubelten und sie aufforderten, mit ihrem Mann zurückzukehren und Johann den Unbarmherzigen vom Thron zu stoßen. Jakoba, die von den Entwicklungen auf dem Kontinent nur bruchstückhaft informiert war, fühlte sich von der Treue ihrer Haken gerührt. Sie glaubte tatsächlich, diesen Adligen ginge es ausschließlich darum, ihr wieder zu ihrem rechtmäßigen Erbe zu verhelfen.

Aber die Haken setzten nur deshalb alle Hoffnung auf

England, weil sie aus eigener Kraft die Vorherrschaft der Kabeljaue nicht mehr aufhalten konnten. Und das bedeutete weniger Macht für den Adel und mehr Selbstverwaltung für Städte und Gilden. Aus Sicht der Haken also war der Untergang des Abendlandes nicht fern.

Mit seinem selbstlosen Einsatz während der Sturmflut im vergangenen Jahr hatte Johann von Bayern die Herzen von zu vielen Bürgern gewonnen. Sollte es Jakoba und Humphrey gelingen, die Länder zurückzuerobern, würde die alte Ordnung endlich wiederhergestellt und manch neuer Emporkömmling wieder auf den ihm zustehenden Platz zurückverwiesen werden.

Die Haken teilten Jakoba mit, der Herzog von Brabant habe an alle Kirchentüren das Heiratsverbot Papst Martins anschlagen lassen, sie aber hätten sofort überall eine Abschrift der Ungültigkeitserklärung von Papst Benedikt daneben gehängt. Das verwirre die Bevölkerung, die an ein Ende des Schismas geglaubt hatte. Schon daher wäre Jakobas Anwesenheit in ihren Ländern schnellstens erwünscht.

Humphrey trotzte einem weiteren Befehl des Bischofs von Winchester und begann sofort eine Armee anzuwerben.

Wieder Krieg, dachte Jakoba mit leisem Bedauern. Sie hatte sich in England an ruhige, friedliche Zeiten gewöhnt und hätte sich am liebsten mit Humphrey in sein Schloss zurückgezogen und ein halbes Dutzend Kinder bekommen. Aber eine hohe Geburt brachte Verpflichtungen mit sich, und in ihrem Fall hieß das leider Krieg gegen Holland und Seeland.

Seeland. Ein Schauer lief ihr über den Rücken. Dort herrschte Frank von Borsselen im Namen Johanns des Unbarmherzigen. Er würde seine Truppen gegen die ihren anführen müssen, er könnte von englischer Hand getötet werden. Jakoba dachte an den Kuss im dunklen Zimmer des Schlosses von Woudrichem, an die sanften Augen, an die starken Arme, in denen sie sich so geborgen gefühlt hatte. Die gleichen Arme würden jetzt das Schwert gegen Humphrey erheben …

»Wir sollten nichts überstürzen«, sagte sie zu ihrem Mann,

»es wäre besser, wenn wir uns zunächst nur auf Holland konzentrierten. Dort sitzt mein verräterischer Onkel. Den müssen wir vertreiben. Über Seeland können wir später nachdenken.«

Sie zweifelte keinen Augenblick an ihrem Sieg in Holland. Die Haken hatten sie wissen lassen, dass tausende nur darauf warteten, für sie in den Kampf zu ziehen. Nach erfolgter Mission müsste es mit Seeland nicht unbedingt zu bewaffneten Auseinandersetzungen kommen, überlegte sie. Vielleicht würde sich Frank von Borsselen ihr ergeben. Sie stellte sich vor, wie er ihr zu Füßen lag und sie um Gnade bat. Das Bild gefiel ihr überhaupt nicht und sie verwarf es sofort. Es passte auch nicht zu dem edlen Ritter. Aufrecht würde er vor ihr stehen, seine Niederlage eingestehen, sie zu ihrem Sieg beglückwünschen … und dann? Zum ersten Mal bedauerte sie, keine Visionen mehr hervorrufen zu können. Zu gern hätte sie gewusst, unter welchen Voraussetzungen sie dem Seeländer das nächste Mal begegnen würde. Sie liebte Humphrey, aber bei dem Gedanken an Frank und seinen Kuss wurden ihre Knie weich.

Eleanor hatte das Ende des Zaubers mit Gelassenheit aufgenommen. Sie richtete ihre Kunst jetzt auf etwas anderes. Von Beatrix hatte sie erfahren, dass die Fürsten des Kontinents Jakobas neue Ehe nicht akzeptierten und sich auch im größten Teil Hollands Widerstand dagegen regte. Die Mehrzahl der Adligen mochte Jakoba vielleicht folgen, aber es war sehr fraglich, ob die Mehrzahl der Kämpfenden dem Adel folgen würde. Es war eher damit zu rechnen, dass sie vor der mächtigen Armee des Burgunders Reißaus nehmen würden. Die Chance, dass Jakoba ihr Ziel erreichen würde, war also klein, und ohne ihre Länder war die Gräfin für Humphrey nicht mehr interessant. Und dann könnte sie, Eleanor, in seinem Herzen mehr als nur ein verstecktes kleines Plätzchen einnehmen. Als er am letzten Nachmittag vor seiner geplanten Abreise heimlich zu ihr schlich, um sich zu verabschieden, fragte er, was er ihr vom Kontinent mitbringen sollte.

»Du wirst sicher auch nach Frankreich kommen, oder in den Hennegau, wo Jakobas Mutter lebt«, sagte sie. »Das Klima dort ist günstig für eine Pflanze, von der ich schon seit langem gern einen Trieb hätte.«

»Wie heißt sie, wie sieht sie aus?«, erkundigte sich Humphrey.

Eleanor beschrieb ihm die Alraune, aber bat ihn, ihren Wunsch vor Jakoba geheim zu halten. »Sie ist sehr abergläubisch und denkt, dass diese Pflanze Unglück bringt. Dabei ist es eines der wirksamsten Heilkräuter.«

»Meine kleine Kräuterhexe!« Humphrey umarmte sie. »Was bist du bescheiden! Andere Frauen hätten sich Schmuck oder kostbare Stoffe gewünscht. Ich verspreche, nicht ohne die Pflanze zurückzukehren!«

Humphrey fand Jakoba zitternd vor Wut in ihrer Kammer vor. Erst fürchtete er, sie sei hinter seinen kleinen Ausflug in ein anderes Zimmer des Schlosses gekommen, aber dann sah er den Brief in ihrer Hand.

Philipp von Burgund hatte in Paris ein Schiedsgericht eingeschaltet, das über die Gültigkeit von Jakobas Ehe mit Jan von Brabant entscheiden sollte. Zu einem der Vorsitzenden hatte der Burgunder seinen künftigen Schwager John von Bedford, Humphreys Bruder, ernannt. Dieser hatte sich von Anfang an auf die Seite des Bischofs von Winchester gestellt und die Stirn über Humphreys Ehe mit Jakoba gerunzelt.

»Ein feines Schiedsgericht!«, rief Jakoba. »Natürlich lassen uns seine Beschlüsse kalt.« Humphrey schüttelte den Kopf. »Nein, Jakoba, so einfach ist das nicht. Ich möchte mit meinem Bruder keinen Streit. Ich werde das Urteil des Schiedsgerichts annehmen.«

»Selbst wenn es unsere Ehe für ungültig erklärt?!«

Er trat auf sie zu und zog sie an sich. »So weit wird es nicht kommen. Mir stehen die besten Anwälte der Welt zur Verfügung.« Er lachte. »Wie oft hat man es mir zum Vorwurf gemacht, dass ich mich mehr mit gelehrten Büchern als mit dem Tagesgeschehen in der Politik beschäftige! Nun, das kommt mir jetzt zugute. Ich kenne die besten Strategen.«

»Philipp«, warnte ihn Jakoba, »ist ein vorzüglicher Schachspieler!« *Und manchmal,* dachte sie, *verliert man viel, wenn man ihn schlägt.*

Den Brief hatte Beatrix' Mann Jan von Vliet überbracht. Er hätte seine Stellung bei Johann dem Unbarmherzigen aus Sehnsucht nach seiner Frau aufgegeben, erklärte er und bat Jakoba, ihn wieder in ihre Dienste zu nehmen.

Seine Schwägerin beäugte ihn misstrauisch. »Du warst einst ein guter Freund, Jan«, sagte sie, »aber die Zeiten haben sich geändert. Woher weiß ich, dass du nicht im Auftrag von Johann dem Unbarmherzigen meinen Hof auskundschaften sollst?«

»Den gleichen Verdacht hättest du auch deiner Schwester gegenüber hegen können«, erwiderte Jan von Vliet. »Und doch hast du sie aufgenommen. Ich bin nicht im Streit von deinem Onkel geschieden, aber es gibt gewichtige Gründe, die mich bewogen haben meine Stellung aufzugeben. Zum einen bin ich im Herzen immer noch ein Haken und kann nicht ruhig zusehen, wie die Kabeljaue das ganze Land mit ihren widernatürlichen Handlungen überziehen. Aber den Ausschlag hat das neue Testament deines Onkels gegeben. Darin hat er Philipp von Burgund zu seinem alleinigen Erben ernannt.«

Jakoba wunderte gar nichts mehr. Auch nicht Humphreys Reaktion auf den Brief.

»Vielleicht wird es gar nicht nötig sein, mit Truppen in Holland einzufallen«, sagte er. »Das Schiedsgericht könnte auch zu unseren Gunsten entscheiden. In den nächsten Tagen fahre ich mit meinen Anwälten nach Paris und werde unsere Sache dort vertreten.«

Bisher hatte sich Humphrey noch nicht weiter mit dem Land beschäftigt, das seine Frau in die Ehe eingebracht hatte. Von Haken und Kabeljauen hatte er nie etwas gehört und die Namen der Städte und Edlen waren ihm unbekannt. Wie jeder Engländer verband er mit dem Begriff Holland Handelsschiffe, die denen der englischen Krone auf den Weltmeeren

Konkurrenz machten. Er freute sich, in Jan von Vliet einen kundigen Lehrer zu finden, und forderte diesen auf, ihn nach Paris zu begleiten. Beatrix simulierte einen Zusammenbruch, als er ihr das mitteilte. Jetzt wären sie so lange getrennt gewesen und schon wieder würde er sie verlassen! Sie könne mitfahren, erklärte er geschmeichelt und Beatrix strahlte. In Paris würde sie Philipp endlich wieder begegnen!

Auch das Schiedsgericht kam nach mehrtägigen Sitzungen zu keinem eindeutigen Schluss, sondern überwies die Frage der Ehe an das päpstliche Gericht. Das sollte auch die Verteilung von Jakobas Besitzungen regeln. Allerdings fällte das Schiedsgericht in einer Sache sein Urteil: Herzog Jan von Brabant wurde wegen der schlechten Behandlung seiner Frau – als solche bezeichneten die Richter Jakoba immer noch – gerügt und aufgefordert, ihr mit rückwirkender Kraft den Lebensunterhalt zu bezahlen. Humphrey empfand das als zusätzliche Beleidigung, aber seine weisen Anwälte waren machtlos.

Beatrix genoss die Tage in Paris, wo sie wie eine Prinzessin behandelt wurde. Philipp, der inzwischen mit Bona von Artois verheiratet war, verbrachte zweimal zwei aufregende Stunden mit ihr, wies aber ihre Bitte, bei seiner zweiten Frau wieder als Hofdame angestellt zu werden, ab.

»Wenn Johann der Unbarmherzige stirbt, erbst du Holland«, sagte sie ihm. »Dann wirst du auch in s'Gravenhage Hof halten müssen.« *Und dann,* dachte sie, *werde ich dort die Dame des Hauses sein!*

»Unser Onkel ist ein kräftiger und gesunder Mann«, erwiderte Philipp. »Er wird mich bestimmt überleben.«

Nicht, wenn ich das verhindern kann, dachte Beatrix und langsam reifte in ihr ein Plan.

Humphrey war erst niedergeschlagen, dann wütend. Während sich ein paar Zimmer weiter Beatrix mit Philipp vergnügte, fragte er Jan von Vliet um Rat.

»Nicht aufgeben«, sagte dieser. »Ich empfehle eine Reise

durch Jakobas Länder, und zwar unter Mitnahme einer starken Armee.«

»Die dann den Männern des Herzogs von Burgund gegenübersteht!«

Jan von Vliet schüttelte den Kopf. »Ich kenne Philipp seit vielen Jahren. Er wird sich bestimmt nicht einmischen, sondern es Jan von Brabant und Johann dem Unbarmherzigen überlassen, Krieg zu führen. Philipp wartet darauf, zu vermitteln. Dabei holt er am meisten für sich selbst heraus. Vor Jan von Brabant müsst Ihr Euch nicht fürchten. Er war sehr krank und hat nach seiner Genesung erklärt, sein künftiges Leben Gott zu weihen. Es gehen Gerüchte um, dass er sich für seine früheren Sünden fürchterlich straft und angefangen hat, seinen Besitz unter die Armen des Landes zu verteilen. Er isst fast nichts mehr und verbringt Stunden im Gebet. Sein Hof befindet sich in riesiger Unordnung. Jan wird sich gar nicht auf einen Kampf einlassen, sondern alles auf Johann den Unbarmherzigen abschieben. Ich selbst werde nicht mit nach England zurückreisen, sondern die treuen Haken in Holland informieren und eine Armee zusammenstellen, die sich dann unter das englische Kommando begeben wird.«

»Gegen deinen früheren Herrn?«, fragte Humphrey nachdenklich.

»Für meine einzige Herrin, die rechtmäßige Erbin«, erwiderte Jan von Vliet einfach. *Und gegen alle, die an Königin Isabellas Seite stehen*, dachte er grimmig. Er hatte sich an die Ehe gewöhnt, mochte seine kluge Frau, die nicht zu viel von ihm forderte, aber er hatte die große Liebe seines Lebens nie vergessen können und allen Rache geschworen, die an Jeans Tod schuld waren. Am liebsten hätte er sich dessen Bruder Karl VII. angedient, aber die derzeitigen Allianzen ließen es natürlich nicht zu, dass er sich mit den Engländern anlegte.

Humphrey vergaß Eleanors Bitte nicht. Aber nirgendwo in Paris konnte er eine Alraune auftreiben, und jetzt wünschte er, sie hätte ihn um ein paar Ellen Stoff oder um eine kostbare Halskette oder Spange gebeten. Hilfe kam von unerwarteter Seite.

An seinem letzten Tag in Paris wurde ihm der Besuch einer edlen Dame gemeldet.

»Dies ist also der neue Ehemann meiner Tochter«, erklärte Marguerite, als sie in sein Zimmer geführt wurde. »Rein optisch unbedingt eine Verbesserung, aber politisch eine absolute Katastrophe.« Der Zwerg, der ihre Schleppe trug, verbeugte sich und blieb an der Tür stehen.

Marguerite setzte sich hin, verbreitete Aprikosenduft, schob Röcke und Schleier zurecht und hielt Humphrey einen Vortrag über die Unsinnigkeit dieser Ehe. Höflich fragte Humphrey, ob Jakoba denn einfach hätte zusehen sollen, wie ihr Volk unter einem Usurpator litt.

»Sie hätte gar nicht zulassen dürfen, dass es überhaupt so weit kam«, erwiderte Marguerite. »Sie hatte alle Macht in Händen, als sie den Herzog von Brabant heiratete. Nur weil der Mann als Mann ihren Vorstellungen nicht entsprach, hat sie ihre Länder im Stich gelassen. Ihr Vater ist schuld. Der hat sie zu sehr verwöhnt und zu wenig an ihre Pflichten erinnert. Die Ehe ist kein Vergnügen, sondern eine dynastische Notwendigkeit.«

Humphrey hatte sich Jakobas Mutter ganz anders vorgestellt. Sie hatte feinere, edlere Züge als ihre Tochter, eine noblere Haltung und war entschieden eleganter gekleidet. Nachdem sie ihr Sprüchlein aufgesagt hatte, taute sie auf und wurde ausgesprochen zugänglich. Sie reichte ihm ein Päckchen für Jakoba und fragte, ob sie für ihn etwas tun könnte.

Es gäbe eine seltene Pflanze, sagte er, von der er einer von Jakobas Damen einen Trieb mitbringen solle. Aber in ganz Paris sei keine Alraune zu finden.

Der Zwerg bat um das Wort. »Ich kenne diese Pflanze, Herr«, sagte er, »und eine Stelle, wo sie wächst. Die befindet sich allerdings im Hennegau.«

David zweifelte nicht daran, dass Marjan dem Engländer diesen Auftrag erteilt hatte. Als er mit seiner Mutter in das Schloss des Herzogs übergesiedelt war und all ihre Kräuter in dessen Küchengarten umgepflanzt wurden, hatte sie darauf bestanden, die Alraunen stehen zu lassen.

»Die pflückt man nicht so einfach«, hatte sie damals erklärt, »sie bleiben besser, wo sie sind. Irgendwann werde ich sie vielleicht benötigen.«

Offensichtlich war es jetzt so weit. »Wenn ich sofort abfahre, kann ich morgen zurück sein«, erklärte er.

Marguerite winkte ihn zu sich heran und küsste ihn auf den Kopf. »Schick einen Boten, mein Kleiner, du reitest doch so ungern!«

David schüttelte den Kopf. »Die Pflanze ist schwer zu finden. Wenn ich die Erlaubnis habe …«

Am nächsten Abend verstaute Humphrey den Alraunentrieb sorgfältig in seinem Gepäck.

Jan von Vliet bat Beatrix um Verständnis. »Ich muss in Holland eine Armee zusammenstellen. Es ist besser, wenn du nach England zurückkehrst«, sagte er, als er in ihr Zimmer kam. Besorgt betrachtete er ihre geröteten Wangen. Sie hatte offensichtlich immer noch Fieber. Es tat ihm Leid, dass seine Frau in Paris plötzlich so krank geworden war. Sie verließ kaum noch das Bett. Er hätte sich gern mehr um sie gekümmert, aber die unterschiedlichsten Aufgaben hinderten ihn daran. Erst gestern hatte ihn Philipp von Burgund mit einem Auftrag betraut, der ihn den halben Tag gekostet hatte. Zu Philipp hatte Jan von Vliet ein sehr gespaltenes Verhältnis. Einerseits bewunderte er ihn und erinnerte sich auch gern an die Zeit, als er mit ihm und Jean durch die Wälder des Hennegaus geritten war, aber andererseits machte Philipp mit seiner Erzfeindin Isabella gemeinsame Sache. Allerdings konnte Jan von Vliet das verstehen: Philipp hatte sich auf die Seite der französischen Königin gestellt, um den Mord an seinem Vater Johann ohne Furcht zu rächen. Wie ernst es ihm damit war, zeigte auch die Tatsache, dass der früher so prunksüchtige Philipp immer noch ausschließlich schwarze Kleidung trug. Auf Schmuck verzichtete er allerdings nicht mehr.

»Holland!«, erklärte Beatrix jetzt düster. »Ich setze keinen Fuß mehr in dieses Land, solange mein Feind noch lebt.«

»Dein Feind?«, fragte Jan von Vliet verwundert.

»Der Mann, der mich geschändet und entehrt hat.« Beatrix brach in Tränen aus.

Verwirrt und erschrocken nahm Jan von Vliet seine Frau in die Arme. Es dauerte lange, ehe Beatrix wieder sprechen konnte. Unter Schluchzern schilderte sie, was ihr angetan worden war, ersetzte bei ihrer Erzählung jedoch den Namen Jan von Brabants mit dem Johanns des Unbarmherzigen. »Mein eigener Onkel«, schloss sie, am ganzen Leib zitternd, »und ein ehemaliger Bischof dazu!«

Jan von Vliet war erschüttert. Er hatte dem Bayern monatelang gedient und geglaubt ihn gut zu kennen. Nie hatte es einen Hinweis darauf gegeben, dass Johann nach seiner Eheschließung eine andere Frau als seine eigene auch nur ansah. Seinem Beinamen machte er längst keine Ehre mehr, er war mild geworden, zu mild, vor allem Bürgern und Gilden gegenüber, fand Jan von Vliet. Auch ihn hatte er relativ mild behandelt, als er dahinter kam, weshalb sich sein Hofmarschall so oft in der Werkstätte seines Malers Jan van Eyck aufhielt. Er hatte ihm freundlich zu verstehen gegeben, dass der Künstler nicht von seiner Arbeit abgelenkt werden dürfte, und hatte Jan von Vliet geraten, sich für bestimmte Zwecke lieber seiner Frau zu bedienen. Der Ritter fühlte sich gedemütigt. Aber er hatte verstanden und seine Stellung gekündigt. Und dieser plötzlich so moralische Fürst hatte seine Frau geschändet! Welch ein Heuchler!

»Er war unbarmherzig, ganz unbarmherzig«, heulte Beatrix. »Solange er lebt, werde ich keine Ruhe mehr haben! Ich hoffe, dass ihm die Engländer den Kopf abschlagen werden!«

Jan von Vliet dachte schnell nach. Er hatte ein Interesse daran, seine Stellung als Hofmarschall zurückzugewinnen, und immer wieder überlegt, wie dies auch ohne Krieg zu bewerkstelligen wäre. Wenn Johann der Unbarmherzige starb, würden die Länder an Philipp von Burgund fallen. Dieser war in Frankreich viel zu beschäftigt, als dass er sich um die Regierungsgeschäfte in Holland kümmern könnte. Aber er konnte auch nicht zulassen, dass die mit ihm verbündeten Engländer Holland überfielen. Er würde auf Verhandlungen setzen. An den niederen Landen hatte in England nur Humphrey Interesse. Der mächtigere Henry Beaufort und Humphreys Bruder John von Bedford würden ihn zurückpfeifen, um die englischen Interessen in Frankreich nicht zu gefährden. Vielleicht würde sich Jakoba dann von Humphrey lösen und mit ihrem Cousin zu einer Einigung kommen. Der Tod von Johann dem Unbarmherzigen könnte viele Probleme lösen. Und jetzt, da er wusste, was dieser Mann seiner Frau angetan hatte, musste er ihn selber töten. Das gebot die Ehre.

»Warum auf die Engländer warten?«, fragte er Beatrix. »Lass mich die Rache übernehmen.«

Beatrix blickte ihn voller Dankbarkeit an. »Das würdest du für mich tun?«, flüsterte sie. »Aber du musst vorsichtig sein, der Bayer hat schon drei Anschläge überlebt.«

»Gift«, sagte Jan von Vliet.

»Unmöglich. Alles, was er isst und trinkt, wird vorgekostet.«

Gift findet auch andere Wege in den Körper als übers Essen, erinnerte er sich an die Worte eines Leibarztes. Ein Gedanke reifte in ihm. »Wenn ich ein sehr starkes Gift hätte, gäbe es eine Möglichkeit«, überlegte er. »Aber woher kriegen wir so ein Gift?«

Beatrix unterdrückte ein Lachen. Befanden sie sich nicht am französischen Hof, wo die erfolgreichsten Giftmischer der Welt praktizierten? »Das lass meine Sorge sein«, versicherte sie. »Du wirst mühelos Zugang zu Johann dem Unbarmherzigen erhalten. Es ist deine Aufgabe, ihm das Gift zu verabreichen.«

Überglücklich schloss Jakoba ihren Mann nach dessen Rückkehr in die Arme.

»Wir erwarten ein Kind!«, flüsterte sie ihm ins Ohr. »Freust du dich?«

Er drückte sie fest an sich, damit sie seinen Gesichtsausdruck nicht lesen konnte. Wenige Minuten zuvor hatte er Eleanor Cobham die Alraune überreicht und dabei erfahren, dass auch die Hofdame schwanger war.

6. KAPITEL

Niederlagen

1424–1425

Johann der Unbarmherzige starb nicht sofort. Das Gift, das Jan von Vliet auf die oberen Seitenecken seines Gebetbuchs geträufelt hatte, war zwar sehr stark, aber der Bischof hatte den bitteren Geschmack sofort bemerkt, als er den Zeigefinger zum Umblättern angefeuchtet hatte. Trotzdem war es zu spät, um etwas gegen die Wirkung des Gifts zu unternehmen. Wann er daran sterben würde, konnten die Ärzte nicht sagen. Sie bereiteten ihn darauf vor, dass er immer größere Schmerzen haben und immer schwächer werden würde. Johann wusste, wen er in das Zimmer gelassen und wer ihm nach dem Leben getrachtet hatte. Er schalt sich, nicht achtsamer gewesen zu sein. Jan von Vliet war zu seiner Frau zurückgekehrt und diese diente Jakoba. Hinter diesem Giftanschlag steckte also seine Nichte in England. Johann ließ Frank von Borsselen rufen, überreichte ihm seinen Siegelring und bat ihn, auch die Geschäfte in Holland zu übernehmen. Auf die Frage des Seeländers, ob es wirklich außer Zweifel stehe, dass Jakoba für das Attentat verantwortlich sei, nickte Johann von Bayern müde. »Aber es wird der Teufelin nichts nützen, wenn sie nicht auch meinen Erben Philipp aus dem Weg räumt! Ihr müsst den Herzog von Burgund warnen!«

Frank verscheuchte den Gedanken an einen Engel im blauen Nachthemd und die Sekunde der Schwäche, in der ihm das Herz aufgegangen war. Er nickte grimmig: »Der Herzog wird sich vorsehen.«

»Reg dich nicht auf!«, flehte Humphrey seine Frau an. »Das schadet unserem Kind!«

Jakoba schüttelte seinen Arm ab. Ihre Augen sprühten Funken. »Ich schwöre dir bei allem, was mir heilig ist, ich habe meinen Onkel nicht vergiften lassen!«, schrie sie.

»Leider weist alles in deine Richtung«, entgegnete Humphrey. »Jan von Vliet war einer deiner Männer. Und da ich seine Dienste auch in Anspruch genommen habe, steht England ebenfalls unter Verdacht. Mein Bruder John tobt.«

Jakoba erschauerte. Sie hatte gehört, was mit Jan von Vliet geschehen war, und sie hatte es einst auch gesehen – in jener fernen Vergangenheit, in der sie noch Blicke in die Zukunft hatte werfen können. Es war eine ihrer schrecklichsten Visionen gewesen. Jan von Vliet war gefoltert und danach geköpft und gevierteilt worden. Die vier Stücke seines Körpers hatte man zur Warnung in die vier großen Städte des Landes schicken lassen und seinen Kopf zur Abschreckung am Haupttor von s'Gravenhage aufgehängt.

»Ein Gutes hat die ganze Sache«, bemerkte Humphrey. »Jan von Brabant hat so viel Angst vor deinen Meuchelmördern bekommen, dass er sich in ein Kloster zurückgezogen hat. Er will nichts mehr mit Politik zu tun haben, wünscht allerdings sich mit dir zu versöhnen.«

Jakoba lachte kurz auf. »Natürlich, jetzt, wo er so fromm geworden ist, hat er Angst, in die Hölle zu kommen, weil er mit mir in Sünde gelebt hat! Eigentlich müsste er mir dankbar sein, dass ich ihn nicht an mich herangelassen habe! Das macht die Sünde kleiner. Aber mein Problem ist nicht gelöst, Humphrey, wir müssen schnellstens nach Holland, bevor sich Philipp an meinen Ländereien vergreift. Wenn mein Onkel stirbt, wird er augenblicklich Ansprüche anmelden.«

Sanft streichelte Humphrey Jakobas Bauch. »Es wäre mir lieber, wenn du hier bliebst«, sagte er. »Reiten ist jetzt zu gefährlich für dich.«

»Ich bin nicht krank, nur schwanger«, erwiderte Jakoba, »und gerade deshalb muss ich nach Holland. Damit mein Volk sieht, dass die Wittelsbacher in den niederen Landen nicht aussterben werden. Für unser Kind, Humphrey, müssen wir um meine Gebiete kämpfen.«

Wenige Tage später überquerten Humphrey und Jakoba mit einer Armee von fünftausend Mann, mit zweitausend Pferden, Kanonen und Belagerungsmaterial den Kanal. Nichts lief, wie es sich Jakoba vorgestellt hatte. Ihre Erwartung, überall mit Begeisterung begrüßt zu werden, wurde enttäuscht. Das begann schon in Calais, von wo aus sie Briefe in ihre Länder schickte, um ihre Ankunft anzumelden. Als Erstes kam die Antwort aus der Hauptstadt des Hennegaus. Die Stadt Mons bedauerte, Jakoba und Humphrey nicht empfangen zu können. Der Herzog von Brabant habe angekündigt, die Stadt anzugreifen, falls man Jakoba und ihren Mann aufnähme. Man befürchte, Jakoba wolle Mons als Ausfallbasis für Angriffe in die umliegenden Lande benutzen. Man bat um Verständnis für die Absage: Das Volk sei kriegsmüde.

»Brabant!«, schimpfte Jakoba. »Ich denke, Jan sitzt im Kloster und büßt! Wahrscheinlich hat Philipp ihn herausgetrommelt. Aber vor diesem Feigling müssen wir uns nicht fürchten, Humphrey. Jan hat mich damals auch allein Krieg führen lassen und unsere Truppen werden die seinen mühelos schlagen können. Auf nach Mons!«

Dazu mussten sie erst durch Philipps Gebiet Flandern. Humphrey schärfte seinen Männern ein, sich unterwegs gut zu benehmen, sich nicht auf Raubzüge zu begeben, sondern so schnell und friedlich wie möglich durch das Land zu ziehen. Das fiel den englischen Recken schwer. Noch immer betrachteten sie alle Gebiete jenseits des Kanals als Feindesland und seit jeher war ihr Sold durch Plünderungen angefüllt worden. Aber sie würden sich gedulden müssen, bis sie das wirkliche Kriegsgebiet erreicht hatten. Der Gedanke an eine größere Beute hielt sie von umfangreichen Raubzügen ab. Unterwegs kam es nur zu kleinen Scharmützeln.

Philipp war inzwischen nach London abgereist und machte dort Humphreys Bruder John von Bedford das Leben schwer. Er drohte das Bündnis mit England zu brechen, wenn Humphrey die Gebiete seines Cousins Jan von Brabant angreifen würde. Er beschuldigte Jakoba, einen feigen Giftanschlag auf ihren Onkel verübt zu haben, und versicherte, Holland mit Truppen zu Hilfe zu kommen, wenn sich Jakoba dort zeigen sollte. Frank von Borsselen wäre auf einen Einmarsch vorbereitet und würde die Truppen gnadenlos zurückschlagen, erklärte Philipp. Herzog John von Bedford versuchte seinen aufgebrachten Schwager zu beruhigen und versprach, Humphrey so schnell wie möglich nach England zurückzurufen. Er versicherte, ohne Humphrey sei Jakobas Mission aussichtslos. Als Zeichen seines guten Willens wollte er Philipp den Hosenbandorden verleihen. Höflich lehnte der Burgunder ab. Er könne sich für diese Ehre nicht revanchieren, sagte er, da es den Engländern verboten sei, ausländische Orden anzunehmen. Natürlich begriff John von Bedford, was hinter dieser diplomatischen Weigerung stand: Als Träger des Hosenbandordens wäre Philipp von Burgund für alle Zeiten an den englischen König gebunden. Philipp ließ sich besänftigen, sprach aber ein deutliches Wort: Er betrachte den Kampf gegen Jakoba und Humphrey, die Schänder des Sakraments der Ehe, als einen Kreuzzug, der durchaus mit den Kriegen gegen heidnische Völker zu vergleichen sei.

Dies erfuhren die beiden Betroffenen erst viel später. Als sie mit ihren englischen Truppen vor den Toren der Stadt Mons standen, blieb den Stadtvätern nichts anderes übrig als das Paar hineinzulassen. Jakoba beschwor ihre alten Getreuen, sich ihres Treueschwurs ihr gegenüber zu erinnern und ihren Gemahl Humphrey zu unterstützen. Die Hennegauer, die zu Jan von Brabant nie eine echte Bindung gefunden hatten und Jakobas Vater ein gutes Andenken bewahrten, zeigten sich von dem herrschaftlichen Paar beeindruckt und kündigten Jan von Brabant die Lehenspflicht auf. Der Engländer legte einen Eid ab und schwor, als Gouverneur des Hennegaus das Land zu beschützen und Schaden von ihm abzuwenden. Danach begab er sich mit Jakoba auf eine Reise durch das Land, um sich von den Städten huldigen zu lassen. Als er bei seiner Rückkehr in Mons Geld zum Unterhalt der Truppen forderte, kam Murren auf. Die englischen Soldaten hatten sich während Humphreys Reise die Zeit mit Plünderungen vertrieben. Wie viel war der Schutzeid Humphreys wirklich wert?

Das werde er ihnen zeigen, versprach Humphrey. Die ersten Truppen des Herzogs von Brabant waren bereits im Hennegau eingefallen. Er brachte Jakoba zu ihrer Mutter nach Le Quesnoy und zog gegen Jan von Brabants Armee zu Felde.

Jakoba erwachte mit einem Ruck. Sie hatte geträumt, dass Jan von Brabant mit einer Peitsche auf sie einschlug, und ihr eigener Schrei hatte sie geweckt. Es dauerte einige Augenblicke, bis sie begriff, dass sie sich in ihrem alten Kinderzimmer in Schloss Le Quesnoy befand. Sie atmete tief durch und legte die Hände auf den Bauch. Der Traum hatte ihr Kind nicht berührt, es schien fest zu schlafen. Mühsam stand sie auf, warf sich einen Umhang über und ging zum Fenster. Sie schob die schweren Vorhänge zur Seite und blickte hinaus auf die mondbeschienene Schneelandschaft bis zur dunklen Linie des Waldes. Irgendwo in der Welt dahinter kämpfte jetzt Humphrey um ihr Recht, für ihre Zukunft und die ihres Kindes. Jakoba wusste, warum sie so böse geträumt hatte. Am Abend zuvor hatte ihr Marguerite die Nachricht zukommen lassen, dass Philipp zum heiligen Kreuzzug gegen sie aufgerufen hatte und den Herzog von Brabant mit eigenen Truppen unterstützte.

Jakoba hatte sich sofort ins blaue Zimmer gesetzt und ihrem Cousin einen empörten Brief geschrieben. Wie konnte er es wagen, sie und Humphrey mit Heiden auf eine Stufe zu stellen!

Beim Schreiben hatte sich ihr das Herz zusammengekrampft. Wie oft hatte sie in früheren Jahren in diesem Zimmer mit Philipp Schach gespielt! Niemand, nicht einmal Jean, war ihr so nahe gewesen. Sie erinnerte sich an Gespräche, in denen sie ihm gestanden hatte, am liebsten ihn heiraten zu wollen. Lachend hatte er ihr Zuneigung geschworen, aber gleichzeitig auf ihre zu nahe Verwandtschaft hingewiesen – kein Papst würde einer solchen Ehe die Dispens erteilen. Aber mit Jan von Brabant war sie auch eng verwandt – die Väter beider Männer waren Brüder ihrer Mutter – und hier, in diesem Zimmer, hatte Philipp sie in diese Ehe gelockt. Sie hatte ihn beim Schach geschlagen, aber er hatte das Spiel gewonnen. Er würde sie wieder an Jan von Brabant ausliefern.

Sie öffnete das Fenster ihres Kinderzimmers und zitterte kurz, als sie die eisige Luft einatmete. »Kämpf, Humphrey, kämpf!«, rief sie hinaus in die Stille. Ein Hund begann zu bellen. Schnell schloss sie das Fenster und zog den Vorhang wieder zu. Als sie sich umwandte, sah sie Marjan mit einer Kerze in der Hand an der Tür stehen.

»Geht es dir gut?«, fragte Marjan. Sie trat näher, stellte die Kerze auf ein Tischchen und wollte Jakoba ins Bett helfen.

»Ich kann nicht mehr schlafen«, erklärte Jakoba.

»Ist das Kind sehr unruhig?«

Jakoba schüttelte den Kopf. »Im Augenblick spüre ich es gar nicht«, sagte sie. »Es erholt sich wohl von den Turnierübungen, die es gestern in meinem Bauch veranstaltet hat.« Sie nickte zu einem Krug auf dem Schachtisch neben ihrem Bett hin. »Vielleicht hat auch der Tee geholfen.«

Marjan steckte ihre Nase in den Krug und nahm einen kleinen Schluck. Sie spuckte ihn sofort wieder aus. »Wer hat dir dieses Getränk gemacht?«, fragte sie, bemüht, ihr Entsetzen zu unterdrücken.

Jakoba hob überrascht die Schultern. »Ich dachte du! Beatrix hat es mir gebracht und gesagt, dass es mein Kind beruhigen würde. Ist es nicht in Ordnung?«

»Doch, doch!«, versicherte Marjan. »Aber es ist besser, wenn du dich jetzt wieder hinlegst. Ich mache dir einen Tee, der dir beim Einschlafen helfen wird.«

Sie eilte aus dem Zimmer. Wenn sie schnell handelte, würde das Kind vielleicht noch zu retten sein.

Während sie in der Küche auf das kochende Wasser wartete, machte sie sich bittere Vorwürfe, nicht besser auf Jakoba aufgepasst zu haben. Sie war schuld, wenn ihr Schützling das Kind verlor. Die Kräuter, die eine Geburt verhindern sollten, hatte sie selbst an Beatrix ausgehändigt. Weinend war Jakobas Schwester nach dem fürchterlichen Tod ihres Mannes zu

Marjan gekommen und hatte sie um Hilfe angefleht. Wie sollte sie, der ledige Bastard, Witwe eines hingerichteten Giftmörders, allein ein Kind aufziehen? Marjan könne ihrer Schwangerschaft doch bestimmt ein Ende bereiten! Als Marjan sich weigerte, drohte Beatrix sie wegen Hexerei anzuklagen. Sie selbst sei Zeugin von Jakobas Verzauberung gewesen, fügte sie hinzu. Man könne sich leicht ausrechnen, was der Bischof von Winchester mit einer solchen Information anfangen würde. Marjan hatte ihr die Kräuter gegeben. Und jetzt entfalteten sie ihre Wirkung bei Jakoba, weil Beatrix ihrer Schwester kein Kind gönnte.

Marjan goss das kochende Wasser über die getrockneten Blätter und süßte das Getränk mit Honig. Sie schrak zusammen, als die Küchenpforte aufging.

»Mutter! Was machst du hier um diese Stunde!«

David stampfte mit den Füßen auf, um den Schnee abzuschütteln. Er warf seinen Pelzmantel über einen Tisch, zog sich die vielfarbige Fellmütze vom Kopf und umarmte Marjans Beine.

»Als ich von eurer Ankunft hörte, habe ich mich so schnell wie möglich auf den Weg gemacht …«

»Später«, unterbrach ihn Marjan, »ich muss Jakoba sofort dieses Getränk bringen. Geh in mein Zimmer, wir sprechen gleich weiter.« Der Zwerg rümpfte die Nase. »In deinem Zimmer erfriere ich bestimmt. Ich bleibe lieber hier.«

Er musste lange warten, denn Marjan verließ Jakoba erst, als diese wieder eingeschlafen war.

»Jetzt hilft nur noch Beten«, sagte sie, als sie in die Küche zurückkehrte. »Jakobas Kind geht es sehr schlecht.«

Den Grund würde Marjan niemandem nennen, aber sie musste dafür sorgen, dass Beatrix den Hof verließ. Das wäre auch ganz im Sinn von Jakobas Mutter. Marguerite würde schon wissen, wohin sie Beatrix schicken könnte.

»Lass dich ansehen, mein Sohn, du hast mir gefehlt«, bemerkte Marjan. Sie hockte sich vor David und küsste ihn auf die Nasenspitze.

»Alt bin ich geworden«, brummte David, »die Haare gehen

mir aus! Ich habe sie mir schneiden lassen. Die Herzogin findet, dass es mir steht.« Er drehte den Kopf, damit Marjan seine kurz geschnittenen Haare bewundern konnte.

»Recht hat sie«, erwiderte Marjan nachdenklich. Alt war David nicht geworden, nur reifer. Konnte es wirklich sein, dass ihr als Einzige seine verblüffende Ähnlichkeit zu einem anderen lebenden Mann auffiel? Sahen die anderen nur seine kleine Statur? Wie konnte Marguerite in all diesen Jahren entgangen sein, dass David Philipp von Burgund glich? Das gleiche lange Gesicht mit der markanten Nase und den hellgrauen Augen mit den schweren Lidern unter schön geschwungenen Brauen, das gleiche ironische Lächeln, der gleiche Hang zum Luxus. Und das gleiche Talent, Zusammenhänge schnell zu erkennen und zwischen Gegnern zu vermitteln.

Sogar das Verhältnis zwischen Marguerite und ihrer Tochter war durch David wärmer geworden.

Zufall, würde Marjan behaupten, wenn irgendjemand sie auf die Ähnlichkeit ansprechen sollte. Große Angst hatte sie davor nicht – ein so kleingewachsener Mensch war für die anderen in erster Linie ein Zwerg, niemand musterte das Gesicht genauer. Marguerite musste die Ähnlichkeit aufgefallen sein, aber da sie David für Marjans Sohn hielt, würde auch sie sich auf den Zufall berufen. Vielleicht vermutete sie, dass sich Marjan einst mit einem Mann ihrer burgundischen Verwandtschaft eingelassen hatte, und vielleicht hatte das Vertraute in seinem Gesicht ihn ihr so lieb gemacht. Und ihr eitler David selbst? Würde er seine Züge im Gesicht des Herzogs von Burgund erkennen, wenn er ihm wieder begegnete? Aber die Chancen, dass sich Philipp nach der Erklärung des heiligen Kreuzzuges gegen Jakoba in Le Quesnoy sehen lassen würde, waren äußerst gering.

»Wenn es Jakoba so schlecht geht, dann sollten wir ihr die letzten Nachrichten verheimlichen«, meinte der Zwerg besorgt. »Ich komme gerade aus Mons zurück und es sieht gar nicht gut aus. Humphrey verliert eine Schlacht nach der anderen. Jan von Brabant hat für jeden toten oder gefangen genommenen Haken hohe Preisgelder ausgelobt, aber das Schlimmste kommt noch: Philipp hat Truppen losgeschickt, und zwar so viele, dass sich Haken und Engländer am besten aus dem Staub machen sollten. Noch dazu stehen Philipps Truppen unter dem Kommando von Johann von Luxemburg, einem der gnadenlosesten Streiter der Welt.«

»Und wie reagiert der Herzog von Gloucester?«, fragte Marjan.

»Ich konnte nur erfahren, dass er mit Philipp korrespondiert«, erwiderte David. Er lächelte Marjan verschmitzt zu: »Hat er dir übrigens meinen Gruß unbeschädigt nach England bringen können?«

»Welchen Gruß?«

Die hohe Stirn des Zwergs umwölkte sich. »Ich bin extra von Paris in den Hennegau gereist, um für dich den Alraunentrieb zu holen. Wofür hattest du ihn denn nötig?«

Marjan antwortete nicht sofort. Und als sie sprach, sagte sie nur: »Arme Jakoba.«

Zwei Tage später musste Marjan einsehen, dass ihre Gegenmaßnahmen nichts mehr hatten ausrichten können. Jakoba erlitt eine Fehlgeburt. Sie verlor viel Blut und begann zu fiebern. Die Ärzte bangten um ihr Leben. Marjan und Marguerite wichen nicht von ihrer Seite und zum ersten Mal fanden die so unterschiedlichen beiden Frauen Kontakt zu einander.

»Auch ich habe schon einmal ein Kind verloren«, flüsterte Marguerite, als sie neben Marjan an Jakobas Krankenbett saß. »Es war anders, aber auch schmerzlich. Ich schließe dieses Kind noch immer jede Nacht in meine Gebete ein. Der Junge, der damals zur Welt kam und nicht leben durfte, wäre jetzt viel älter als Jakoba.«

Tränen glitzerten in ihren Augen. »Das habe ich noch nie jemandem erzählt«, setzte sie hinzu.

Marjan stickte an ihrem Lebenswerk und blickte nicht auf. »Ich«, sagte sie leise, »habe einst eine Tochter verloren. Es scheint, dass wir das, was uns genommen wurde, bei anderen zu suchen trachten. Ihr, Herrin, habt meinen Sohn wie ein eigenes Kind aufgenommen und …«

»… du bist Jakoba eine bessere Mutter als ich«, nickte Marguerite. »Nehmen wir es unseren überlebenden Kindern übel, dass sie nicht den Erwartungen entsprechen, die wir in diejenigen gesetzt haben, die nicht leben durften?«

»Wer nicht mehr bei uns ist, kann uns nicht enttäuschen«, erwiderte Marjan.

Niemand musste Beatrix wegschicken. Nach dem Abend, an dem sie Jakoba den abtreibenden Trank verabreicht hatte, war sie verschwunden. Der Stallbursche hatte es zwar merkwürdig gefunden, dass die Dame ohne Begleitung in die Nacht hinausreiten wollte, sich aber nicht getraut, sie nach ihrem Ziel zu befragen, und ihr ein Pferd gesattelt.

Marguerite war außer sich. »Wie sieht das denn aus, wenn eine Tochter des Herzogs allein in der Gegend herumreitet!«, empörte sie sich. »Auch ein Bastard hat sich an die Gepflogenheiten zu halten!«

David beruhigte sie. »Sie wird zu den Verwandten ihres Mannes geritten sein. Hier in Le Quesnoy hat sie sich noch nie wohl gefühlt.«

Beatrix aber war unterwegs nach Süden. Im Dorf von Le Quesnoy warteten zwei Kaufleute, um sie an den Hof des Herzogs von Burgund in Dijon zu bringen. Philipp würde sie dort nicht begegnen. Sie wusste, dass er demnächst in Mons eintreffen sollte, um das riesige Heer anzuführen, das die Stadt belagerte. Er konnte sie also nicht aufhalten, wenn sie sich seiner Frau, Bona von Artois, als Hofdame andiente. Inzwischen hatte sie verstanden, weshalb Philipp sie an seinem Hof nicht dulden wollte. Freche Troubadoure hatten das Lied von Philipp, der so gut zu seinen zahlreichen Mätressen war, durch ganz Europa und natürlich auch nach Le Quesnoy getragen. Sechs Bastarde hatte er bisher anerkannt. Man staunte, wie ein so viel beschäftigter Herrscher noch Zeit zu ausgiebigem Tändeln fand, und bewunderte ihn dafür. Beatrix fand es selbstverständlich, dass ein außerordentlicher Mann wie Philipp auch ein außerordentliches Leben führte, und nahm ihm seine vielen Liebschaften nicht übel. Sie war überzeugt, eine besondere Stellung in seinem Leben einzunehmen, denn ihr hatte er Persönliches anvertraut, von dem andere nichts wussten. Seine Leidenschaft zum Handwerk zum Beispiel. Vor Jahren hatte er ihr einmal selbst gemachte zierliche Holzschuhe mit Riemen aus exotischem Fischleder überreicht und dabei angemerkt, wie sehr er seine hohe Geburt bedaure, die ihm nicht gestatte, sich ausschließlich mit dem zu beschäftigen, was er am liebsten täte: zerbrochene Dinge zu reparieren.

»Aber das tust du doch!«, hatte Beatrix versichert. »Mit deinen Vermittlungen reparierst du zerbrochene Verhältnisse!«

Er hatte sie lachend in die Arme genommen und gesagt: »Das tut mein Kopf, ich würde lieber meine Hände benutzen. Wo ist das zerbrochene Messer, von dem du gesprochen hast?«

Vielleicht schenkte er auch anderen Mätressen Holzschuhe, reparierte ihnen Messer oder zerbrochene Augengläser, aber doch hatte sie diesen Damen – abgesehen von ihrer langjährigen Beziehung zu Philipp – eine wichtige Erkenntnis voraus. Sie wusste etwas von Philipp, das ihm selbst wohl unbekannt war. Sie hätte ihm sagen können, was ihn zu seiner Idee, das alte Königreich von Burgund wieder auferstehen zu lassen, zusätzlich angetrieben hatte. Aber sie würde sich hüten! Wenn Philipp auf die Stimme seines Herzens wirklich hörte, wären die Folgen für Beatrix fürchterlich. *Sie* wusste, dass sie nur Ersatz war, *er* durfte nie dahinter kommen.

Kinder waren sie noch gewesen, als er vor achtzehn Jahren nach dem Mord an dem Herzog von Orléans nach Le Quesnoy gebracht worden war, aber schon damals hatte sie ihn geliebt. Und genau beobachtet. Jakoba war zu jener Zeit mit Jean von Touraine verlobt gewesen, aber ihre Zuneigung hatte Philipp gegolten. Stundenlang hatten die beiden miteinander Schach gespielt und oft genug gemeinsam etwas ausgeheckt, das die anderen in Schwierigkeiten gebracht hatte.

Beatrix hatte das Leuchten in Jakobas Augen gesehen, wenn sie mit Philipp zusammen war, und sie hatte sie dafür gehasst. Nie hatte Philipp auf Beatrix herabgeschaut, aber er vergaß sie, wenn Jakoba im selben Raum war. Philipp liebte nicht Holland, Seeland und den Hennegau. Philipp liebte Jakoba. Sein ganzes Engagement in den niederen Landen diente in Wirklichkeit nur einem Ziel: die geliebte Cousine endlich zu erobern. Aber weil er eine solche Schwäche vor sich selbst nicht eingestehen konnte, konzentrierte er sich auf die kalte Politik und fand Entspannung in den warmen Armen von Beatrix, die ihrer Schwester ein wenig glich. Das alles hatte Beatrix erkannt, doch ihrer Liebe zu Philipp tat dies keinen Abbruch. Koste es, was es wolle – und es hatte bisher nicht nur Jan von Vliets Leben gekostet –, Beatrix würde darum kämpfen, in Philipps Leben die entscheidende Rolle zu spielen. Sie würde ihn davor schützen, in sein eigenes Herz zu sehen, denn wenn er die dort versteckte Liebe entdeckte, wäre das ein großes Unglück.

Noch gezeichnet von der überstandenen Krankheit empfing Jakoba Dirk von der Merwede im blauen Zimmer. Mit vielen Kissen hatte sie es sich auf der Bank in der Fensternische bequem gemacht. Sie deutete auf den Platz neben sich.

Dirk von der Merwede zog es vor, stehen zu bleiben.

Jakoba rief sich die letzte Begegnung in Erinnerung, als Dirk von der Hilfsbereitschaft Johanns des Unbarmherzigen während der Sturmflut geschwärmt hatte.

»Du glaubst auch, dass ich meinen Onkel vergiftet habe?«, fragte sie leise.

Der Ritter antwortete nicht.

»Du kennst mich doch, Dirk!«, rief sie. »Ich schwöre dir, dass ich nichts damit zu tun habe! Nie könnte ich einen Bruder meines Vaters umbringen, und außerdem …«, sie stand mühsam auf und stellte sich vor ihren Besucher, »… ist es für mich viel schlimmer, wenn meine Länder Philipp in den Schoß fallen. Bitte, Dirk, glaub mir …« Sie reichte ihm eine Hand. Er nahm sie und deutete einen Handkuss an. Ganz überzeugt war er nicht. »Deswegen bin ich hier«, sagte er. »Dein Mann hat soeben mit Philipp einen Waffenstillstand geschlossen.«

»Was?!«, rief Jakoba. »Er gibt auf? Ohne mich zu fragen?«

»Du warst krank.«

»Woher sollte er das gewusst haben!«

Sie hob eine kleine goldene Schelle und klingelte. »Ich werde sofort zu ihm reiten!«

Marjan, Marguerite und David versuchten sie davon abzuhalten. Dirk von der Merwede wies auf die Brabanter und burgundischen Truppen vor der Stadt Mons hin.

»Man würde dich sofort gefangen nehmen!«, warnte er.

»Ich denke, Humphrey hat einen Waffenstillstand geschlossen?«, gab sie zurück. »Eine Festnahme würde gegen alle Regeln verstoßen.«

»Denk an deine Gesundheit«, flehte Marjan sie an, »du bist noch immer sehr schwach.«

Jakoba funkelte sie an. »Ganz im Gegenteil. Ich spüre förmlich, wie alle Kraft zurückkehrt. Und die werde ich brauchen, um mit Philipp abzurechnen! Und mit Humphrey! Wie kann er es wagen, den Schwanz einzuziehen!«

»Aus einem Waffenstillstand kann auch Gutes erwachsen«, bemerkte Marguerite. »Du weißt doch überhaupt noch nicht, zu welchen Bedingungen er geschlossen wurde.«

»Ich weiß, dass Philipp einer der Verhandlungspartner ist. Daraus ist mir noch nie Gutes erwachsen«, gab Jakoba bitter zurück.

Zusammen mit Dirk von der Merwede und einer kleinen Gruppe von Begleitern ritt Jakoba ungehindert von den Belagerern in die Stadt Mons ein. Jan von Brabant, den Philipp tatsächlich aus dem Kloster hatte holen lassen, hatte zwar vorgeschlagen, die Gräfin gefangen zu nehmen, aber der Herzog von Burgund lehnte dies ab.

»Sie wird von selbst zu uns kommen, Jan«, versicherte Philipp, »nicht heute und nicht morgen, aber irgendwann wird ihr dämmern, dass ihre Sache aussichtslos ist. Und dann sorgen wir dafür, dass sie nie wieder Unheil anrichten kann.«

Humphrey erschrak, als ihm Jakobas Ankunft gemeldet wurde. Eilig verließ er das Badehaus, in dem er sich in der Gesellschaft einer schönen Monserin von den Strapazen des Krieges erholt hatte, und kehrte in seine Gemächer zurück.

Mit finsterem Gesicht saß dort Jakoba. Sie flog ihm nicht um den Hals. Er blickte auf ihren flachen Bauch.

»Unser Kind?«, fragte er leise.

»Waffenstillstand!?«, fuhr sie ihn an.

»Was ist mit unserem Kind geschehen?«

»Weg! Es ist weg, genau wie dein Mut. Wieso hast du mit Philipp einen Waffenstillstand geschlossen?«

»Ein Waffenstillstand ist kein Frieden«, entgegnete er. »Der Herzog von Burgund hat mir ein Angebot gemacht ...«

»Ha!«, unterbrach sie ihn. »Philipps Angebote kenne ich. Du schenkst ihm meinen Hennegau ...«

»Hör auf, Jakoba!«, fuhr er sie an. »Du weißt nicht, wovon du sprichst. Du weißt nicht, wie viele tausende von Menschenleben dieser Krieg beide Seiten bisher gekostet hat. Der Herzog von Burgund will das Blutvergießen beenden. Und ich möchte das auch. Philipp hat mich zu einem Zweikampf aufgefordert, in dem über Sieg oder Niederlage entschieden wird. Ich setze mein eigenes Leben für deine Länder ein, Jakoba.«

»Wann?«, fragte sie leise.

»Darüber wird zurzeit verhandelt. Bis dahin wird kein Pfeil mehr abgeschossen.«

Jakoba schwieg einen Moment. »Du hast Philipp schon mal bei einem Zweikampf besiegt«, sagte sie plötzlich, »auf einem Turnier bei meiner ersten Hochzeit!«

Ich kenne diese Frau nicht, dachte Humphrey betroffen, *nur ein Wort zum Tod unseres Kindes, keins über meinen möglichen Tod ...*

Eleanor Cobham würde ihn in der gleichen Situation angefleht haben sein Leben nicht aufs Spiel zu setzen.

Zu dem Zweikampf kam es nicht. Sobald die Nachricht des geplanten Duells London erreicht hatte, steckten John von Bedford und Henry Beaufort die Köpfe zusammen. Danach schrieb John seinem Bruder Humphrey einen Brief, in dem er ihn aufforderte unverzüglich nach England zurückzukehren, da der Bischof von Winchester seine Position am Hof zu untergraben drohe.

Humphrey vereinbarte mit Philipp einen einmonatigen Aufschub des Zweikampfs.

»Ich werde bald zurück sein«, versprach er Jakoba, »und ich werde mit frischen Truppen kommen, um unseren Wünschen Nachdruck zu verleihen, falls die Entscheidung beim Zweikampf nicht fallen sollte. Mach dir keine Sorgen!«

Die machte sie sich, als nach zwei Wochen ein Brief aus London eintraf. Humphrey bedauerte, noch eine Weile in England bleiben zu müssen. Aber er werbe dort für ihre Sache und werde ihr so bald wie möglich mit seinen neuen Truppen zu Hilfe kommen. Verzweifelt antwortete ihm Jakoba in einem Brief aus ihrer »falschen und verräterischen Stadt Mons« und flehte ihn an, sich zu beeilen. »Bitte hilf deinem trauernden Geschöpf«, schrieb sie, »falls du mich nicht für alle Zeiten verlieren willst. Ich hoffe auf deine Hilfe, und ich bin bereit, den Tod aus Liebe zu dir zu empfangen, so sehr behagt mir deine edle Dominanz.« Noch nie hatte sie sich schriftlich so erniedrigt.

Aber er kam nicht.

Nach weiteren Wochen mit vertröstenden Briefen wurde Jakoba des Wartens müde. »Du scheinst mich gänzlich vergessen zu haben!«, schrieb sie wütend an Humphrey. Sie beschloss die Kämpfe wieder aufzunehmen und ihre verlorenen Städte zurückzuerobern.

»Mein Mann hat mit Philipp einen Waffenstillstand geschlossen, nicht ich!«, ließ sie ihre Haken wissen. Der Krieg flammte wieder auf.

Jeden Tag verlor Jakoba mehr an Boden. Die übermächtigen Truppen von Philipp und Jan hatten den ganzen Hennegau erobert – bis auf die Stadt Mons, von deren Festung aus Jakoba die Angriffe leitete. Die Bewohner richteten sich auf eine langjährige Belagerung ein, bedeckten die Dächer der Häuser zum Schutz gegen Feuerpfeile mit Erde und nassen

Tierhäuten und horteten Lebensmittel. Jakoba schickte verzweifelte Briefe nach England. Wo blieb die versprochene Hilfe, wo ihr Ehemann, der auf die heilige Bibel geschworen hatte ihren Besitz zu verteidigen?

Humphrey kam nicht. In London hatte er sich von seinem Bruder und seinem Onkel schwere Vorwürfe anhören müssen. Mit seiner kopflosen Aktion habe er den Besitz von Nordfrankreich in Gefahr gebracht, und die Heirat mit der Gemahlin eines regierenden Fürsten habe den Namen des englischen Königreichs und seines Herrschergeschlechts besudelt. Nie wieder würde er Truppen für den persönlichen Bedarf erhalten, und es wurde ihm verboten, in den Hennegau zurückzukehren.

Er wies auf den geplanten Zweikampf mit Philipp hin, aber dies verärgerte den Bischof von Winchester noch mehr. Erstens seien derartige Duelle verboten, und zweitens wäre es für England schlimmer, wenn Philipp diesen Kampf verlieren würde.

Gedemütigt kehrte Humphrey in seinen Palast in Hertford zurück. Dort begrüßte ihn Eleanor Cobham. Ohne Worte, aber mit einem versonnenen Lächeln reichte sie ihm einen Säugling.

»Unser Sohn?«, fragte Humphrey flüsternd. Er musterte erst das kleine Gesichtchen und schickte dann einen Blick voller Liebe zu Eleanor.

Sie nickte. Vielleicht würde es gar nicht nötig sein, die Alraunenwurzel von Jakobas Hund aus der Erde ziehen zu lassen. Sie bot ihm die Lippen zum Kuss.

Humphrey reichte das kleine Bündel einer Kinderfrau und zog Eleanor in sein Schlafzimmer. Er war froh wieder in England zu sein. Was sollte er auch mit Ländern anfangen, die durch Sturmfluten und unzählige Kriege ausgelaugt und beinahe zerstört waren?

Jakoba erhielt die Nachricht erst Wochen später. Humphrey hatte Eleanors Bastard als seinen Sohn anerkannt.

»Es ist noch schlimmer, Jakoba«, fügte Dirk von der Merwede hinzu, der Jakoba jetzt als Kurier diente. »Der Herzog von Gloucester hat nicht nur vor, keine Truppen zu senden, sondern ...«

»Sondern?«

»Er wartet auf die päpstliche Gültigkeitserklärung deiner Ehe mit Jan von Brabant. Damit er Eleanor Cobham heiraten kann. Sie erwartet schon wieder ein Kind von ihm.«

Er war einen Schritt näher getreten, um sie aufzufangen. Aber Jakoba fiel nicht in Ohnmacht. Kreidebleich blieb sie stehen und sah aus dem Fenster zu den Truppen vor der Stadt.

»Dann ist alles verloren«, sagte sie tonlos.

»Philipp von Burgund bietet dir an, dich bis zum Spruch des Papstes unter seinen Schutz zu stellen. Jan von Brabant erhält den Hennegau, wenn er einem von Philipps Männern die Verwaltung überlässt. Der Vertrag ist bereits unterschrieben«, setzte Dirk von der Merwede leise hinzu.

Jakoba wandte sich um. »Ist bereits ohne mich hierüber verhandelt worden?«, fragte sie betroffen.

»Jakoba«, sagte Dirk mit sanfter Stimme, »die Ratsherren von Mons finden, dass der Krieg lange genug gedauert hat. Und du weißt, dass sich die Gilden von Anfang an dagegen aufgelehnt haben.« *Sie wollen nicht mehr durch die Zwiste der Fürsten ausgebeutet werden*, fügte er für sich hinzu.

Sie fuhr auf. So schnell wollte sie sich nicht geschlagen geben. Seit wann bestimmten Gilden und Ratsherren über das Geschick ihrer Fürsten? »Sag ihnen, dass die englischen Truppen jeden Tag eintreffen können. Sie mögen sich so lange in Geduld üben. Ich werde Humphrey schreiben und ihn freigeben, wenn er mir Soldaten schickt.«

Dirk schüttelte nur den Kopf.

Jakoba stampfte mit dem Fuß auf. »Nun geh schon!«

»Es ist zwecklos. Die Ratsherren halten Philipps Vorschlag für vernünftig. Und du hast keine Streitmacht mehr, Jakoba. Die meisten unserer Leute und alle Engländer in Mons sind bereits aus den Häusern geholt und in Verwahrung gebracht worden. Das englische Königshaus hat eine Erklärung veröffentlicht, dass keine Truppen mehr gegen den Herzog von

Burgund auftreten werden. Der Alleingang des Herzogs von Gloucester sei ein bedauerlicher Fehler gewesen.«

Jakoba hob eine Vase von einem Tisch und warf sie mit aller Wucht gegen die Wand. Dirk sprang hinzu, als sie eine Scherbe aufsammelte. Jakoba lachte bitter.

»Keine Angst, ich werde mir die Adern nicht aufschneiden.« Sie nahm die Scherbe zwischen Daumen und Zeigefinger und hielt sie Dirk vor die Nase.

»Diese Scherbe werde ich immer bei mir tragen. Zur Erinnerung an den Verrat der Männer. Damit ich nie wieder in Versuchung komme, einem Mann Vertrauen oder gar mein Herz zu schenken.« Sie steckte die Scherbe in ihre Rocktasche und sagte dann in gleichgültigem Ton: »Lass mein Pferd satteln, Dirk. Mein Hofstaat soll sich bereithalten.«

Zwei Stunden später ließ sie das Monser Haupttor öffnen und ritt in ihrer prächtigsten Garderobe hindurch. Sie hatte ihren gesamten Schmuck angelegt, ihren kühnsten Kopfputz aufgesetzt und ihren grauen Zelter reich verzieren lassen. In respektvollem Abstand folgte ihr kleiner Hofstaat. Jakobas Blick glitt über die Zeltstadt der Burgunder. In der Ferne sah sie das Banner des Herzogs von Brabant im Wind flattern. Sie schüttelte den Kopf, als eine Abordnung burgundischer Ritter sie zu Philipps Zelt leiten wollte. »Ich ergebe mich dem Herzog von Brabant«, sagte sie mit klarer Stimme.

Erst vor dem Tor war ihr die Idee gekommen, dass es vorteilhafter sein könnte, sich ihrem ehemaligen Mann auszuliefern. Glaubte man den Gerüchten, dann war er fromm und barmherzig geworden und würde ihr kein Leid antun. Der Papst würde ihrer Ehe mit ihm wahrscheinlich bald die endgültige Dispens verleihen – niemand außer ihr hatte jetzt ein Interesse an der Ungültigkeitserklärung – und dann könnte sie mit Jan wieder über ihre Länder herrschen. Nach dem Tod ihres Onkels würde sie Philipp Holland und Seeland entreißen und wieder die alte Ordnung der Haken herstellen. Dass sich der Herzog von Brabant den Kabeljauen zugewandt hatte, bekümmerte sie wenig. So fromm, barmherzig und maßvoll er auch geworden sein mochte, entschlusskräftiger war er bestimmt nicht. Er würde froh sein, wenn sie ihm die Entscheidungen abnahm, so wie er auch jetzt alles tat, was Philipp forderte. Und wenn er sich quer stellte, gab es immer noch die Möglichkeit, sich seiner zu entledigen. Genug treue Haken würden es als Ehre betrachten, sie aus den Händen eines schlüpfrigen Kabeljaus zu befreien.

Unter solchen Überlegungen war sie beim Brabanter Lager angekommen. Sie äußerte den Wunsch, beim Herzog vorgelassen zu werden.

Der beauftragte Ritter kehrte bald zurück und verbeugte sich tief. »Der Herzog ist unabkömmlich«, erklärte er.

»Dann warte ich.«

Der Ritter deutete auf die burgundische Abordnung, die ihr nachgeritten war. »Der Herzog von Brabant bittet Madame, sich an den Herzog von Burgund zu wenden.«

Jakoba unterdrückte das Bedürfnis, ihr Pferd in Jan von Brabants Zelt zu jagen und den Feigling zur Rede zu stellen. Hoch erhobenen Kopfes wandte sie ihren Zelter und schloss sich den Burgundern an. Niemand sollte ihr ansehen, wie gedemütigt sie sich fühlte.

Philipp selbst kam aus seinem Zelt, um ihr beim Absitzen zu helfen. Er küsste ihr die Hand, teilte seinen Männern mit, dass er nicht gestört zu werden wünsche, und ließ Jakoba in sein Zelt vorangehen.

Seit dem Vertrag von Woudrichem vor sechs Jahren waren sie einander nicht mehr begegnet. Auch damals hatte sie eine Niederlage erlitten, aber in Erinnerung war ihr vor allem Philipps untröstliche Trauer über den Tod seines Vaters geblieben. Sie und Frank von Borsselen hatten ihn in ihre Mitte genommen und mit ihm geweint. Wie nah sie ihm da gewesen war! Und nicht nur ihm, erinnerte sie sich voller Wehmut.

Philipp trug keine Rüstung. Seine Kleidung war immer noch schwarz, wenn auch nach der neusten Mode geschneidert. Er zog seinen breitkrempigen Samthut ab und fuhr sich durch das schütter gewordene kurze Haar. Sie stellte fest, dass er hagerer geworden war und sich bereits deutliche Linien neben den Mundwinkeln abzeichneten. Trotzdem war er immer noch einer der schönsten Männer, die sie je gesehen hatte. Sie begegnete seinem Blick und schwieg.

Auch er sagte zunächst nichts. Er vergaß beinahe zu atmen, als er die verzweifelten Augen in ihrem bleichen Gesicht sah. Am liebsten hätte er sie in die Arme genommen und ihr gesagt, dass alles gut werden würde. Ihr wie früher einen Witz erzählt und das Schachbrett herausgezogen.

Aber das durfte er nicht. Jakoba war gefährlich. Sie vertrat die alte Ordnung und scheute vor nichts zurück, um an die Macht zu gelangen. Er, Philipp, war auch nicht gerade zimperlich, wenn es um das Erreichen seiner Ziele ging, aber im Gegensatz zu Jakoba hatte er immer das große Ganze im Auge. Das Heilige Römische Reich Deutscher Nation stand vor dem Niedergang, ein großes burgundisches Reich war im Entstehen. Mit neuen Werten und neuen Menschen. Er fühlte sich ausersehen, dieses zu führen und zu formen und Wohlfahrt und Frieden in dieses Reich zu bringen. Es musste wieder Raum für Kultur geben und für schöne Künste. Vorbei sollte es sein mit der elenden Kleinstaaterei, in der sich Fürsten auf Kosten der Bevölkerung austobten und sich Fraktionen mit so albernen Namen wie Haken und Kabeljaue gegenseitig die Köpfe einschlugen. Er wollte all diesen Unrat einer überholten Ära aus dem Weg räumen. Die Aussichten standen gut. In den Ländern, die an seine grenzten, lebten kinderlose Fürsten, deren Erbe er war, zum Beispiel Dietrich von Namur, Elisabeth Görlitz von Luxemburg und Jan von Brabant. Die ersten Schritte zur Einigung hatte er schon getan. Sein Vater wäre stolz auf ihn gewesen.

Plötzlich sprach er.

»Was, Mondgesicht, würden unsere Großeltern sagen, wenn sie uns jetzt sehen könnten?«

Diese Frage kam völlig unerwartet. Jakoba, die sich auf Vorwürfe oder zumindest Ironie eingestellt hatte, brach beim warmen Klang seiner Stimme in Tränen aus. Er sprang hinzu, half ihr auf einer Bank Platz zu nehmen und setzte sich neben sie. Es durchfuhr ihn wie ein Blitz, als er seine Arme um sie legte und sie tröstend an sich zog.

»Nicht weinen, Jakoba, alles wird gut«, sagte er und ließ sie augenblicklich los.

Sie schnäuzte sich die Nase an einem Ärmel und wandte sich ihm mit verheulten Augen zu: »Wie denn?«, schluchzte sie.

Er stand auf. *Wenn ich sie noch einmal berühre, verbrenne ich mir die Finger.* Jakoba war noch gefährlicher, als er geglaubt hatte. Er ging zum Zelteingang und spähte hinaus. Dann wandte er sich wieder um. Jakobas Gesicht lag im Schatten.

»Nimm deinen Hut ab«, hörte er sich selbst sagen.

Sie folgte der Aufforderung und stellte das hohe spitze Gebilde mit den vielen Schleierlagen neben sich auf die Bank. Dabei löste sich ihr Haar und fiel in weichen Wellen über ihre Schultern. Philipp unterdrückte das Bedürfnis, seine Finger durch die kastanienbraune Pracht gleiten zu lassen, den Busen zu berühren, der sich unter dem tiefen viereckigen Ausschnitt des Mieders hob und senkte, die Füße zu küssen, die in allerliebsten spitz zulaufenden Schühchen steckten, und mit dem Mund dann weiter nach oben zu wandern. Er begehrte sie wie nie zuvor eine andere Frau. *Weil sie die Einzige ist, bei der ich auf keinen Fall liegen darf!*, schalt er sich. Ein einziges Mal musste sein viel besungener Trieb hinter dem Verstand zurückstehen. Er verstand jetzt, wie sie es geschafft hatte, Jan von Vliet dazu zu bringen, Johann den Unbarmherzigen zu vergiften. Beatrix hatte ihm tränenreich geschildert, wie schamlos Jakoba ihren Mann verführt hatte. Und der hatte im wahrsten Sinn des Wortes seinen Kopf verloren. Jakoba musste schleunigst verschwinden.

»Du wirst noch heute abreisen«, sagte er sachlich.

»Ohne Hut?«, gab sie schnippisch zurück. Auch sie hatte sich wieder gefangen. Philipps Zögern machte ihr Mut. Sie glaubte zu verstehen, was in ihrem Cousin vorging. Er fühlte sich schuldig, weil er das Andenken an die gemeinsamen Ahnen geschändet hatte, weil er sie, Jakoba, verraten und verkauft hatte. Sie würde ihm die Absolution nicht erteilen, schwor sie sich. Der beste Freund ihrer Kinderjahre war und blieb jetzt ihr ärgster Feind. Bedauerlich, dass sie sich in seiner Gegenwart zu Tränen hatte hinreißen lassen. Sie kniff die Lippen aufeinander.

»Ein Ziel hast du übrigens erreicht«, sagte Philipp plötzlich. Er hatte ihr wieder den Rücken zugewandt und blickte aus dem Zelt. »Unser Onkel Johann ist endlich gestorben. Aber auch hier hast du – wie immer – nur halbe Sachen gemacht. Es ist deine Schuld, dass dieser Mann monatelang unmenschliche Qualen erleiden musste. Dass ein großer Fürst elendiglich zugrunde gegangen ist. Keinem Hund hättest du das zugemutet, Jakoba.«

Jakoba bekreuzigte sich. »Philipp«, beschwor sie ihn, »glaub mir, ich habe nichts davon gewusst.«

Er winkte ab. »Keiner kann mir erzählen, dass Jan von Vliet von selbst auf diese Idee gekommen ist. Ich erinnere mich noch gut an ihn. Er war der sanfteste und mildeste Ritter, dem ich je begegnet bin. Weißt du noch, wie er nach Jeans Tod zusammengebrochen ist? Jan von Vliet war der Letzte, dem ich einen feigen Giftmord zugetraut hätte. Du musst ihn verzaubert haben. Den Mann deiner Schwester«, fügte er noch hinzu.

Jakoba begann wieder zu schluchzen.

»Deine Tränen rühren mich nicht, Jakoba. Du wirst einen Mann kennen lernen, der dir genau sagen kann, was du Johann dem Unbarmherzigen angetan hast. Sein Hofmaler Jan van Eyck war in seinen letzten Stunden bei ihm. Er ist jetzt in meinen Diensten und ich werde ihn zu dir schicken.«

»Ich war es nicht«, wiederholte Jakoba stumpf. »Ich war es nicht, ich war es nicht, ich war es nicht.«

»Du wiederholst dich«, bemerkte Philipp und sah wieder zu ihr hin. Er sog die Luft ein.

Jakoba sah fürchterlich aus. Sie hatte sich die Haare zerrauft, die Lippen zerbissen und mit irgendeinem scharfen Gegenstand, den sie in der Hand hielt, die Nase blutig gekratzt.

Philipp trat auf sie zu und öffnete ihre rechte Hand. Eine

blutige Scherbe fiel auf den weichen Boden. In hohem Bogen warf Philipp sie aus dem Zelt.

Jakobas Hand zitterte in seiner, als er mit seinem Ärmel das Blut abwischte. Er befeuchtete seinen Zeigefinger und streichelte ihr das Blut von der Nasenspitze. Wie von selbst legte sich seine Hand an Jakobas Wange. Nur mit Mühe konnte er sich davon abhalten, ihre geschundenen Lippen zu küssen. Er holte tief Luft und sah Jakoba direkt in die Augen.

Ihre Lippen bewegten sich. *Ich war es nicht.*

»Ich glaube dir«, flüsterte er. Ein Gefühl der Dankbarkeit stieg in ihm auf, als sich Jakobas Wange an seine Hand schmiegte. Ja, er glaubte ihr. Jemand anders hatte Jan von Vliet angestiftet.

Er zog seine Hand weg und räusperte sich. »Wir hätten die Dispens vom Papst gekriegt«, sagte er, »aber mein Vater hätte einer Ehe mit dir nie zugestimmt, Jakoba. Ihm lag mehr an Frankreich.«

»Du hättest mich heiraten wollen?« Jakoba blieb der Mund offen stehen.

Philipp konnte selbst kaum glauben, dass er sich zu dieser Bemerkung hatte hinreißen lassen. Wie gut, dass es keine Zeugen gab!

»Nein«, erwiderte er. »Wieso sollte ich? Deine Länder kriege ich auch ohne Ehe.«

Jakoba strich sich die Haare glatt und griff zu ihrem Hut.

»Ich muss mich nicht beleidigen lassen«, sagte sie und stand auf.

Philipp verbeugte sich leicht. »Ich bitte ergebenst um Verzeihung. Es ist gut, dass du dich wieder gefasst hast. Du wirst gleich abreisen müssen.«

»Wohin?«, fragte sie kühl.

»Nach Gent. Ich habe Burg Gravensteen für dich herrichten lassen.«

»Die alte Burg Gravensteen?! Dein Waffenarsenal? Da wohnt doch mindestens seit einem halben Jahrhundert niemand!«, rief sie entsetzt.

»Hörst du mir nicht zu?«, fragte er ungeduldig. »Ich habe

die Burg für dich herrichten lassen und dabei keine Kosten gescheut. Ich wusste, dass du zu mir kommen würdest.«

»Lass mich doch im Hennegau«, bat sie. Ein Gedanke kam ihr. »Oder schicke mich nach Seeland!« *Zu Frank von Borsselen*, dachte sie. *Der edle Ritter wird mir helfen.*

»Man legt keinen faulen Apfel in einen Korb mit Früchten. Dann könnte ich dich gleich bei den Haken abliefern«, erwiderte Philipp. »Es tut mir Leid, Jakoba, aber ich muss dich in Sicherheit wissen, damit du bis zur Entscheidung des päpstlichen Gerichts keine Dummheiten machst. Danach werden wir weitersehen. Ich verspreche dir, dass es dir in der Burg an nichts mangeln wird. Außer an Schmuck, bedauerlicherweise.«

»An Schmuck?«

»Ich möchte dich bitten, alle Kleinodien bei meinem Schatzmeister abzugeben. Ich muss schließlich verhindern, dass du dein Personal bestichst.«

»Hast du so wenig Vertrauen zu deinen Leuten?«, spuckte sie aus.

»Du trägst kostbaren Schmuck«, entgegnete er, »was mich überrascht.«

»Warum sollte die Gräfin von Holland, Seeland und dem Hennegau keinen kostbaren Schmuck besitzen?«

Er hob die buschigen Brauen. Seine grauen Augen funkelten belustigt. »Es war also wirklich nur ein Gerücht, dass du mit deinem Schmuck den Opfern der Sturmflut geholfen hast.« Jakoba deutete mit beiden Händen auf sich. »Was ich trage, ist alles, was ich noch besitze! Den Rest habe ich weggegeben!«

»Du hast ein großes Opfer gebracht«, nickte Philipp.

Jakoba hätte ihn am liebsten geohrfeigt. »Wann fahren wir?«, fragte sie kalt. Es gab nur noch eine Hoffnung: dass ihre Getreuen sie während der Reise aus Philipps Händen befreien würden.

»Dein Hofstaat bleibt hier«, erklärte Philipp. »Du wirst dich auf Gravensteen von flämischen Damen bedienen lassen. Ich bleibe auch hier und sorge dafür, dass keiner deiner Haken sich an den Zug nach Gent hängt.« Er lächelte finster. »Du weißt doch, Mondgesicht, ich habe Zugang zu den geheimen Kammern in deinem Kopf. Und da sehe ich einen Haufen fehlgeleiteter Haken, die nur darauf warten, dich zu befreien. Das muss ich natürlich verhindern.«

Mit dieser Aufgabe betraute er seine Ritter. Eine Abordnung von mehreren hundert Mann sollte Jakoba nach Gent begleiten.

Er selbst sattelte sein Pferd und ritt in Mons ein. Im besten Badehaus der Stadt wollte er sich der ungesunden Spannung entledigen, die Jakoba in ihm erregt hatte.

Jakoba nahm tränenreichen Abschied von Marjan und Dirk von der Merwede.

»Verzage nicht«, bat Dirk. »Ich verspreche dir, dass wir dich nicht im Stich lassen werden.«

Jakoba nickte mutlos. Das hatten ihr schon andere Männer versprochen.

Philipp hielt sein Wort. Auf Burg Gravensteen litt sie keinen Mangel. Ihr wurden die feinsten Speisen und Getränke vorgesetzt und die edelsten Gewänder geschneidert. Berühmte Troubadoure wurden zu ihrer Unterhaltung in die schwer bewachte Burg gelassen. Die Harfe, die sie Humphrey geschenkt und die er in Mons zurückgelassen hatte, war herbeigebracht worden, und es gab sogar einen Dachgarten, in dem sie Kräuter und Blumen anpflanzen und spazieren gehen konnte. Fünf Hofdamen standen ihr zur Verfügung. Sie durfte Briefe schreiben und Post empfangen.

In der dritten Woche wurde ihr der Besuch des Herzogs von Burgund angekündigt. Er kam nicht allein.

»Marjan!«, rief Jakoba und rannte auf die Frau im braunen Kapuzenkleid zu. Dabei vergaß sie die glatten Sohlen ihrer neuen Schuhe. Sie rutschte auf den Steinfliesen aus und fiel der Länge nach vor Philipp auf den Boden.

Er half ihr auf. »Du brauchst mir nicht die Füße zu küssen«, bemerkte er, nachdem er sich vergewissert hatte, dass sie unverletzt war.

Sie warf ihm einen bösen Blick zu. »Eher küsste ich die Füße des Teufels«, gab sie zurück und schloss Marjan in die Arme.

»Marjan hat mich davon überzeugt, dass sie dir hier gute Dienste leisten kann«, sagte Philipp. »Aber nicht zu gute Dienste«, fügte er hinzu. Er wies auf den Fremden, der neben ihm stand.

»Darf ich dir Jan van Eyck vorstellen? Er ist ein großer Maler, das hat unser Onkel auch erkannt – nachdem er ihn erst seine Wände mit Ornamenten hat verzieren lassen.«

»Dafür hat er sich später bei mir entschuldigt«, sagte Jan van Eyck mit angenehmer Stimme und verbeugte sich vor Jakoba. »Es wird mir eine Ehre sein, Euer Porträt anzufertigen.« Ungläubig starrte Jakoba Philipp an. »Sammelst du Köpfe von all deinen Gefangenen?«

»Nicht jeder wird aufgehängt«, erwiderte Philipp. »Glaubst du, dass du so lange still sitzen bleiben kannst, dass es dem guten Meister gelingt, ein Gleichnis anzufertigen?«

»Viel mehr als sitzen kann ich hier sowieso nicht«, klagte Jakoba. »Ich vermisse die frische Luft.«

»Du kannst jederzeit in den Garten oder in den Hof gehen.«

»Reiten, Jagen ...«, seufzte sie und sah ihn traurig an.

Wieder schlugen ihn ihre Augen in Bann. Dabei waren es gar keine schönen Augen, dachte er ärgerlich. »Ich mache dir einen Vorschlag«, begann er. »Morgen Mittag reite ich mit dir aus. Aber du musst Verständnis dafür haben, dass ich auf einem schnelleren Pferd sitze als du. An Flucht brauchst du also nicht zu denken.«

Sie schüttelte eifrig den Kopf. Ihre Augen strahlten.

Nachts hatte sie Mühe einzuschlafen. Nach Monaten der Gefangenschaft freute sie sich auf den nächsten Tag, genau wie früher, wenn ihr Vater angekündigt hatte mit ihr auszureiten. Sie stellte sich vor, im schnellen Galopp über Weiden zu jagen, den Wind im Gesicht zu fühlen und über niedrige Hecken zu springen. Wenn sie doch nur einen Falken hier hätte!

»Ich werde mir einfach vorstellen, dass wir wieder Kinder sind und ich mit Philipp durch den Hennegau reite«, sagte sie am Morgen zu Marjan, während ihr die Zofe das Haar bürstete. »Wie schön damals alles war, wie friedlich und freundlich. Und heute sind wir Feinde«, setzte sie hinzu.

Eine Hofdame klopfte an und überreichte Jakoba ein Briefchen. Sie riss es hastig auf.

»Das hätte ich mir denken können!«, rief sie wütend. »Wahrscheinlich gehört das zu Philipps Foltermethoden. Er hat keine Zeit, schreibt er, ein wichtiger Besucher hat sich angemeldet!« Sie warf den Brief in den Kamin und schlug mit der Faust gegen die Wand. »Ich hatte mich so gefreut!«

Sie scheuchte die Zofe aus dem Zimmer. »Geh weg, ich muss für niemanden schön sein! Auch du, Marjan, lass mich allein!«

Kaum hatte sich die Tür hinter den beiden Frauen geschlossen, als ihr Tränen der Enttäuschung in die Augen stiegen. Sie riss das Fenster auf, beugte sich hinaus und holte tief Luft. Ersticken werde ich hier, dachte sie und sah blicklos über die Dächer der Stadt Gent, ersticken vor Wut und Trauer.

Wieder wurde an der Tür geklopft.

»Nein!«, rief sie. »Lasst mich in Ruhe!«

Sie hörte, wie trotzdem geöffnet wurde, und wandte sich ärgerlich um.

»Mein Gast will nicht daran schuld sein, dass ich mein Wort nicht halte«, bemerkte Philipp und machte Platz für den Mann hinter sich.

»Ich freue mich Euch wieder zu begegnen«, sagte eine sonore Stimme, die sich ihr in Woudrichem eingeprägt hatte. »Was könnte es Schöneres geben als eine Jagd bei diesem herrlichen Wetter!«

Jakoba schwankte leicht. Der Boden schien sich unter ihren Füßen zu bewegen. Sie riss sich zusammen.

»Wie edelmütig, Ritter Frank, dass Ihr für den gefangenen Vogel eine Lanze brecht! Dass er den Käfig für ein paar Stunden verlassen darf ...« Sie hob die Nase schnuppernd in die

Höhe, breitete die Arme aus, wedelte mit den Fingern und trippelte ein paar Schritte nach vorn, »… um im leichten Flug …«, sie beugte den Oberkörper vor, streckte die Arme nach hinten und machte einen kleinen Satz, »… den Duft der Freiheit einzuatmen und danach den Modergeruch des alten Gemäuers doppelt bedrückend zu empfinden. Ich danke Euch für diese Gnade.«

Sie schloss ihren kleinen Tanz mit einem vollendet ausgeführten Knicks.

Philipp klatschte langsam in die Hände. »Ich hatte mir schon immer vorgestellt eine Hofnärrin anzustellen«, sagte er. »Wärst du an dieser Stellung interessiert?«

Sie funkelte ihn an. Wie konnte er es wagen, sie in Gegenwart seines Gastes zu erniedrigen?

»Vielleicht sollten wir von vorn anfangen«, sagte Frank von Borsselen gut gelaunt, nahm Philipp am Arm und verließ das Zimmer.

»Nein!«, rief Jakoba wieder, als es klopfte.

Diesmal trat Frank van Borsselen allein ein.

»Jakoba«, sagte er, »ich musste Euch sehen.«

Sie stürzte auf ihn zu und drückte sich an ihn.

»Frank«, murmelte sie, »Frank! Ich habe so viel an dich gedacht!«

Automatisch schlossen sich seine Arme um die Frau, die er hatte vergessen wollen. Es war ihm nicht geglückt. Also hatte er die Gelegenheit zu einer Reise nach Gent genutzt, um ihr wieder zu begegnen. Er wollte von ihr selbst hören, dass sie den Auftrag zu dem Mord an Johann dem Unbarmherzigen gegeben hatte. Nur so, dachte er, könnte er die Dämonen in seinem Herzen bannen. Aber diese führten einen wilden Tanz auf, als er Jakoba in den Armen hielt, und vernebelten seinen Verstand. Zum zweiten Mal in seinem Leben fühlte sich der nüchterne Seeländer als Opfer seiner Sinne.

Als Jakoba seine Lippen auf ihren spürte, dachte sie an die Tonscherbe, die Philipp aus dem Zelt geworfen hatte. Nie wieder wollte sie einem Mann vertrauen, nie wieder Gefühle zulassen, die ihr Leben verwüsten könnten. Die Männer hatten sie immer nur benutzt, Frank würde auch nicht anders sein. Er schon gar nicht! Ein Kabeljau und Philipps Freund! Sein Kuss wurde inniger, seine Hände suchten ihre Brüste, strichen über ihren Bauch. Vielleicht war es diesmal anders. Vielleicht war hier ein Mann, der nur sie meinte, nicht ihre Länder, nicht ihre Macht. Es gab eine Möglichkeit, das herauszufinden. Sie riss sich los.

»Frank«, flüsterte sie schwer atmend, »alles, was ich besitze, alles, was ich bin, ist dein. Wenn du mich hier herausholst …«

Er trat einen Schritt zurück. Die Dämonen hatten ausgetanzt.

»Das, Jakoba, kann ich nicht für dich tun. Du musst dich gedulden …«

Sie wandte sich ab. Natürlich war er auch nicht anders als die anderen. Er wollte es sich mit Philipp nicht verderben. Sie stellte sich wieder vor das Fenster und sah hinaus. Es war wirklich ein traumhafter Tag für einen Ausritt.

»Dann geht!«, sagte sie ohne ihn anzusehen. »Und teilt dem Herzog von Burgund mit, dass der gefangene Vogel die Gitterstäbe seines Käfigs der galanten Begleitung auf Waid und Flur vorzieht. Wozu seid Ihr überhaupt hergekommen?«

»Um Philipp eine traurige Botschaft zu überbringen«, erwiderte Frank leise. »Seine Gemahlin ist gestorben. Trotzdem wollte er mit dir ausreiten.«

Er verließ das Zimmer ohne ein weiteres Wort.

Es dauerte Tage, ehe Jakoba wieder essen konnte. Auch Marjan verriet sie nicht, weshalb sie der Besuch Philipps so mitgenommen hatte. Ihr Cousin war nach Burgund gereist, ohne sich von ihr zu verabschieden, und auch Frank von Borsselen hatte sich nicht mehr gezeigt. Immer wieder ging sie die Begegnung im Geiste durch, schalt sich, zu heftig reagiert zu haben, zu undiplomatisch vorgegangen zu sein. Langsam hätte sie sich an ihr Ziel heranarbeiten, geschickter mit den Pfunden wuchern müssen. Sie selbst hatte alles verdorben.

Eine Woche später kam eine Hofdame aufgeregt in ihr Zimmer. »Es sind Kaufleute da«, meldete sie, »mit wunderschönen Stoffen! Ihr müsst sie euch einfach ansehen!«

»Schickt sie weg«, erklärte Jakoba müde, »was soll ich mit neuen Kleidern hinter alten Mauern?«

»Es handelt sich wirklich um außergewöhnliches Material«, versicherte Marjan, als sie ins Zimmer kam.

Jakoba hob die Augen. Seit wann interessierte sich Marjan für schöne Stoffe? Sie fing einen Blick ihrer Freundin auf.

»Lasst sie kommen«, sagte sie dann, »und zeigen, was sie zu bieten haben.«

Aber als die drei Kaufleute die Ware vor ihr ausbreiteten, hatte sie nur Augen für den Mann mit dem feuerroten Bart. Sie stellte sich dicht neben ihn und blickte interessiert auf das Goldtuch.

»Ich habe dir doch gesagt, dass wir dich nicht im Stich lassen werden«, murmelte Dirk von der Merwede.

7. KAPITEL

Der Kuss von Delft

1425–1428

Unverschämter Kerl! Sich bei den Damen einzuschleichen!« Mit einem großen Holzlöffel in der Hand rannte die Frau im braunen Kapuzenkleid laut brüllend hinter einem Pagen her über den Schlosshof. »Haltet ihn auf, damit ich ihn strafe!«, rief sie dem Wächter vor dem ersten Tor zu. Der stellte sich dem jungen Mann in den Weg.

»Angst vor einer Frau?«, fragte er belustigt. »Wie bist du denn reingekommen, mein Junge?«

»Ihr seid schuld!«, rief Marjan. Sie hob den Holzlöffel und hätte ihn auf den Kopf des Pagen niedersausen lassen, wenn der Torwächter sie nicht sanft am Arm gepackt und den jungen Mann hinter sich geschoben hätte.

»Langsam, langsam«, sagte er, »wieso bin ich schuld?«

»Ihr habt nicht aufgepasst! Sperrt ihn ein! Damit er nicht wieder Unfug treibt, wenn Ihr zu beschäftigt seid, um auf das Tor zu achten! Er muss bestraft werden!«

Der Torwächter nahm Marjan den Löffel ab. »Lasst das nur meine Sorge sein, gute Frau«, beruhigte er sie, schubste die angelehnte, mit Eisen beschlagene hölzerne Rundbogentür auf und ließ den Pagen in die Passage zum zweiten Tor hinausschlüpfen. Es würde großen Ärger mit dem Burgvogt geben, wenn dieser dahinter kam, dass jemand unbefugt das Gelände betreten hatte. Der Junge musste sich an ihnen vorbeigeschlichen haben, als er und sein Kamerad mit der schönen Begleiterin der Tuchhändler getändelt hatten. Vielleicht hatte er sich im Wagen der Tuchhändler versteckt gehalten.

»Was fällt Euch ein!«, rief Marjan empört. »Die Wachen sollen ihn aufhalten!«

Der Torwächter blickte durch das Tor. Die Schildwachen hatten den Knaben ungehindert aus dem zweiten Tor gelassen und es jetzt weit geöffnet, um dem Müller mit seinem Wagen Zugang zu verschaffen.

»Ein wenig Abwechslung kann den Damen sicherlich nicht schaden«, sagte der Torwächter und reichte Marjan den Löffel. »Geht lieber zurück und rührt die Suppe!« Er öffnete sein Tor weit, um den Müller einzulassen.

Jakobas Fehlen wurde erst am nächsten Morgen entdeckt. Eine Hofdame schlug Alarm, als sie das Bett ihrer Herrin leer vorfand. Der Burgvogt schickte sofort mehrere Reiter los und verhörte die Bewohner und Bewacher der Burg. Torwächter und Schildwachen war nichts Außergewöhnliches aufgefallen. Jeder, der die Burg verließ, musste an ihnen vorbei, an der einzigen Stelle ohne Wasserschutz. Über den breiten Burggraben gab es kein Entkommen. Die hohe Dame müsse sich aus einem Fenster abgeseilt haben, vermutete einer der Torwächter. Vielleicht sei sie ertrunken. Die Hofdamen wussten nur zu berichten, dass sich Jakoba nach dem Besuch der Tuchhändler noch vor Einbruch der Dämmerung zurückgezogen hätte. Es sei ihr schon die ganze Woche nicht sonderlich gut gegangen und am gestrigen Abend habe sie über schwere Kopfschmerzen geklagt.

Die plagten jetzt den Burgvogt. Er warf sich in der Burgkapelle auf die Knie und flehte Gott an, die Flüchtige zurückzuschicken. Aber nach zwei Tagen gab es immer noch keine Spur von Jakoba. Jetzt erst schickte er einen Kurier zu Philipp von Burgund und teilte ihm mit, die Gefangene könne nicht anders als durch Hexerei befreit worden sein. Eine Hofdame habe geschworen, dass beim Öffnen eines Fensters ein zuvor nie gesehener Rabe hinausgeflogen sei.

Nachdem Jakoba das zweite Tor passiert hatte und nach rechts zum Marktplatz gerannt war, wandte sie sich um. Sie sah den Wagen des Müllers in die Burg einfahren. Niemand hatte Verdacht geschöpft. Sie atmete auf und hoffte, dass Marjan Recht behalten würde. Um den eigenen Kopf zu retten, würden die Torwächter auf keinen Fall zugeben, einem frechen Pagen die Pforte nach draußen geöffnet zu haben. Und die Schildwachen hatten ihren Dienst gerade erst angetreten. Sie konnten nicht wissen, dass kein Page die Burg betreten hatte. Nur kurz streifte Jakobas Blick das Blutgerüst der letzten Hinrichtung, das noch auf dem Platz stand. Sie hatte im Burggarten am Tag zuvor die gellenden Schreie des Verurteilten gehört und war entsetzt über die steile steinerne Wendeltreppe in ihre Gemächer geflüchtet. Durch die dicken Mauern drang kein Ton nach innen. Froh, der düsteren Burg den Rücken zu kehren, eilte sie zu dem nahe gelegenen Lagerhaus, hinter dem Dirk von der Merwede und zwei als Kaufleute verkleidete Männer mit frischen Pferden auf sie warteten. Jubelnd fiel Jakoba dem Ritter um den Hals.

»Wie verwegen du bist!«, lachte sie.

»Du noch mehr!«, entgegnete er und stellte ihr seine beiden adligen Begleiter vor. Jakoba erkannte die Namen.

»Aus Gouda und Schoonhoven!«, rief sie. »Wie geht es meinen treuen Haken?«

»Sie warten auf dich«, erklärte Dirk von der Merwede, »genau wie deine Anhänger überall im Land. Ich habe gute Nachrichten für dich ...«

»Aber keine Kleider?«, fragte Jakoba beunruhigt, als sie auf das kleine Gepäck der Reiter blickte. »Dein Pagenkostüm hat mir gute Dienste geleistet, Dirk, aber jetzt möchte ich doch wieder Frau sein.« Dirk schüttelte den Kopf.

»Viel zu gefährlich. Solange wir in Flandern sind, musst du verkleidet bleiben. Wir dürfen nicht auffallen – und in wenigen Stunden wird man jede reisende Frau verdächtigen.« Er lachte. »Oder machst du dir etwa Sorgen darüber, dass das Tragen von Männerkleidung für Frauen strafbar ist?«

Sie hatte tatsächlich daran gedacht.

Ohne Schwierigkeiten gelangte das Grüppchen aus der Stadt, da die neue Festungsmauer noch nicht fertig gestellt worden war und große Lücken aufwies. Jakoba genoss es, wie ein Mann zu Pferd zu sitzen und den frischen Wind im Gesicht zu spüren. Die guten Nachrichten, sagte Dirk, werde er ihr später mitteilen. Jetzt müssten sie erst zusehen, das Feindesland so schnell wie möglich hinter sich zu lassen.

Sie ritten die ganze Nacht hindurch und setzten am Morgen des nächsten Tages mit der Fähre nach Antwerpen über. Jakoba flehte Dirk an, eine längere Rast zu machen. Sie war übermüdet und ihr schmerzte jeder Knochen. Er schüttelte den Kopf.

»Wenn du jetzt absitzt, wirst du nicht wieder aufsteigen können. Wir müssen heute bis Breda kommen. Da ist Markttag und niemand wird auf vier Fremde achten.«

»Und was wollen wir dort?«, fragte Jakoba.

»Da übernachten wir in einer Herberge.«

Jakoba war entsetzt.

»Ich soll mich so in der Öffentlichkeit zeigen!?«

»Du bist ein Page«, erinnerte Dirk sie, »und so benimmst du dich am besten auch. Forscher Gang und keckes Lächeln, aber wenn dich einer anspricht, hebst du die Schultern. Du sprichst nur Spanisch, werde ich sagen. Glaubst du, dass du das schaffst?«

Sie versuchte keck zu lächeln und hob die Schultern.

»Ungefähr so«, nickte Dirk. »Bleib an meiner Seite und halt den Mund, dann werden wir es schon schaffen.«

Die letzten Meilen legten sie mit Rücksicht auf die Pferde langsamer zurück. Dirk von der Merwede nutzte die Gelegenheit, um Jakoba auf den neusten Stand der Dinge zu bringen. Sie hatte in Gravensteen zwar Post empfangen dürfen, aber der Burgvogt hatte die Korrespondenz zensiert. Es lag Philipp viel daran, Jakoba die politischen Entwicklungen vorzuenthalten. Es stand zurzeit in den niederen Landen nicht sonderlich gut für den Herzog von Burgund. Vor allem der Adel in Holland und Seeland war nicht glücklich mit der neuen Verwaltung, die Bauern im Osten muckten auf, und sogar in den Kreisen der Kabeljaue begann man über Philipp zu murren. Im Hennegau war die Unzufriedenheit noch größer. Man sah zum Beispiel nicht ein, weshalb man für den Bau von Deichen, die dem eigenen Land nichts nützten, Geld bezahlen sollte. Gerüchte machten die Runde, wonach die hohen

Abgaben in erster Linie dazu bestimmt wären, den englisch-französischen Krieg und, schlimmer noch, den Luxus am burgundischen Hof zu finanzieren. Die Extravaganz der Burgunder war schließlich sprichwörtlich.

Dirk von der Merwede nannte die Städte, auf die Jakoba zählen konnte: »Gouda, Zierikzee, Vianen, Schoonhoven, Alphen …«

»Was ist mit Haarlem?«, fragte sie. »Die Stadt hat mir einmal besonders herzlich Treue geschworen.« Dirk wiegte das Haupt.

»Daran wirst du die Ratsherren erinnern müssen«, sagte er. »Aber ich habe erfreuliche Nachrichten aus England.«

»Das kann ich kaum glauben«, erwiderte Jakoba bitter.

»Dort ist ein großer Machtstreit zwischen dem Bischof von Winchester und dem Herzog von Gloucester entbrannt. Es sieht ganz so aus, als ob der Bischof dem kleinen Königssohn den Thron streitig machen will. Außerdem soll er demnächst Kardinal und päpstlicher Gesandter werden, also neben den hohen weltlichen auch noch hohe kirchliche Posten einnehmen, was Humphrey nicht zulassen will …«

»Und was nützt das mir?«, unterbrach ihn Jakoba. Der Gedanke an Humphreys Treulosigkeit schmerzte immer noch.

»Der Bischof hat eine große politische Niederlage erlitten, und Humphrey ist zurzeit der Mächtigere, auch wenn das Parlament tobt. Die Städte hören auf ihn und unterstützen ihn. Wir haben sofort Boten nach England geschickt und ihn um die versprochene Hilfe gebeten.«

»Was interessieren ihn jetzt noch meine Länder?« Aber Jakoba spitzte die Ohren. Offiziell war sie Humphreys Gemahlin. Das päpstliche Gericht hatte sich immer noch nicht zu ihrer Ehe mit Jan von Brabant geäußert.

»Wenn er dir eine Flotte schickt, wird das seine Position in England stärken. Schließlich war es der Bischof, der ihm verboten hatte dir mit Truppen zu Hilfe zu kommen. Und er hat jetzt auch Unterstützung aus den eigenen Reihen: Lord Salisbury wird wahrscheinlich die englischen Truppen anführen.«

»Wieso sollte der mir helfen wollen?«

Dirk lächelte fein. »Er will nicht dir helfen, sondern Philipp schaden. Mit dem hat er nämlich noch eine Rechnung offen. Keine politische, eine persönliche. Auf einem Fest in Paris hat Philipp die schöne Gemahlin des Lords verführt und sich dessen auch noch gerühmt.«

»Es wäre mir lieber, der Lord hülfe mir aus Überzeugung.«

»Würde es dich nicht freuen, wenn Philipps Trieb zu seinem Untergang beitrüge?« Als Jakoba nicht antwortete, fragte er: »Weißt du, wer deine wirklichen Bundesgenossen sind, Jakoba?«

Sie hob fragend die Augenbrauen.

»Die Troubadoure! Du hast keine Ahnung, wie viele Lieder über dein trauriges Los kursieren! Sie haben vor allem bei den Engländern eine Saite berührt – jeder möchte dein Ritter sein und dich aus deiner Not befreien. Der Herzog von Gloucester wird als der neue Parzival gefeiert.«

»Mit Eleanor Cobham an seiner Seite?«

»Vielleicht hat er sich von ihr getrennt, vielleicht stimmten die Gerüchte auch nicht, wer kann es sagen?«, erwiderte Dirk. »Wichtig ist nur, dass er jetzt endlich kommen wird.«

»Und John von Bedford? Wird er Humphrey dann nicht aus seiner Tafelrunde ausschließen?« Jakoba erinnerte sich daran, wie sehr Humphrey darauf geachtet hatte, nicht mit seinem Bruder in Streit zu geraten.

Dirk hob die Schultern. »Der wird nach seinem wichtigen Sieg in Verneuil natürlich entsetzt sein, wenn sein Bruder Truppen gegen seinen großen Verbündeten Philipp schickt. Aber noch ist er in Frankreich. Und, Jakoba …«, er beugte sich vor, klopfte sein schweißnasses Pferd in die Seite und sah seine Begleiterin triumphierend an, »… Humphrey stellt bereits seine Armee zusammen! Wenn wir in Sicherheit sind, musst du ihm sofort schreiben! Deine Flucht ist für den Herzog von Burgund eine ebensolche Niederlage wie eine verlorene Schlacht – was meinst du, wie viele edle Ritter der hochwohlgeborenen Dame zur Hilfe eilen werden, wenn bekannt wird, dass du sogar die Mauern von Gravensteen überwinden konntest!«

»Ich bin durch den Vordereingang hinausgegangen«, erinnerte ihn Jakoba.

Niemand achtete auf die vier Reiter, die wenig später vor der Herberge »Zum schwarzen Eber« von ihren Pferden stiegen. Jakoba sackte vor Erschöpfung zusammen.

»Aufstehen, du Milchgesicht!«, rief Dirk von der Merwede und schlug ihr kräftig auf die Schultern, ohne ihr aus dem Staub zu helfen. Auch keiner der beiden anderen kümmerte sich um sie.

»Recht so!«, rief der Stallknecht, der ihre Pferde versorgte, »in diesen Zeiten kann man gar nicht früh genug aus einem Knaben einen Mann machen!«

Jakoba schob sich die Pagenmütze tiefer ins Gesicht und richtete sich wieder auf. Schweigend folgte sie den drei Männern in das nicht sehr Vertrauen erweckend aussehende Gebäude.

Innen sah es schlimm aus. In einer nicht sehr großen stickigen Stube drängten sich Dutzende von Männern und einige schamlose Frauen. Eine stillte ihr Kind in aller Öffentlichkeit, eine andere saß rittlings auf einem Marktmann, dessen Hände unter ihrem Rock verschwunden waren. Unter den Tischen balgten sich Hunde, Betrunkene grölten, qualmende Fackeln verströmten betäubenden Harzgeruch und ein bestialischer Gestank stieg Jakoba in die Nase. Es herrschte ein Höllenlärm. Dirk packte einen Halbwüchsigen am Kragen, zog ihn von einer Bank und schob Jakoba auf den frei gewordenen Platz vor einem bekleckerten Holztisch. Er setzte sich dicht neben sie. Ihre beiden Begleiter blieben stehen und begannen sich sofort mit anderen Marktleuten zu unterhalten. Eingeklemmt zwischen Dirk und einem fremden Mann hatte Jakoba Mühe, Atem zu holen. Sie fand es entwürdigend, wie ihr Leib gegen den des Fremden drückte. Entsetzt blickte sie auf den großen verschmierten Krug Bier, der mit so viel Schwung vor sie hingestellt wurde, dass sich ein Teil des Inhalts über den Tisch ergoss. Sie zog die Beine an, um nicht nass zu werden. Misstrauisch betrachtete sie die Scheibe verkohlten Schweinefleischs, die auf einem Stück Brot vor ihr lag. Aber sie hatte Hunger und daher keine Wahl. *Karbonaden sind gesund*, fiel ihr ein Spruch ihres Küchenmeisters ein und hastig schob sie das Stück Fleisch in den Mund.

»Trinken, Junge, du musst noch wachsen!«, rief Dirk. Er drückte ihr den schweren Krug in die Hand. Sie hätte den ersten Schluck beinah wieder ausgespuckt.

»Im Hennegau wird besseres Bier ausgeschenkt«, flüsterte sie Dirk zu, der sich inzwischen aus demselben Krug bedient hatte.

»An deinem Hof. Nicht in den Gasthäusern«, gab er leise zurück. Jakoba zuckte zusammen. Irgendetwas hatte sie am Bein berührt. Sie blickte nach unten und schlug dann die Hand vor den Mund. Auf einem schmalen Brett mit zwei Rädern saß ein Oberkörper mit einem jungen Gesicht. Der Mann ohne Beine stützte sich mit einer Hand auf dem Boden ab, die andere hielt er Jakoba entgegen.

»Ein Almosen, junger Herr!«

»Wo hast du denn deine Beine verloren?«, fragte Dirk von der Merwede, als er ihm eine Münze reichte.

»Bei der Schlacht um Dordrecht«, erwiderte der junge Mann und fügte hinzu: »Verflucht sei der Tag, an dem mich die Haken von meinem Hof geholt haben. Der ist jetzt auch zerstört.«

»Von Kabeljauen?«, fragte Dirk.

Der junge Mann schüttelte den Kopf.

»Von der Sturmflut. Weil sich die hohen Herrschaften nicht um unsere Deiche gekümmert haben. Müssen ja dauernd Krieg führen. Dank für die milde Gabe!« Er rollte unter den nächsten Tisch.

»Armer Kerl«, sagte jetzt Jakobas Nachbar. »Der wäre sicher lieber tot. Im Vergleich dazu hat es mich doch nicht so schlimm erwischt.«

Jetzt erst sah Jakoba den leeren Ärmel.

»Auch Dordrecht?«, fragte Dirk von der Merwede.

Der Mann schüttelte den Kopf. »Englische Soldaten. Als sie meinen Laden ausgeplündert und meine Frau vergewaltigt haben«, fügte er bitter hinzu. »Man hat uns doch tatsächlich weismachen wollen, dass sie zu unserem Schutz ins Land geholt wurden! Und dann haben sie sich an dem Letzten vergriffen, was uns nach all diesen Kriegen noch übrig geblieben ist.«

»Man kann nicht von ein paar Auswüchsen auf alle schließen«, bemerkte Dirk begütigend, ohne Jakoba anzusehen.

»Aber wir sind immer die Opfer! Ob Krieg oder Frieden, die hohen Herrschaften stehlen unsere Arbeitskraft und bereichern sich an uns. Mit welchem Recht, frage ich mich manchmal.«

»Du sprichst eine gefährliche Sprache, mein Freund«, warnte Dirk. »Gott hat die Fürsten eingesetzt, und die Bibel befiehlt dir, ihnen zu gehorchen.«

»Ach ja?« Der Mann lachte höhnisch und bemerkte: »Als Adam grub und Eva spann, wo war denn da der Edelmann?!«

Eine dralle junge Frau hatte die Neuankömmlinge bemerkt und steuerte auf sie zu.

»Willkommen, Fremde«, sagte sie und stieg auf den Tisch. Jakoba würgte, als sich einer der kotbeschmierten Schuhe in das Stück Brot vor ihr senkte. Breitbeinig stellte sich die junge Frau vor die Gäste und hob den Rock bis zum Bauchnabel. Amüsiert musterte Dirk von der Merwede Jakoba. Die blickte auf den bekleckerten Tisch.

»He, Page!« Die junge Frau bückte sich und griff nach Jakobas Hand, die gerade den Bierkrug abgestellt hatte. Jakoba riss ihre Hand los.

»Schade«, sagte die junge Frau, »ein sehr schüchterner Page. Vielleicht will der Herr die Ware prüfen?« Bereitwillig fasste ihr Dirk von der Merwede zwischen die Beine.

»Viel versprechend«, sagte er, »aber leider bin ich nach einem langen Tag zu müde …«

»Schlappschwanz!«, spuckte ihn die junge Frau an, drehte sich um, zeigte ihm den nackten Hintern und sprang vom Tisch.

Jakoba zitterte am ganzen Körper.

»Verstehst du jetzt, weshalb du nicht in Frauenkleidern reisen kannst?«, fragte Dirk flüsternd.

Jakoba nickte und zerrte an seinem weiten Ärmel.

»Ich habe ein Problem«, brachte sie zwischen den Zähnen hervor. »Ich muss mich erleichtern …« Dirk begann zu lachen. »Das *ist* ein Problem«, sagte er, »du kannst nicht vor die Tür. Zu gefährlich.«

»Wohin dann?«

»Nirgendwohin.«

Jakoba sah ihn ratlos an.

Mit einer raschen Bewegung warf Dirk den Bierkrug um, sodass sich sein Inhalt auf Jakobas Schoß ergoss. »Jetzt«, sagte er, »schnell.«

Jakoba schob sich die Pagenmütze so tief ins Gesicht, dass niemand ihr leises Weinen bemerkte, während unter ihr das Sägemehl nass wurde.

Am nächsten Abend erreichten sie Vianen. Der dortige Schlossbesitzer von Brederode und seine Gemahlin bereiteten den müden Reisenden einen herzlichen Empfang. Jakoba wurde sofort in ein Bad gesteckt und danach ließ sie sich dankbar in die weichen Kissen eines breiten Bettes fallen. Schaudernd dachte sie an die Nacht davor. Mit neun schnarchenden und stinkenden Männern hatte sie in der Herberge eine ungelüftete Bude teilen und dabei immer auf der Hut sein müssen, ihre Mütze nicht zu verlieren. Trotz ihrer Müdigkeit hatte sie auf der von Flöhen bewohnten Matratze kaum ein Auge zugetan. Durch die dünne Wand drang das Stöhnen der Kranken im Nebenzimmer. Wie die meisten Herbergen diente auch diese zur Unterbringung Leidender.

Es war ihr erster Ausflug in die Welt der Bürger gewesen, und sie schwor sich, dass es auch ihr letzter sein sollte. Erschüttert dachte sie daran, dass die Kabeljaue solch primitivem Volk Rechte zugestehen wollten.

Den ganzen nächsten Tag lang schrieb sie Briefe. Mit dem an Humphrey gab sie sich besondere Mühe. Sie schilderte die Schmach ihrer Gefangenschaft, die der Herzog von Burgund der Gemahlin eines angeblichen Verbündeten angetan hatte. Ohne Rücksicht auf ihren Zustand – unter der Fehlgeburt ihres Kindes habe sie sehr gelitten – hatte er sie in die düstere Burg Gravensteen eingesperrt, die seit Menschengedenken nicht mehr bewohnt gewesen sei. Und jetzt warteten die niederen Lande darauf, von der Wahnherrschaft des Burgunders befreit zu werden. Sogar eine große Zahl der Kabeljaue wäre zu den Haken übergelaufen – was sie bestimmt tun würden, wenn sie sich einmal in so eine Herberge begäben, dachte Jakoba – und überall formierten sich militärische Einheiten. Humphrey könne mit einer großen Streitmacht rechnen, wenn seine Flotte ihre Lande anliefe.

Sie schrieb Briefe an ihre Städte und forderte sie auf, sich ihres Treueschwurs zu besinnen. Den letzten Brief schrieb sie an Philipp. Er war sehr kurz. Als Gräfin von Holland, Seeland und dem Hennegau erklärte sie ihm den Krieg, wenn er sich nicht freiwillig aus ihren Ländern zurückziehen würde.

Wieder regierten Feuer und Schwert.

Jakoba, die inzwischen in Gouda residierte, konnte mit den ersten Ergebnissen sehr zufrieden sein. Ihre Truppen schlugen sich mit Bravour und eroberten mehrere Städte zurück. Um ihre Haken zu ermutigen, ließ sich Jakoba bei der Schlacht um Alphen höchstpersönlich sehen. Auf ihrem Pferd sitzend feuerte sie ihre Streiter an, während rechts und links die Pfeile durch die Luft sausten. Keiner traf sie, und hinterher gab es Krieger, die behaupteten, sie hätten um die Fürstin herum eine Glaswand gesehen, von der alle auf sie gerichteten Geschosse abprallten. Gott war mit Jakoba. Es sah ganz so aus, als ob dieser Krieg zu ihren Gunsten entschieden werden würde. Höchst beunruhigt meldete sich der Herzog von Burgund für kurze Zeit vom englisch-französischen Krieg ab und landete mit fünftausend Kriegern an der holländischen Küste. Die dortigen Haken konnten unschädlich gemacht werden und Philipp zog weiter durch Holland und Seeland. Zusammen mit Frank von Borsselen gelang es ihm, einen Teil der Städte wieder unter seinen Befehl zu bekommen und gleichzeitig auch noch den Aufstand von Bauern im Osten niederzuschlagen. Philipp stand eine schier unermessliche Truppe zur Verfügung. Er konnte sich seine Soldaten nicht nur aus Holland und Flandern holen, sondern auch aus Artois, Picardie und seinen vielen anderen Ländern. Es standen ihm Söldner zur Verfügung und er gebot über die genialsten Feldherren der Zeit. Jakobas Kämpfern fehlten Ausbildung und Erfahrung. Ihr einziger Vorteil bestand darin, dass sie zu Wasser stark waren und die Möglichkeit hatten, über die Flüsse Kontakt zu den anderen Städten zu halten. Philipps Reiterei konnte in dem von Kanälen, Grachten und Bächen durchzogenen Gebiet wenig ausrichten. Trotzdem wusste Jakoba, dass sie allein auf Dauer gegen die burgundische Übermacht nicht würde siegen können. Sie sandte einen Kurier nach London. Wo blieb Humphrey mit seiner angekündigten Flotte?

Im Januar des Jahres 1426 wurden die Schiffe endlich gesichtet. Es gab nur ein Problem: Frank von Borsselen hatte dafür gesorgt, dass die Engländer keine Hafenstadt anlaufen konnten. Die seeländische Flotte stand unter seinem Kommando.

Als Dirk von der Merwede dies Jakoba mitteilte, erschrak er über ihre Reaktion. Blind vor Wut warf sie mit jedem greifbaren Gegenstand um sich.

»Frank von Borsselen! Der stinkendste aller Kabeljaue! Ich setze ein Kopfgeld auf ihn aus! Er muss gefangen genommen werden. Getötet! Gevierteilt!«

Noch nie hatte Dirk von der Merwede die Herrin so außer sich gesehen. Er versuchte sie zu beruhigen. »Wir lotsen die englische Flotte zurzeit nach Brouwershaven. Wahrscheinlich kann sie dort vor Anker gehen. Und dann werden die englischen Bogenschützen kurzen Prozess mit Frank von Borsselen und den Seinen machen, verlass dich drauf!«

Zunächst schien er Recht zu behalten.

Bei einer der blutigsten Seeschlachten der Geschichte schafften es die Engländer, zusammen mit den Haken den ersten burgundischen Anfall erfolgreich abzuwehren. Sie hatten sich entlang dem Deich hinter einer Linie von zugespitzten Pfählen verschanzt. Die Engländer standen mit ihren berüchtigten Langbögen in den ersten drei Reihen. Frank von Borsselen wurde im Pfeilhagel schwer verletzt. Aber dann traf Philipp persönlich mit Verstärkung ein. John von Bedford hatte Philipp genau über die Pläne seines Bruders Humphrey ins Bild gesetzt, und dies bedeutete das Ende von Jakobas militärischer Übermacht.

Es war keine Seeschlacht im eigentlichen Sinne, da nicht auf den Schiffen, sondern im schweren Ebbesand und am Ufer gefochten wurde. Als die Flut kam, ertranken die Verwundeten in ihren schweren Rüstungen zu hunderten. Beinahe alle Engländer ließen ihr Leben, nur wenigen gelang es, zu flüchten. Auch die meisten Haken waren abgeschlachtet worden.

»Und Humphrey?«, fragte Jakoba atemlos, als ihr Dirk in Gouda Bericht erstattete.

»Der Herzog von Gloucester hat seinen Admiral Lord Fitzwater geschickt«, sagte Dirk. »Humphrey selbst ist in London geblieben. Aber es wird dich freuen, zu hören, dass es Frank von Borsselen schwer erwischt hat. Wahrscheinlich wird er sterben.«

»Möge er ewig in der Hölle brennen!«

Als sich die Tür hinter Dirk von der Merwede schloss, blieb Jakoba lange regungslos sitzen. Dann fuhr sie sich mit den Fingern über die Lippen, zog sie aber so schnell wieder zurück, als ob sie sich verbrannt hätte. Der Mann, der ihren Mund als Letzter geküsst hatte, war lebensgefährlich verwundet worden, und darüber sollte sie sich eigentlich freuen. Neben Philipp hatte er ihr in den letzten Monaten das Leben am schwersten gemacht. Nicht zum ersten Mal bedauerte sie zutiefst, dass dieser kühne Stratege ihr Gegner war. Wie von selbst formten ihre Lippen Worte zum Gebet. Sie unterbrach es, warf eine Schale gegen die Wand und stieß einen schrillen Schrei aus. Soeben hatten ihre Truppen die schlimmste Niederlage dieses Krieges erlitten, und sie dachte an das Seelenheil des Feindes? Eine Hofdame steckte den Kopf zur Tür herein und sah Jakoba fragend an.

»Lass jeden aus dem Küchengarten entfernen«, sagte Jakoba zu ihr. »Ich möchte mich dort eine Weile aufhalten.«

In allen Krisenlagen ihres Lebens hatte ihr die Natur geholfen. Wenn sie zwischen Pflanzen und Kräutern werkelte, konnte sie den Kopf von unerträglichen Gedanken befreien. Ihr Hofstaat wusste um die Neigung der Gräfin und sorgte stets dafür, dass sie im Garten ungestört blieb. Daher war Jakoba höchst verwundert, als sie die Pforte aufgehen hörte. Sie erhob sich aus der gebückten Stellung und wollte gerade eine scharfe Bemerkung machen, als sie das braune Kapuzenkleid erkannte.

»Dir ist nichts passiert!«, rief sie erleichtert, rannte auf Marjan zu und umarmte sie.

Marjan lachte. »Warum sollte man mich bestraft haben? Ich war nicht dein Wächter. Aber ohne dich hatte ich auch nichts weiter auf der Burg zu suchen. Also hat man mich gehen lassen. Es war eine traurige Reise durch ein brennendes Land«, fügte sie ernst hinzu. »Und von Brouwershaven habe ich auch gehört, Jakoba. Wie soll es denn weitergehen?«

»Hauptsache, du bist wieder da! Der Rest wird sich finden.« Jakoba zog sie neben sich auf eine Bank.

»Der Rest«, sagte Marjan, »ist das eigentlich Wichtige. Und du, Jakoba, bist kein kleines Mädchen mehr, das beim Anblick der Kinderfrau glaubt, alles werde wieder gut.«

»Ohne dich fühlte ich mich aber verloren«, flüsterte Jakoba. »Das meinte ich damit. Ich vertraue niemandem so wie dir.«

»Ich werde nicht bleiben«, erwiderte Marjan, »ich bin nur auf der Durchreise.«

»Das geht nicht!«, rief Jakoba. »Ich brauche dich doch!« Marjan schüttelte den Kopf.

»Zum Kriegführen hast du deine Ritter. Ich werde woanders gebraucht.«

»In Le Quesnoy?«, fragte Jakoba mit Schärfe. »Meine Mutter braucht dich nicht. Die mischt sich nur in meine Angelegenheiten ein. Stell dir vor, sie hat Philipp sogar einen Brief geschrieben, in dem sie in meinem Namen einen Waffenstillstand vorschlug! Meine eigene Mutter verrät mich!«

»Wäre es denn so schlimm, wenn die Waffen ruhen würden?«, fragte Marjan. »Wenn das Land eine Atempause bekäme? Jakoba, ich könnte dir von meiner Reise berichten, was ich in den Städten und Dörfern gesehen und gehört habe …«

»Spar dir das! Wie kann das dumme Volk schon verstehen, um was es wirklich geht! Ich war diesem Pöbel selbst ausgesetzt, Marjan, und begreife besser als je zuvor, dass meine Länder mit harter Hand regiert werden müssen. Sonst gibt es nur Anarchie.«

»Und was herrscht jetzt?«, fragte Marjan. »Glaubst du wirklich, dass all die Schlachten das Gute im Menschen fördern?«

»Darum geht es nicht«, erwiderte Jakoba bockig.

»Worum dann?«

»Dass die alte Ordnung wiederhergestellt wird.«

»Auf Trümmerhaufen und verkohlten Städten?«

»Marjan, davon verstehst du nichts! Den Krieg ziert der Brand wie das Magnificat die Vesper, so heißt es doch. Man muss Opfer für die gerechte Sache bringen. Sag mir lieber, warum du nach Le Quesnoy willst. Wegen David?«

Sie schüttelte den Kopf. »Ich fahre nicht nach Le Quesnoy.«

»Wohin dann?«

»Nach Lothringen. Da werde ich gebraucht.«

»Von wem? Außer David hast du doch keine Familie.«

»Das stimmt so nicht ganz«, erwiderte sie leise. »Erinnerst du dich an das Bild in meinem Zimmer? Ich hatte eine Tochter und die braucht mich jetzt.«

»Isabella!«, fiel Jakoba wieder ein. »Du hast nie davon gesprochen, dass du mit ihr in Verbindung stehst.«

»Das tue ich auch nicht. Aber ich weiß, dass sie mich braucht.« Marjan stand von der Bank auf. »Lass mich also Abschied nehmen.«

Jakoba blieb sitzen. Die Wut, die sie im Küchengarten zum Verrauchen hatte bringen wollen, flammte wieder auf.

»Du willst mich also auch im Stich lassen! Eine Frau, die du gar nicht kennst und von der du nicht einmal mit Sicherheit weißt, dass sie dich braucht, ist dir wichtiger. Eine schöne Freundin bist du! Dann geh! Du bist nicht die Erste, die mich verlassen hat!«

Ohne ein weiteres Wort wandte sich Marjan ab. Jakoba blieb auf der Bank sitzen und sah sich im Küchengarten um. Die Beete waren gejätet und die Pflanzen wuchsen auch ohne ihr Zutun. Wie war sie nur auf die Idee gekommen, dass ihr die Natur helfen könnte?

Eine weitere Niederlage erlitt Jakoba wenige Tage später, als der Urteilsspruch des päpstlichen Gerichts endlich eintraf. Dirk von der Merwede überreichte ihr das Schreiben. Sie brach das Siegel, überflog den Inhalt und ließ das Schreiben dann zu Boden fallen.

»Ich bin also nicht Humphreys Frau, sondern nur seine Mätresse«, sagte sie tonlos. »Mein Ehemann ist immer noch Jan von Brabant, weil zum Zeitpunkt der Eheschließung die Dispens vorlag, meine Handlungen gegen seinen Besitz und seine Rechte sind ungesetzlich. Jetzt kann ich nicht mehr auf England hoffen.«

Papst Eugen IV. hatte auf Drängen der Burgunder Jakobas Ehe mit Humphrey endlich für ungültig erklärt. Dirk von der Merwede senkte das Haupt. Es hatte keinen Sinn, Jakoba daran zu erinnern, dass nach der Schlacht bei Brouwershaven kaum noch mit englischer Hilfe zu rechnen war.

»Natürlich werde ich wieder Berufung einlegen. Das bin ich meiner Ehre schuldig«, sagte sie.

Sie würde weder privat noch militärisch aufgeben. Überzeugt, für eine gerechte Sache zu kämpfen, ließ sie wieder zu den Waffen rufen. Haarlem, nach Dordrecht die wichtigste holländische Stadt, verweigerte ihr den Zugang. Sieben Wochen lang belagerte sie die Stadt mithilfe der Kennemer Bauern, ehe sie von Kabeljauen und burgundischen Bogenschützen vertrieben wurde. Sie hielt sich für vom Pech verfolgt, als sie einen Feldzug nach dem anderen verlor. Nicht einen Augenblick kam ihr der Gedanke, dass die Niederlagen auch darauf zurückzuführen waren, dass ihre Haken strategisch erheblich schlechter geschult waren als die unter burgundischer Flagge gemeinsam kämpfenden und viel besser organisierten Kabeljaue. Bei den Haken schlug sich jedes Häufchen getrennt. Da hatte Burgund leichtes Spiel.

Ein fürchterliches Jahr folgte für Holland. Städte und Dörfer lagen in Schutt und Asche, Ernten verdarben oder wurden zertrampelt. Zehntausende ließen ihr Leben bei den Kämpfen und Belagerungen oder starben an den Folgen von Hungersnot und Seuchen. Das schöne Schloss in Vianen, wo Jakoba bei den Brederodes nach ihrer Flucht aus Gravensteen so herzlich aufgenommen worden war, hatten die Kabeljaue völlig zerstört, der Schlossherr starb durchs Schwert. Auch das normale bürgerliche Leben war längst zum Stillstand gekommen. Die Stadtmauern hallten wider vom Wehklagen der Frauen, die nicht wussten, wie sie ihre vaterlosen Kinder ernähren sollten. Manch eine Witwe krempelte die Ärmel hoch und arbeitete sich in das Handwerk ihres Mannes ein, anderen blieb nur die Prostitution. Unzählige Neugeborene wurden ausgesetzt.

Von all dem ahnte Jakoba nichts. Sie saß in der uneinnehmbaren Stadt Gouda, spornte ihre ausgedünnten Streitkräfte an und wartete auf eine glückliche Wendung des Geschicks. Drei Jahre hatte sie Philipp standgehalten, und sie würde nicht aufgeben, bis sie gesiegt hatte. Rat von erfahrenen Kriegern lehnte sie ab, da eine neue Epoche des Kriegführens angebrochen war: Das klassische Ritual des feudalen Krieges hatte ausgedient. Früher mochten sich die streitenden Parteien an vorher festgelegten Plätzen zur Schlacht verabredet haben, heute wurde überall ohne Ankündigung drauflosgeschlagen. Sie jubelte, als ihr mitgeteilt wurde, eine englische Flotte nehme Kurs auf die niederen Lande.

»Lies selbst!«, sagte sie zu Dirk von der Merwede, als er mit düsterem Gesicht ihr Zimmer betrat. »Schau nicht so verzweifelt, die Engländer lassen uns doch nicht im Stich! Humphrey betrachtet mich also doch noch als seine Gemahlin!«

Dirk beachtete die Schrift nicht, die sie ihm hinreichte. »Jan von Brabant ist gestorben«, sagte er nur.

»Na also, ein Problem weniger!«, gab Jakoba aufgeräumt zurück. »Kein Grund zur Trauer. Gott wird seiner armen Seele schon gnädig sein, nachdem er die Universität Löwen gegründet und sich zum Retter der Armen aufgeschwungen hat.«

Dirk schüttelte den Kopf. »Es heißt, dass er durch Gift gestorben ist und dass du wieder dahinter steckst.«

»So ein Unsinn!«, rief Jakoba. »Warum sollte ich das denn erst jetzt getan haben? Wäre Gift mein Stil, hätte ich ihn schon vor langem umgebracht. Und was heißt ›wieder‹? Ich habe meinen Onkel nicht vergiftet, wie oft soll ich das noch sagen!« Sie lachte bitter. »Jetzt könnte ich Humphrey noch einmal heiraten. Aber wenn ich das tu, gebe ich zu, dass meine erste Ehe mit ihm ungültig war. Wenn ich es nicht tue, riskiere ich eine weitere Ablehnung bei meiner Berufungsverhandlung. Was soll ich tun, Dirk?«

»Waffenstillstand schließen«, sagte er so leise, dass sie ihn kaum hören konnte. »Aus Leiden rücken die Kabeljaue näher. Weißt du, was sie mit deinen gefangen genommenen Anführern machen? Sie binden sie aufs Rad, kochen sie lebendig, häuten sie oder ziehen ihnen mit einer Winde die Gedärme aus dem Leib und rollen sie auf …«

Jakoba war bleich geworden, aber sie sagte nichts.

»Wie lange ist Gouda noch zu halten, Jakoba? Es ist ein Wunder, dass wir überhaupt drei Jahre standhalten konnten! Aber jetzt stehen die Burgunder vor den Toren, und das kochende Wasser der Frauen wird sie auf Dauer nicht vertreiben. Beende den Krieg, Jakoba.«

»Und Philipp freie Hand lassen? Ihm all meine Länder übertragen? Das kann ich nicht tun! Dann wäre ja alles umsonst gewesen!«

»Bei neuen Verhandlungen könntest du jetzt vielleicht noch etwas für dich herausschlagen«, gab Dirk zu bedenken.

Jakoba winkte ab. »Wir warten auf die Engländer«, sagte sie. Drei Jahre hatte sie jetzt durchgehalten. Elfmal war es zu großen Schlachten gekommen, vier hatte Jakoba gewonnen, fünf Philipp, und zwei hatten unentschieden geendet. Mit den Engländern würde sie Philipp vertreiben können, dessen war sich Jakoba sicher. Sorgen machte sie sich nur über die tiefen Kiele der englischen Schiffe. Waren diese in den holländischen Gewässern mit den vielen Sandbänken manövrierbar? Philipps Mannen hatten alle verfügbaren Plattbodenboote bereits gekauft oder gemietet.

Der Brief, der wenige Tage später eintraf, machte all ihre Hoffnungen zunichte. England forderte Jakoba auf, in einen dreiwöchigen Waffenstillstand mit Philipp einzuwilligen. Die Flotte, die scheinbar für sie bestimmt gewesen war, hatte Kurs auf Calais genommen, um dem Herzog von Burgund bei den Kämpfen in Frankreich beizustehen. Der Brief endete mit der Bemerkung, Humphrey von Gloucester habe Eleanor Cobham nach dem Spruch des päpstlichen Gerichts rechtskräftig und mit kirchlichem Segen geheiratet.

Jakoba schloss sich einen Tag und eine Nacht in ihre Gemächer ein. Sie wollte keine Hofdame sehen, keinen Ratsherrn, nicht einmal Dirk von der Merwede. Als sie wieder zum Vorschein kam, wirkte sie sehr gefasst. Sie ließ einen Boten zu Philipp schicken.

»Wenn ich einen Waffenstillstand vorschlage, kann ich gleich Frieden schließen«, sagte sie zu Dirk von der Merwede. »Was kann ich noch gegen den mächtigen Herzog von Burgund und seinen ausgefuchsten Kanzler Rolin ausrichten? Gott hat mich verlassen. Ich strecke die Waffen, Dirk, und zwar für immer.«

Der 3. Juli 1428 war ein besonders heißer Tag. Als Jakoba in Delft einfuhr, rümpfte sie die Nase über die unerträglich stinkenden Ausdünstungen der Stadt. David, der zwischen ihr und Marguerite saß, lachte.

»Du kommst ja her, um dich zu übergeben«, bemerkte er.

»Verlier die Fassung nicht«, ermahnte ihre Mutter sie. »Du darfst nie vergessen, was du deiner Stellung schuldig bist. Philipp hat sich als der Stärkere erwiesen, du hättest ihn dir nie zum Feind machen dürfen.«

»Du hättest es also besser gefunden, wenn ich bei Jan geblieben wäre?«, fuhr Jakoba ihre Mutter an. »Ich dachte, dass ich nie vergessen darf, was ich meiner Stellung schuldig bin! Gehört dazu auch, dass ich mir seine Misshandlungen hätte gefallen lassen müssen? Meine Hofdamen verhungern und mich ausprügeln lassen?«

»Du hättest es eben nicht so weit kommen lassen dürfen«, gab Marguerite zurück. »Eine kluge Frau hätte gewusst, wie sie einen solchen Mann in Schach hält. Aber du hast dich wie ein verwöhntes Kind betragen. Das ist die Schuld deines Vaters. Er hätte strenger mit dir sein sollen, dann hättest du nicht so viel vom Leben und von der Ehe erwartet.«

»Da drüben ist das Banner des Herzogs von Burgund«, meldete David.

Jakoba sah aus dem Wagenfenster. Die andere Partei war also schon angekommen. Bei dem Banner vor dem Schlosstor stand eine Gruppe von wichtig aussehenden Männern. Eine Gestalt löste sich aus der Gruppe und kam leicht humpelnd auf Jakobas Gefährt zu. Ihr Herzschlag setzte einen Augenblick aus. Frank von Borsselen war also nicht an seinen Verwundungen gestorben.

Persönlich half er Marguerite beim Aussteigen. Als er Jakoba den Arm reichte, wich sie zurück.

»Fasst mich nicht an«, brachte sie zwischen den Zähnen hervor, legte sich die Schleppe über den Arm und stieg ohne Hilfe aus dem hohen Wagen.

Frank von Borsselen begleitete die beiden Frauen in den Rittersaal, wo der Friedensvertrag unterzeichnet werden sollte. Jakoba ignorierte die Abordnung der Engländer und setzte sich mit ihrer Mutter an den langen Tisch, auf dem die Dokumente zum Unterzeichnen bereitlagen.

»Er trägt ja immer noch Schwarz«, flüsterte ihre Mutter ihr zu, als Philipp mit seinen Begleitern den Saal betrat.

Philipp näherte sich dem Tisch und beugte sich vor, um seine Tante Marguerite zu küssen. Als er sich zu ihrer Tochter hin neigte, wandte Jakoba den Kopf ab.

»Ich werde dich schon noch küssen«, raunte er ihr zu. Am

liebsten hätte sie Philipp gar nicht angesehen. Er hingegen musterte sie leicht belustigt und etwas wehmütig. In diesem Monat würde Jakoba siebenundzwanzig Jahre alt werden, aber sie sah jetzt viel älter aus.

Die Strapazen der vergangenen Jahre hatten ihr Gesicht gezeichnet. Trotzdem erschien sie ihm immer noch als die begehrenswerteste Frau der Welt. *Weil ich sie nicht haben kann*, dachte er, nicht zum ersten Mal.

Mit Frank von Borsselen nahm Philipp den beiden Frauen gegenüber Platz. Der Text des Friedensvertrags wurde vorgelesen. Eine reine Formalität, Jakoba kannte inzwischen jede Zeile auswendig.

Ihre Titel behielt sie. Sie blieb Gräfin von Holland, Seeland und dem Hennegau und Herrin von Friesland. Aber viel mehr als diese Ehrenbezeichnungen hatte der Bischof von Winchester, der in ihrem Namen die Verhandlungen geführt hatte, für sie nicht herausschlagen können. Alle Rechte an ihren Ländern fielen Philipp zu, der zu Jakobas Regenten und einzigem Erben ernannt wurde. Ihr wurde ein Teil der Einkünfte aus den Grafschaften zugesprochen, und sie durfte drei Mitglieder des neunköpfigen gräflichen Rats von Holland benennen. Sollte sie wieder heiraten wollen, bräuchte sie dafür die Genehmigung von Philipp, ihrer Mutter und den Generalstaaten in ihren Ländern.

Philipp hatte noch einen Zusatz in das Protokoll aufnehmen lassen: Von Haken und Kabeljauen durfte niemand mehr sprechen. Diese Begriffe wurden verboten. Wer sie dennoch benutzte, würde mit hoher Strafe rechnen müssen. *Verschwindet das Kind, wenn man es nicht mehr beim Namen nennen darf?*, fragte sich Jakoba.

Nach Philipp legte auch sie die Hand auf die Bibel und schwor diesen Vertrag einzuhalten. Sie wollte sich gerade wieder setzen, als sie Philipps Hand um ihre Mitte spürte. Ehe sie sich versah, hatte er sie an sich gezogen und ihr einen herzhaften Kuss auf den Mund gedrückt. Empört funkelte sie ihn an.

Philipp lachte und hob eine Hand. »Das war der Kuss von

Delft!«, rief er laut durch den Saal. »Unter diesem Namen soll unser Friedensvertrag in die Geschichte eingehen!«

»Der Kuss von Delft!«, echoten die Anwesenden, sprangen auf und jubelten. Ein Ritter riss ein Fenster auf und brüllte hinaus in die Stadt: »Friede! Der Frieden ist besiegelt! Mit dem Kuss von Delft!«

Jakoba hatte sich von Philipp losgerissen. Ihr Blick traf Frank von Borsselen. Der hatte nicht in den Jubel eingestimmt, sondern saß über Papiere gebeugt. Sein lahmes Bein musste wohl als Entschuldigung dafür herhalten, dass er nicht aufgestanden war.

Wie damals in Woudrichem ließ Philipp auch in Delft ein großes Fest zur Feier des Tages ausrichten.

»Eins von vielen«, sagte er zu Jakoba, als er am Abend neben ihr saß. »Wir werden in den nächsten Wochen gemeinsam durch die Länder reisen, um uns huldigen zu lassen.«

»Uns?«, flüsterte sie. »Wer sollte mir wofür huldigen?«

»Du hast deine Titel«, erinnerte er. »Mir kannst du es nicht verübeln, dass du dich in Zukunft aus der Politik herauszuhalten hast. Als Landesherrin warst du nicht sehr tauglich.« Er winkte Frank von Borsselen zu sich heran.

»Hier hast du einen guten Gouverneur für Holland und Seeland. Frank wird dir mit Rat und Tat zur Seite stehen.«

»Du meinst, er soll auf mich aufpassen«, gab Jakoba unverhohlen feindselig zurück. »Ein Kabeljau …«

Philipp hob eine Hand und sah Jakoba ernst an. »Das habe ich nicht gehört. Sonst müsste ich dich strafen. Eine bestimmte Fischart und ein gewisses Angelgerät sind in politischer Hinsicht aus unserem Vokabular gestrichen! Und jetzt bitte ich dich, den Auftritt von Madame d'Or zu genießen. Niemand hat eine spitzere Zunge als meine Hofnärrin. Es wird dich sicher freuen, wie sie mich lächerlich macht. Sie hat mich durchschaut, liebe Cousine, und begreift, dass mich allein Eitelkeit antreibt. Komm, Frank, setz dich zu uns!«

Bereitwillig räumte der englische Gesandte neben Jakoba seinen Platz. Er kannte die Gräfin noch aus ihrer Zeit als Humphreys Verlobte an Heinrichs Hof und hatte es eine sehr zweifelhafte Ehre gefunden, mit ihr jetzt höfliche Konversation machen zu müssen.

Nach der Zwergin Madame d'Or trug David einige Lieder vor, aber Jakoba nahm kein Wort auf. Zu sehr war sie sich der Gegenwart des Mannes bewusst, der sie am Tag eines anderen Vertrags geküsst hatte und den sie am liebsten nie wieder gesehen hätte. Jetzt schämte sie sich ihres Verhaltens auf Burg Gravensteen. Sie musste ihrer Mutter Recht geben. Sie hatte sich wie ein ungezogenes Kind benommen. Unter aller Würde.

Sie setzte sich aufrecht hin, wandte ihren Kopf Frank zu und fragte: »Werdet Ihr uns auf unserer Reise begleiten, Herr Frank?«

»Leider rufen mich meine Geschäfte nach Seeland zurück.« Seine Augen verrieten nicht, was er dachte.

»Meine Geschäfte, meint Ihr wohl.« Das war ihr herausgerutscht.

»Ich muss mich um meine eigenen Ländereien in Martensdijk kümmern«, sprach er freundlich weiter, »aber ich nehme an, dass wir uns später begegnen werden. Philipp hat angedeutet, dass Ihr Euch auf der Burg Ostende in Süd-Beveland niederlassen wollt. Dann werden wir Nachbarn sein.«

»Ich kann mir schon vorstellen, dass Philipp dies gern sähe!« Sie hob ihren Pokal und nahm einen kräftigen Schluck. »Aber außerdem ist mir noch Schloss Teylingen geblieben. Und in s'Gravenhage kann ich auch wohnen. Sonst hätte das Jagdrecht, das mir mein lieber Cousin in Holland so großzügig gewährt hat, ja keinen Sinn. Ich kann jagen und Kräuter sammeln und vielleicht endlich den Garten anlegen, von dem ich so lange geträumt habe. Langweilen, mein Herr, werde ich mich nicht.«

»Ich hoffe, dass es Euch gut gehen wird«, sagte Frank und stand schwerfällig auf. Der ehrliche Klang seiner Worte entwaffnete Jakoba. Sie sah ihm nach, als er aus dem Saal humpelte.

»Armer Kerl! Deine Engländer haben ihm in Brouwershaven ordentlich zugesetzt«, bemerkte Philipp, der Jakobas Blick gefolgt war.

In diesem Augenblick verbeugte sich David vor den hohen Gästen. Sein Auftritt war beendet, und Philipp winkte ihn zu sich, um ihm ein Schmuckstück auszuhändigen.

Jakoba hielt die Luft an, als sie die beiden Köpfe so nah beieinander sah. Philipp war einige Jahre jünger als David, aber die Ähnlichkeit war nicht zu übersehen.

Marjan!, dachte Jakoba erschüttert, *Marjan! Hast du etwa bei meinem Onkel gelegen, bei Johann ohne Furcht?*

Philipp sah zu Jakoba. »Ich hatte immer schon eine Schwäche für deinen David«, bekannte er, »sollte es daran liegen, dass er mir ein wenig gleicht? Eine Ausgabe in kurz, damit ich nicht zu übermütig werde?« Er schlug David auf die Schulter. »Wer weiß, mein Freund, vielleicht fließt das gleiche Blut durch unsere Adern!«

»Zu viel der Ehre«, bemerkte der Zwerg, »wenn wir uns wirklich ähnelten, würden auch mir die Damen in Scharen hinterherlaufen. Leider ist es andersherum und ich kann sie nie einholen. Schönen Dank für die edle Brosche! Jakoba, kannst du sie mir anstecken?«

»Apropos Schmuck«, sagte jetzt Philipp. »Ich habe noch etwas für dich, liebe Cousine!«

Er rief einen Diener zu sich und flüsterte ihm etwas ins Ohr. Wenig später überreichte Philipp Jakoba ein Bündel.

»Dein Schmuck aus Gravensteen«, erklärte er. »Jetzt kannst du mir ja erzählen, wie du die Wachposten ohne Wertsachen bestochen hast.« Es dauerte einen Moment, ehe Jakoba begriff, was er damit meinte. Empört holte sie aus und versetzte ihm eine Ohrfeige. Die Gespräche in ihrer Umgebung verstummten augenblicklich. Marguerite war aufgesprungen. David, der auf ihrem Schoß gesessen hatte, rollte unter den Tisch. Alle Blicke waren auf Philipp gerichtet.

Der hob seinen Pokal. »Diese Strafe habe ich verdient. Ich bitte meine schöne Cousine Jakoba um Entschuldigung!« Er wandte sich ihr lächelnd zu.

Jakoba blieb nichts anderes übrig als mit ihm anzustoßen.

Auf der Reise durch die Lande gelang es Jakoba beinahe, ihre Niederlage zu vergessen. Überall wurde ihr und Philipp zugejubelt. Feste, Jagden und Turniere wechselten einander ab. Philipp verlieh Ehrenzeichen und machte sich mit Geldgeschenken an Adlige und Ratsherren beliebt, und er begegnete Jakoba durchweg mit formvollendeter Höflichkeit. Kein einziges Mal machte er ihr gegenüber auch nur eine einzige ironische Bemerkung. Dadurch wurde er ihr beinahe fremd, und sie wunderte sich darüber, dass ihr seine verbalen Attacken fehlten. Aber sie war keine Gegnerin mehr, sie war Gräfin von Holland, Seeland und dem Hennegau – aber nur von Philipps Gnaden. Sie war niemand mehr. In Le Quesnoy endete die Reise.

»Hier hast du mich einmal im Schach geschlagen«, bemerkte Philipp, als er sich im blauen Zimmer umsah, wo Wappenschilde, Vögel und Blumenmotive in allen Blautönen die Wandbehänge und Möbel zierten. »Und Marjan hat dabei an einer riesigen Decke gestickt. Hat sie das Werk jemals vollendet?«

Jakoba hob die Schultern. »Ich hoffe nicht. Sie hat das immer als ihr Lebenswerk gesehen, und irgendwie habe ich Angst, dass sie stirbt, wenn sie den letzten Stich getan hat.«

»Wir alle werden sterben, wenn wir den letzten Stich getan haben«, erwiderte Philipp. »Ich dachte, dass sie hier wohnt. Wo ist sie jetzt?«

»Ich weiß es nicht. Sie hat noch eine Tochter im Süden und die wollte sie besuchen.«

»Ob die mir auch ähnlich sieht?«, fragte Philipp.

Wie selbstverständlich waren sie auf die Fensternische zugesteuert und hatten sich wie in alten Zeiten wieder auf die Bank gesetzt. Welch seltsame Vertrautheit, dachte Jakoba, und doch trennen uns Welten.

»Glaubst du, dass Marjan mit deinem Vater …?«, fragte Jakoba zögernd.

Philipp schüttelte den Kopf.

»Er hat sie doch erst kennen gelernt, nachdem dich David

aus dem Sumpf gezogen hat. Außerdem war mein Vater nicht … nicht so …« Er fahndete nach dem richtigen Begriff.

»… nicht so wie du«, schloss Jakoba den Satz ab. »Wie viele Bastarde hast du eigentlich?«

»Vierzehn, soweit ich weiß«, gab er zu. »Gerade ist wieder einer geboren worden. Ich habe gesagt, dass sie ihn David nennen sollen.«

Die Wendung des Gesprächs gefiel ihm nicht. Er hatte die ganze Zeit vermeiden können, gewisse Themen mit Jakoba zu erörtern. Zu sehr war ihm noch in Erinnerung, wie sie in seinem Zelt vor Mons auf ihn gewirkt hatte. Wie er das Bedürfnis verspürt hatte, sich ihr zu nähern. Darüber war er selbst erschrocken gewesen. Später hatte er seine Erregung auf die Umstände zurückgeführt. Er hatte einen Feldzug hinter sich gehabt, war selbst dem Tod nah gewesen, und er wusste aus Erfahrung, dass es kein stärkeres Aphrodisiakum gab. Streiter, die überlebt hatten, vergewaltigten. Das war ganz normal. Und Jakoba war eben die erste Frau, der er nach den blutigen Kämpfen begegnet war. Natürlich hatte er über sie herfallen wollen. Flüchtig dachte er daran, dass es damals selbst drei Monserinnen – von denen jede schöner als Jakoba war – nicht gelungen war, die Gedanken an seine Cousine zu vertreiben. Er hatte sich also von ihr fern gehalten, bis diese merkwürdige Sehnsucht verblasst war. Beatrix hatte sich sehr gefreut, dass er ihr wieder besondere Aufmerksamkeit hatte zukommen lassen. Erst auf Gravensteen hatte er Jakoba wieder gesehen. Und da hatte es einen kurzen Augenblick gegeben, wo sich wieder gewisse Gefühle bei ihm eingestellt hatten. Als sie von ihrer Sehnsucht sprach, wieder ausreiten zu können. Ihre alberne Vorstellung vor ihm und Frank von Borsselen hatte diese Gefühle aber abgetötet, und die furchtbaren Schlachten nach ihrer Flucht hatten sie ihm endgültig zuwider gemacht. Jetzt, da ihre Flügel gestutzt waren, erlaubte er sich ihr gegenüber wieder einen Hauch von Zärtlichkeit. Aber er würde auf der Hut sein. Jakoba blieb gefährlich.

»Was hältst du davon, deine Schwester wieder als Hofdame anzunehmen?«, fragte Philipp plötzlich, während er das

Schachspiel von der Fensterbank zog und die Figuren aufstellte.

Jakoba wurde blass.

»Beatrix? Die hat mich vergiften wollen!«

»Du machst Witze!«

»Leider nicht.« Sie berichtete ihm die Umstände ihrer Fehlgeburt und schloss mit den Worten: »Am nächsten Tag war sie spurlos verschwunden und seitdem habe ich nichts mehr von ihr gehört. Weißt du denn, wo sie ist?«

Philipp schwieg einen Augenblick und sagte dann: »Von dir ist bekannt, dass du dich mit Kräutern beschäftigst. Hat es jemals Anzeichen dafür gegeben, dass Beatrix mit Gift zu tun hatte?«

»Ihr Mann hat unseren Onkel vergiftet ...«

»Der sanfte Jan von Vliet«, bemerkte Philipp. »Warum er das wohl getan hat?«

»Um mir zu meinem Recht zu verhelfen. Und Jans fürchterlichen Tod hat Beatrix wohl mit dem Anschlag auf mich und mein Kind rächen wollen. Meine Schwester selbst hat von dem Tod unseres Onkels nichts zu erwarten gehabt.«

Philipp nickte grimmig und wischte die Schachfiguren mit einer Handbewegung vom Brett. Beatrix hatte sehr wohl gewusst, dass *er* vom Tod Johanns des Unbarmherzigen profitieren würde. Hatte sie wirklich geglaubt, dass er sie dann in Holland zu seiner offiziellen Mätresse machen würde, dass sie dann am Hof die erste weibliche Rolle spielen könnte? Philipp schalt sich, seine langjährige Geliebte unterschätzt zu haben. Schließlich war sie – genau wie Jakoba – ein Kind von Wilhelm VI., eine Tochter ohne Rechte zwar, aber mit großem Ehrgeiz. Es war ein Irrtum gewesen, zu glauben, dass ihr seine Geschenke und kleinen Aufmerksamkeiten genügten. Er würde sich ihrer entledigen müssen.

»Weißt du, wo sie steckt?«, wiederholte Jakoba ihre Frage.

Philipp nickte. »An meinem Hof in Dijon.«

»War sie auch schon da, als deine Frau im Kindbett gestorben ist?«, fragte Jakoba mit angehaltenem Atem. Philipp antwortete nicht. Er bückte sich und begann die verstreuten

Schachfiguren aufzusammeln. Die schwarze Dame stellte er aufs Brett.

»Womit wieder einmal bewiesen wäre, dass die größten Gefahren in unerwarteten Ecken lauern«, sagte er. »Ich werde Beatrix nach Le Quesnoy kommen lassen. Sie soll sich verantworten.«

»Ich glaube kaum, dass sie sich hier noch blicken lassen wird«, erwiderte Jakoba.

»Wenn ich sie rufe, wird sie kommen«, versicherte Philipp.

Aber die große Politik ließ ihm dazu keine Zeit. Noch am selben Abend traf ein englischer Kurier in Le Quesnoy mit der Nachricht ein, dass Engländer und Burgunder mit der Belagerung von Orléans, dem letzten Bollwerk gegen das Vorrücken der Truppen nach Süden, begonnen hätten. Für die Franzosen sah es sehr schlecht aus. Der Herr der Stadt, Karl von Orléans, war gefangen genommen worden, und die Anwesenheit des Herzogs von Burgund sei jetzt erwünscht.

Philipp zog sich in das mit Leder behangene Schreibzimmer zurück, um vor seiner Abreise noch einige Briefe zu verfassen.

»Auch an Beatrix?«, wollte Jakoba wissen, als er die Schriften einem Kurier in die Hände drückte.

Philipp schüttelte den Kopf. »Mit der rechnen wir später ab. Einer der Briefe geht an Jan van Eyck, erinnerst du dich noch an den Maler, der dein Porträt anfertigen sollte?«

»Vor dem Hintergrund der düsteren Mauern von Gravensteen«, nickte Jakoba. »Tut mir Leid, dass er umsonst gekommen war«, fügte sie noch hinzu. »Soll er mich etwa jetzt malen?«

»Er war nicht nur deinetwegen in Gent, sondern weil er dort ein großes Altarbild anfertigen soll. Ein wahres Wunderwerk, wie es heißt. Und jetzt soll er ein Porträt von meiner künftigen Frau malen, damit ich weiß, was ich zu erwarten habe. Er wird nach Portugal reisen. Ich habe um die Hand von Prinzessin Isabella angehalten.«

»Eine Cousine von Humphrey, aus dem Hause Lancaster«,

murmelte Jakoba. »Du scheust wohl kein Mittel, um dir die Engländer gewogen zu machen!«

»Die kann sowieso nichts mehr aufhalten«, meinte Philipp. »Die Franzosen sind jetzt so verzweifelt, dass sie alle Hoffnung auf das Kommen der Jungfrau setzen.«

»Der was?«

»Ach, Mondgesicht, kennst du nicht die alte Legende, nach der Frankreich von einer Jungfrau errettet werden soll?«, fragte er spöttisch.

Natürlich hatte Jakoba schon davon gehört. Vor langer Zeit. Als sie selbst noch Kronprinzessin von Frankreich gewesen war und geglaubt hatte, ihr werde möglicherweise die Ehre zufallen, das Land zu retten. Sie schüttelte sich, als sie an die vielen fürchterlichen Visionen ihrer Jugend dachte, und war froh, dass Humphrey sie zumindest in dieser Hinsicht erlöst hatte.

Sie ging auf Philipps spöttischen Ton ein: »Ist die Jungfrau denn schon aufgetaucht?«

Philipp schenkte Jakoba einen seiner verführerischsten Blicke. »Ich hoffe, dass sie sich bei mir meldet …«

8. KAPITEL

Begegnungen

1428–1429

Nachdem Philipp mit seinem Hofstaat Le Quesnoy verlassen hatte, kam es Jakoba vor, als wäre eine Tür zum Leben zugeschlagen worden. Eine tiefe Melancholie überfiel sie. Nicht nur die Nächte, auch den größten Teil der Tage verbrachte sie im Bett, und sie aß so wenig, dass sie immer mehr abmagerte. Jetzt, in der Stille nach den stürmischen Jahren, drang langsam zu ihr durch, dass sie das Erbe ihrer Väter wirklich verloren hatte. Sie war dankbar, nicht mehr in einer heidnischen Zeit zu leben, in der man sich vor seinen Ahnen zu verantworten hatte. Vater, Großvater und vor allem der kaiserliche Urgroßvater würden ihr nicht so schnell die Absolution erteilen, wie dies die Kirche tat. Immer wieder zermarterte sie sich den Kopf mit der Frage, wo sie den größten Fehler gemacht hatte, es schien zu einfach, alles nur auf die Ehe mit Jan von Brabant zu schieben. Davor und danach musste sie verkehrte Wege eingeschlagen haben. Aber welche? Nur eins wusste sie mit Sicherheit: Ihr Leben hatte eine verkehrte Wendung genommen, als aus ihrem besten Freund ihr ärgster Feind geworden war. *Was hätten Philipp und ich zusammen alles erreichen können*, dachte sie manchmal voller Wehmut. Aber Philipp hatte sie nur benutzt, um alles an sich zu reißen. Jetzt, wo er sein Ziel erreicht hatte, konnte er es sich wieder erlauben, ihr gegenüber freundlich und großzügig zu sein. Es tat ihrem Herzen gut, dass wieder Frieden zwischen ihnen herrschte, aber ihre Seele blieb wund.

Beten half ihr auch nicht. Sie war erst achtundzwanzig Jahre alt, aber eine Zukunft schien es für sie nicht mehr zu geben.

In dieser Zeit dachte sie oft an Marjan und wünschte sie sich an ihrer Seite. Vielleicht könnte die Freundin sie lehren, ohne Ehrgeiz und Bedürfnisse ein ausgefülltes Leben zu führen. Jakoba stellte sich vor, für den Rest ihres irdischen Daseins an einer unendlich großen Decke zu sticken, und sie schüttelte sich. Und doch schien Marjan nie ausgeglichener und fröhlicher zu sein, als wenn sie an ihrem Lebenswerk saß. Ihr eigenes Leben sah Jakoba jetzt nur als abgetretenen Flickenteppich, der zu nichts mehr diente.

Ihre Sehnsucht nach Marjan trieb sie eines Tages in das Zimmer der Freundin. Ohne Kräutersträußchen und das Bild an der Wand wirkte es noch karger. Sie öffnete den Schrank und roch an den wenigen schlichten Kleidungsstücken, die dort hingen. Das sorgfältig zusammengefaltete Lebenswerk in der Holztruhe empfand sie als kleinen Trost. In der Schublade des Tisches entdeckte sie eine zusammengerollte Pergamentschrift, die sie nicht entziffern konnte, und kleine Behälter mit getrockneten Kräutern.

»Irgendwelche Spuren?«

Jakoba wirbelte herum. David stand in der Türöffnung und hob die Hände.

»Ich wollte dich nicht erschrecken. Aber ich wusste ja nicht, dass noch jemand eine Wallfahrt hierher unternimmt. Ein furchtbares Zimmer, findest du nicht?« Als Jakoba nicht antwortete, setzte er hinzu: »Aber es gehört eben zu ihr und deshalb sind wir wohl hier.«

»Hast du immer noch nichts von ihr gehört?«, fragte Jakoba.

Er schüttelte den Kopf, zog sich am Bett hoch und setzte sich mit baumelnden Beinen hin.

»Du bist mir zuvorgekommen«, sagte er, »ich wollte jeden Winkel dieses Zimmers durchforsten, um herauszufinden, wo ich sie suchen muss.«

»In Lothringen«, erwiderte Jakoba.

»Das weiß ich auch. Angeblich habe ich dort eine Schwester, zu der sie gefahren ist.«

»Denk nach, David!«, bat Jakoba eindringlich. »Vielleicht

wohnt diese Schwester bei ihrem Vater und vielleicht ist es auch dein Vater! Du kannst dir doch auch nicht vorstellen, dass Marjan mit mehr als einem Mann …«

»Ich kann mir meine Mutter mit überhaupt keinem Mann vorstellen«, entgegnete er trocken. *Im Gegensatz zu deiner Mutter*, hätte er beinahe hinzugefügt. Aber Jakoba wusste nichts von den Liebesabenteuern ihrer Mutter. Da sich Marguerite schon zu Lebzeiten ihres Mannes eine Reihe von Liebhabern gehalten hatte und dabei äußerste Diskretion vonnöten gewesen war, hatte sie gelernt diesen Bereich ihres Lebens geheim zu halten. Nur David wusste über alles Bescheid.

»Irgendetwas wird Marjan dir doch über deinen Vater erzählt haben?« David sah zum Fenster hinaus und kniff die Lippen zusammen.

»Wenn man dich so ansieht, vielleicht doch ein Verwandter aus Burgund?«, fuhr Jakoba fort.

»Wie viele Priester sind darunter?«, fragte David. »Meine Mutter war einmal Nonne und hat sich mit einem Priester eingelassen. Nicht zu glauben, dass ich von einem so frommen Paar abstammen soll! Mehr weiß ich wirklich nicht. Willst du jetzt alle Klöster anschreiben?«

Jakoba schüttelte den Kopf. »Dann tu was anderes«, drängte David, »spiel Harfe, geh ausreiten oder jagen. Dein Falke verlernt sonst seine Künste. Du verkümmerst hier zwischen den Mauern. Zähme einen Bären oder such dir einen Liebhaber …«

»Ich habe zu nichts Lust«, erklärte Jakoba.

»Das war vor kurzem aber noch anders«, bemerkte David. »Niemand, der dich mit Philipp fröhlich durch die Wälder hat reiten sehen, wäre je auf die Idee gekommen, dass ihr einander jahrelang aufs Bitterste bekämpft habt! Die Witwen und Waisen deiner gefallenen Anhänger würden sicher staunen, wie gut du dich mit deinem Erzfeind jetzt verstehst. Wenn ich daran denke, wie oft ihre eure Jagdgesellschaft abgeschüttelt habt … Mancher, der euch gesehen hat, behauptet sogar, dass ihr euch auf das Allerlieblichste die Zeit vertrieben habt. Deine Trauermiene nach Philipps Abreise könnte ihnen Recht geben.« Er grinste sie frech an und hielt ihr ein kleines geschnitztes Holzkästchen hin. »Wirf schon!«, forderte er sie auf. »Das hilft dir doch sonst immer!«

Aber es gelang ihm nicht, Jakoba aus ihrer Lethargie aufzurütteln.

»Sollen die Leute doch denken, was sie wollen«, murmelte sie. »Ich will nur schlafen und an nichts mehr denken. Aber selbst im Bett geht mir tausenderlei durch den Kopf. Also raffe ich mich auf und wandere ziellos durchs Haus.«

»Woran denkst du, wenn du dich all die Stunden auf deinem Lager herumwälzt?«, wollte David wissen.

»An alles, was ich falsch gemacht habe«, erwiderte Jakoba. »Das Schlimme ist nur, dass ich nicht weiß, was es war. Aber was immer es auch war, es hat mir mein Erbe und meine Zukunft genommen.« David rutschte vom Bett, trat auf Jakoba zu und umarmte ihre Beine. »Blut«, sagte er. Sie sah fragend zu ihm herab. »Du weinst blutdurchtränkten Gebieten nach, Jakoba. Durch Blut gewonnen, durch Blut zerronnen.« Während er ein imaginäres Schwert schwang, sang er leise:

»Vom Vater gelehrt
mit Feuer und Schwert
und Volkes Blut
erhalte dein Gut.«

Leicht verärgert schüttelte Jakoba den Kopf. »So war es immer, David, und so wird es bleiben.«

»Vielleicht liegt da dein Fehler, Jakoba. Wie das Hündchen in Aesops Fabel jagst du einem Schatten hinterher. Du erinnerst dich an die Geschichte? Der Hund, der seine Beute fallen lässt, weil er sein Spiegelbild im Fluss sieht und hineinspringt, um weitere Beute an Land zu ziehen. Der Strom schwillt an, der Hund kann nur mit Mühe das Ufer erreichen und hat dann nichts mehr – weder die Beute noch das Bild. Auch du, Jakoba, bist eine Schattenjägerin. Die Zeiten haben sich geändert und du hast es nicht gemerkt.«

»Weder bin ich ein Hund noch jage ich einer Beute hinterher«, antwortete Jakoba verärgert, »aber du sprichst wie ein Kabeljau!«

»Hoppla!« David gab ihr einen leichten Klaps aufs Hinterteil. »Ein verbotener Begriff, meine Liebe! Persönlich habe ich nichts gegen Fische einzuwenden, die frei im Meer herumschwimmen wollen. Es sieht ganz so aus, als hätten sie jetzt gelernt den gierigen Fischern auszuweichen. Ganz umsonst hängen sie diese Du-weißt-schon-was-Dinger ins Wasser und keiner beißt mehr an. Wer nicht verhungern will, muss sich was Neues einfallen lassen, sich auf die neue Zeit umstellen. Es weiß ja heute kaum noch einer, was diese ganze Streiterei zwischen den *H*s und den *K*s ausgelöst hat!« Er breitete die Arme aus und begann wieder zu singen:

»Dass niemand sich erinnern kann,
wer wofür focht und wie's begann,
wie im Wald ganz ohne Gnaden
kam hierbei jedermann zu Schaden.«

Er stürzte sich in ein imaginäres Schwert und fiel zu Boden. Ungeduldig zog ihn Jakoba wieder auf die Beine. »Ich weiß nicht, wovon du sprichst! Denk lieber darüber nach, wie wir deine Mutter zurückholen können. Ich brauche sie.«

Marguerite schickte den Arzt zu Jakoba. Er sollte ihr ein Mittel gegen diese fürchterliche Melancholie geben, die den ganzen Haushalt in Mitleidenschaft zog. Aber der Arzt machte sich größere Sorgen um Jakobas Husten und empfahl ihr einen Aufenthalt am Meer. Jakoba schüttelte den Kopf. Sie war genug herumgereist, sie wollte jetzt zu Hause bleiben. Wenn sie sich in der ihr verbliebenen kleinen Burg in Seeland aufhielt, würde ihr Frank von Borsselen – dessen Familie die Burg früher einmal gehört hatte – seine Aufwartung machen. Nie wieder wollte sie in die warmen, milden Augen dieses Mannes blicken, der so entscheidend zu ihren Niederlagen beigetragen und sicherlich nicht vergessen hatte, dass sie sich von ihm einst hatte küssen lassen. Ein höflicher, nachbarlicher Umgang würde gepflegt werden müssen – unmöglich!

Nachdem der Arzt gegangen war, blieb Jakoba auf ihrem

Bett liegen und blätterte lustlos in der Schrift »Roman de la Rose«, die ihr Philipp zum Abschied geschenkt hatte. Mit welchen Hintergedanken?, fragte sie sich, als sie die sehr ausführlichen Szenen im Garten der Lebensfreude überflog. Dieser Garten war nur Auserkorenen zugänglich. Sie mussten frei sein von Hass, Treulosigkeit, Engstirnigkeit, Habsucht, Geiz, Neid, Alter und Heuchelei und über Unbekümmertheit, Freude am Vergnügen, Liebe, Schönheit, Reichtum, Milde und Höflichkeit verfügen. In diesem Roman galt nicht die bisherige Auffassung, die der wahre Edelmann von der Liebe haben sollte, nämlich die unverbrüchliche Treue zu einer einzigen Frau. Hier war vorgetäuschte Treue nur Mittel zum Zweck, um Frauen zu erobern. Angeekelt ließ Jakoba das Buch sinken. Philipp ging davon aus, dass jeder seine Begeisterung teilte, und würde sich wohl auch durch seine dritte Ehe nicht davon abhalten lassen, weitere Bastarde zu zeugen. Sie verstand diesen Drang nicht. Sicher, sie hatte Humphreys Nähe in den Nächten genossen, aber Begierde hatte er nie in ihr geweckt. Die hatte sie nur ein einziges Mal in ihrem Leben überfallen. Schnell verdrängte sie den Gedanken an das dunkle Zimmer im Schloss von Woudrichem, wo sie von einem Mann auf ein Bett geworfen werden wollte. Nein, nach Seeland konnte sie unmöglich fahren!

Davids Worte fielen ihr wieder ein. Natürlich konnte sich Philipps Umgebung nicht vorstellen, dass er tagelang mit einer Frau zusammen war, ohne dass diese seinem Charme erlag. Natürlich hatte es Gerüchte gegeben. Sie waren unbegründet. Philipp, ihr Cousin und Kindheitsfreund, hatte sich ihr nie ungebührlich genähert. Eine Gelegenheit fiel ihr ein, wo ein seltsames Glimmen in seinen Augen sie unbehaglich berührt hatte. Sie waren während der Jagd abgestiegen, um nach dem Reiher zu sehen, den ihr Falke erlegt hatte. Philipp war hinter ihr hergerannt und fing sie auf, als sie plötzlich über eine Wurzel strauchelte. Als sich ihre Augen trafen, hatte sie sich schnell von ihrem Cousin gelöst. Hätte er sie sonst auf das Moos gezogen? Wohl kaum, dachte Jakoba mit einem

Bedauern, über das sie sich selbst wunderte, für ihn bin ich keine Frau, sondern drei Länder, die er erobert hat.

Traditionell wurde auf Le Quesnoy der Winter mit einem großen Fest eingeläutet. Bei einem kleinen Turnier – für ein größeres fehlten nach all den Kriegsjahren Ritter und Geld – saßen Jakoba und ihre Mutter auf der Ehrentribüne und reichten den Gewinnern der Zweikämpfe silberne Becher oder andere Zeichen der Anerkennung. Der Hofstaat führte ein Theaterstück auf, wobei der dicke Hofmarschall den Winter darstellte und mit forschen Schritten und geballten Fäusten über die Bühne stampfte. Als er den Sommer entdeckte, den mit grünen Zweigen verzierten zarten Pagen, rief er sich zu dessen Meister aus und vertrieb ihn mit Händeklatschen und wüsten Schreien. Mit lautem Geheul kopierte das Personal hinter der Bühne den Ostwind, arme, schlecht gekleidete Gestalten begannen laut mit den Zähnen zu klappern und führten den Tanz des Erfrierens auf. David spielte das laut quiekende letzte Schwein, das geschlachtet werden sollte, und Jakobas und Marguerites Hofdamen stellten Fische dar, die unter dem Eis zu ersticken drohten. Es war ein lautes, buntes Spektakel, das die Angst vor dem Winter und seinen Folgen symbolisierte, aber jeder wusste, im Frühling würde der grün bezweigte Page den despotischen Herrn der kalten Jahreszeit wieder fortjagen. Jedes Jahr wurde dieses Stück gegeben, aber diesmal fehlte eine Szene. Jakoba war sehr dankbar, dass ihr der wilde Tanz der vermummten Ahnen erspart blieb, die von den Nachfahren Rechenschaft über deren Treiben forderten und so lange auf die Trommeln schlugen, bis die Antwort zufrieden stellend ausfiel.

Bei dem anschließenden Festmahl, bei dem das als gesund geltende sehr fette Fleisch der frisch geschlachteten Schweine mit neuem Wein heruntergespült wurde, kündigte der Hofmarschall den Auftritt jenes Troubadours an, den Marguerite besonders schätzte. Er war überraschend am Abend an den Hof gekommen und freute sich, den hohen Damen seine Aufwartung zu machen. Jakoba stand auf, um ihre Mutter zu suchen, die eine Viertelstunde zuvor den Tisch verlassen hatte. Wahrscheinlich um sich für eine kurze Weile hinzulegen, dachte Jakoba und ging zur Kemenate ihrer Mutter.

Marguerite lag im Bett – aber nicht allein. Jakoba warf einen entsetzten Blick auf den feuerroten Lockenkopf, der an der Brust ihrer Mutter lag, und knallte dann die Tür wieder zu. Sie kehrte in den Festsaal zurück, teilte dem Troubadour mit, ihre Mutter werde in Kürze erscheinen, und leerte ihren Pokal in einem Zuge.

»Ob das gesund ist?«, fragte David, der neben ihr stand.

»Wenn du gesehen hättest, was ich gesehen habe ...«, begann Jakoba.

»... würde ich ihr den Spaß lassen«, beendete der Zwerg den Satz mit einem fröhlichen Wippen seiner Narrenkappe. »Du warst doch bei deiner Mutter, nehme ich an?«

»Mein treuster Ritter!«, fuhr sie David an. »Wie kann sie es wagen!«

»Irgendjemand muss ihn ja belohnen«, bemerkte David und hüpfte schnell weg. Er trug sein teuerstes Gewand und hätte darauf ungern Rotweinflecke entfernt.

Als Marguerite kurz danach am Arm von Dirk von der Merwede den Saal betrat, würdigte Jakoba die beiden keines Blickes. Sie wusste nicht, von wem sie sich mehr verraten fühlte, sie wusste nur, dass sie nicht länger in Le Quesnoy bleiben wollte. Noch am selben Abend beauftragte sie ihr Personal, mit den Reisevorbereitungen zu beginnen. Dirk von der Merwedes Begleitung schlug sie aus.

Den Winter verbrachte Jakoba in ihrem Schloss in s'Gravenhage. Dort hielt sie sich vor allem im so genannten bayrischen Quartier auf, das ihr Großvater Albrecht sechzig Jahre zuvor hinter der Hofkapelle hatte anbauen lassen. Für die hundertfünfzig Menschen seines Hofes hatte er mehr Platz gebraucht. Im Vergleich dazu war Jakobas Hofstaat außerordentlich bescheiden – aber ihr fiel ja auch nicht die schwere Last des Regierens zu. Um die Landesgeschäfte kümmerte sich Gouverneur Frank von Borsselen. Zweimal hatte er bei ihr vorsprechen wollen, aber sie hatte sich wegen Unpässlichkeit entschuldigen lassen und ihn an ihren Hofmarschall verwiesen. Dieser bat Jakoba, den edlen Herrn das nächste Mal doch vorzulassen. Sie müsse mit ihm über ihre finanzielle Lage sprechen, riet er mit umwölkter Stirn.

»Die Schulden sind hoch«, fuhr er fort, »Euer Einkommen genügt nicht mehr.«

Er schlug vor, dem Herzog von Burgund die Einnahmen aus ihren Ländereien zu überlassen, ihn also mit dem Eintreiben der Abgaben zu belasten, und im Tausch dafür von ihm eine feste jährliche Summe zu fordern. Jakoba wollte wissen, wie man im Lande über die burgundische Verwaltung denke.

»Schlecht«, versicherte der Hofmarschall. »Zu hohe Steuern, zu viel Garnisonen mit fremden Soldaten und ausländische Verwalter, die ausschweifend leben, nichts von Holland verstehen und fast alle nur Französisch sprechen!«

Früher wäre das für Jakoba ein Grund gewesen, sofort wieder zu den Waffen zu rufen. Jetzt erwog sie nur ganz kurz, ob es sich lohnen könnte, wieder um ihre Länder zu kämpfen. Aber wie sollte sie das ohne Geld bewerkstelligen?

»Wie macht sich Herr Frank von Borsselen?«, fragte sie.

»Er ist ein Seeländer«, erwiderte der holländische Hofmarschall mit deutlicher Verachtung.

Philipp hatte jetzt keine Zeit, sich mit Jakobas Finanzen zu befassen. Er war wieder in den französisch-englischen Krieg verwickelt, der durch das Auftauchen einer seltsamen Jungfrau aus Lothringen eine neue Dimension erhalten hatte. Jakoba ließ er wissen, dass er ihrem Vorschlag zustimme. Er setzte ihr eine jährliche Apanage von vierundzwanzigtausend burgundischen Talern aus, die ihr Frank von Borsselen auszahlen sollte. Auch ansonsten solle sie sich mit allen Fragen an ihn wenden. Frank genieße sein volles Vertrauen. Auf Dauer würde sie dem Edelmann wohl nicht ausweichen können, fürchtete sie.

Ein anderer Besucher ließ sich am Abend anmelden. Mit eisiger Miene empfing Jakoba Dirk von der Merwede.

»Wie lange gedenkst du noch mich zu strafen?«, fragte der Ritter.

»Warum strafe ich dich, wenn ich dich bei der Frau lasse, zu der es dich offensichtlich hinzieht?«, fragte Jakoba zurück, ließ dann ihre steife Haltung fahren und fuhr ihn an: »Meine Mutter! Alt genug, um deine zu sein! Widerlich ist das!«

Hätte ich lieber dir den Hof machen sollen? Er musste sich auf die Zunge beißen und sagte nur: »Es ist geschehen, Jakoba, daran kann ich nichts ändern, aber es ist vorbei. Ich möchte wieder da arbeiten, wo ich hingehöre.«

Jakoba musterte ihn nachdenklich. Er könnte ihr einen Dienst erweisen, um den sie niemand anders bitten wollte. Am liebsten wäre sie selbst losgefahren, um Marjan zu suchen, aber das war zu gefährlich. Nicht nur wegen der Kriegswirren in Frankreich, sondern vor allem wegen der Räuberbanden, die alle Wege unsicher machten.

Sie reichte Dirk eine Hand zum Kuss. Der Ritter fiel vor ihr auf die Knie.

»Du nimmst mich wieder an?«

»Wenn du eine Aufgabe für mich erledigst. Aber sie wird sehr schwierig sein.«

»Und wenn ich einen Drachen für dich erlegen müsste!«

»Begleite mich auf meiner Reise nach Seeland. Ich brauche jetzt Inselluft. Unterwegs werde ich dir alles erzählen.«

Auf halbem Weg hielt der kleine Zug an. Dirk von der Merwede ritt nach vorn, um die Ursache des Aufenthalts zu erfahren. Jakoba hatte sich für eine Wegstrecke in der von zwei Pferden gehaltenen Sänfte tragen lassen und verrenkte jetzt den Kopf, um besser sehen zu können.

»Ein Wagen versperrt den Weg«, informierte Dirk. »Ein Rad ist gebrochen. Aber die Dame, die in dem Wagen sitzt, lehnt unsere Hilfe ab. Sie warte lieber auf Hilfe von anderer Seite, auch wenn das bedeutet, dass wir vorerst nicht weiterkommen. Eine sehr energische Dame, Jakoba, ich glaube, du solltest zu ihr gehen.«

»Warum denn das? Kenne ich sie?«

Dirk nickte. »Und ob. Elisabeth Görlitz von Luxemburg.«

»*Tante* Elisabeth! Was will die denn hier fern von zu Hause? Vielleicht Anspruch auf das Erbe von Johann dem Unbarmherzigen erheben? Oder auf das ihres Stiefsohnes Jan von Brabant? Ich könnte ihr erzählen, wie Verhandlungen mit dem Herzog von Burgund ablaufen. Erst nimmt er dir alles weg und danach küsst er dich auf den Mund, geht mit dir jagen und schenkt dir ein unanständiges Buch.«

»Brabant wird zurzeit von Jans Bruder regiert«, erinnerte Dirk Jakoba, als er ihr aus der Sänfte half.

»Fragt sich, für wie lang noch«, gab sie zurück. »Wie hat Herzogin Elisabeth reagiert, als sie hörte, dass ich hier bin?«

»Nicht sehr freundlich«, warnte er.

»Jede Abwechslung auf dieser Reise ist mir recht. Wie sehe ich aus?« Vor der eleganten Elisabeth wollte sie sich nicht blamieren.

Dirk nickte. »Makellos.«

Sie rückte sich die hohe Kappe mit den zwei Hörnern und dem doppelten Schleier zurecht und ging langsam auf den schief stehenden Wagen zu.

»Tante Elisabeth! Welch eine Freude, dich wieder zu sehen!«

Ein eiskalter Blick traf sie. »Nicht unbedingt meinerseits«, erwiderte die Herzogin. »Eine dreifache Mörderin schätze ich nicht in meiner Nähe.«

»Dreifach!«, rief Jakoba erschüttert. »Wie kommst du denn auf so eine Idee?«

»Herr van den Berg, Johann von Bayern und Jan von Brabant. In dieser Reihenfolge. Oder waren es mehr?«

Dirk war herangetreten und verbeugte sich. »Herr van den Berg starb durch mein Schwert, weil er sich des Betrugs und Verrats schuldig gemacht hatte. Gräfin Jakoba hat dies weder veranlasst noch davon gewusst.«

»Bleiben zwei«, gab Elisabeth zurück, »darunter mein Mann, dein Onkel, der monatelang tausend Tode starb.«

»Ich war es nicht, ich war es nicht, ich war es nicht!«, schrie

Jakoba wie schon einmal vor vielen Jahren. Philipp hatte ihr damals geglaubt. Elisabeth war nicht so leicht zu überzeugen.

»Nein, getan hat es dein Schwager und er ist dafür auch bestraft worden. Es heißt, dass ihm englische Kaufleute in deinem Namen eine hohe Summe für den Mord ausgehändigt haben.«

»Davon höre ich zum ersten Mal.«

»Und deinen ungeliebten Ehemann Jan, meinen Stiefsohn, hast du wohl auch nicht auf dem Gewissen?«

Tränen liefen Jakoba über die Wangen, während sie ihre Unschuld beteuerte. Gleichzeitig ärgerte es sie, dass sie sich dieser Situation ausgesetzt hatte. Sie überlegte, wie sie einen würdevollen Rückzug zustande bringen könnte.

»Wer sonst sollte ein Interesse daran gehabt haben, Johann umzubringen?«, fragte Elisabeth spitz. »Sag jetzt nicht Philipp, der erreicht seine Ziele auf andere Weise. Übrigens sitzt deine Kappe schief.«

Hufgetrappel ließ beide Damen nach vorn blicken, wo sich ein kleiner Reitertrupp näherte. Erschrocken wich Jakoba hinter den Wagen zurück. Elisabeth lachte.

»Schau an, unsere streitbare Kriegerin fürchtet sich vor Räubern! Ja, hier gibt es keine Mauern, hinter denen du dich verschanzen kannst, während andere für dich ihr Leben aufs Spiel setzen! Aber hab keine Angst, das ist die Hilfe, nach der ich geschickt habe.« Ihr Gesicht verdüsterte sich. »Kein Wagen dabei. Ich reite nicht gern in diesen Kleidern.« Der erste Reiter stieg ab, übergab sein Pferd einem von Elisabeths Dienern und verbeugte sich vor den beiden Damen. Eine Sekunde blieb sein Blick auf dem tränennassen Gesicht Jakobas hängen. Warme, milde Augen, die sie nie vergessen hatte.

»Ich hoffe, wir haben Euch nicht zu lange warten lassen«, wandte sich Frank von Borsselen an Elisabeth. »Wenn Ihr nicht ausharren wollt, bis Euer Wagen repariert ist, könnt Ihr gern mit mir reiten. Es ist nur eine kurze Strecke zu meinem Schloss, wo alles für Eure Ankunft vorbereitet ist.« So, dachte Jakoba, was will Elisabeth denn von diesem Mann? Ein Gefühl stieg in ihr auf, das dem der Eifersucht täuschend ähnlich war. Frank von Borsselen war einer der reichsten Männer des Landes. Grund genug für die lebensfrohe Witwe, sich für ihn zu interessieren. Sie kannte ihn sicher recht gut aus der Zeit, als er noch als rechte Hand von Johann dem Unbarmherzigen, als *Oberkabeljau* geschaltet und gewaltet hatte. Zwar war er jünger als sie, aber so etwas schien einige Männer nicht zu stören.

»Ich würde es vorziehen, zu fahren«, entgegnete Elisabeth.

Frank von Borsselens Blick glitt über die zwei Reisegesellschaften und blieb auf Jakobas Sänfte hängen.

»Ich sehe eine Sänfte für Euch«, sagte er.

»Das ist meine.« Die ersten Worte, die Jakoba gesprochen hatte, seit Frank abgestiegen war.

Belustigt hob er die Augenbrauen. »Seid gegrüßt, Gräfin«, sagte er und verbeugte sich noch einmal. »Wenn ich mich recht entsinne, seid Ihr eine begeisterte Reiterin. Es wäre mir ein Vergnügen, Euch eines meiner besten Pferde anzubieten.«

Er nickte zu einem schlanken Rappen, auf dem bereits ein Damensattel befestigt war.

»Ich fürchte, dass sich hier unsere Wege trennen«, gab Jakoba steif zurück.

»Natürlich nicht!«, rief er lachend. »Ihr wollt doch zu Eurer Burg Ostende? Nun, da müsst Ihr sowieso in Martensdijk rasten, bevor Ihr nach Süd-Beveland übersetzt.«

Als er ihre abwehrende Haltung sah, fügte er noch hinzu: »Dann können wir gleich das Angenehme mit dem Notwendigen verknüpfen. Mein Schatzmeister hat schließlich mit dem Euren noch etwas zu regeln.«

Philipps Taler! Jakoba brauchte das Geld, und sie musste auch Dirk von der Merwede mit Mitteln ausstatten, bevor er sich auf seine Reise begab. Sie sah zu dem Rappen hinüber und hatte plötzlich keine Lust mehr, in der Sänfte zu reisen.

»In deinem Alter sollte man sich lieber tragen lassen«, sagte sie zu Elisabeth.

Frank half der Herzogin aus dem schiefen Wagen und führte sie zur Sänfte. Als er sein Pferd wieder bestieg, war Jakoba bereits mit Dirk von der Merwede davongesprengt.

»Das war aber nicht sehr freundlich von Euch«, sagte er, als er sie eingeholt hatte.

»Verzeiht«, erwiderte sie steif, »ich konnte der Versuchung nicht widerstehen aufzusteigen. Es ist wirklich ein edles Ross.«

»Das habe ich nicht gemeint.«

»Ich weiß.« Jakoba blickte stur geradeaus. »Aber bevor Ihr kamt, hat sie mich sehr verletzt.«

»Sie hätte Euch nicht zum Weinen bringen dürfen.«

Die Stimme war so freundlich, so ohne Arg, dass ihr beinahe wieder die Tränen kamen. Dirk von der Merwede drosselte das Tempo seines Hengstes und ließ sich zurückfallen. Die Herrschaften hatten offensichtlich einiges zu besprechen.

Jakoba staunte darüber, wie leicht ihr das Gespräch mit Frank fiel. Wahrscheinlich weil sie ihm dabei nicht in die Augen blicken musste. Sie hörte die angenehme Stimme neben sich, blickte auf Dünen, Deiche und Wasserläufe einer freundlichen Landschaft vor sich und fühlte sich zum ersten Mal seit langer Zeit frei und unbeschwert. Es war eine gute Idee gewesen, nach Seeland zu reisen.

»Herr Frank, haltet Ihr mich auch für eine Mörderin?«, fragte sie plötzlich.

Als er nicht sofort antwortete, blickte sie zu ihm hinüber. Sein Gesicht hatte sich verdunkelt. Natürlich, dachte sie, der Freund meines verräterischen Onkels hält mich auch für schuldig. Dieser Gedanke war ihr so unerträglich, dass sie laut rief: »Ich schwöre bei allem, was mir heilig ist, dass ich mit diesen Morden nichts zu tun gehabt habe. Ihr müsst mir das glauben!«

»Warum?«, fragte er. »Ich kann die Gerüchte nicht entkräften.«

Mit einem Schlag schwand ihr Gefühl von Freiheit und Unbeschwertheit. Die Dünen- und Sumpflandschaft wirkte nicht mehr freundlich, sondern öde und bedrohlich. Die Stimme des Mannes neben ihr war von Vorwurf geschwängert und hatte ihren angenehmen Klang verloren. Es war keine gute Idee gewesen, nach Seeland zu reisen, und eine noch schlechtere, ausgerechnet mit Frank von Borsselen allein voranzureiten. Sie beugte sich vor, schlug dem Rappen auf den Hals, drückte die Fersen in seine Seite und preschte davon. Sie erinnerte sich an den Ritt von Gent nach Breda, wo sie als Page verkleidet beide Beine in die Flanken des Tieres gepresst hatte und dadurch viel schneller vorangekommen war. Franks Stimme war dicht hinter ihr, sie vernahm nur Fetzen: »Langsam … der Bach … Holzbrücke … schwach …«

Bach, Brücke, schwach? Mit diesem Tier würde sie auch über den Bach fliegen können! Sie spornte es noch einmal an und umklammerte seinen Hals, als es am Ufer einen riesigen Satz machte. Noch bevor sie in der Luft hing, erkannte sie, dass der Bach zu breit war. Im nächsten Augenblick lag sie im Wasser. Ihre schwere Kleidung zog sie nach unten, sie spürte den sumpfigen Grund unter den Füßen, ruderte verzweifelt mit den Armen, schluckte Wasser und verhedderte sich in ihrem Gewand. Dann verlor sie das Bewusstsein.

Als sie wieder zu sich kam, lag sie in eine Decke gehüllt am Ufer. Ein Kopf hatte sich über sie gebeugt und allmählich erkannte sie Frank von Borsselen. Auch um seine Schultern hing eine Decke.

»Jakoba! Jakoba!«, hörte sie ihn sagen. Sie schloss wieder die Augen. Wie schön ihr herber Name auf einmal klang! Sie öffnete die Augen wieder, als eine Hand ihren Kopf zur Seite drehte und eine andere sie auf den Rücken schlug. Sie erbrach einen Schwall Wasser und begann zu husten. Frank setzte sie vorsichtig auf, zog sie an sich und klopfte ihr auf den Rücken. Die Nähe seines Körpers war ihr so angenehm, dass sie sich näher an ihn heranschmiegte. Er zog ihren Kopf an seine Brust und nickte über sie hinweg den Umstehenden zu.

»Bereitet ein warmes Lager in der Sänfte«, befahl er, »sie zittert sehr und darf sich nicht erkälten.«

»Unbedacht und rücksichtslos wie immer«, hörte Jakoba Elisabeths Stimme. »Welch Glück, dass Ihr keine Rüstung tragt, Herr Frank, sonst wäre sie untergegangen.« Klang da nicht etwas Bedauern durch? »Die Gräfin von Holland und

Seeland geht so leicht nicht unter.« Dirk von der Merwedes Stimme war eine Wohltat. Jakoba öffnete die Augen, um ihm einen dankbaren Blick zuzuwerfen. Da sah sie ihre nasse Kleidung am Ufer. Irgendjemand musste sie ausgezogen haben, und da der Rest der Gesellschaft weit zurückgefallen war, konnte das nur Frank gewesen sein. Ihr Zittern verstärkte sich. Frank rieb ihr jetzt mit beiden Händen kräftig über den Rücken.

»Das Pferd?«, brachte sie zähneklappernd hervor.

»Hat sich selbst gerettet«, versicherte er, beugte sich vor und flüsterte ihr ins Ohr: »Nein, Jakoba, ich halte dich nicht für eine Mörderin. Ich halte dich für eine wunderschöne, tapfere Frau, die leider meistens schlecht beraten ist.«

Als seine Lippen ihr Ohr streiften, fiel sie wieder in Ohnmacht.

Frank von Borsselen bestand darauf, Jakoba auf seiner Burg in Martensdijk versorgen zu lassen. Sein Leibarzt erhielt den Auftrag, nicht von ihrer Seite zu weichen, bis sie außer Lebensgefahr war. Es dauerte drei Tage, ehe das hohe Fieber gefallen und Jakoba wieder ansprechbar war.

Als sie die Augen aufschlug, sah sie sich verwundert in dem halbdunklen Zimmer um. Wo befand sie sich und wie war sie hierher gekommen? Ihr Blick glitt über die im ganzen Zimmer verteilten grünen Zweige, die aber weder die Kargheit der Einrichtung noch die feuchten Flecken an der Wand verbergen konnten. In einer Ecke saß eine dunkle Gestalt, die sich jetzt langsam erhob. Einen Augenblick lang glaubte Jakoba sich in Marjans Obhut zu befinden, dies war ein Raum, der ihr gefallen hätte, und die dunkle Gestalt hätte sie sein können. Aber dann kam langsam die Erinnerung zurück und damit auch die Scham. Sie schloss die Augen und wäre am liebsten wieder in einen gnädigen Schlaf gefallen.

»Gräfin?«, hörte sie eine unbekannte Männerstimme. Sie öffnete die Augen und erschrak, als sich das pockennarbige Gesicht des Arztes über sie beugte.

»Ich werde Herrn Frank holen!«

Nein!, wollte sie rufen, aber ihre Stimme versagte den Dienst.

Als der Arzt das Zimmer verlassen hatte, sah sich Jakoba noch einmal um. Nirgendwo ein Spiegel oder ein Kamm! Sie fuhr sich mit den Fingern durch ihr dichtes dunkles Haar, wickelte es um die Hände und versuchte es irgendwie in Form zu bringen. Sie war damit noch beschäftigt, als sich die Tür öffnete und Frank eintrat. Er kam näher, und ihr fiel auf, dass er das rechte Bein nicht mehr nachzog.

Sie setzte sich auf und warf das Haar in den Nacken. »Euer Bein ist geheilt, wie ich sehe«, begrüßte sie ihn.

»Es meldet nur noch den Wetterwechsel an und das ist in diesen Breiten nützlich. Wichtiger ist, dass es Euch jetzt besser geht. Ich habe mir große Sorgen gemacht. Und Vorwürfe«, sagte Frank. Er ging zu einem grob gezimmerten Holztisch, goss aus einer Karaffe einen Becher Wasser ein, reichte ihn ihr und schob sich einen Hocker ans Bett. »Ihr müsst jetzt viel trinken.«

»Ich dachte, ich hätte genug geschluckt«, gab sie trocken zurück, bevor sie den Becher an den Mund setzte.

»Das ist eben die Kunst«, lächelte er, »zu erkennen, wessen man zu bestimmten Zeiten bedarf und wie viel man davon verträgt.«

»Manchmal hat man keine Wahl«, gab Jakoba zurück. »Ihr habt mir das Leben gerettet, dafür danke ich Euch.«

Er öffnete den Mund, um etwas zu sagen, schien sich dann eines anderen zu besinnen und bemerkte: »Hätte ich Euch ertrinken lassen, hätte ich mir den Zorn des Herzogs von Burgund zugezogen. Das durfte ich doch nicht riskieren.«

Nie hätte Jakoba eine so herzlose und so kalt hervorgebrachte Bemerkung von dem Mann erwartet, der sie an sich gedrückt und ihr so süße Worte ins Ohr geflüstert hatte. Als vor wenigen Minuten die Erinnerung daran zurückgekehrt war, hatte sie schnell überlegt, wie sie diesen Mann, dem sie doch nicht ausweichen konnte, auf ihre Seite ziehen könnte. Er hatte eine Schwäche für sie offenbart und das sollte sie sich zunutze machen. Anderen Frauen gelang es doch auch, auf subtile Weise Männern ihren Willen aufzuzwingen. Bei Humphrey war es ihr kurzfristig geglückt. Könnte sie mit Frank von Borsselen an ihrer Seite einen erneuten Versuch wagen, ihre Länder zurückzuerobern? Frank war nicht nur reich und mächtig, sondern auch gebürtiger Seeländer. Es konnte nicht in seinem Sinne sein, sein Heimatland von Burgund beherrschen zu lassen. Gut, er war ein Kabeljau – denken würde man das Wort wohl noch dürfen – und hatte sein Fähnchen als Statthalter von Johann dem Unbarmherzigen, Jan von Brabant und Philipp von Burgund nach dem Wind gehängt, sein Stolz als Seeländer war dadurch doch bestimmt nicht gebrochen?

Aber seine Reaktion machte ihre eben aufgekeimte Hoffnung wieder zunichte. Frank war Philipps Vasall, weiter nichts.

»Philipp!«, spuckte sie aus. »Dem hättet Ihr einen Gefallen getan. Der sähe mich doch am liebsten tot!«

»Ihr irrt Euch«, gab Frank zurück. »Philipp ist an Eurem Wohlergehen sehr gelegen.«

»Und Ihr sollt in seinem Namen darüber hüten, vermute ich? Dass mir vor lauter Wohlergehen nicht wieder der Gedanke kommt, mir das zu nehmen, was mir rechtens zusteht?«

Frank von Borsselen stand auf und schob den Hocker zurück. »Ihr scheint immer noch leicht zu fiebern. Ich lasse Euch lieber in Ruhe.«

»Einen Moment noch«, bat Jakoba, »bitte schickt meinen Ritter Dirk von der Merwede zu mir. Ich habe einen wichtigen Auftrag für ihn.« Frank sah sie mit hochgezogenen Augenbrauen an.

»Eine Privatangelegenheit«, setzte Jakoba ungeduldig hinzu. »Keine Angst, Dirk wird schon nicht eigenhändig Seeland erobern!«

Dirk von der Merwede hatte sich bereits eine Reiseroute zurechtgelegt. Unterwegs wollte er in Klöstern übernachten, um dort vielleicht noch mehr über Marjan erfahren zu können. Jakoba bat ihn, die Pergamentschrift, die sie aus Marjans Schublade entfernt hatte, aus ihrem Gepäck herauszusuchen.

»Zeig das bitte den Gelehrten, vielleicht gibt es hier Hinweise, die sie entziffern können.«

»Warum hast du nicht Dirk von Delft oder Dirk Potter gefragt?«, erkundigte sich der Ritter. Der Hofkaplan und der gräfliche Amtsschreiber galten als die gelehrtesten Männer in Holland.

»Die reden mir zu viel. Vielleicht sind hier Geheimnisse notiert, von denen es ungünstig wäre, wenn sie in unserer Gegend verbreitet würden. Es ist besser, wenn sie ein Fremder liest, der mit unseren Verhältnissen nicht vertraut ist«, erwiderte Jakoba.

»Marjan soll solche Geheimnisse verwahren?«, fragte Dirk verwundert. »Für mich war sie immer die Frau, die sich aus allem heraushielt.«

»Vielleicht aus gutem Grund«, meinte Jakoba. »Sie war nicht immer so verschlossen. Weißt du noch, wie gut sie sich mit meinem Vater verstanden hat? Wie oft die beiden die Köpfe zusammengesteckt und geredet haben?«

Dirk nickte. Das hatte er vergessen, aber es hatte tatsächlich eine Zeit gegeben, in der sich Marjan von einer anderen Seite gezeigt hatte.

»Ich komme nicht zurück, ehe ich sie gefunden habe«, versprach er. »Gibt es noch etwas, das ich für dich tun könnte?«

»Ja«, sagte Jakoba, »aber das ist dem anderen Auftrag untergeordnet. Ich möchte, dass du dich erkundigst, wo Beatrix steckt. Zuletzt wurde sie am burgundischen Hof in Dijon gesehen, aber den hat sie inzwischen verlassen.« Sie sah Dirk von der Merwede nachdenklich an. »Sei vorsichtig, wenn du mit ihr umgehst, Dirk, Beatrix ist gefährlich.«

»Deine Schwester?«, fragte Dirk ungläubig. »Jan von Vliets Witwe ist gefährlich? Da musst du mir schon mehr erzählen!«

Jakoba atmete tief ein. Jan von Vliet war einst Dirks Freund und Gefährte gewesen. Wie würde er reagieren, wenn er erfuhr, dass Beatrix für den Tod von Jakobas Kind verantwortlich war? Philipp schien sogar zu vermuten, dass sie auch hinter dem Anschlag auf Johann den Unbarmherzigen steckte. Hier begriff Jakoba allerdings die Zusammenhänge nicht, denn wie konnte Beatrix vom Tod des Onkels profitieren? Sie holte tief Luft und erzählte Dirk alles, was sie wusste.

»Das würde einiges erklären«, sagte er nickend.

Jakoba sah ihn gespannt an. »Was meinst du damit?«

»Muss ich dir erzählen, wie Philipp auf Frauen wirkt?« Er stellte sich ans Fenster. »Aha, die Herzogin reist ab.«

»Tante Elisabeth? Was wollte sie eigentlich hier?«

»Was wollen extravagante Damen von einem reichen Mann? Geld natürlich. Sie kommt mit ihren Einkünften noch schlechter zurecht als du, und jetzt hat sie Frank von Borsselen gegen ein ansehnliches Entgelt ihre Insel Voorne verpachtet. Das wird sicher auch nicht genügen. Ich wette, dass sie innerhalb von Jahresfrist hier wieder auftaucht, um noch mehr Ländereien zu verpfänden. Es würde mich auch nicht wundern, wenn sie irgendwann Luxemburg an Philipp verkauft!«

»Als Nichte des Kaisers wird sie sich das wohl kaum erlauben. Vielleicht zieht sie auch der Charme des Herrn Frank hierher?«, schlug Jakoba vor. »Und gerade du kannst mir nicht erzählen, dass sie zu alt für ihn ist, nachdem du und meine noch ältere Mutter …«

»Darüber wollten wir nicht mehr reden, Jakoba. Elisabeth ist nicht deine Mutter und Frank ist ganz bestimmt kein Philipp. Er ist weder verheiratet noch weiß irgendjemand etwas von einer Mätresse oder von Bastarden. Er ist noch nie in den Badehäusern gesehen worden und an seinem Hof geht es wie in einem Kloster zu. Schau dich doch um, wie schmucklos dieses Zimmer ist! Eigentlich eine Beleidigung, dich hier unterzubringen, aber die anderen Räume sind noch ungemütlicher. Ich habe noch nie eine so unbehagliche Burg gesehen. Wozu gibt es Wandteppiche und edle Möbel, wenn sie nicht einmal vom reichsten Mann des Landes benutzt werden? Seltsame Menschen, die Seeländer, wenn du mich fragst.«

»Ich habe dich nach etwas anderem gefragt«, erwiderte Jakoba und wunderte sich über die Schärfe ihrer eigenen Worte. »Nach Beatrix! Was weißt du von ihr?«

Dirk zögerte. »Ihre Ehe war, nun, etwas anders. Jan von Vliet hat ihr Freiheiten gelassen, weil er selbst auch gewisse Neigungen hatte …«

»Er hat keinen Bastard anerkannt«, unterbrach ihn Jakoba. »Soweit ich weiß, hat er außer Beatrix nie eine andere Frau angeschaut, und er war schnell peinlich berührt, wenn es bei den Festgelagen etwas ausgelassen wurde.«

Dirk von der Merwede ging darauf nicht ein. Welchen Nutzen hatte es, dem Andenken an Jan von Vliet weiteren Schaden zuzufügen? »Jedenfalls fiel mir auf, dass Beatrix immer besonders fröhlich war, wenn Philipp auftauchte«, fuhr er fort.

»Das waren wir doch alle«, fiel ihm Jakoba ins Wort, »Philipp brachte frischen Wind nach Le Quesnoy. Weißt du noch, was wir damals alles zusammen unternommen haben? Das waren schöne Zeiten, als Jean noch lebte.«

Sie ließ sich ins Kissen zurückfallen und schloss die Augen. Die Hexe Isabella hatte ihre Träume und ihre Zukunft zerstört! Und mit dieser Frau machte Philipp gemeinsame Sache – gab es denn niemanden, der sich den beiden und ihren englischen Verbündeten in den Weg stellen konnte?

»Beatrix hatte zu Philipp eine ganz besondere Beziehung …« Dirk sah Jakoba viel sagend an.

»Unsinn!«, rief sie lachend. »Warum sollte sich Philipp ausgerechnet mit Beatrix abgeben? Wo er jede Frau haben könnte!«

»Nicht jede«, erwiderte Dirk ernst. »Ich bin nicht der Einzige, dem aufgefallen ist, dass es eine Frau gibt, die er nicht kriegen kann.«

Es dauerte eine Weile, ehe der Sinn seiner Worte Jakoba erreichte. Sie setzte sich wieder auf und schlug die Hand vor den Mund. *Wir hätten die Dispens kriegen können, aber mein Vater hätte einer Ehe zwischen uns nie zugestimmt.* Die ersten Minuten in seinem Zelt vor der belagerten Stadt Mons, als sie sich ihm ausgeliefert und eine merkwürdige Spannung verspürt hatte. Und erst vor kurzem, als sie über die Wurzel gestolpert war und er sie aufgefangen hatte. Der Kuss von

Delft sogar, in den er mehr hineingelegt hatte, als für die Besiegelung eines Vertrags unter Verwandten erforderlich gewesen wäre. Aber sie hatte angenommen, dass es in Philipps Naturell lag, jeder Frau in seiner Umgebung das Gefühl zu verleihen, sie sei für ihn etwas Besonderes. Hatte Beatrix das auch geglaubt?

»Ihr seht euch nicht unähnlich«, fuhr Dirk fort, »vielleicht hat das Philipp zu Anfang gereizt. Später hatte er sicher andere Gründe, sich deiner Schwester zu bedienen.«

»Woher weißt du das alles?«

»Es wissen auch andere, dass Beatrix immer ausführlich mit Philipp korrespondiert hat. Vielleicht hat sie geglaubt, er werde sie zur ersten Dame in Holland machen, wenn er Johann den Unbarmherzigen beerbte. Wie sie aber den armen Jan von Vliet zu diesem Verbrechen anstiften konnte, ist mir ein Rätsel.«

»Finde sie, dann werden wir notfalls alles aus ihr herausprügeln«, sagte Jakoba finster. »Aber es ist mir viel wichtiger, dass du dich erst auf die Suche nach Marjan machst!«

Frank von Borsselen bat Dirk, seine Reise um zwei Tage zu verschieben. Er habe zur Feier von Jakobas Genesung ein Schützenfest geplant, und es würde ihn freuen, wenn Jakobas Ritter am Vogelschießen teilnehmen könnte. Als Dirk Jakoba dies mitteilte, hatte sie ihr Bett bereits verlassen.

»Ich fühle mich wieder ganz gesund«, erklärte sie. »Herr Frank hat dir nichts zu befehlen. Sag ihm, dass nicht der Ritter, sondern die Gräfin selbst die Armbrust heben wird. Ich werde ihm zeigen, was ich kann!«

Das tat sie auf überzeugende Weise. Nachdem acht Männer vor ihr vergeblich versucht hatten, den ausgestopften Papagei von der Spitze des viele Meter hohen Pfahls herunterzuschießen, ließ sie sich eine Armbrust reichen und spannte den Bogen. Sekunden später stürzte der Vogel in den Hof. Jubel ertönte, eine Fanfare erklang und alle Anwesenden zollten Jakoba Applaus. Frank von Borsselen verneigte sich vor ihr und hielt ihr den Preis hin, eine breite Silberkette mit einem emaillierten Vogelanhänger. Sie beugte den Kopf, und ein kleines Zittern durchlief sie, als er ihr die Kette umhängte und dabei wie zufällig ihren nackten Hals berührte.

»Unsere Schützenkönigin!«, rief er und hielt ihre Hand hoch. *Schützenkönigin*, dachte Jakoba ohne jede Bitterkeit, *da sieht man, was aus einer Frau werden kann, die beinahe Königin von Frankreich geworden wäre!*

Dies sagte sie am Abend zu Frank, als sie beim Essen neben ihm saß.

»Königin wärt Ihr durch die Gnade der Geburt und entsprechende Eheschließung, ohne eigenes Zutun geworden«, erwiderte er. »Aber den Titel *Schützenkönigin* habt Ihr Euch redlich verdient. Ich würde darauf stolz sein.«

Zwei Tage dauerten die Festlichkeiten, die nicht nur zu Ehren Jakobas gegeben wurden, sondern gleichzeitig auch den Frühlingsbeginn markierten. Im Hennegau würde jetzt der Sommer-Page den dicken Winter von der Bühne jagen, während in Brabant wahrscheinlich wieder das haarsträubende Ritual stattfand, zu dem sie ihr damaliger Mann einmal mitgenommen hatte. Als Priester verkleidet hatte eine unappetitlich aussehende Gestalt eine so genannte Kanzel bestiegen und eine Art Predigt gehalten, in der es ausschließlich um den »Scheißstuhl« ging, zu dem er die Kanzel ernannte. Im Tonfall einer gelehrten Abhandlung schilderte er diverse Gegenstände, die dazu dienen sollten, das Hinterteil gründlich zu reinigen, da dies eine Säuberung des Innersten garantiere, also sündenfrei mache. Wahrer Herrscher des Menschen sei der Arsch und diesem habe man Achtung zu bezeugen. Zur Reinigung empfahl er Blätter, Muschelschalen, Bohnenhülsen, Schneeflocken und zu guter Letzt den Stein des Narren. Die Predigt endete mit einem gewaltigen Furz und der Aufforderung an alle Anwesenden, den Finger erst in die hinterste Öffnung zu stecken und ihn dann als Huldigung an die Herrschaft des Arsches zu küssen. Jan von Brabant hatte sich köstlich amüsiert und nicht verstanden, dass Jakoba die Vorstellung wortlos verlassen hatte.

In Seeland benahm man sich zivilisierter, stellte sie fest und wünschte sich heimlich etwas mehr Ausgelassenheit. Es musste ja nicht gleich so zugehen wie in Brabant! Außer dem Wetter schien hier alles von gemäßigter Natur zu sein. Der Hofstaat aß und trank weniger als anderswo, der Lärm hielt sich in Grenzen, die künstlerischen Darbietungen waren dezenter, grenzten beinahe ans Langweilige, und der Hausherr hob die Tafel bereits kurz nach Mitternacht auf. Im Hennegau ging es dann erst richtig los.

»Ihr seid sicher müde«, meinte Frank zu Jakoba, als er ihr eine gute Nacht wünschte. »Vielleicht hätte ich das Fest vorher abbrechen sollen?«

»Nein«, erwiderte sie, »es geht mir wieder gut. Ich hätte es noch eine Weile aushalten können. Danke für einen schönen Tag.«

Schnell beugte sie sich vor, küsste ihn auf die Wange und eilte dann auf ihre Damen zu. Frank legte die Hand an die Wange und blieb so noch eine Weile lächelnd stehen.

Ihr Erfolg beim Schützenfest, die anregenden Gespräche und der Wein hatten Jakoba in eine fröhliche Stimmung versetzt und sie hätte zu gern noch weitergefeiert. Von ihrem gelegentlichen Husten abgesehen fühlte sie sich wieder sehr gesund. Ihre Lebensgeister waren zurückgekehrt, und sie wippte übermütig mit den Füßen, als sie auf dem Stuhl saß und sich von ihrer Zofe den Kopfputz abnehmen ließ.

»Den Rest mache ich selber«, sagte sie zu der jungen Frau. »Geh nur schlafen.«

Verlegen fragte die Zofe, ob sie die Erlaubnis habe, an dem Gesindefest teilzunehmen, das jetzt erst richtig begonnen hätte. Sie deutete zum Fenster, und Jakoba vernahm Musikfetzen, die aus der Gegend der Ställe nach oben drangen.

»Aber natürlich«, erwiderte sie, und leichter Neid stieg in ihr auf, als sie daran dachte, dass anderswo Menschen weiterfeierten. In Le Quesnoy hatte sie sich als Kind öfter zu den Festen des Personals geschlichen, und in der Rückschau schienen ihr das jetzt die spannendsten Veranstaltungen ihres Lebens gewesen zu sein. Aufregender als ihre Hochzeiten war das allemal gewesen. Sie fragte sich, ob das seeländische

Gesinde genauso anspruchslos und brav wie seine Herrschaft war. Es gab eine Möglichkeit, das herauszufinden.

Während sie sich die Haare bürstete, bedauerte sie wieder einmal, Marjan nicht in der Nähe zu haben. Mit einem ihrer Kapuzenkleider hätte sie sich unauffällig in die Nähe des Gesindefests begeben können. Sie öffnete die Truhen und musterte ihre Garderobe. Darunter befand sich nichts, was sie nicht sofort als Dame und somit als Fremdkörper auf diesem Fest ausweisen würde. Als sie ihre Bettdecke zurückschlug, fiel ihr Blick auf das blaue Leinennachthemd, das um den heißen Stein gelegt war, mit dem ihr Lager erwärmt wurde. Sie zog rasch das Nachthemd über ihr Unterkleid und ging zu dem Spiegel, den Frank vor ein paar Tagen in ihr Zimmer hatte hängen lassen. Mit einem schlichten Gürtel könnte das Nachthemd in ein einfaches Kleid umgewandelt werden. Nur hatte sie keine schlichten Gürtel.

Jetzt kam ihr die Anspruchslosigkeit der seeländischen Einrichtung zugute. Im Hennegauer Schloss gab es kein Vorhangband aus einfachem Stoff, aber hier fehlten überall Verzierungen. Sie ging zum Fenster, riss ein Band los und säbelte es mit dem Obstmesser entzwei. Eine Hälfte band sie sich um die Mitte, die andere um den Kopf. Sie entfernte allen Schmuck, legte nur ein einfaches Goldkreuz um und zog die plumpen Schuhe an, die sie normalerweise zum Ausreiten trug. Kritisch betrachtete sie sich im Spiegel und nickte zufrieden. Niemand würde sie erkennen, davon war sie überzeugt. An Franks Hof hatte sie kaum jemand ohne Kappe, Haube, Schleier oder Hut gesehen. Jetzt bedauerte sie, der Zofe Erlaubnis gegeben zu haben. Sie konnte nur hoffen, dass das Mädchen sie nicht sehen würde. Und wenn schon, dachte sie trotzig, ich bin die Herrin und kann machen, was ich will. Nur flüchtig dachte sie daran, dass sie nach den Erlebnissen in der Herberge in Breda eigentlich geschworen hatte, sich nie wieder unter das einfache Volk zu mischen. Aber damals war sie von ungehobelten Bürgern umgeben gewesen, die sich an keine Anstandsregeln gebunden fühlten. Das würde am Hof des Herrn von Borsselen sicher anders sein.

Leise öffnete sie die Tür, schlich schnellen Schrittes über den von einer kleinen Fackel nur schwach beleuchteten Flur, eilte die Treppen hinab, durch die Küche, in der noch gearbeitet wurde, wo aber niemand auf sie achtete, hinaus auf den Hof. Sie atmete die frische kühle Nachtluft tief ein. Ich bin eine Magd, schoss ihr durch den Kopf, ich muss nicht gemessenen Schrittes zu den Ställen schreiten, ich kann rennen! Sie schoss los und lief, so schnell sie konnte, zu den Ställen. Schwer atmend lehnte sie sich an eine Mauer, als sie ihr Ziel erreicht hatte. Die Musik war jetzt so laut, dass sie nicht verstand, was der Knecht fragte, der jetzt aus der offenen Stalltür trat. Sie lächelte verlegen. Blitzschnell griff er sie an beiden Schultern, drückte sie gegen die Mauer und hätte sie geküsst, wenn sie nicht ihr Knie hochgezogen und mit aller Kraft gegen seine Mitte gestoßen hätte. Fluchend ließ er sie los. Jakoba flüchtete schnell durch die offene Tür in den Stall und schob sich durch eine wogende tanzende und stampfende Menge. Auf ein paar Trögen war eine Art von Bühne errichtet worden. Einer von Jakobas Dienern war gerade hinaufgeklettert und stimmte, von Blas- und Zupfinstrumenten begleitet, ein hennegauisches Lied an. Damit hätte er auch dem Fest im Rittersaal eine fröhlichere Note geben können, dachte sie.

Sie drückte sich in eine hintere Ecke, zog das Band vom Kopf und schüttelte die Haare, bis sie ihr Gesicht halb bedeckten. Irgendjemand reichte ihr einen Krug Bier, aber bevor sie einen Schluck nehmen konnte, wurde er ihr schon wieder aus der Hand gerissen.

»Schneller trinken, Mädchen, sonst verdurstest du noch!«, hörte sie. Sie streckte eine Hand aus, um dem Pagen neben ihr den Krug zu entreißen, traute sich aber dann doch nicht. Plötzlich wurde die Musik lauter, schneller und wilder. Ein fremder Mann packte Jakoba an der Hand und zog sie hinaus auf den Hof, wo bereits größere Gruppen miteinander tanzten. Es waren einfache Schritte, die Jakoba schnell begriff und die ihr Spaß machten. Wie schade, dass in ihren Kreisen fast gar nicht getanzt wurde! Das würde sich ändern, hatte ihr David versichert, der von einer seiner Reisen mit einer Teilabschrift des Buches »De arte saltandi et choreas ducendi« zurückgekehrt war. Es stammte von einem gewissen Domenico da Piacenza aus Italien, der komplizierte Schritte zur Musik erdacht hatte, die in der feineren Gesellschaft des Südens bereits praktiziert wurden. David bereicherte seine Sangeseinlagen oft mit kleinen Tanzdarbietungen aus diesem Buch, und einmal hatte sich Philipp sogar erhoben und zur großen Erheiterung der Gesellschaft eine so genannte Moresca mitgetanzt.

»Du wirst sehen«, hatte David damals prophezeit, »der burgundische Hof wird den Gesellschaftstanz bei uns richtig einführen! In Paris und Dijon gibt es schon Veranstaltungen, bei denen sich auch Damen zur Musik bewegen. Und nicht nur im Reigen!«

Warum sollte sich auch nur das Gesinde daran erfreuen, dachte Jakoba, als sie sich im Kreis herumschwingen ließ und von einem zum anderen hüpfte. Die Bewegung tat ihr gut. Sie lachte laut, stampfte mit den Füßen und fragte sich zum ersten Mal in ihrem Leben, ob es wirklich so ein Privileg war, in einem Schloss geboren zu sein und immer Haltung bewahren zu müssen.

Gerade als sie überlegte, wo sie sich zum kurzen Ausruhen hinsetzen könnte, hielt die Musik an. Eine plötzliche Stille fiel über den Hof. Als sich Jakoba reckte, sah sie den Grund. Es durchlief sie eiskalt. Wie würde Frank reagieren, wenn er sie hier inmitten des Gesindes entdeckte? In ihrem weit ausgeschnittenen Nachthemd kam sie sich auf einmal sehr nackt vor. Frank von Borsselen klopfte einem Knecht auf die Schulter, nahm einen Schluck aus einem Bierkrug und ließ seinen Blick dann über die Menge gleiten. Jakoba senkte den Kopf. Natürlich, dachte sie, jeder Mann hat seine Schwächen! Wozu sollte er ins Badehaus gehen oder sich Mätressen halten, wenn er sich mit seinem weiblichen Personal amüsieren kann! Vorsichtig hob sie den Kopf und blickte durch die Haarsträhnen zu Frank hin. In dem Augenblick trafen sich ihre Blicke. Jakoba blieb das Herz beinahe stehen, aber er ließ sich nicht anmerken, ob er sie erkannt hatte. Vielleicht glaubte er, dass sie zu ihrem eigenen Personal gehörte … *Was passiert, wenn er mich jetzt auswählt!*, dachte sie voller Entsetzen.

Aber Frank hatte ganz andere Pläne. Mit einem Sack, den ein Diener hinter ihm hertrug, ging er von einem zum anderen und verteilte Geschenke. Die Musiker erhielten kleine silberne Becher, die Mädchen Brabanter Leinenstoff, Spitzentücher oder kleine Schmuckstücke, die Männer Gegenstände aus Metall oder Holz. Kleine Freudenschreie wurden ausgestoßen, wenn jemand in einem einfachen Objekt eine versteckte Münze fand. Verzweifelt überlegte Jakoba, wie sie verschwinden könnte. Frank würde ihre Verkleidung durchschauen, er hatte sie bereits mit gelösten Haaren und im blauen Nachthemd gesehen. Sie peilte die Stalltür an und versuchte sich langsam aus der Gruppe zu lösen. Ihr letzter Tanzpartner hielt sie auf.

»Mädchen, sei nicht dumm, du willst doch nicht auf dein Geschenk verzichten!«

Er las Verzweiflung in ihren Augen, drückte Jakoba kurz an sich und bemerkte: »Du gehörst sicher zum Hof von Ihrer hochmütigen Majestät und hast jetzt Angst, dass dir Böses geschieht! Vielleicht ist das bei euch im Hennegau so üblich, aber mach dir keine Sorgen, mein Schatz, unser Herr vergreift sich nicht an unseren Mädels!«

Frank war jetzt bei ihnen angekommen. Jakoba blickte immer noch zu Boden und wünschte, darin verschwinden zu können. Sanft hob Frank ihr Kinn an und sah ihr in die Augen.

»Wo kommst du denn her, schönes Kind?«, fragte er mit zuckenden Mundwinkeln.

»Vom Hof Ihrer hochmütigen Majestät, Herr«, erwiderte Jakoba mit verstellter Stimme und erschrak, als um sie herum Applaus aufbrandete. Was hatte sie den Leuten getan, dass so über sie geredet wurde?

»So solltest du aber nicht von deiner Herrin sprechen«, tadelte Frank und blickte sich kopfschüttelnd um. Ein kleines Licht glomm in seinen Augen, als er sich Jakoba wieder zuwandte. Sie sah, dass er nur mit Mühe ernst bleiben konnte.

»Am liebsten würde ich dich sofort zu ihr führen, damit du dich in aller Form entschuldigst. Aber was würde dann mit dir geschehen?«

Jakoba wagte kaum darüber nachzudenken, wie sie einen solchen Spruch ahnden würde. »Sie würde mich auspeitschen lassen«, entgegnete sie wahrheitsgemäß.

»Das werde ich dir ersparen, aber zur Strafe kriegst du kein Geschenk!«

Damit wandte er sich an ihren Tanzpartner und überreichte ihm ein weißes Tuch, in dem eine Goldmünze steckte.

»Für deinen neugeborenen Sohn, Piet, ich gratuliere.« Piet küsste die Hand seines Herren, biss auf die Münze und zeigte sie dann ganz aufgeregt Jakoba.

»Echtes Gold, hast du das schon mal gesehen? Du darfst sie anfassen, aber nur kurz.« Während er ein Ende festhielt, berührte sie das Gold. *Jetzt weiß ich, warum die Kabeljaue gewonnen haben*, dachte sie bitter. *Die kaufen sich das Volk!*

»Hier«, sagte Piet und drückte Jakoba das weiße Tuch in die Hand. »Damit du nicht ganz leer ausgehst. Schließlich hast du den Satz ja von mir.«

»So schlimm ist meine Herrin nicht«, murmelte Jakoba. »Wenn man sie wirklich kennt …«

»Kann schon sein«, bemerkte Piet, »aber bei unserem Herrn wird niemand ausgepeitscht.«

Wie hält er dann Ordnung, hätte Jakoba gern gefragt, aber sie sah jetzt die Gelegenheit gekommen, um unbemerkt zu verschwinden. Freundlich nickte sie Piet zu, hielt sich das Tuch vors Gesicht und schob sich durch die Menge. Sie wich dem Licht der Fackeln aus und kehrte den gleichen Weg zurück, den sie gekommen war. In ihrem Zimmer kleidete sie sich augenblicklich aus, zog ein anderes Nachthemd an und stieg in ihr kalt gewordenes Bett. Auf einmal war sie völlig ernüchtert. Wie hatte sie nur auf die verrückte Idee kommen können, zum Gesindefest zu gehen? Frank von Borsselen würde sie jetzt für eine schamlose zweigesichtige Dirne halten. Der Gedanke war unerträglich. Sie begann zu weinen und schluchzte bald so laut, dass sie das leise Klopfen an ihrer Tür nicht hörte. *Marjan,* dachte sie nur, *Marjan, warum bist du nicht hier, wo ich dich doch so brauche!*

Marjan hatte endlich ihr Ziel erreicht. Sie stand auf einem bewaldeten Hügel und blickte auf die Ortschaft Domrémy hinab. Viele Monate hatte sie gebraucht, um auf die Spur ihrer Tochter zu kommen. Sie wusste zwar noch den Namen der Frau, der sie das Kind vor sehr vielen Jahren anvertraut hatte, aber diese war in einen anderen Ort gezogen und dort gestorben. Ein Kaufmann, der sie auf seinem Wagen eine Wegstrecke mitnahm, half ihr weiter. Er wusste zu erzählen, dass die Tochter der Frau mit dem Dorfschulzen von Domrémy verheiratet war.

Jetzt, so kurz vor dem Ziel, verließ Marjan beinahe der Mut. Auf einmal war sie sich ihrer Mission nicht mehr so sicher, zweifelte an dem Traum, der sie zu dieser Reise veranlasst hatte. Aber er war so zwingend gewesen – genau wie jener Traum, der ihr einst angekündigt hatte, die Tochter des Herzogs werde sie aus ihrem Waldhäuschen holen. Sie hatte sich mit ihren gelegentlichen nächtlichen Wahrträumen abgefunden, die so viel einfacher zu ertragen waren als die Visionen ihrer Jugend. Denn wie Jakoba hatte auch Marjan einst das zweite Gesicht geplagt, bis ein Mann Gottes kam und ihren Leib mit seinem bedeckte. Die Visionen verschwanden, machten aber einer anderen Besessenheit Platz, einer verzweifelten Sehnsucht nach dem Mann, der sie befreit hatte. Sie teilte ihm mit, dass sie guter Hoffnung sei, flehte ihn an, sich von seinem Gelübde zu lösen und bei ihren Eltern um ihre Hand anzuhalten. Aber er hatte höhere Ambitionen, bei denen ihm eine Tochter aus gutem Landadel wenig behilflich sein konnte. Als ihre Schwangerschaft nicht mehr zu verbergen war, ging sie, wie später auch Davids Mutter, in ein Kloster. Kurz nachdem sie dort Isabella zur Welt gebracht hatte, vernahm sie in der Kapelle das laute Gebet einer kinderlosen Frau. Sie schenkte ihr den Säugling und trat selbst dem Orden bei. Jahre danach, als den Nonnen der Befehl eines Herrschers zugestellt wurde, den verwachsenen Sprössling einer edlen

Dame keinesfalls leben zu lassen, verließ sie mit David das Kloster. Die Mutter Oberin, von einer großen Sorge befreit, hatte Marjan nicht nur ihren Segen und eine unleserliche Pergamentschrift, sondern auch die Summe mitgegeben, die sie bei ihrer Aufnahme ins Kloster eingebracht hatte. Ein Traumgesicht führte Marjan in den Wald von Le Quesnoy, wo sie mit David bis zu jenem Tag lebte, an dem er Jakoba zu ihr brachte.

Sie hatte Jakoba begleitet, ihr aber weniger helfen können, als sie gewünscht hatte. Deshalb zweifelte sie jetzt, ob sie das Recht hatte, bei einer ihr wildfremden Frau aufzutauchen und ihre Hilfe anzubieten. Woher wusste sie, dass die weinende und verzweifelt betende Frau in ihrem Traum wirklich ihre Tochter war? Konnte es nicht Neugier sein, die sie wirklich antrieb? Neugier auf das Kind, das sie mit einem Mann gezeugt hatte, den sie nie würde vergessen können? Das konnte sie nur herausfinden, wenn sie sich selbst überzeugte. Langsam stieg sie den Hügel hinab.

Der Dorfschulze Jacques d'Arc öffnete die Tür des kleinen Gebäudes gegenüber der Kirche. Er musterte die Frau im braunen Kapuzenkleid.

»Seid Ihr auf Pilgerfahrt?«, fragte er höflich.

Marjan nickte. »So könnte ich es nennen.«

»Dann tretet ein und nehmt Platz. Wir wollen gerade zu Abend essen.«

Marjan sah in die Stube, wo bereits zwei halbwüchsige Jungen am Tisch saßen. An einem blieb ihr Blick länger hängen. Jetzt wusste sie, dass sie an der richtigen Adresse war.

»Eure Frau ist nicht anwesend?«, fragte sie den Schulzen.

»In der Kirche«, erwiderte er. »Seitdem unsere Tochter verschwunden ist, scheint sie da zu wohnen. Es ist ein trauriges Haus, in das Ihr kommt.«

»Jeanette hat Stimmen gehört!«, rief der Junge, der seinem Großvater so ähnlich sah. »Sie ist die Jungfrau, die Frankreich erretten wird! Zusammen mit meinen Brüdern!«

»Sei still!«, fuhr ihn der Vater an und wandte sich wieder an

Marjan. »Meine Tochter ist mit den Soldaten gegangen, fromme Frau. Gutes kann daraus nicht kommen. Betet für sie, ich flehe Euch an!«

Zutiefst erschrocken hatte Marjan den kleinen rötlich schimmernden Stein in ihrer Rocktasche umklammert. Beten allein würde hier nicht helfen. Sie setzte sich nicht auf den Stuhl, den ihr der Hausherr hinschob.

»Ich werde nach Eurer Frau sehen«, sagte sie und verließ das Haus.

9. KAPITEL

Die Krönung

1429–1430

Zum ersten Mal gab es kein Ziel in Jakobas Leben. Es musste keine Stadt erobert und kein Ehemann von seiner Eigenschaft als solcher überzeugt oder nicht überzeugt werden. Ihre einzigen Verpflichtungen betrafen ihren winzigen Hofstaat und Haushalt im kleinen Schloss Ostende in Goes auf der seeländischen Insel Süd-Beveland. Sie atmete am Strand die würzige Seeluft ein, blickte manchmal übers Meer nach rechts zu der Insel, auf der Frank von Borsselen wohnte, und manchmal nach links zur Insel Walcheren. An deren Nordwestküste hatte sie oft gestanden und daran gedacht, dass sich hinter dem Horizont England versteckte. Blasphemische Gedanken über die Form der Erde meldeten sich dann – natürlich war die Erde keine Scheibe, sonst hätte sie bei klarem Wetter das Land sehen können, in dem Humphrey mit seiner Gemahlin Eleanor und seinen Kindern lebte. Sie begrüßte es, dass dies Idyll ihren Augen entzogen war. Die Zeit vertrieb sie mit Lesen, Musizieren, Jagen, Kräutersammeln und Briefeschreiben.

Frank von Borsselen hatte sie seit ihrer überstürzten Abreise am Morgen nach dem verhängnisvollen Gesindefest nicht mehr gesehen und sie war froh darüber. Auf sein kleines Briefchen, in dem er sie um Vergebung dafür bat, ihr keinen gebührlichen Abschied bereitet und ihre Abfahrt verschlafen zu haben, hatte sie nicht reagiert. Irgendwann würde sie ihm wieder begegnen, das war nicht zu verhindern, aber je mehr Zeit bis dahin verstrich, desto wahrscheinlicher erschien ihr, dass seine Erinnerung an ihren letzten Auftritt verblasst sein würde. Bei ihr wirkte es leider umgekehrt. In ihrer

Erinnerung wurde Franks Blick jeden Tag spöttischer und ihre Demütigung größer. Am liebsten wäre sie weit weg gereist, aber sie wusste nicht wohin.

Bis zu jenem Abend Ende Juni, als sie mit ihrem Hofstaat beim Essen saß und ein Gaukler aus dem Ausland angekündigt wurde. Die Fanfare ertönte und ein Zwerg in einem goldfarbenen hautengen Kostüm wirbelte Rad schlagend in den Saal. Nach dem letzten Rad ließ er sich einen roten Schellenmantel mit Pelzbesatz reichen, hakte ihn an den Schultern fest und verbeugte sich tief vor Jakoba. Sie sprang auf, bückte sich, hob David an die Brust und bedeckte sein Gesicht mit Küssen. Er schlang die Arme um ihren Hals und krähte: »Mehr, mehr, mehr!«

Jakoba ließ ihn los und forderte einen Diener auf, den hohen Sitz zu bringen, den sie für David hatte anfertigen lassen.

Er wischte sich das Gesicht ab und ließ sich zufrieden auf den Stuhl heben. Nach einem kräftigen Schluck aus dem goldenen Pokal blickte er kopfschüttelnd zu Jakoba. »Höchste Zeit, dass ich dich besuche«, bemerkte er, »dein Wein ist fürchterlich!«

»Burgunder«, sagte sie herausfordernd. »Du findest doch sonst alles so großartig, was am burgundischen Hof geschieht!«

»Weil Philipp ein vorzügliches Gespür für Qualität hat. Du denkst doch nicht, dass er den eigenen Wein trinkt? Jeder weiß, dass man davon grässliche Kopfschmerzen kriegt, wenn man ihn unverdünnt trinkt. Und mit Wasser gemischt schmeckt er nach nichts!«

»Was trinkt Philipp dann?«, fragte Jakoba.

»Weißwein, aus der Gegend von Paris. Er ist leichter, hält den Kopf klar, sieht aus wie reines Wasser und ist weder süß noch sauer. Ich werde deinen Kellermeister mit deiner Erlaubnis aufklären.«

»Bitte sehr, über Geschmack habe ich noch nie mit dir gestritten. Gefällt dir dein Stuhl?«

David nickte. »Vor allem, weil er mir beweist, dass du mit meinem Besuch gerechnet hast. Das freut mich.«

Jakoba lachte. »Ich weiß, dass meine Mutter mal wieder in Paris ist. Ohne sie langweilst du dich doch in Le Quesnoy.«

»Stimmt. Auf Paris hatte ich diesmal keine Lust. Mir gelingt es nicht, immer wegzuschauen, wenn ich die Verhungernden auf den Straßen sehe. Weißt du, dass die sich nach Hinrichtungen über die Toten am Galgen hermachen? Warmes Fleisch ist sehr gefragt. Nein, Jakoba, solche Umgebung ist nichts für mich. Und nachdem du uns auch noch Ritter Dirk weggenommen hast – wo ist er überhaupt?« David blickte sich um.

»Unterwegs. Er soll deine Mutter finden.«

»Nicht den Heiligen Gral? Das wäre wahrscheinlich einfacher. Hilf mir bitte.« Er zappelte ungeduldig mit den Beinchen und gab den drei Spielleuten ein Zeichen.

Jakoba beugte sich vor, zog ihn von seinem Sitz und lehnte sich dann entspannt zurück. David war die beste Medizin gegen Melancholie.

»Hört, ihr Leute«, begann David nach einem kleinen Trommelwirbel, »ich will euch eine wahrlich wundersame Geschichte erzählen.«

Flöte und Geige setzten ein, und er begann ein Lied über eine Jungfrau zu singen, die Stimmen hörte und Visionen hatte. Der es gelungen war, die Stadt Orléans von den englischen und burgundischen Besatzern zu befreien, und die jetzt den französischen Kronprinzen Karl nach Reims begleiten wollte, damit er dort zum König von Frankreich gekrönt werden würde. Die alte Prophezeiung, nach der eine Frau Frankreich zerstören würde – der Name Isabella fiel nicht, aber jeder wusste, wer gemeint war – und eine Jungfrau dem Land die Freiheit zurückgäbe, scheine jetzt einzutreffen. David schloss mit den Worten: »Wenn Manneskraft versagt, ist eine Jungfrau gefragt.« Jakoba hatte atemlos zugehört. Einem sehr jungen Mädchen einfachster Herkunft war es gelungen, Philipp und den Engländern erobertes Gebiet zu entreißen. Weil sie auf ihre Visionen gehört hatte! Weil sie ihre Visionen verstanden und Aufträge erhalten hatte. Warum hatte Gott *ihr* damals nicht diese Gnade verliehen? Warum war sie von fürchterlichen Szenen gequält worden, von unverständlichen Zukunftsbildern, mit denen sie nichts hatte anfangen können? Warum hatte sie zweimal um ihr Hündchen Monchou trauern müssen, und warum erschienen die Heiligen ausgerechnet einem unbedarften Bauernmädchen, das nicht lesen und schreiben konnte? Die Jungfrau, die Frankreich erretten würde, sollte nicht in einem Schloss, sondern in einer armseligen Hütte geboren worden sein? Da stimmte doch etwas nicht.

»Der Herr Jesus wurde sogar in einem Stall geboren«, bemerkte David, als sie ihn später daraufhin ansprach. »Eine Hütte ist dann schon eine Beförderung, findest du nicht?«

»Glaubst du wirklich an solchen Unsinn? Dass ihr die heilige Margarete und die heilige Katharina die Zukunft voraussagen?«, fragte Jakoba. »Warum sollen sich die Heiligen dafür ausgerechnet ein ungebildetes Mädchen vom Lande aussuchen?«

David hob die Schultern. »Vielleicht ist sie das gar nicht. Vielleicht ist sie in Wirklichkeit ein Königskind, das irgendwo heimlich auf seine Aufgabe vorbereitet worden ist. Vielleicht sogar Königin Isabellas Tochter, die man ihr nach der Geburt weggenommen hat? Alle möglichen Gerüchte machen die Runde. Und von ihren drei Prophezeiungen ist eine eingetroffen, nämlich die Rückeroberung von Orléans, und die zweite, Karls Krönung in Reims, wird sich in den nächsten Wochen bewahrheiten.«

»Jeans Bruder«, sagte Jakoba nachdenklich. »Der war damals noch ein ganz kleines Kind. Und Isabella wird das zulassen?«

»Sie kann nichts dagegen unternehmen.«

»Und Philipp?«

»Der lässt es geschehen und brütet derweil etwas aus. So wie immer. Natürlich wird er bei der Krönung nicht anwesend sein. Ich schon. Solch ein Fest kann ich mir einfach nicht entgehen lassen.«

»Wie lautet die dritte Prophezeiung?«, fragte Jakoba.

»Die Rückeroberung von Paris. Das steht noch bevor. Deine Freunde Isabella und Philipp sowie ihr englischer Anhang werden sich ganz schön anstrengen müssen. Die Krieger der jungen Amazone sind wie entfesselt, wenn man den Berichten glauben darf.«

»Und sie trägt wirklich in aller Öffentlichkeit Männerkleidung? Panzer und Waffenrock? Niemand bestraft sie dafür?«

»Sie kämpft an vorderster Front mit. Mit Schwert, Lanze und Armbrust. Und das Glück ist ihr hold. Sogar die Kirche scheint inzwischen zu glauben, dass an diesen Visionen etwas dran ist.«

»Als ob Visionen ausreichten, um Krieg und Königsthron zu gewinnen«, bemerkte Jakoba düster.

»Weil das Mädchen die Zukunft voraussagt, traut man ihr auch zu, über sie zu bestimmen. Übrigens eine Einstellung, vor der schon Augustinus gewarnt hat.«

»Er hat auch gesagt, dass alles, was in dieser Welt sichtbar ist, von den Teufeln verursacht sein kann«, murmelte Jakoba.

»Das ist die offizielle Version der Engländer. Die halten das Mädchen für eine Gesandte des Satans. Allerdings gibt es auch in den Reihen der Engländer Befehlshaber und Soldaten, die desertieren, weil sie der Zauber des Mädchens erschreckt. Weißt du, auf wessen Anordnung sie bei Gefangennahme schwer bestraft werden?«

Jakoba schüttelte den Kopf.

»Auf Humphreys! Er war der Erste, der die besonderen Kräfte der Jungfrau erkannt und sie dem Teufel zugeordnet hat. Dein einstiger Gemahl scheint es mit dem Höllenfürsten persönlich aufnehmen zu wollen. Man munkelt, dass er selbst viel von Zauberei versteht. War dir das bekannt?«

»Soll ihn doch der Teufel holen!«

»Komm mit mir!«, forderte David sie auf. »Begleite mich nach Reims zur Krönung und überzeuge dich selbst von den Wundern der *Pucelle.*«

Jakoba schrak zusammen. »Krieg, Räuberbanden ...«, begann sie.

»Seit wann bist du so ängstlich? Den Gefechtsgebieten können wir ausweichen und deine Begleiter werden uns schon die Räuber vom Hals halten. Jakoba, mein Schatz, möchtest du nicht dabei sein, wenn Jeans jüngerem Bruder endlich die Krone aufs Haupt gesetzt wird?«

Wenn die alte Ordnung wiederhergestellt wird. Zumindest in Frankreich. Und danach vielleicht in den niederen Landen.

»Möglicherweise wäre es lehrsam«, überlegte Jakoba. »An der Kraft, mit Stimmen und Visionen etwas zu bewegen, zweifele ich, aber Orléans ist tatsächlich befreit worden. Das ist schon etwas! Mit eingezogenem Schwanz mussten Philipps Truppen abziehen! Welch eine schöne Vorstellung! Warum sollte das eigentlich nur in Frankreich so sein? Ganz habe ich meinen Traum nicht aufgegeben, auch meine Länder zu befreien, David.«

Er verzog das Gesicht. »Dann darfst du aber nicht wieder England um Hilfe bitten, Jakoba, die Stimmen der Jungfrau haben sich entschieden gegen deine einstigen Bundesgenossen ausgesprochen. Der liebe Gott steht zurzeit auf Seiten Frankreichs. Also, du kommst mit mir?«

»Du willst ja nur mit einer großen Reisegesellschaft reisen, damit du nicht schutzlos den Räubern ausgesetzt bist.«

»Stimmt«, erwiderte David fröhlich. »Und außerdem sichert mir deine Begleitung bessere Nachtlager. Wenn ich dir erzählen würde, wo ich auf meinen Reisen manchmal mein müdes Haupt betten musste ...«

»Das kann ich mir schon vorstellen«, sagte Jakoba und dachte an die fürchterliche Nacht in Breda.

Am 17. Juli 1429 stand Jakoba in der Kathedrale von Notre-Dame in Reims und verrenkte sich den Kopf, um besser sehen zu können. Sie war mit David pünktlich um neun in der Kathedrale eingetroffen, wo Karl traditionsgemäß die Nachtwache gehalten hatte.

David hatte sich gleich nach Betreten der Kathedrale von Jakoba getrennt und sich weiter nach vorn geschoben, um dem großen Ereignis näher zu sein. Irgendwie war es ihm gelungen, bis zu der Rittergruppe vorzudringen, die sich seitlich vom Altar aufgereiht hatte und ganz offensichtlich von dem Mädchen mit dem weißen Lilienbanner angeführt wurde.

Unglaublich, dachte Jakoba, niemand nimmt Anstoß, dass sie sogar in der Kirche im Panzer erscheint und ihre Fahne hochhält! Starr ruhte der Blick des Mädchens auf dem jungen Mann, der vor dem Hochaltar kniete und seinen Krönungseid leistete. Er schwor, den Frieden der Kirche zu halten und ihre Vorrechte zu bewahren, die Menschen vor Ausbeutung und Unrecht zu schützen und mit Gnade und Gerechtigkeit zu herrschen. *Wie viele Könige haben das nicht schon versprochen*, dachte Jakoba, *aber der, der dies halten kann, muss wohl erst noch geboren werden*. Der Herzog von Alençon, dem Jakoba vor vielen Jahren begegnet war, schlug Karl zum Ritter. Karl ließ sich dann einen blauen, mit goldenen Lilien bestickten hermelingesäumten Mantel umhängen und Schwert und Zepter reichen.

Nach der Messe salbte der Erzbischof Kopf, Hals, Schultern und Handflächen des neuen Königs mit dem heiligen Öl aus der Abtei von Saint-Rémy. Der Abt war erst kurz zuvor unter einem goldenen Baldachin mit seinem Pferd bis zum Chor geritten und hatte dem Erzbischof die kostbare Ampulle ausgehändigt.

»Noël!«, hallte es durch die Kathedrale und Trompeten setzten zu einer ohrenbetäubenden Fanfare ein. Menschen jubelten, klatschten und umarmten sich, aber Jakoba hatte nur Augen für die junge Frau am Altar. Sie war vor dem neuen König auf die Knie gefallen. Selbst aus der Entfernung war zu erkennen, dass ihr Tränen übers Gesicht strömten. Karl reichte ihr eine Hand und nickte ihr zu, sich zu erheben. Dann wandte er sich zum ersten Mal um. Jakoba sog die Luft ein. Wie unansehnlich er war mit seinen Schlupflidern und der riesigen Nase über dem breiten hässlichen Mund! In nichts glich er seinem schönen Bruder Jean. Der hätte diese Krone tragen sollen, und neben ihm hätte nicht ein panzertragendes Bauernmädchen aus Lothringen, sondern sie, Jakoba, stehen müssen! Es war schmerzlich, dass sie jetzt kaum erkannt wurde, ihr niemand Ehren erwies und sie zur einfachen Zuschauerin unter vielen verdammt war. Warum hatte sie sich von David auch zu dieser Reise überreden lassen? *Es ist die*

Krönung meiner Demütigung, dachte sie und überlegte, so schnell wie möglich aus Reims zu verschwinden. Nein, sie wollte nicht an den weiteren Feierlichkeiten teilnehmen, sie wollte nach Hause.

Der neue König schritt über den Mittelgang, und als sich die hohen Kathedralenpforten öffneten, drang auch der Jubel des wartenden Volks nach innen. Irgendjemand zerrte an Jakobas Rock. Sie blickte nach unten in die aufgeregten Augen Davids.

»Komm schnell, Jakoba!«, rief der Zwerg ihr zu. »Ich habe meine Mutter gesehen!« Er zog Jakoba an der Hand in ein Seitenschiff, das sich jetzt langsam zu leeren begann. »Eben war sie noch hier. Sie kann gerade erst hinausgegangen sein. Sie war es, ich schwöre es dir!«

»Hat sie dich auch gesehen?«, fragte Jakoba.

Der Zwerg schüttelte den Kopf. »Dazu bin ich zu klein. Sie hat immer nur nach oben geschaut, so, als ob sie jeden Augenblick einen Engel erwarte. Komm schon, beeil dich!«

Fast wären sie an Marjan vorbeigelaufen. Sie stand neben einem Pfeiler und blickte durch die geöffneten Türen nach draußen. Jakoba fiel ihr um den Hals.

»Endlich! Endlich«, rief sie.

Vorsichtig löste sich Marjan aus der Umarmung, bückte sich und drückte David einen Kuss auf die Stirn.

»Wie kommst du hierher? Was machst du hier? Wo warst du die ganze Zeit?«, fragte Jakoba atemlos.

Marjan griff nach einer von Jakobas Händen und drückte sie leicht. »Viele Fragen, zu denen lange Antworten gehören, Jakoba. Ich freue mich zu sehen, dass es dir gut geht.«

»Du reist sofort mit uns zurück!«, erklärte Jakoba.

Marjan schüttelte den Kopf. »Das geht nicht. Ich habe hier eine Aufgabe.« Sie nickte zur offenen Tür hin. Auf dem oberen Treppenabsatz der Kathedrale stand das Mädchen mit dem Banner, umringt von mehreren Rittern.

»Was hast du mit diesen Leuten zu schaffen?«, fragte Jakoba verärgert. »Du gehörst zu mir und du kommst mit uns.«

»Ich bin nicht deine Leibeigene, mein Kind«, erwiderte

Marjan. »Ich werde zurückkehren, wenn ich meine Aufgabe erfüllt habe.«

»Aufgabe, Aufgabe, was für eine Aufgabe? Ich dachte, du wolltest zu deiner Tochter nach Lothringen?«

»Da war ich, aber nicht sie bedurfte meiner Hilfe, sondern dieses Kind.«

»Die Jungfrau aus Lothringen?«, schnaubte Jakoba. »Was braucht die dich, wenn ihr die Heiligen zur Seite stehen?«

»Ich schreibe ihre Briefe«, erwiderte Marjan einfach. »Und jetzt muss ich zu ihr. Entschuldigt mich.«

Jakoba hielt sie auf. »Weißt du, welche Mühen ich aufgewendet habe, dich zu finden? Dirk von der Merwede ist seit einem halben Jahr auf der Suche nach dir. Du kannst jetzt nicht einfach wieder verschwinden.«

»Ich werde nicht verschwinden, Jakoba, sondern in der Nähe meines Schützlings bleiben.«

»Schützling! Bin das nicht ich? Oder findest du es reizvoller, dich um ein Mädchen mit *nützlichen* Visionen zu kümmern? Die von erläuternden Stimmen begleitet sind und aus dem Himmel kommen anstatt aus der Hölle wie früher die meinen! Schlachtenszenen sieht sie nicht, nein, Gott bewahre, ihr erscheinen schön gekleidete liebliche Heilige auf hübschen kleinen Wölkchen! Wahrscheinlich hat sie hinterher auch keine Kopfschmerzen, sondern ist ganz erfüllt von der himmlischen Gnade. Ungerecht ist das, Marjan, ungerecht!« Sie stampfte mit dem Fuß auf und mühte sich Tränen der Wut zu unterdrücken.

Staunend war David dem Gespräch gefolgt. »Mir entgeht hier eine Menge«, warf er ein.

»Still!«, fuhr ihn Jakoba an. »Deine Mutter fühlt sich berufen einer Heiligen zu dienen. Wer sind wir schon daneben?«

»Lasst uns zu ihr gehen«, schlug David vor, »ich würde diese lebende Legende zu gern kennen lernen. Zur Bereicherung meines Repertoires.«

»Vielleicht später«, sagte Marjan. »Ihr seht ja, wie beschäftigt sie jetzt ist.« Ja, dachte Jakoba, jetzt sind wir schon so weit gekommen, dass die Menschen einem Bauernmädchen wie einer Fürstin huldigen. Weil sie mit ihren Visionen hausieren geht und mit Zauberei Schlachten gewinnt! Dass diese Schlachten gegen Philipp geführt wurden, war ihr in diesem Augenblick kein Trost. Sie sah eine elegante Dame vor dem Mädchen auf die Knie fallen und dessen Hand küssen. Angewidert wandte sie sich ab.

»Ist die Kleine irgendwie mit mir verwandt?«, fragte David nachdenklich. »Könnte es sein, dass sie die Tochter meiner Schwester ist?«

»Nein, das ist sie nicht«, erwiderte Marjan wahrheitsgemäß, »und irgendwie verwandt sind alle Menschen miteinander.« *Wenn ich es verhindern kann, wird niemand erfahren, von welchen Menschen du und dieses Mädchen abstammen*, dachte sie.

»Können wir uns nicht irgendwo in Ruhe unterhalten?«, fragte David. »Bei diesem Lärm verstehe ich nur die Hälfte, und außerdem habe ich Angst, zertrampelt zu werden.«

»Tragen werde ich dich nicht«, sagte Marjan, »du bist mir bei deinem guten Leben zu schwer geworden, aber folgt mir in meine Kammer. Etwas Zeit habe ich für Euch.«

»Wie gnädig«, murmelte Jakoba mit zusammengebissenen Zähnen.

Ein paar Stunden später befand sie sich schon wieder auf der Rückreise, ohne Marjans Schützling kennen gelernt zu haben. Jakobas Begleiter bedauerten, dass die Gräfin offensichtlich kein Interesse daran hatte, an den Festlichkeiten teilzunehmen, aber David tröstete sie mit den Worten, dass sowieso nicht zu viel gefeiert werden würde. Herzog John von Bedford befand sich mit seinen Truppen bedrohlich nahe. Von Marjan hatte David erfahren, dass Jeanne d'Arc noch am Krönungstag Philipp in einem Brief aufgefordert habe, Frieden mit dem König zu schließen. Er solle doch gegen die Sarazenen ziehen, wenn er so dringend Krieg zu führen wünsche.

»Dass sich ausgerechnet Philipp ständig so hartnäckige Weibsbilder in den Weg stellen«, schmunzelte der Zwerg, als er neben Jakoba in dem geschlossenen Wagen saß. »Erst du und jetzt diese Jeanne. Wo er sich doch sonst so gut mit Frauen versteht! Aber ich fürchte, das Mädchen und sein König unterschätzen unseren Freund. So wie du früher. Willst du wissen, was ich heute Mittag von einem Abgesandten des Herzogs von Burgund gehört habe?«

»Interessiert mich nicht«, murmelte Jakoba.

»Er hat Karl Paris versprochen, wenn er in einen vierzehntägigen Waffenstillstand einwilligt. Wir kennen doch unseren Philipp! Wetten, dass er damit nur Zeit schinden will, weil weitere englische Bogenschützen in Calais erwartet werden? Und wetten, dass Philipp Humphreys Bruder John von Bedford versprochen hat, im Falle eines Angriffs Paris mit allen Mitteln zu verteidigen? Ich habe meine Mutter gewarnt. Philipp ist der Meister des Doppelspiels, und er wartet doch nur auf seine Lieblingsbeschäftigung, nämlich zu vermitteln, und diesmal zwischen Frankreich und England. Wobei er wie üblich wieder das meiste für sich selbst herausschlagen wird. Er ist schon ein raffinierter Hund!«

Jakoba forderte David auf, sie mit seinen Theorien zu verschonen. Sie wollte nicht über Philipp sprechen, nicht über das Bauernmädchen und schon gar nicht über Marjan. Wieder einmal fühlte sie sich verraten, aber diesmal von dem Menschen, der ihr seit beinahe einem Vierteljahrhundert am allernächsten stand und der jetzt offensichtlich eine interessantere Aufgabe gefunden hatte als in ihrer Gesellschaft an einem Lebenswerk zu sticken.

Je länger Jakoba darüber nachdachte, desto wütender wurde sie. Marjan zog mit diesem Mädchen durchs Land und schrieb Briefe? Wo war Marjan denn gewesen, als sie, Jakoba, ihre Kriege geführt hatte? Damals hatte sie sich aus allem herausgehalten, aber dieser Fremden diente sie offensichtlich sogar im Schlachtengetümmel mit Hingabe. Jakoba hatte sich das kindliche Gesicht des jungen Mädchens am Altar genau angesehen. Sie selbst war im gleichen Alter gewesen, als sie ohne die Hilfe ihres Mannes Jan von Brabant den Kampf gegen Johann den Unbarmherzigen aufgenommen hatte. Aber sie war in einer Welt der Turniere und Berichte über Schlachten aufgewachsen und hatte schon in frühster Kindheit den Umgang mit der Armbrust erlernt. Ihr Vater und ihre Lehrer hatten sie über Kriegführung unterrichtet. Beim Essen wurde über Sturm und Belagerung gesprochen, über den Bau von Bollwerken und die Erfindung neuer Waffen. Trotzdem war sie gescheitert. Und da sollte ein einfaches Mädchen vom Land in der Lage sein, ein Heer von Haudegen anzuführen und ohne jegliche Ausbildung Schwert, Lanze und Armbrust bedienen können? Ausgeschlossen, dachte Jakoba, die selbst noch nie ein Schwert geschwungen hatte, die Jungfrau ist entweder nicht diejenige, für die sie sich ausgibt, oder sie beherrscht die höchste Kunst der Zauberei. Letzteres erschien Jakoba am wahrscheinlichsten. Marjan musste in Lothringen von dieser Jungfrau gehört und sich zu ihr begeben haben, glücklich, jemandem mit offensichtlich göttlichem Auftrag dienen zu können. Wahrscheinlich hatte sie sich von Jakoba auch mehr versprochen, als David sie damals aus dem Sumpf gezogen und zu ihr gebracht hatte. Aber Jakobas Visionen hatten sie enttäuscht, und daher hatte sie ihr so dringend geraten, sich einem Mann hinzugeben! Diese Jeanne versuchte sie bestimmt nicht davon zu überzeugen, ihre kostbare Jungfräulichkeit zu opfern! Jakobas Zorn wuchs und sie wünschte diesem Mädchen eine ordentliche Niederlage.

Im Herbst schien Jakobas Wunsch in Erfüllung zu gehen. Nachrichten aus Frankreich bestätigten, dass Jeanne d'Arc bei ihrem Versuch, Paris während des so genannten Waffenstillstands einzunehmen, kläglich gescheitert war. Die dritte Prophezeiung war nicht eingetroffen. Dies stärkte Philipps Position und schwächte Karls, der jetzt der Gegenseite immer neue Zugeständnisse machen musste. Jakoba vernahm dies mit einer gewissen Schadenfreude. Ihre eigene Niederlage wirkte angesichts der Tatsache, dass Philipp auch anderen Fürsten seinen Willen aufzwang, weniger schmählich.

Ein Jahr nach seiner Abreise kehrte Dirk von der Merwede zurück. Er hatte Marjan gefunden und versuchte seine Enttäuschung zu verbergen, dass Jakoba ihm zuvorgekommen war.

Die Spur von Beatrix hatte er noch nicht aufnehmen können, aber ein Abt in Brügge hatte Marjans Pergamentschrift entziffert. Es gab allerdings ein Problem. Nach der Lektüre erklärte der Abt, den Inhalt nur demjenigen zugänglich zu machen, für den er bestimmt war.

»Und wer ist das?«, fragte Jakoba gespannt.

»David«, erwiderte Dirk von der Merwede. »Anscheinend bezieht sich der ganze Text nur auf ihn.«

»Für einen Zwerg wurde so ein Aufwand gemacht?«, fragte Jakoba ungläubig. »Aber wer weiß, vielleicht steht da drin, dass sich unsere fromme Marjan mit Philipps Vater Johann ohne Furcht vergnügt hat! Würde mich nicht wundern. Dann wäre ja David Philipps Bruder und mein Cousin! David muss unbedingt nach Brügge.«

»Da will er sowieso hin«, erklärte Dirk und mied Jakobas Blick, als er fortfuhr: »Das hat er mir in Le Quesnoy gesagt.«

Wie ein Pfeil traf ihn Jakobas Blick.

»Was fällt dir ein!«, brauste sie auf. »*Ich* habe dir den Auftrag gegeben! Du hattest kein Recht, David darüber zu informieren!«

»Das habe ich auch nicht«, erwiderte der Ritter. »David fährt mit deiner Mutter zu Philipps Hochzeit. Und die findet in Brügge statt. Darum habe ich mich auch so beeilt, hierher zu kommen. Du solltest auch fahren!«

»Meine Mutter hat sich wohl sehr gefreut, dich wieder zu sehen!«, fuhr Jakoba ihn an.

»Hat sie«, gab Dirk trocken zurück. »Und sie schickt dir diesen Brief.«

Er händigte ihr das Schreiben aus. Jakoba legte es zur Seite.

»Sie bittet dich, ebenfalls zu Philipps Hochzeit zu kommen. Das steht da drin.« Er nickte zu dem Brief hin.

»Ach, über ihre Korrespondenz hält sie dich auch auf dem Laufenden?«, fragte Jakoba spitz. »Darf man schon gratulieren? Wirst du jetzt mein Stiefvater? Aber ich glaube kaum, dass Philipp einer Doppelhochzeit zustimmen wird.«

»Deine Mutter und mich verbindet eine langjährige Freundschaft«, erwiderte Dirk steif.

»Die gelegentlich in ihrer Kemenate besiegelt wird?«

»Vielleicht bist du diejenige, die wieder heiraten sollte«, sagte Dirk kopfschüttelnd. »Das Alleinsein macht dich ungerecht. Du musst wieder unter Menschen kommen, Jakoba. Fahr zur Hochzeit.«

»Wo ich mich nach einem geeigneten Kandidaten umsehen kann? Einem, der garantiert die Zustimmung von Philipp, meiner Mutter und den Generalstaaten erhält, wie es in dem wunderbaren Vertrag von Delft so schön heißt? Nein, danke, Dirk. Außerdem habe ich zwei triftige Gründe, dieser Hochzeit fern zu bleiben. Erstens heißt Philipps Braut Isabella, und Frauen dieses Namens haben mir immer nur Unglück gebracht …«

»Und zweitens?«

»Zweitens habe ich keine standesgemäße Begleitung.«

»Daran hat deine Mutter schon gedacht und alles geregelt. Heute Abend wird dir Herr Frank von Borsselen seine Aufwartung machen. Ich komme gerade von seinem Hof und er möchte bereits in zwei Tagen nach Brügge aufbrechen.«

Jakoba machte den Mund auf und klappte ihn gleich wieder zu. »Lass mich allein!«, fuhr sie Dirk an und wandte sich ab.

Es war nicht zu glauben! Der Gräfin von Holland und Seeland waren zwar nur ihre Titel und ein paar Ländereien geblieben, aber sie hatte geglaubt, ihr bisschen Leben zumindest selbst gestalten zu können. Und jetzt wurde schon wieder über ihren Kopf hinweg bestimmt, was sie zu tun hätte. Sie würde sich in eine Krankheit flüchten müssen.

Darüber, wie sie Frank von Borsselen am Abend begegnen würde, wollte sie im Küchengarten nachdenken. Ihre Kräuter hatte sie in der letzten Zeit sehr vernachlässigt.

Nicht nur sie, stellte sie entsetzt fest, als sie zwischen den mit Unkraut überwucherten Beeten stand. Die Hecke, die den Wind abhalten sollte, war nicht gestutzt worden, sondern in die Höhe geschossen und im unteren Bereich so ausgedünnt, dass die zarten Pflänzchen dahinter jedem Sturm ausgesetzt waren. Jakoba ließ die zuständige Magd Elsa holen.

Weinend entschuldigte sich Elsa für ihre Nachlässigkeit. Aber es habe an der Zeit gefehlt, den Garten der Gräfin zu hegen. Ihr Vater und ihre Brüder seien in den letzten Schlachten gefallen und jetzt kränkele ihre Mutter. Die würde verhungern oder vertrieben werden, wenn Elsa nicht in den Abenden und frühen Morgenstunden den kleinen Hof versorgen würde.

Empört, dass es die Magd gewagt hatte, persönliche Gründe für die Verwilderung des Küchengartens anzuführen, versetzte Jakoba ihr eine kräftige Ohrfeige.

»Du stehst in meinen Diensten!«, fuhr sie Elsa an.

Eine Bewegung außerhalb des Gartentors ließ beide Frauen herumfahren. Jakoba blickte in das ernste Gesicht Frank von Borsselens. Ihr Magen verkrampfte sich. Der Mann, an dessen Hof niemand geschlagen wurde, war Zeuge gewesen, wie sie eine Magd geohrfeigt hatte. Wie lange hatte er schon da gestanden und sie beobachtet?

»Darf ich näher treten, Gräfin?«

»Verschwinde«, zischte Jakoba ihrer Magd zu, die dieser Aufforderung sehr eilig nachkam. Frank trat zur Seite, um Elsa vorbeizulassen.

»Ich grüße Euch, Herr Frank«, sagte Jakoba höflich, während in ihr ein Sturm tobte, »begebt Euch bitte in die Halle. Ich werde mich in einer kleinen Weile zu Euch gesellen. Ich habe hier noch zu tun.«

Aber Frank rührte sich nicht vom Fleck.

»Ich habe Euch erst heute Abend erwartet«, fuhr Jakoba unsicher fort. Frank schwieg.

»Die Magd war ungehorsam. Seht doch selbst, wie es hier aussieht!«, rief sie und ärgerte sich gleichzeitig, dass sie sich vor ihrem Besucher für ihr Handeln rechtfertigte. »Was hätte ich tun sollen?«

»Der Magd zuhören?«, schlug Frank vor. »Vielleicht Gnade vor Recht ergehen lassen?«

»Mir sind weder Gnade noch Recht geschenkt worden!«

Sie musste unbedingt eine Bank in den Garten stellen. Ihre Knie schienen den Dienst zu versagen. Frank trat durch das Tor auf Jakoba zu, ohne den Blick von ihren Augen zu nehmen. Wie gebannt blieb Jakoba stehen. Wenn er mir jetzt eine Ohrfeige gibt, kann ich mich nicht wehren, dachte sie. Aber sie wusste, dass er sie nicht schlagen würde. Sie wusste, dass alle Versuche, diesem Mann auszuweichen, gescheitert waren.

Er war jetzt so nah, dass sie seinen Atem auf ihrem Gesicht spürte. Ein Zittern lief durch ihren Körper. Mit einer raschen Bewegung zog er sie an sich, und wie von selbst hob sich ihr Mund seinem entgegen. Sein Kuss löschte den Rest der Welt aus, und wie damals in Woudrichem war Jakoba nur von einem einzigen Wunsch beseelt, sich diesem Mann hinzugeben. Wo seine Hände über ihren Leib strichen, wurde dieser glühend heiß, wo sein Mund sie berührte, lebten tausend Nervenzellen auf. Sie drängte sich an ihn, ihre Finger krallten sich in seinen verlängerten Rücken und dann ließ sie sich einfach fallen. Auf dem Unkraut der vergangenen Wochen, zwischen verkümmerter Petersilie und vertrocknetem Salbei erlebte sie den ersten Liebesrausch ihres Lebens. Ihren Glücksschrei dämpfte Franks Hand, sie hörte ihn schwer atmen und dann war es vorbei. Staunend öffnete sie die Augen und sah in das Gesicht des Mannes über ihr.

»In deinen Augen spiegelt sich die Nordsee«, flüsterte er und pflückte ihr ein Stück Petersilie aus dem Haar. Ganz langsam nahm er sein Gewicht von ihrem Körper, zog ihr mit einer unendlich zärtlichen Bewegung die Röcke wieder nach unten und richtete dann seine eigene Kleidung. Dicht aneinander geschmiegt blieben sie auf der Erde sitzen. Nichts würde ihr jemals wieder zustoßen, dachte Jakoba, wenn sie für den Rest ihres Lebens Franks Arme um ihre Schultern spüren durfte.

Nach langer Zeit sprach sie als Erste.

»Was machen wir jetzt?«

Hungrig suchte sein Mund den ihren, bevor er antwortete: »Das Gleiche noch einmal? Im Haus?«

Er stand auf und zog sie mit sich hoch. Eng umschlungen liefen sie durch den Garten, an den Ställen vorbei über den Schlossplatz in die Burg. Dirk von der Merwede, der in der Halle mit Franks Knappen Dame spielte, blickte verwundert auf. Jakoba schien an Franks Seite durch die Halle zu schweben. Sie hatte keinen Blick für ihre Umgebung, aber ihr versonnenes Lächeln sprach Bände. Als sie auf der ersten Treppenstufe stolperte, hob Frank sie auf und trug sie nach oben. Mit offenem Mund verfolgte der Knappe das Schauspiel.

»Das sehe ich bei meinem Herrn zum ersten Mal!«, sagte er.

»Ich bei meiner Herrin auch«, erwiderte Dirk. Vor ein paar Jahren wäre er eifersüchtig gewesen, jetzt aber war er herzlich froh. Vielleicht würde sich für Jakoba alles zum Guten wenden.

Wenig später, als Jakoba zu der Lärmkugel im Bronzebecken neben ihrem Bett greifen wollte, hielt Frank sie auf.

»Bitte«, sagte er leise, »rufe die Zofe nicht.«

»Warum nicht?«, fragte Jakoba überrascht. »Ich wollte sie bitten uns das Essen hier zu servieren. Das ist doch viel gemütlicher als unten und wir können …«

»Nein, Jakoba«, wiederholte Frank. »Wir essen unten. Ich fürchte, wir haben einen großen Fehler gemacht.«

Erschrocken wich sie zurück. Er las ihren Blick und zog Jakoba wieder an sich.

»Nein, nein, mein Herz, es ist kein Fehler, dich zu lieben. Das ist das größte Geschenk meines Lebens. Aber wir hätten achtsamer sein sollen. Jetzt müssen wir diejenigen, die uns gesehen haben, zum Stillschweigen verpflichten.«

»Warum denn das!«, rief Jakoba amüsiert. »Als ob es uns interessiert, was das Gesinde denkt! Im Übrigen wird es höchstens erleichtert darüber sein, dass wir uns endlich so benehmen, wie es das gemeine Volk von uns erwartet!«

»Du verstehst mich immer noch nicht.« Frank stieg aus dem Bett und begann sich anzukleiden.

»Was gibt es da zu verstehen?«

»Philipp«, sagte Frank nur. Jakoba zuckte zusammen, als wäre ein Eimer kaltes Wasser über sie ausgeschüttet worden.

»Philipp? Was hat der damit zu tun?«

»Alles. Wenn ihm dies zu Ohren kommt, sind wir in großer Gefahr.«

Er hatte ihr den Rücken zugewandt und stieg in seine Beinkleider. Ein stattlicher Mann, dachte Jakoba, sein Leib ist nicht so zart und schön wie Jeans, kleiner und fülliger als Humphreys, aber er besitzt die einzigen Arme, in denen ich bis ans Ende meines Lebens liegen will. Und das wird mir auch kein Philipp nehmen.

»Du bist Philipps Freund«, bemerkte sie.

»Nicht nur das, ich bin auch sein Statthalter.«

»Und mein Aufpasser«, fügte Jakoba finster hinzu.

»Ein hartes Wort, aber es trifft den Kern.« Er griff zu seinem Hemd. »Ich habe den Auftrag, dafür zu sorgen, dass du nicht doch wieder einen Aufstand anzettelst. Du musst zugeben, dass er Grund hat, dir zu misstrauen. Du bist ihm zu oft in die Quere gekommen. Jakoba, zurzeit regt sich viel Widerstand im Land gegen Burgund. Die zusätzlichen Steuern, die Philipps Ländern wegen dieser Hochzeit aufgedrückt worden sind, könnten das Fass zum Überlaufen bringen. Und mit mir ist Philipp zurzeit auch nicht zufrieden. Er wirft mir vor, mehr die seeländischen Interessen als die seinen zu vertreten. Ich habe ihm gesagt, dass er sich dem Volk hier wieder zeigen soll, aber er kann sich im Moment nicht um die niederen Lande kümmern. Die Jungfrau in Frankreich macht ihm immer noch zu schaffen.«

Jakoba hatte mit wachsendem Interesse zugehört. Ihr Herz klopfte beinahe so schnell wie vor wenigen Stunden im Küchengarten. Sollte sich ihr Glück jetzt doch noch wenden? Konnte sie Philipp einen seiner besten Leute *und* ihre Länder entreißen? »Frank …«, begann sie zögernd. Ihre Augen funkelten.

»Nein!«, erwiderte er hart. »Schlag dir das aus dem Kopf! Wenn ich es verhindern kann, wird kein Krieg mehr geführt.«

»Du bist Seeländer!«, hielt ihm Jakoba vor. »Du solltest daran interessiert sein, die fremden Burgunder zu vertreiben und das Land denen zurückzugeben, denen es gehört.«

»Den Wittelsbachern mit Burgunderblut?«, fragte er.

»Das ist etwas anderes!« Jakoba sprang vom Bett, stampfte mit dem Fuß auf und warf eine mit Marzipan gefüllte Schale gegen die Wand.

Fasziniert betrachtete er ihren Leib, den die langen Kastanienwellen halb bedeckten. Jakoba war beinahe dreißig, hatte aber die Figur eines jungen Mädchens. Und wie ein junges Mädchen hatte sie sich in den vergangenen Stunden in die Kunst des Liebens vertieft. Als ob sie Neuland betreten hätte, eine Welt, die ihr bis dahin unbekannt gewesen wäre. Und das nach drei Ehemännern!

Er zog sich die Beinkleider wieder aus. Er hatte ihr noch so viel beizubringen. Das Essen konnte warten.

Aber Jakoba ließ sich nicht von ihm berühren. Nackt schritt sie durchs Zimmer und schlug die Arme, in denen sie gerade noch für den Rest ihres Lebens hatte liegen wollen, von sich ab.

»Natürlich!«, brüllte sie und stieß einen Fluch aus, der ihn erröten ließ. Sie hielt inne und hob eine Faust. »Du bist ein Kabeljau! Du kriechst in das Arschloch des Stärksten. Nenne mir einen Grund, weshalb du mir nicht helfen willst meine Länder zurückzuerobern!«

»Ein großes gesundes Ganzes«, sagte Frank, als er sich die Beinkleider wieder anzog, »ist besser als viele zerschnittene, zerstrittene und verwüstete Teilchen. Von einem weiteren Krieg, Jakoba, selbst wenn du ihn gewinnst, würden sich deine Länder nicht mehr erholen können. Du würdest über Witwen und Waisen eines verarmten, ausgeplünderten Gebiets herrschen, das sich weder der Sturmfluten noch neuer Angriffe erwehren könnte. Weißt du noch, wie reich die Länder einst waren? Philipp wird ihnen wieder zu Wohlstand verhelfen. Wir brauchen eine Zeit des Aufbaus, nicht des Umsturzes.«

»Du willst mir also nicht helfen?«

Frank schüttelte den Kopf.

»Dann fahr doch allein zur Hochzeit deines hochwohlgeborenen Herrschers! Besser noch, du verschwindest sofort von hier! Dann brauchst du auch keine Angst zu haben, dass dir Philipp Vorwürfe macht, mit seiner ausgestoßenen Cousine angebandelt zu haben!« Blind vor Wut zog Jakoba eine Decke vom Bett, hüllte sich darin ein und stellte sich so ans Fenster, dass sie ihm den Rücken zukehrte. »Geh! Und komm nicht zurück! Philipps Almosen kann dein Schatzmeister überbringen. Ich will dich nicht mehr sehen!«

»Können wir nicht vernünftig und in aller Ruhe darüber reden?«, fragte er.

Sie drehte sich um. »Hast du nicht gehört? Geh!«

In den Augen, dachte er traurig, würde jetzt jeder Schiffbruch erleiden. Er griff zu seinem Mantel und verließ das Zimmer.

Dirk von der Merwede stieß einen tiefen Seufzer aus, als er Frank davonreiten sah. So schnell würde sich bei Jakoba wohl nichts zum Guten wenden.

Jakoba ließ sich an diesem Abend zunächst nicht blicken. Von Schluchzern geschüttelt hockte sie auf ihrem Bett und hielt das Kissen an sich gedrückt. Es strömte immer noch den Geruch des Mannes aus, der ihr am Nachmittag solche Wonnen bereitet hatte. Wie sanft waren seine Hände über ihre Haut geglitten, wie zärtlich hatte sein Mund ihren Leib erforscht! Jetzt wusste sie, dass die Minnesänger nicht übertrieben, jetzt kannte sie die Leidenschaft und glaubte auch des Wortes eigentliche Bedeutung zu verstehen: Leiden schaffen!

Trotzdem hätte sie kein Wort zurücknehmen wollen. Wenn Frank sie wirklich so liebte, wie er behauptete – das größte Geschenk seines Lebens –, würde er auch für sie kämpfen. Das war ja wohl das Mindeste, was man von einem Ritter erwarten konnte. Sie verstand ihn nicht. Andere Ritter setzten schon für einen liebevollen Blick der Herrin ihr Leben aufs Spiel. Sie hingegen konnte ihrem Sieger eine Palette schöner Länder zu Füßen legen. Er würde sie heiraten können, ohne Philipp, ihre Mutter und die Generalstaaten erst demütig um

Erlaubnis fragen zu müssen. Er könnte den Kuss von Delft ungeschehen machen!

Jetzt wünschte sie der französischen Jungfrau alles Glück der Welt bei ihrem Kampf gegen Philipp. Jakoba rutschte vom Bett, kniete nieder und flehte Gott an, Philipp so in den französisch-englischen Krieg einzubinden, dass er weder Zeit noch Heerscharen hatte, um sich ihr in den niederen Landen entgegenzustellen. Alle Heiligen und auch Marjan sollten Jeanne d'Arc zur Seite stehen! Und wenn dann Frankreich befreit war, würden Philipps Truppen zu schwach sein, um den ihren Gegenwehr zu leisten. Dann konnte ihre Stunde kommen! Bei diesen Gedanken versiegten Jakobas Tränen.

Sie stand auf und streckte sich. Das Blut schien wieder schneller durch ihre Adern zu fließen. Nein, dachte sie, ich bin noch nicht geschlagen. Ich bin noch jung und einfallsreich! Die Monate der Untätigkeit hatten sie nur kurzfristig gelähmt. Schluss mit dem Selbstmitleid, sie musste sich wieder ihrer Pflicht besinnen! Es gab ihre treuen Haken noch, wenn auch in stark reduzierter Zahl. Aber die würden mit Freuden wieder zu den Waffen greifen, nur zu froh sein, die Ehre des Hauses Wittelsbach wiederherzustellen.

Rasch zog sie sich an. Sie musste mit Dirk darüber sprechen. Der Ritter würde glücklich sein endlich wieder kämpfen zu können. Sie wusste, wie er unter den Niederlagen der Haken gelitten hatte. Es war schon ein trauriger Auftrag gewesen, den Recken nach einer verschwundenen alten Frau suchen zu lassen!

Dirk reagierte nicht so begeistert, wie sie es sich gewünscht hatte.

»Ist dir klar, wie vorsichtig du zu Werke gehen musst?«, fragte er. Ihm dämmerte jetzt, was zwischen Jakoba und Frank vorgefallen sein könnte. »Herr Frank wird all deine Bewegungen sehr aufmerksam verfolgen. Vor allem jetzt«, fügte er stirnrunzelnd hinzu.

»Aber nicht deine. Du kannst wieder losziehen und die Edlen und Städte um Unterstützung angehen. Glaube mir, jeder will die Burgunder loswerden.«

»Das kann schon sein, aber es hat wenig Sinn, jetzt etwas zu unternehmen. Jeder von Bedeutung ist auf dem Weg nach Brügge. Zur Hochzeit.«

»Wunderbar!«, rief Jakoba. »Dann sind ja alle zusammen.« Sie klatschte laut in die Hände und beauftragte die Dienerin, alles für den morgigen Aufbruch vorzubereiten. Strahlend wandte sie sich an Dirk: »Welch ein Vergnügen, den Aufstand gegen Philipp auf seinem Hochzeitsfest zu planen!«

So einfach war es nicht. Die ganze Welt schien sich in Brügge eingefunden zu haben, um an einem der prunkvollsten Spektakel der Neuzeit teilzunehmen. Das Fest würde Wochen dauern und Philipps Länder ungeheure Summen kosten. Noch nie hatte die Welt so viel Extravaganz gesehen, so reich geschmückte Straßen und Gebäude. Noch nie hatte es eine Hochzeitstorte gegeben, in der sich ein ganzes Schaf befand! Noch nie war so viel Wein aus den Fontänen der Stadt geflossen.

Jakoba, die mit ihrem kleinen Hofstaat in einem Schlösschen etwas außerhalb der Stadt untergekommen war, entdeckte ihre Mutter erst am Abend beim Hochzeitsmahl. Als einer der Ehrengäste saß sie unter dem Baldachin an Philipps langer Tafel – Frank von Borsselen gegenüber. Der erhob sich, als Jakoba an ihm vorbeiging. Sie nickte ihm kühl zu, konnte aber nicht verhindern, dass heiße Wellen durch ihren Körper wogten.

»Möchtet Ihr Euch setzen?«, fragte ein Herzog, der zu Marguerites Rechten saß und sich in der Altersgruppe befand, aus der sich ihre Mutter jetzt die Liebhaber zu erwählen schien. Besorgt legte Marguerite eine Hand auf Jakobas Stirn.

»Kind, du bist ja ganz heiß! Wenn du dich kurz hinlegen möchtest, kann dich David auf mein Zimmer führen …«

»Hätte ich mir doch denken können, dass Philipp seine Tante in seinem eigenen Schloss unterbringt«, murmelte Jakoba.

»Du hast dich zu spät angemeldet«, erwiderte Marguerite.

»Herr Frank«, sie nickte über den Tisch, »meinte, du würdest nicht erscheinen.«

»Ich freue mich, dass ich mich geirrt habe.« Die sonore Stimme schickte neue Wellen durch ihren Körper.

Eine Fanfare ertönte.

»Pssst, psst«, meldete sich David, »jetzt kommt die großartigste Darbietung aller Zeiten, schaut nur!«

Jakoba und Marguerite wandten sich zum Kopfende der Tafel. Philipp war aufgestanden. Sein kostbarer roter Samtmantel leuchtete im Schein der Kerzen.

»Hat er seinen Vater etwa gerächt?«, flüsterte Jakoba ihrer Mutter zu. »Oder warum hat er Schwarz abgelegt?«

Empört blickte Marguerite ihre Tochter an. »Wer trägt schon Schwarz auf seiner Hochzeit!«

»Philipp«, erinnerte sie Jakoba. »Bei seiner letzten, der mit der armen Bona von Artois.«

»Psst!« David zog an Jakobas weitem Ärmel.

Sie nickte ihm beschwichtigend zu.

Applaus brandete auf, als Philipp verkündete, dass er an diesem Tag seinen eigenen Ritterorden gründen würde, den Orden des Goldenen Vlieses. Er ließ sich ein vergoldetes Widderfell reichen und hob es mit beiden Armen über den Kopf.

»Schutzpatron dieses Ordens sind die Heilige Jungfrau und der heilige Andreas«, erklärte Philipp jetzt, »wer ihm angehört, und ich beschränke die Zahl seiner Ritter auf vierundzwanzig, verpflichtet sich, alle ritterlichen Tugenden zu verteidigen …«

In Jakobas Kopf hämmerte es. Sie spürte Franks Blick und musste sich zwingen ihn nicht zu erwidern. Von Philipps Rede nahm sie nichts mehr auf.

»Jetzt«, flüsterte David aufgeregt. Philipp hatte sich gesetzt und dem Zeremonienmeister ein Zeichen gegeben.

Ein roter Vorhang, hinter dem Jakoba eine Fensterreihe vermutet hatte, wurde weggezogen und gab den Blick auf eine Bühne frei. Spärlich bekleidete Mädchen und muskulöse Männer in griechischen Togen verbeugten sich.

David zog an Jakobas Ärmel. »Tanz!«, sagte er. »Ich hab's dir doch gesagt!«

Die Musik setzte ein und die Gruppe tanzte die Geschichte von Jason, den Argonauten und dem Goldenen Vlies. Viele Zuschauer hielt es nicht mehr auf den Stühlen, als Jason mit dem Goldenen Vlies auf den Schultern den Siegestanz aufführte. Ihm gehörte jetzt alle politische Macht. Die Gäste drängten sich nach vorn zur Bühne. Einige stampften mit den Füßen den Takt mit, andere klatschten in die Hände oder schlugen mit den Fäusten auf die Tische. Es war ein Riesenspektakel und das erste Ballett, das im nördlichen Halbrund jemals aufgeführt worden war. Danach ernannte Philipp die neuen Ordensritter und ließ ihnen Gewänder aus dem gleichen kostbaren roten Samt reichen, wie er eins trug. Sie zogen sich die Kleider über und ließen sich eine goldene Kette mit einem blau emaillierten Feuerstein und einem Stück Widderfell, das durch einen goldenen Ring gezogen war, um den Hals legen.

Zu Jakobas Überraschung befand sich Frank nicht unter den so Geehrten. Dann fiel ihr wieder ein, dass er sich zurzeit nicht der ganzen Gnade des Herzogs von Burgund erfreute. Könnte ihn die Schmach, nicht in den edlen Bund aufgenommen worden zu sein, vielleicht doch bewegen ihren Vorschlag zu überdenken?

»Die Burgunder«, flüsterte David den beiden Frauen zu, »stammen also von den Trojanern ab, falls euch das noch nicht eingefallen sein sollte.« Er machte eine tiefe Verbeugung vor Marguerite.

»Weißt du noch, wie Jason endet, nachdem er das Goldene Vlies erobert hat?«, fragte Jakoba. »Er wird vom Bug seines verrotteten und abgetakelten Schiffs erschlagen. Zu Recht, denn er hat sich der Treulosigkeit schuldig gemacht.«

Marguerite war von der Vorführung beeindruckt. »Philipp hat es wirklich weit gebracht«, bemerkte sie, »einen solchen Ritterorden zu gründen! So etwas haben vor ihm eigentlich nur Kaiser und Könige getan.«

»Er scheint sich selbst für beides zu halten«, bemerkte Jakoba, »den Kaiser nimmt er schon lange nicht mehr ernst, ist genauso versessen auf Königswürden, wie es sein Vater war, und den französischen König erkennt er nicht an.«

»Wer französischer König ist, ist noch nicht entschieden«, bemerkte Marguerite.

»Ich war bei seiner Krönung«, warf Jakoba ein.

»Bei der einige wichtige Elemente fehlten«, erwiderte ihre Mutter. »Ersatzleute sind für die zwölf Pairs vor den Hochaltar getreten. Hast du da zum Beispiel den Bischof von Beauvais gesehen oder Philipp? Ohne sie ist der Ritus nicht perfekt. Und die königlichen Regalien befinden sich immer noch in Saint-Denis in Paris. Diese Krönung war eine Farce, mein Kind.«

»Du stehst wie immer auf Seiten deines geliebten Neffen«, sagte Jakoba.

Mit ernsten Augen wandte sich die Mutter ihr zu. »Nein, Jakoba, ich mache ihn mir nur nicht zum Feind. Das ist etwas anderes.«

Jakoba sah zum Tafelende und erstarrte, als sie Philipps Blick begegnete. Er hob seinen goldenen Pokal und sprach mit lauter Stimme auf Französisch: »Sei gegrüßt, geliebte Cousine, dein Erscheinen ziert diese Tafel.« Auf Holländisch fügte er hinzu: »Solltest du die Gelegenheit nutzen, mit deinen Haken einen Haken schlagen zu wollen, möchte ich dich aufs Liebenswürdigste daran erinnern, dass ich dir in allem überlegen bin.«

Er nickte ihr freundlich zu und wandte sich dann an seine fragend blickende Braut, der er bestimmt nicht den korrekten Wortlaut des Textes übersetzte. Jakoba drehte sich zu Frank. Der Ritter schüttelte fast unmerklich den Kopf.

»Mir ist nicht wohl. Ich gehe«, sagte Jakoba zu ihrer Mutter. Sie wandte sich an David. »Denke daran, dass wir morgen früh ins Kloster gehen müssen.«

Marguerite hob die Augenbrauen. »Ins Kloster? Statt zum Turnier?«

David streichelte Marguerites Hand. »Es ist sehr wichtig. Ich werde es dir morgen Abend erzählen.«

Dirk von der Merwede wartete am Ausgang auf Jakoba.

»Das ist die Krönung«, schäumte sie. »Philipp hat mich beleidigt! Vor allen Leuten!«

»Aber das hat er doch schon immer getan«, erwiderte Dirk. »Deine bloße Anwesenheit genügt, ihn zu einem Bonmot herauszufordern. Warum sollte er sich auf seiner Hochzeitsfeier zusammenreißen?«

»Wie viel Haken hast du hier gesehen?«

»Sehr wenige«, erwiderte Dirk leise. »Das überrascht mich auch.«

»Mich nicht! Warum sollten sie Philipp die Ehre erweisen! Ich hätte nicht auf dich hören dürfen. *Alle Edlen sind unterwegs!* Wir hätten zu Hause bleiben und während Philipps Hochzeit zuschlagen sollen. Jetzt ist es zu spät.«

In Marguerites Sänfte ließen sich Jakoba und David am nächsten Morgen zu einem Kloster in der Nähe der Stadt bringen. Hier residierte der Abt, der Marjans Pergamentschrift entziffert hatte. Er begrüßte sie höflich, aber es entging Jakoba nicht, dass er David mit verstohlener Neugier musterte.

»Darf ich Madame bitten, in diesem Raum zu warten?«, sagte der Abt und öffnete eine Tür zu einem Nebenzimmer.

Jakoba schüttelte den Kopf. »Ich werde dabei sein.«

»Es dauert mich, Madame, aber in der Schrift wird ausdrücklich erwähnt, dass der Inhalt nur diesem Herrn bekannt gemacht werden darf.«

Jakoba sah zu David. »Ich werde dir alles erzählen«, versprach der. »Hand aufs Herz.«

»Ihr solltet mit solchen Versprechen vorsichtig sein«, warnte der Abt. Fasziniert blickte Jakoba auf seine Ohren. Bei jedem Satz wackelten sie ein wenig.

»Dann könnte ich genauso gut dabei sein«, sagte sie.

Der Abt schwieg und hielt ihr die Tür auf. Sie zuckte mit den Achseln und betrat den Raum, der erheblich reicher ausgeschmückt war als Marjans Kammer. An einer Wand hinter einem Lesepult stand ein Regal mit mindestens dreißig Büchern.

»Erfreut Euch an unseren erbaulichen Schriften«, riet der Abt und verschwand ohrenwackelnd.

Erst nach zwei Stunden kehrte David zurück. Er war blass und sichtlich bewegt.

»Nun sag schon«, drängte ihn Jakoba. »Von wem stammst du ab?«

Der Abt schüttelte den Kopf. »Entbindet ihn von seinem Versprechen, hohe Frau«, sagte er und seine Ohren wackelten heftiger denn zuvor. »Die Last ist zu groß. Gottes Wege sind wahrhaft wunderlich, aber ich wünschte, Er in Seiner Güte hätte es mir erspart, diese Botschaft zu übermitteln.«

Sosehr Jakoba auch drängte, David schwieg den ganzen Rückweg über.

»Ich entbinde dich *nicht* von deinem Versprechen!«, sagte sie verärgert, als sie vor dem Haus ihrer Gastfamilie ausstieg. »Schließlich habe ich das Pergament gefunden. Ich habe ein Recht auf die Wahrheit.«

»Sie wird dir nicht gefallen«, sagte David tonlos, »aber wenn du sie unbedingt erfahren willst, komm mit.«

»Wohin?«

»Zu deiner Mutter.«

»Natürlich, *der* willst du es brühwarm erzählen und ich darf es nicht wissen!« Sie stieg wieder in die Sänfte.

Erst am späten Nachmittag trafen sie Marguerite in Philipps Schloss an. Sie hatte sich hingelegt, erklärte sich aber bereit ihre Tochter und ihren Liebling zu empfangen.

»Was hat dich denn gebissen, David?«, fragte sie beunruhigt, als sie in das Gesicht des kleinen Mannes sah.

»Ich habe eine Frage«, sagte der Zwerg ernst. »Es gab ein ganzes Jahr, in dem du von deinem Mann getrennt gelebt hast. Wo hast du dich da aufgehalten?«

»Als er gegen die Friesen zog?«, fragte Marguerite unsicher zurück. »Bei meiner Familie in Burgund. Warum ist das so wichtig?«

»Die ganze Zeit in Burgund?«

Jetzt wurde Marguerite so blass wie David. »Was geht dich das an?«

David lehnte sich an einen Stuhl. »Viel«, erwiderte er, »sehr viel.« Er nannte den Namen eines Klosters und einer Äbtissin. »Diese hat schriftlich niedergelegt, dass ich auf Wunsch von Philipp dem Kühnen, dem damaligen Herzog von Burgund, getötet werden sollte. Marjan hat mir nicht das Leben geschenkt, sie hat es mir gerettet.«

»Was!«, rief Jakoba.

Marguerite öffnete den Mund, brachte aber keinen Ton heraus. David las das Wort, das ihre Lippen formten.

»Nein«, sagte er hart, »ich werde nicht verschwinden. Nicht bevor ich weiß, wer mein Vater ist.«

Aus seinem Wams zog er das Pergament.

»Die Mutter Oberin hat es gewagt, eine Andeutung zu machen. Dies würde eventuell auch …«, er breitete die Hände aus und blickte an sich herab, »… *mich* erklären. Dass Burgunderblut in mir fließt, haben auch schon andere vermutet. Aber sag mir, Marguerite, ist es mehr als nur die Hälfte?«

10. KAPITEL

Marjan

1430–1432

Sie schlug Marguerites Tür hinter sich zu, aber die Schreie ihrer Mutter verfolgten sie noch auf dem Gang. Keine Sekunde länger hätte es Jakoba in dem Zimmer aushalten können, in dem sich solche Abgründe aufgetan hatten. Zwei vertraute Menschen waren ihr mit einem Schlag fremd geworden. Der fröhliche Zwerg hatte sich in einen ernsten und unerbittlichen Richter verwandelt, die stets auf Haltung bedachte Herzogin in ein unbeherrscht schreiendes Marktweib.

Jakoba entging, dass sich einige Türen öffneten und neugierige Gesichter herauslugten, sie wurde sich ihrer Umgebung erst bewusst, als sich ihr jemand in den Weg stellte.

»Was ist geschehen? Kann ich dir helfen?«

»Frank!«, schluchzte Jakoba und warf sich in seine Arme. Er sah sich rasch um und zerrte sie dann in sein Zimmer. Wie eine Ertrinkende klammerte sich Jakoba an ihn und weinte unkontrolliert.

»Wenn ich gewusst hätte, dass du herkommst, hätte ich mehr Tücher mitgenommen«, meinte Frank und reichte ihr eins. Er zog sie neben sich aufs Bett, legte einen Arm um ihre Schultern und wartete.

»David«, sagte Jakoba, nachdem sie sich die Nase geputzt hatte, »David ist mein Bruder! Und auch Philipps Bruder!«, fügte sie beinah unhörbar hinzu.

Frank von Borsselen begriff nicht. »Bist du krank, Jakoba?«, fragte er besorgt.

»Ich?!« Sie schüttelte seinen Arm ab und setzte sich aufrecht hin. »Eher meine Mutter! Sie hat meinen Vater betrogen – mit ihrem eigenen Bruder, meinem Onkel Johann ohne

Furcht. Und David ist das Ergebnis. Das haben wir heute erfahren.«

»Mein Gott«, flüsterte Frank, »Johann ohne Furcht! Das darf Philipp nie erfahren!«

»Ist das alles, woran du denken kannst?!«, fuhr Jakoba auf. »Philipp?!«

Er wollte mit ihr nicht streiten. Er wollte nie wieder mit ihr streiten. Er wollte sie in seine Arme ziehen und ihr sagen, dass er sie vor allem Bösen auf dieser Welt behüten werde. Aber leider stand das außerhalb seiner Macht.

»Deine Mutter? David?«, fragte er.

»Meine Mutter ist außer sich und will David wegjagen.«

»Er war doch immer ihr besonderer Liebling.«

»Als Hofnarr, Page und Spielzeug. Nicht als Sohn.«

»Und David?«

Sie hob die Schultern. »Ich weiß es nicht. Er hat sich wie ein kleiner Rachegott vor sie hingestellt und weicht nicht vom Fleck. So viel Feindseligkeit ... sie war beinah sichtbar! Ich konnte das nicht ertragen. Frank, ich habe solche Angst!«

Er zog sie wieder an sich und küsste ihr die frischen Tränen von der Wange.

»Wovor hast du Angst?«, fragte er.

»Vor allem, was ich noch erfahren werde. Vor allem, was noch passieren wird. Auf einmal ist nichts mehr so, wie es immer war.«

»Das, mein liebes Kind, ist kein Grund, sich zu fürchten. Alles verändert sich dauernd. Das nennt man Leben.«

Sie wehrte sich nicht, als er ihr wie einer Puppe langsam ein Kleidungsstück nach dem anderen abnahm. Bevor er ihr das letzte Unterkleid auszog, stand er auf und entnahm einer Kassette ein Fläschchen.

»Das habe ich aus Konstantinopel mitgebracht«, erklärte er. »Es wird dich beruhigen.«

»Gift?«, fragte sie murmelnd und streckte sich auf dem Bett aus. Sie wollte nur noch schlafen, Vergessenheit im Nichts suchen, aber der Sturm in ihrem Inneren war nicht zur Ruhe zu bringen.

Er lachte leise. »Nein, mein Herz, es ist ein Öl.«

Nachdem er sich ebenfalls entkleidet und ihr das Hemd über den Kopf gezogen hatte, legte er Jakoba auf den Bauch, tröpfelte Öl auf ihren Rücken und begann sie langsam und zärtlich zu massieren. Mit jeder Bewegung seiner Finger verschwand ein Stück Verzweiflung aus ihrem Kopf, lichtete sich das Chaos und machte einem Gefühl von Leichtigkeit Platz. Nichts schien mehr wirklich wichtig zu sein, als dass er ja keine Stelle an ihrem Körper einzureiben vergaß. Nachdem er jeden einzelnen Zeh geküsst und Jakoba wieder umgedreht hatte, zog sie ihn zu sich herunter. An Schlaf dachte sie jetzt nicht mehr.

»Das«, sagte sie später glücklich, »war ganz anders als in Seeland, sogar noch schöner!«

»Siehst du«, sagte er und küsste sie auf die Nasenspitze, »manchmal bringt Veränderung Vorteile.«

Ihr Gesicht verdunkelte sich. »Wenn sich nur nie wieder etwas zwischen uns verändert, Frank. Ich möchte dich nicht verlieren!«

»Das wirst du auch nicht, wenn du dich an zwei Bedingungen hältst. Es gilt immer noch, was ich dir auf deiner Burg gesagt habe. Wir müssen sehr vorsichtig sein, damit Philipp nichts davon erfährt. Er würde nicht glauben, dass uns Liebe verbindet, sondern davon ausgehen, dass wir uns gegen ihn verbünden und ihn mit unseren Haken und Kabeljauen gemeinsam aus den Ländern jagen wollen. Aber da sich ja, wie gesagt, alles dauernd ändert, muss dieser Zustand nicht ewig so bleiben. Es könnte eine Zeit kommen, in der er uns die Genehmigung zum Heiraten erteilt.«

Heiraten! Aus Liebe heiraten! Es klang wie ein Märchen.

»Und die zweite Bedingung?«, fragte Jakoba.

»Dass du nie wieder von mir verlangst dir deine Länder zurückzuerobern.«

Ihm sei die Freude am Feiern vergangen, erklärte David, als er Jakoba am nächsten Morgen begegnete. Er werde abreisen.

»Wo willst du hin?«, fragte Jakoba beunruhigt. »Was wird jetzt überhaupt mit dir geschehen?«

Er hob die Hände. »Gute Hofnarren sind überall willkommen. Aber erst werde ich zu meiner Mutter fahren.«

»Zu deiner Mutter?«, fragte Jakoba unsicher.

»Ja. Zu meiner *richtigen* Mutter. Das ist für mich immer noch Marjan. Du glaubst doch nicht, dass mich die Frau Herzogin als Bastard anerkennen wird? Dass sie mich als Erinnerung an ihre Blutschande um sich haben möchte? Ich bin bei der Frau, die mich gemacht hat, in Ungnade gefallen – eben weil sie herausgefunden hat, dass sie mich gemacht hat!«

Jakoba bückte sich, nahm David in die Arme und drückte ihn an sich. »Für mich hat sich nichts geändert. Ich habe dich lieb und werde mich schon daran gewöhnen, dass du mein Bruder bist. Bei mir wirst du immer ein Zuhause haben. Wenn ich dir verspreche den richtigen Wein auszuschenken, versprichst du mir dann auch nach Ostende zu kommen?«

Hätte sie David nicht besser gekannt, hätte sie geschworen, Tränen in seinen Augen glitzern zu sehen.

»Weißt du, was deine Mutter mir zum Schluss gesagt hat? Dass es für sie unerträglich wäre, wenn Philipp die Wahrheit wüsste.«

Als Philipp eine Woche später die Hochzeitsfeierlichkeiten nach Gent verlegte, waren Jakoba und Frank nicht mehr dabei. Sie richteten es so ein, dass sich ihre Reisegesellschaften zufällig begegnen mussten, und ritten gemeinsam nach Seeland zurück. Von ihrer Mutter hatte Jakoba nicht Abschied genommen.

Um kein Aufsehen zu erregen, blieb Jakoba nur eine Nacht bei Frank in Martensdijk und setzte am nächsten Tag nach Süd-Beveland über. Sie verabredeten, sich in drei Tagen – natürlich ebenfalls zufällig – auf der Jagd zu treffen.

»Wie soll ich das so lange ohne dich aushalten!«, rief sie. »Wir müssen uns etwas einfallen lassen.«

»Ortsveränderung«, überlegte Frank.

Jakoba sah ihn fragend an.

»Wir beide haben diverse Burgen. Da könnten wir einander besuchen. Wir müssten natürlich so wenige Begleiter wie möglich mitnehmen. Wenn wir unsere Aufenthalte klug streuen, wird das örtliche Personal nicht misstrauisch werden.« Er lachte bitter. »Vor allem, weil es ja ein offenes Geheimnis ist, dass ich ein Auge auf dich halten soll. Kannst du deinen Damen vertrauen, deiner Zofe?«

»Ich weiß es nicht«, erwiderte Jakoba mutlos. »Ich habe noch nie gewusst, wem ich wirklich vertrauen kann. Sogar meine Schwester hat mich hintergangen.«

Beatrix befand sich zu diesem Zeitpunkt in Gent. Es dauerte einige Tage, ehe sie zu Philipp Zugang erhielt, aber als er hörte, dass Beatrix ihn sprechen wollte, zog er sich in einen seiner Privaträume zurück und verlangte, sie augenblicklich zu sehen. Der Diener, der den Auftrag entgegengenommen hatte, verzog keine Miene darüber, dass der hohe Herr auch während seiner Hochzeitsfeierlichkeiten eine seiner Geliebten empfing.

Der eiskalte Blick, der Beatrix aus Philipps schönen Augen traf, wurde auch nicht wärmer, als er auf das Bündel in ihren Armen fiel.

»Dein Sohn«, erklärte sie und hielt ihm das Kind hin. »Alexander. Weil sein Vater doch Philipp heißt.«

Alle Mätressen, die Philipp einen Sohn geboren hatten, waren auf die gleiche Idee gekommen. Daher hatte er sich ausbedungen, die Namen seiner männlichen Bastarde selbst zu bestimmen. Flüchtig betrachtete er das Kind, bat Beatrix nicht, sich zu setzen, und musterte sie eine Weile schweigend. Sie erschrak vor seiner Kühle, wurde immer nervöser, als er nichts sagte, und begann dann selbst draufloszuplappern. Scharf unterbrach er sie und beschuldigte sie der Anstiftung zum Mord an Johann dem Unbarmherzigen, eines Mordes an einem ungeborenen Kind und eines Mordversuchs an Jakoba.

Entsetzt wies sie die Anschuldigungen weit von sich. Sie schwor, Jan von Vliet habe von den Engländern Geld erhalten, um Johann zu ermorden und damit Jakobas Gegenspieler auszuschalten. Philipp hielt das nicht für unwahrscheinlich. Nicht nur, weil derartige Gerüchte schon kurz nach Johanns Vergiftung die Runde gemacht hatten, sondern auch, weil ihm einige Engländer gestanden hatten solche Pläne durchaus erwogen zu haben. Mit Jakobas Getränk wäre das eine andere Sache gewesen, setzte Beatrix fort. Sie habe es ihr zwar gebracht, es aber nicht zubereitet. Das habe Marjan getan, die Mutter des Zwerges. Eine wirkliche Hexe, erklärte Beatrix flüsternd, obwohl sich außer ihnen niemand im Raum befand. Sie berichtete, wie sie in England einmal unfreiwillig zur Zeugin eines Rituals geworden war, bei dem Marjan Jakoba verzaubert hätte. Philipp warf ein, Marjan würde wohl kaum den Tod ihres Schützlings in Kauf genommen haben, aber auch darauf hatte Beatrix eine Antwort. Marjan habe die Dosis genau berechnet, und Jakoba selbst habe das Kind zu diesem Zeitpunkt gar nicht haben wollen, weil sie zu beschäftigt mit Kriegführen gewesen sei. Nein, erklärte Philipp, Beatrix lüge. Ein Kind von Humphrey hätte Jakobas Position als Gemahlin des Engländers und als Erbin der Lehensländer nur gestärkt. Er kenne seine Cousine zu gut, als dass sie diese Chance nicht genutzt hätte. Sie, Beatrix, sei zu gefährlich, als dass er sie frei herumlaufen lassen könne. Als er zu einer Klingel griff, warf sich Beatrix mit dem Kind in den Armen zu Philipps Füßen und flehte ihn unter Tränen an, ihr zu glauben.

»Gut«, sagte er, »du kannst mir beweisen, dass dies die Wahrheit ist. Fahre zu Jakoba und teile ihr das mit, was du mir soeben gesagt hast. Wenn alle Unklarheiten ausgeräumt sind, kannst du ihr wieder dienen und mir wieder Mitteilungen machen. Dann wird sich nichts geändert haben.«

Bleich schüttelte Beatrix den Kopf.

»Sie hasst mich! Sie glaubt, dass ich ihr Übles will. Und ich habe Angst, dass mir ihre Hexe etwas antut! Bitte, Philipp, verlange das nicht von mir!«

»Du hast die Wahl«, erwiderte er kühl. »Entweder ich lasse dich einsperren oder du fährst nach Seeland.«

»Und unser Sohn?«, rief Beatrix und hielt ihm das Bündel wieder hin.

»Den lasse ich mit meinen anderen Bastarden erziehen. Er wird Wilhelm heißen, nach deinem Vater.«

Er griff zur Klingel und ließ seinen Hofmarschall rufen. Diesen bat er, den Knaben Wilhelm augenblicklich zu den Frauen bringen zu lassen, die sich um seine jüngsten Bastarde in Brügge kümmerten. Außerdem solle er dafür sorgen, dass sich Madame Beatrix einer Reisegesellschaft anschließe, die nach Seeland ziehe.

»Mehr gibt es nicht zu sagen«, erklärte er kühl. »Ich warte auf deinen ersten Bericht. Geh.«

Ergebnislos schleppten sich die Friedensverhandlungen zwischen Philipp und Karl dahin. Die Jungfrau hatte Paris nicht erobern können, dafür aber Compiègne, die Stadt im Oisetal, die Philipp den Zugang nach Paris versperrte. Er ließ sofort zur Belagerung der Stadt aufrufen und führte selbst die Truppen an. Am Abend des 23. Mai 1430 überbrachte ihm sein bester Heerführer, der einäugige Johann von Luxemburg, die Nachricht, auf die Philipp lange gewartet hatte: Die Burgunder hatten Jeanne d'Arc, die so genannte Jungfrau von Orléans, bei einem Ausfall vom Pferd gestoßen und gefangen genommen. Was sollte jetzt mit ihr geschehen?

»Bringt sie nach Schloss Beaulieu, bewacht sie gut, lasst es ihr an nichts mangeln und behandelt sie höflich und mit Respekt«, verlangte Philipp. »Ich muss mich beraten.«

Reaktionen auf Jeannes Gefangennahme kamen von vielen Seiten, nur nicht von der, mit der Philipp gerechnet hatte. Karl rührte keinen Finger, um der Jungfrau zu helfen, der er seine Krone zu verdanken hatte. Wichtiger als Jeanne war ihm, mit Philipp zu einem Einvernehmen zu kommen. Die Universität von Paris, eine treue Verbündete der Engländer, forderte den Herzog von Burgund in mehreren Schreiben auf, die Gefangene der heiligen Inquisition auszuliefern, da sie verschiedener ketzerischer Verbrechen sehr verdächtig sei. John von Bedford und Humphrey von Gloucester verlangten, Jeanne d'Arc an England zu übergeben. Der Hexe müsse der Prozess gemacht werden. Philipp ließ sich mit seiner Entscheidung Zeit. Er hatte jetzt ein anderes Problem, das es zu lösen galt: Seine Tante Marguerite wollte ihm nach dem plötzlichen Tod von Jan von Brabants Bruder das Land Brabant mit seiner wichtigen Tuchindustrie streitig machen.

»Du willst wirklich gegen Philipp zu Felde ziehen?«, fragte Jakoba ihre Mutter ungläubig. Sie war noch am Tag, an dem sie diese Nachricht vernommen hatte, aus Süd-Beveland aufgebrochen und zu ihrer Mutter nach Le Quesnoy geritten. Unterwegs hatte sie aufgeregt mit Dirk von der Merwede die Chancen besprochen, die sich ihr durch diese unerwartete Wendung eröffneten. Endlich hatte ihre Mutter eingesehen, dass man Philipp nicht ungehindert seinen Gang gehen lassen durfte. Sie würde zusammen mit ihrer Mutter Brabant gegen Philipp verteidigen, und dann würde ihre Mutter ihr mit Brabanter Truppen beim Kampf um die anderen Länder beistehen müssen. Endlich gab es wieder Hoffnung!

»Wie wird sich Frank verhalten?«, fragte Dirk.

»Dem sage ich noch nichts. Lassen wir die Tatsachen für sich sprechen! Wenn wir Brabant vor Philipp gerettet haben, wird er mir schon beistehen.«

»Er ist ein Kabeljau«, warnte Dirk.

»Auch die Kabeljaue sind inzwischen mit Philipp unzufrieden. Frank steht mit ihm nicht mehr auf so gutem Fuß. Wenn Frank und ich zusammen auftreten, können wir Kabeljaue und Haken miteinander wirklich versöhnen und gemeinsam gegen die Burgunder kämpfen.« Ganz so leicht würde es nicht werden, Frank zu überzeugen, aber Jakoba war sich sicher, dass die Liebe zu ihr inzwischen weit mehr wog als die Loyalität gegenüber Philipp. Sie würde ihn nicht bitten die Waffen gegen Philipp zu erheben, das hatte sie ihm versprochen, aber er würde nicht zulassen können, dass der Herzog von Burgund sie wie die Jungfrau von Orléans wieder gefangen nahm.

In Le Quesnoy fand sie ein trauriges Haus vor. Seit Marguerites Rückkehr von Philipps Hochzeit sei die Herzogin wie umgewandelt, erklärte der Hofmarschall. Ob Jakoba ihm verraten könne, was da vorgefallen sei? Es musste mit dem kleinen Herrn zu tun haben, denn die Herzogin habe bei Androhung strengster Strafe die Nennung seines Namens verbieten lassen.

»Keine Feste mehr, keine Fröhlichkeit, keine …«, er schwieg verlegen. *Liebhaber,* beendete Jakoba für sich den Satz. Vielleicht würde sich das ja ändern, wenn ihre Mutter Dirk wieder sah. Aber die Herzogin würdigte den Ritter kaum eines Blicks. Jakoba erschrak, als sie ihre Mutter begrüßte. Marguerite, die sich immer viel auf ihre üppigen Formen zugute gehalten hatte, war abgemagert. Keine Schminke verdeckte Altersspuren auf Gesicht und Händen. Ihre Garderobe war lieblos zusammengestellt, der Aprikosenduft war verschwunden und ihre Stimme hatte den Glockenklang verloren, der einst so viele Männer betört hatte.

»Nein, Jakoba, ich werde nicht gegen Philipp zu Felde ziehen«, erwiderte sie jetzt. »Schwertergeklirr ist nicht meine Sprache. Ich werde dir zeigen, dass man Philipp mit anderen Waffen schlagen kann. Nimm das Kind weg!«, fuhr sie eine Dienerin an, die ihr eilig einen vielleicht zweijährigen Knaben vom Schoß zog. Marguerite strich sich das Kleid wieder glatt und fuhr fort: »Philipp hat kein Recht auf Brabant. Ich bin die rechtmäßige Erbin, denn ich bin die Schwester von Jans und St. Pols Vater Anton. Philipp ist nur sein Neffe. Meine Chancen stehen gut. Schließlich wurde mein Bruder Anton in Brabant nur unter der Bedingung Herzog, dass sich das Land nie mit Flandern und Burgund vereinigen würde.«

»Wie willst du Philipp daran hindern?«

Marguerite bückte sich und zog einen kleinen Hund auf ihren Schoß. »Auf rechtlichem Wege. Ich werde mit Philipp vor Gericht kämpfen. Wir Burgunder fechten am liebsten mit dem Wort.«

»Wobei Philipp immer das letzte behält!«, fuhr Jakoba wütend auf. »Wir Wittelsbacher haben die Erfahrung gemacht, dass man mit dem Herzog von Burgund nicht verhandeln darf. Er wird die Richter kaufen!«

Marguerite warf den Hund von ihrem Schoß. Fiepend verzog er sich unter einen Tisch in der Ecke. »Du hast deine Kriege auf deine Weise ausgefochten«, sagte sie zu ihrer Tochter, »und alles verloren. Wie kannst du es wagen, mir einen Rat zu geben!«

Sie stand auf, wanderte ziellos durchs Zimmer, zog ein Kissen von einer Bank und setzte sich damit wieder hin. »Und ich habe die volle Unterstützung des Kaisers. Sigismund hat Philipp aufgefordert, seinen Anspruch fallen zu lassen! Brabant ist nämlich ein *deutsches* Frauenlehen!« Triumphierend sah Marguerite Jakoba an und drückte sich das Kissen an die Brust.

»Eine Tatsache, die Philipp sicher sehr beeindrucken wird«, sagte Jakoba, als sie aufstand. Sie war umsonst gekommen. Ihre Mutter würde ihr nicht helfen. »Über den Kaiser«, sagte sie bitter, als sie sich an der Tür befand, »lacht Philipp doch nur!«

So war es. Mit Briefen, die das Siegel seines Großvaters, Philipps des Kühnen, und das des damaligen Königs von Frankreich trugen, überzeugte der Herzog von Burgund innerhalb weniger Tage das Gericht. Philipp der Kühne hatte Brabant seinem Sohn Anton hinterlassen. Sollten dessen Nachkommen sterben, falle das Land an die Erben seines anderen Sohnes, Johann ohne Furcht. Der Kaiser hatte wieder einmal nichts zu melden. Ohne dass dafür ein einziger Pfeil abgeschossen werden musste, konnte Philipp seinen triumphalen Einzug in Brüssel halten. Nur das Bistum Lüttich fehlte noch, ansonsten war er jetzt Herr über den gesamten Süden der niederen Lande: Die Grafschaft Namur hatte er gerade erst gekauft und jetzt gehörten ihm auch Brabant und das damit verbundene Limburg. Marguerite hatte verloren und der Herzog von Burgund konnte sich wieder der ungelösten Frage zuwenden, was mit der Jungfrau von Orléans geschehen sollte.

Bei ihrem nächsten Treffen verriet Jakoba Frank nicht den wahren Grund, weshalb sie nach Le Quesnoy gereist war. Sie habe nach ihrer Mutter sehen wollen, sagte sie, als sie mit Frank auf einer Wiese in Walcheren lag, und der gehe es sehr schlecht.

»David fehlt ihr, aber sie will das selbst nicht wahrhaben.«

Frank küsste ihre nackten Brüste und legte dann sein Hemd darüber. »Damit dich die Sonne nicht verbrennt«, sagte er. »Weißt du, wo David jetzt steckt?«

»Bei Marjan. Und die ist bestimmt bei der Jungfrau.« Sie kaute an einem Grashalm herum. »Die beiden fehlen mir.«

»Marjan und die Jungfrau?«

»Marjan und David. Ich habe Angst um sie.«

»Warum schickst du dann nicht Dirk zu ihnen? Vielleicht kann er sie überzeugen zu dir zu kommen. Dem Mädchen können sie jetzt nicht mehr helfen. Das wird ein langwieriger Prozess in Rouen, und den Ausgang kann man sich vorstellen.«

»Dirk, natürlich!«, rief Jakoba und verdrängte rasch die Erinnerung an eine ihrer frühen Visionen von einem Mädchen auf dem Scheiterhaufen. »Und unterwegs kann er versuchen einen unerledigten Auftrag zu erfüllen!«

Dirk hätte nicht weit reiten müssen, um Beatrix zu finden. Jakobas Schwester hatte sich nicht ganz an Philipps Anordnung gehalten. Sie war zwar mit der Reisegruppe nach Seeland gefahren, hatte sich jedoch nicht zu Jakobas Burg getraut. Aber irgendwo musste sie hin, wenn sie nicht von Philipp eingesperrt werden wollte. Sie konnte sich nicht allein in Herbergen aufhalten und als einsame Dame würde sie in dieser menschenarmen Gegend auffallen. Außerdem gingen ihre Mittel langsam zur Neige. Ihr fiel Marjan ein, die sich in ihrem schlichten Kleid überall hatte bewegen können, und sie verschaffte sich ein ähnliches Gewand. So gekleidet klopfte sie an einem kleinen verwahrlosten Hof in der Nähe von Jakobas Burg an.

Jakobas Magd Elsa öffnete ihr und ließ die fromme Frau eintreten. Beatrix nahm ein Glas Wasser entgegen und segnete die kranke Mutter. Als sie hörte, wohin Elsa zum Dienst eilen musste, bot sie sich an, die Mutter zu versorgen und sich ein wenig um den Hof zu kümmern. Elsa fiel vor Dankbarkeit auf die Knie. Beatrix versprach ihr, eine Weile zu bleiben und auf dem Hof nach dem Rechten zu sehen, nahm aber Elsa das Versprechen ab, niemandem von ihrer Anwesenheit zu erzählen. Sie verriet der Magd, die dies an ihrer Sprache und der Art ihres Benehmens längst erraten hatte, dass sie selbst von hohem Geblüt sei, aber aus einem bestimmten Grund ein Büßergewand angelegt habe.

»Gräfin Jakoba kennt mich«, erklärte sie, »und sie würde mich davon überzeugen wollen, bei ihr zu wohnen. Aber ich darf mein Gelübde nicht brechen.« Sie lächelte Elsa freundlich an. »In Gedanken zieht es mich natürlich in die Welt zurück, aus der ich stamme. Aber das ist verwerflich. Ich muss mir immer vor Augen halten, wie sündig die Welt der Frauen auf den Burgen ist.« Elsa nickte eifrig. Beatrix fuhr fort: »Deine Herrin zum Beispiel ist berüchtigt für die Künste, mit denen sie Männer verführt. Das war für ihre drei Ehemänner unerträglich! Dir wird bestimmt aufgefallen sein, dass sie auch hier heimlich Männer empfängt.« Beatrix beugte sich vor und flüsterte dem Mädchen aus Franks Kabeljauland zu: »Haken! Und Liebhaber!«

Sie stand auf, ging zum winzigen Fenster, von dem aus sie die Burg sehen konnte, und schüttelte sich bei dem Gedanken, hier nun einige Zeit unterkommen zu müssen. Aber sie hatte keine Wahl. Und Philipp brauchte nicht zu erfahren, dass ihre künftigen Informationen aus zweiter Hand stammten. Laut fuhr sie fort: »Du könntest mein Los erleichtern, wenn du mich gelegentlich daran erinnerst, warum ich dies Büßergewand trage. Ich werde an meine eigenen Sünden denken müssen, wenn du mir von denen der Gräfin erzählst.«

Zufrieden ließ Philipp den Brief sinken, der ihn über viele Umwege aus Seeland erreicht hatte. Jakoba musste sehr milde geworden sein, dass sie sich mit Beatrix wieder ausgesöhnt hatte. Er fand das etwas verwunderlich, hatte es aber aufgegeben, über die Grillen von Frauen zu intensiv nachzudenken. Es gäbe noch kein Anzeichen dafür, dass Jakoba einen neuen

Aufstand plane oder eine andere Strategie ausbrüte, die Philipp gefährlich werden könnte, schrieb Beatrix. Ähnliches hatte Philipp auch einem Brief von Frank von Borsselen entnommen. Solange seine beiden Aufpasser in Seeland Jakoba im Auge behielten, brauchte er sich über die Cousine nicht mehr den Kopf zu zerbrechen.

Daher war er bester Laune, als ihm eine Frau angemeldet wurde, die im Namen Jakobas nach Gent gekommen war. Sein Gesicht verdunkelte sich, als er Marjan erkannte.

»Was will deine Herrin von mir?«, fragte er kühl.

Marjan neigte kurz den Kopf, gestand dann, dass Jakoba nichts von ihrer Anwesenheit in Gent wisse. Sie komme in anderer Sache, habe aber zu dieser Finte greifen müssen, um vorgelassen zu werden. Sie wolle um Gnade für einen Menschen bitten, der Philipp verwandtschaftlich nahe stehe. Interessiert hob der Herzog von Burgund die schönen Augenbrauen.

»Könnte dies mit deinem Sohn zu tun haben?«, fragte er. »Werde ich jetzt erfahren, weshalb er mir so ähnlich sieht?«

»Nein«, erwiderte Marjan ernst. »Es geht nicht um meinen Sohn. Ich meine Jeanne d'Arc.«

Philipp glaubte sich verhört zu haben. »Du hast von Verwandtschaft gesprochen.«

Marjan nickte. »Jeanne d'Arc ist die Enkelin Johanns des Unbarmherzigen, des Bruders Eurer Mutter. Damit ist sie Eure Cousine.«

Philipp verlor nie leicht die Fassung. Auch jetzt blieb er zunächst still sitzen. Dann brach er in schallendes Gelächter aus. »Dies, liebe Marjan, musst du mir schon näher erklären.«

Als sie sprach, wurde sein Gesicht wieder ernst. Er erinnerte sich an seine einzige Begegnung mit dem Mädchen, daran, wie er nach dem Gespräch mit ihr davon überzeugt gewesen war, sie könne kein einfaches Bauernmädchen aus Lothringen sein. Sie hatte sich ihm wie einst Jakoba entgegengestellt, es nicht an Respekt, aber auch nicht an Würde mangeln lassen. Er hatte Nachforschungen über ihre Herkunft in Auftrag gegeben, die aber nur bestätigten, was das Mädchen behauptet hatte.

»Ihre Großeltern mütterlicherseits sind also Johann der Unbarmherzige und du, eine Hexe. Dies wird den Engländern gefallen. Deren Angst vor Hexen ist größer als unsere. Hexenblut fließt durch den Körper der Jungfrau von Orléans, das würde vieles erklären ...« Er hatte sich wieder gefasst.

Marjan wurde blass. »Ich bin keine ...«

»Ich habe Beweise dafür«, unterbrach sie Philipp und hielt ihr das Zauberritual vor, das sie an Jakoba vorgenommen hatte. Beatrix war wirklich eine nützliche Informantin. Es wäre schade gewesen, sie einsperren zu müssen.

»Auf englischem Boden hast du sie verzaubert!«, rief er. »Wenn meine Cousine wieder Dummheiten macht, kann ich sie auch als Hexe festnehmen lassen und an die Engländer ausliefern!«

»Das würdet Ihr nicht tun«, sagte Marjan tonlos. Sie hatte ihr Gelübde gebrochen, sich in den Gang der weltlichen Angelegenheiten gemischt, und statt ihrer würde Gott nun andere dafür strafen. Philipp war der letzte Strohhalm gewesen, an den sie sich geklammert hatte, um Jeanne zu retten. Aber es war sinnlos gewesen, an das Herz des Burgunders zu appellieren. Alles war verloren.

»Nein«, antwortete Philipp, »das werde ich nicht tun. Aber im Tausch dafür verlange ich von dir eine Information. Stammt dein Sohn David von demselben Mann ab wie das französische Hexenmädchen? Ist er ebenfalls ein Enkel von Johann dem Unbarmherzigen?« Sie schüttelte stumm den Kopf.

»Wer ist Davids Vater?«

»Das kann ich Euch nicht sagen. Er ist nicht mein Sohn, ich habe ihn nur angenommen.«

»Das soll ich dir glauben?«

»Ich habe nie anders als die Wahrheit gesprochen.«

»Du leugnest eine Hexe zu sein. Du wirst sicher auch bestreiten, Jakoba mittels Hexerei aus Gravensteen befreit zu haben. Du hast dich unter einem Vorwand bei mir melden lassen. Du hast dich jahrelang für Davids Mutter ausgegeben. Wer ist sein Vater? Wer seine Mutter, wenn du es nicht bist?«

Marjan schwieg.

»Denk an Jakoba«, drohte er.

»Ihr werdet tun, was Ihr wollt, ob ich es Euch sage oder nicht.«

»Richtig«, erwiderte er und griff zur Klingel. Den Diener beauftragte er, sofort Johann von Luxemburg zu ihm zu schicken. Marjan bedeutete er zu warten. Eine halbe Stunde lang fiel kein Wort zwischen ihnen.

Als der einäugige Luxemburger eintrat, sagte er ihm nur einen Satz: »Liefere Jeanne d'Arc an die Engländer aus und trage Sorge, dass sie dich dafür gut bezahlen.«

Er wandte sich an Marjan. »Mit leeren Händen kommt man nicht zu Verhandlungen. Guten Tag.«

Während Marguerites Hofstaat immer mehr in Trübsal versank, ging es bei Jakoba stets fröhlicher zu. Um Frank offiziell um sich haben zu können, ließ sie immer öfter zu Turnieren, Jagden und anderen Festveranstaltungen aufrufen. Bis ihr der Burgvogt eines Tages eröffnete, dass ihre Kassen leer wären.

»Zu viele Feste«, sagte er stirnrunzelnd, »zu viele Reisen. Ihr könnt Euren finanziellen Verpflichtungen nicht nachkommen.«

An Geld hatte Jakoba überhaupt nicht mehr gedacht. Sie schämte sich, Frank von Borsselen um Hilfe anzugehen, sah aber keine andere Lösung.

Er zeigte sich überrascht und erfreut, als sich Jakoba am Abend unerwartet und unangekündigt in Martensdijk zeigte.

»Mich führt nicht nur die Liebe her«, gestand sie, als sie nach der Begrüßung in sein Privatzimmer trat, das neben dem Raum lag, der ihr immer zugewiesen wurde, wenn sie auf Franks Burg übernachtete. Sie setzte sich zu ihm an den Kamin und wärmte sich die Hände am Feuer. »Es ist mir sehr peinlich, aber ich brauche deine Hilfe.« Rasch setzte sie ihm ihre finanzielle Lage auseinander und bot ihm Burg Teylingen zur Pacht an. Frank schüttelte den Kopf.

»Du hast schon so viel verloren, Jakoba«, sagte er, »ich

kann dir nicht noch mehr wegnehmen. Lass mich dir das Geld einfach geben. Ich habe genug.«

»Das geht nicht«, flüsterte sie beschämt.

»Wenn wir heirateten, wäre alles, was mir gehört, auch deins«, erwiderte er. »Würdest du dich dann auch zieren?«

Sie beugte sich zu ihm hinüber und legte ihre warmen Hände gegen seine Wangen. »Heiraten! Aber Philipp? Du hast mir seinen letzten Brief gezeigt, er ist unzufrieden mit deiner Verwaltung und wird uns ganz bestimmt keine Genehmigung zum Heiraten geben. Obwohl ich mir nichts sehnlicher wünsche!«

Frank legte seine Hände über ihre und küsste Jakoba sanft auf die Lippen. »Dann heiraten wir ohne seine Genehmigung!«

Ihre Augen funkelten, aber als sie den Mund öffnete, legte er einen Finger darauf.

»Ich spreche nur vom Heiraten, Jakoba!«

»Aber wenn wir den Vertrag von Delft in diesem Punkt brechen, könnten wir doch auch ...«

»Möchtest du mich heiraten, Jakoba?« Sie nickte heftig.

»Dir ist klar, dass du mir dann auch zu gehorchen hast?«

Sie nickte immer noch.

»Dann werde ich dir ausdrücklich verbieten wieder Krieg zu führen, hast du verstanden?« Er war aufgestanden und griff zu einer alten Schrift, die auf dem Tisch neben seinem Bett lag.

»Aber wenn ...«

»Kein *aber wenn*! Ich habe mir genau überlegt, wie wir vorgehen können. Wir heiraten heimlich, nach altem Brauch. Lies!« Er öffnete das Buch und wies auf eine Stelle.

»Ohne kirchlichen Segen?«, fragte Jakoba flüsternd, nachdem sie den Text gelesen hatte.

»Das geht nicht anders. Jedenfalls noch nicht. Ich habe aber die Hoffnung nicht aufgegeben, dass sich die Lage ändern wird. Dann können wir die Trauung vor einem Priester nachholen. Auch ohne Kirche gelten wir nach diesem Ritus als vor Gott und der Welt verheiratet. Wir wissen, dass wir Eheleute sind, und du kannst ohne Scham über mein Geld verfügen. Natürlich wird sich nach außen hin nichts ändern. Wir müssen uns weiterhin heimlich treffen und äußerst vorsichtig sein.«

»Was passiert, wenn Philipp trotzdem dahinter kommt?«

Frank sah sie ernst an. »Wenn wir heiraten, wird Philipp das als Kriegserklärung auffassen. Du wirst den Rest dessen verlieren, was du besitzt. Mich wird er gefangen nehmen und wahrscheinlich als Verräter hinrichten lassen.« Jakoba stieß einen Schrei aus und warf sich in Franks Arme. Sie bedeckte sein Gesicht mit Küssen. »Das würde ich nicht überleben!«

Seine Hände fuhren über ihren Leib und augenblicklich stand sie wieder in Flammen. Selbst nach so vielen Monaten konnte Franks Berührung noch ihren Körper in Aufruhr bringen. Er hob sie hoch und trug sie zum Bett.

»Wann heiraten wir?«, fragte sie.

»Sobald Dirk von der Merwede zurückgekehrt ist. Er soll einer unserer beiden Zeugen sein.«

»Weißt du, worauf ich mich am meisten freue?«, fragte sie flüsternd. »Auf meine erste richtige Hochzeitsnacht!«

Aber als Dirk von der Merwede auf der Burg Ostende erschien, war zum Heiraten keine Zeit. Er forderte Jakoba auf, sofort mit ihm zu ihrer Mutter zu kommen. Zusammen mit David hatte er Marjan aus den Baracken der Pestkranken in Rouen geholt und in ihre Kammer nach Le Quesnoy gebracht. Von der Pest selbst war Marjan zwar verschont geblieben, aber sie litt unter schweren Erschöpfungszuständen.

»Ich glaube, sie stirbt«, sagte Dirk ernst. »Sie hat hohes Fieber und ruft dauernd deinen Namen.«

Jakoba machte sich große Vorwürfe. Sie hatte vom tragischen Ende der Jungfrau aus Lothringen gehört, aber jeden Gedanken daran weit von sich geschoben. Zu deutlich stand ihr noch die Vision ihrer Jugendjahre vor Augen, wo sie ein Mädchen auf dem hohen Blutgerüst des Scheiterhaufens hatte sterben sehen. Sie selbst hätte nach Rouen fahren und Marjan rechtzeitig wegholen sollen!

»Und David ist wieder bei meiner Mutter?«, fragte sie Dirk, als er ihr in den Sattel half.

»Sie gehen einander aus dem Weg. Du weißt ja, wie deine Mutter über Kranke denkt. Und David rührt sich nicht von Marjans Seite.«

»Sie wird nicht sterben«, sagte Jakoba bestimmt. »Sie hat ihr Lebenswerk noch nicht vollendet.«

Wir alle sterben, wenn wir den letzten Stich getan haben.

David drehte sich nicht um, als Jakoba das Krankenzimmer betrat. Er hockte auf einem hohen Stuhl neben Marjans Bett und hatte ihr gerade ein kaltes weingetränktes Tuch auf die Stirn gelegt.

Jakoba trat hinzu und nahm David in die Arme. Tränen rannen ihr über die Wangen, als sie in das ausgezehrte, vom Fieber gezeichnete Gesicht Marjans blickte.

»Der Arzt hat sie aufgegeben«, schluchzte der Zwerg, »aber sie darf doch nicht sterben!«

Jakoba setzte sich mit David auf dem Schoß auf den Bettrand und streichelte Marjans Gesicht.

»Hörst du mich, Marjan?«, fragte sie flüsternd. »Du musst leben! Wir brauchen dich!«

Marjans Augenlider flatterten leicht. Jakoba setzte David ab, stieg vorsichtig über den schmalen stillen Körper und legte sich neben Marjan. David streckte sich auf der anderen Seite aus. Jakobas rechte Hand und die linke des Zwergs berührten sich oberhalb Marjans Kopf, und über ihrer Brust trafen sich die beiden anderen Hände. So schliefen sie ein.

Mitten in der Nacht wurden sie durch Marguerites Stimme geweckt.

»Es ist vorbei.«

Mit einer Kerze in der Hand stand sie neben dem Bett. Eine weitere Kerze flackerte auf dem Nachttisch. Beide Lichter warfen unruhige Schatten gegen die Wand.

»Ich habe das Fenster geöffnet und das Wasser aus der Karaffe weggeschüttet«, sagte Marguerite leise. »Damit ihre Seele nicht ertrinkt, sondern in den Himmel fliegen kann. Da gehört sie hin. Schon weil ihr beide sie so geliebt habt. Sie war ein gesegneter Mensch.«

Sie stellte die Kerze neben die andere auf den Nachttisch und setzte sich leise weinend an den Bettrand. David hatte sich über Marjan geworfen und streichelte ihr bleiches Gesicht. Wie benommen war Jakoba vom Bett gerutscht. Sie ging langsam auf die Truhe zu und zog Marjans Lebenswerk, die dicht bestickte schwere Decke, heraus.

»Nein«, sagte sie immer wieder, »nein!« Sie strich über die weiße Fläche. Das waren noch mindestens drei Jahre Arbeit. Der letzte Stich hatte nicht zur Vollendung geführt. Als sie sich umwandte, bot sich ihr ein Bild, das sie nie wieder zu sehen geglaubt hatte. David saß auf Marguerites Schoß und hatte die Arme um ihren Hals gelegt. Marguerite hielt den Zwerg fest an sich gedrückt und weinte jetzt laut.

Jakoba sah aus dem Fenster. In der Ferne, hinter der dunklen Linie des Waldes, begann sich der Morgen zu röten. Sie legte das Lebenswerk wieder in die Truhe, trat ans Bett und drückte Marjan einen Kuss auf die kalte Stirn.

Leise verließ sie das Zimmer und schloss sorgfältig die Tür, damit weder Katzen noch Hunde sich an Marjans stoffliche Überreste heranmachen und sie in einen Vampir verwandeln konnten. Sie ging hinunter in den Küchengarten. Ohne an ihre Garderobe zu denken kniete sie sich auf die Erde und begann, begleitet vom ersten Vogelgezwitscher des neuen Tages, das Unkraut zwischen den nützlichen Pflanzen herauszuziehen.

Jakoba blieb nach der Beerdigung noch drei Monate in Le Quesnoy. Es war eine seltsame Zeit. Nie zuvor in ihrem Leben hatte sie gleichzeitig so viel geweint und gelacht, nie, selbst nicht in Franks Armen, war sie sich der Zerbrechlichkeit und Kostbarkeit des Lebens so bewusst gewesen.

»Ich befinde mich in einer Art Rausch«, sagte sie eines Abends plötzlich, als sie von der Arbeit an Marjans Lebenswerk aufblickte. Es war für sie selbstverständlich gewesen, an der Decke weiterzusticken. David, der auf einem viel zu niedrigen Stuhl neben ihr saß, nickte.

»Das geht uns allen so. Der Tod ist für uns Lebende gleichzeitig unwirklich und allgegenwärtig. Wenn er einen geliebten Menschen aus unserer Mitte reißt, legt sich Nebel über unsere Sinne. Das schützt uns vor Wahnsinn.«

»All die Menschen, die durch diese Kriege gestorben sind …«, begann Jakoba flüsternd.

»… haben andere, die genauso um sie trauern wie wir um meine Mutter«, beendete David den Satz.

Vor Jakoba stiegen wieder Szenen auf. Die Schlachtenbilder aus ihren Visionen und die selbst erlebten Metzeleien. Einen Augenblick lang fürchtete sie, wieder vom zweiten Gesicht heimgesucht zu werden, aber dann begriff sie, dass nur die Erinnerung lebendig wurde und sie diese Bilder für den Rest ihres Lebens mit sich würde herumtragen müssen. Frank hat Recht, dachte sie, nie wieder Krieg, keine neuen Bilder, bitte!

David gab den Spielleuten ein Zeichen und rutschte von seinem Stuhl. »Was lehrt uns das?«, rief er. »Wofür ist das Leben da? Um zu leben, weiter nichts!« Er stampfte mit einem Fuß auf, vollführte ein paar komplizierte Tanzschritte und sang ein Lied über den Tod, den großen Gleichmacher, den jeder Sterbliche in sich trage und mit jedem Tag des Überlebens überliste.

Dann holte er tief Atem, hängte sich die Laute um und stellte sich vor Marguerite. Sein Gesicht war sehr ernst.

»Jetzt singe ich dir ein Lied, das ich aus deutschen Landen mitgebracht habe. Es stammt von einem Herrn, den sie Walther von der Vogelweide nennen, und hat mich sehr berührt. Ich will es dir widmen und weiß, du wirst es richtig verstehen.« Er sah nach unten und stimmte die Laute. Jakoba legte das Lebenswerk zur Seite und blickte gespannt hoch. Jeder im Raum schien den Atem anzuhalten.

David hob an:

»Ob ich dir zuwider,
Weiß ich wahrlich nicht: Ich minne dich.

Eines drückt mich nieder:
Du schaust an mir vorbei und über mich.
Solltest, Lieb, das lassen:
Mich kann nicht erfassen
Solche Lieb' ohn großen Schaden,
Trage mit mir, ich bin zu schwer beladen.«

Marguerite schluchzte. Jakoba stand auf, setzte sich neben ihre Mutter und legte einen Arm um ihre Schultern. David fuhr fort:

»Soll's aus Vorsicht kommen,
Dass du mir nicht schaust ins Angesicht?
Tust du's mir zum Frommen,
Kann ich dich deswegen tadeln nicht:
Nun so meid mein Haupt
(Das sei dir erlaubt)
Und schau bloß auf meinen Fuß,
So du mehr nicht kannst: Das sei dein Gruß.
Jetzo dich besinne,
Frau, ob ich dir irgend liebenswert sei.
Eines Freundes Minne
Taugt nicht, ist die andre nicht dabei.
So gemeinsam, dass sie dringt
Durch zwei Herzen und kein weitres zwingt.«

David hielt inne und verbeugte sich vor Marguerite. Mit einem lauten Aufschrei zog sie ihn zu sich heran auf ihren Schoß und küsste seinen Kopf. Der Hofmarschall stieß einen Seufzer der Erleichterung aus.

Jakoba weinte. Nicht nur, weil die Offenbarung aus Brügge hiermit so gut wie ungeschehen schien, sie dachte an Frank und wie sehr er ihr fehlte. Sie musste dahin zurück, wo sie hingehörte. Das war kein Land, das war ein Mann. *Länder zurückerobern*, dachte sie verwundert. Wofür? Zum ersten Mal kam diese Frage in ihr auf, und sie war davon so verwirrt, dass sie augenblicklich mit dem Denken aufhörte.

»Ich gehe schlafen«, verkündete sie und faltete Marjans Lebenswerk sorgfältig zusammen.

»Moment!«, rief David. »Ich will dich etwas fragen.«

Seine Augen funkelten wie früher.

»Es gibt wieder eine Krönung. Möchtest du hin?«

Jakoba sah ihn an, als hätte er den Verstand verloren.

»Heinrich! Der Engländer. Er wird in zwei Wochen in Paris zum französischen König gekrönt.«

»Mit den richtigen Regalien«, fügte Marguerite hinzu und tätschelte Davids Kopf.

»Ich war bei der Krönung des französischen Königs«, gab Jakoba müde zurück.

»Das war der andere. Welch ein Land, das sich zwei lebende gesalbte Könige leisten kann!«, rief David. »Wir hier mit unseren Herzogen … nichts für ungut, Marguerite. Ich hatte gehofft, du würdest mich wieder begleiten, Jakoba. Immerhin ist der kleine Heinrich dein Patenkind.«

»Er wird wahnsinnig werden wie sein Großvater«, sagte Jakoba stumpf.

»Dann wird es noch lustiger. Stell dir vor, er reißt sich bei der Krönung die Kleider vom Leib wie der alte Karl.«

»Das hat er nicht bei seiner Krönung getan«, bemerkte Marguerite.

»Wahnsinn heißt ja nicht, dass sich alles wiederholen muss«, sagte David und küsste Marguerite auf die Wange. »Im Gegenteil. Wahnsinn ist das Unberechenbare und daher so aufregend.«

»Ich habe keine Einladung erhalten«, entgegnete Jakoba und wunderte sich selbst darüber, dass sie dies schmerzte.

»Vielleicht findest du sie in Ostende oder in s'Gravenhage vor.«

»Lass sie, David«, bat Marguerite. »Denkst du, Jakoba will Humphrey und seiner Frau begegnen? Wir beide fahren zusammen.« Sie drückte ihn an sich. »Uns kann nichts mehr trennen, David.«

Der Hofmarschall nickte zufrieden. Zumindest in Le Quesnoy war die alte Ordnung wiederhergestellt worden.

Dirk von der Merwede musste Jakoba zwingen ihr Pferd zu schonen.

»Ich kann es nicht erwarten, Dirk, ich habe solche Sehnsucht nach Frank!« Ihre Augen strahlten, als sie ihm die geheimen Hochzeitspläne verriet.

»Du wirst einer unserer Zeugen sein, Dirk, du treuer Freund! Vielleicht heute noch, in Martensdijk!«

Aber Frank war ebenfalls zur Krönung des englischen Königs von Frankreich nach Paris gereist. Jakoba konnte die Enttäuschung kaum ertragen, als sie allein in ihrem Zimmer in Franks Burg Martensdijk lag. Am nächsten Tag war ihr kleiner Hofstaat sehr erleichtert, als Jakoba mitteilte, dass sie sich in ihr Schloss in s'Gravenhage begeben würde. Auf der kleinen zugigen Burg in Goes auf der Insel Süd-Beveland konnte es im Winter sehr ungemütlich werden.

»Wie hast du nur so lange in England überleben können?«, fragte Frank, als er Jakoba ein paar Tage später in ihrer Kemenate in die Arme schloss. »Und wie überleben die Engländer ihr eigenes Essen?«

Lachend erzählte er von dem Krönungsbankett, das in ein unglaubliches Chaos ausgeartet sei.

»Stell dir vor, als wir in den Saal kamen, war der schon voll. Auf den Ehrenplätzen fläzten sich Küchenjungen, Senfmacher, Schuster, Weinverkäufer und Ähnliches, und wenn man sie wegjagte, ließen sich andere Arbeiter auf die Stühle fallen. Es musste Gewalt angewendet werden, um das Volk von den Tischen zu treiben, und trotzdem gelang es ein paar von diesen Leuten, während des ganzen Banketts sitzen zu bleiben!«

»Ist das nicht ganz im Sinn der Kabeljaue? Dem gemeinen Volk alles zugänglich zu machen?«, fragte Jakoba. In ihren Augen tanzten tausend Lichter. »Und wenn es davon Gebrauch macht, beschwert ihr euch!«

»Fisch«, sagte Frank ungerührt, »gab es überhaupt nicht.«

»Berge von Wildbret«, nickte Jakoba.

»Und widerlich anzusehende gekochte Eberköpfe, die mitten auf den Tisch gestellt wurden. Glitschige Pasteten mit undefinierbarem grauen Inhalt. Obwohl man jede Ahnung von Geschmack aus dem Fleisch herausgekocht hatte, war es so zäh, dass man es unmöglich kauen konnte. Es wurde sogar daran gezweifelt, ob es sich wirklich um Fleisch handelte!«

Jakoba wies darauf hin, dass ihre Mutter immer von der französischen Küche schwärme. Warum habe man bei der Krönung des Königs denn nicht die feinsten Delikatessen aufgetischt?

»Weil die Engländer auf der englischen Küche bestanden«, erklärte Frank. »Angeblich sei sie bekömmlicher.«

»Die ehrliche englische Kost«, erinnerte sich Jakoba an die Worte ihres einstigen Schwagers Heinrich V. und an das unglückliche Gesicht seiner Gemahlin Katharina. Inzwischen musste sich diese wohl an die Speisen der Insel gewöhnt haben. Sie war zur Krönung mit ihrem neuen Mann Owen Tudor, dem Stiefvater des englisch-französischen Königs, nach Paris gekommen.

»Zur Feier des Tages hatte man Köche aus England kommen lassen, die dieses ungenießbare Mahl vier Tage im Voraus zubereitet haben!«, fuhr Frank jetzt fort. »Es gab Stimmen, die behaupteten, dass selbst die vorgekosteten Speisen ihren Weg wieder in die Schüsseln gefunden haben mussten. Du hättest es sehen sollen, Jakoba! Nachdem jeder erst einmal vorsichtig ein kleines Lederstück in eine saure Sauce mit unerträglich süßem Beigeschmack getunkt und einen Bissen genommen hatte, wurden die Gerichte nicht mehr angerührt! Das Magenknurren im Saal wäre lauter als die Musik gewesen, wenn es zum Schluss nicht eine einigermaßen essbare Marzipantorte gegeben hätte!«

»Was geschah mit den anderen Speisen?«

»Danach habe ich mich auch erkundigt. Sie wurden zu den Kranken ins Hôtel-Dieu geschickt.«

»Dann hat das gemeine Volk doch etwas davon gehabt!«

Frank schüttelte den Kopf. »Selbst die Armen konnten den Fraß nicht runterkriegen. Sie haben ihn den Hunden auf der Straße vorgeworfen!«

»Wie es mich freut, dass Philipp der Appetit vergangen ist!«, lachte Jakoba.

»Nicht nur Philipp. Uns allen«, erwiderte Frank. »Du hättest hören sollen, wie euer Zwerg die Speisen kommentiert hat! Er hat übrigens einen äußerst gewagten Auftritt hingelegt. Ein Lied über einen Mann mit vielen Frauen – natürlich hat dabei jeder an Philipp denken müssen –, und es wird nur wenigen entgangen sein, dass mit den Frauen eigentlich Länder gemeint waren. Wie er die eine kauft, die andere verführt, eine dritte erobert …« Frank machte eine Pause und sah Jakoba verschmitzt an, »… und eine weitere einsperrt, um sie sich gefügig zu machen. Aber ihr gelingt die Flucht und dann wird sie so lange gejagt, bis sie vor ihm kapituliert …«

»Und eine liefert er aus und lässt sie verbrennen?«, fragte Jakoba hart.

»Das hat sich David dann doch nicht getraut. Aber Philipp hat ihn hinterher rufen lassen und sich sehr lange unter vier Augen mit ihm unterhalten. Da hätte ich gern gelauscht.«

Jakoba schüttelte den Kopf. »David wird ihm nichts verraten haben. Dazu ist er zu klug.«

»Vergiss nicht, dass Philipp über die Gabe verfügt, aus jedem das herauszubekommen, was er will. Aber vielleicht ist sein Bruder …«

»Psst. Darüber wird nicht gesprochen.« Jakoba legte den Finger an den Mund. »Dann ist es auch nicht wahr! So geht jetzt unsere Familie mit der Geschichte um. Und wie hat sich Philipp dir gegenüber verhalten?«

Er hatte mit ihm nur ein paar höfliche Worte gewechselt. Auf Philipps Frage nach Jakoba hatte Frank erwidert, dass sie sich mit ihrem Los abgefunden habe und keine Schwierigkeiten mache. Es wäre begrüßenswert, hatte er Philipp gesagt, wenn sich dieser wieder einmal in den niederen Landen zeigen würde.

»Aber die frühere Vertrautheit ist verschwunden«, bemerkte er bekümmert. »Ich weiß nicht mehr, ob ich Philipp noch als Freund betrachten kann.«

»Das weiß man bei ihm nie«, erwiderte Jakoba. »Freundschaft ist für ihn kein Gefühl. Es ist Mittel zum Zweck – wie seine Ehen. Früher habe ich gedacht, Gott straft ihn für sein sündiges Leben: so viele Bastarde, und kein einziges Kind von seinen Ehefrauen! Aber das hat sich ja jetzt geändert – im Jahr der Hochzeit der erste Sohn, und Isabella ist schon wieder schwanger!«

Aber das Glück blieb dem Herzog von Burgund nicht treu. Wenige Monate nach der Krönung von Heinrich VI. zum französischen König starb Philipps ältester Sohn Anton und kurz darauf auch der neugeborene Joost. Er selbst entkam nur mit knapper Not einem Mordanschlag in Mons. Außerdem zeigten sich die ersten Risse in seiner Allianz mit den Engländern.

Jakoba, die sich aus Respekt vor Marjan eine Trauerzeit auferlegt hatte, schlug vor, im Sommer in Süd-Beveland zu heiraten. Der alte Ritus erforderte, dass sich das Brautpaar barfuß auf ein Stück Erde zu stellen hatte.

»Ich weiß genau den richtigen Ort!«, erklärte Jakoba.

Frank nickte. »Natürlich, es gibt nur einen, der dafür infrage kommt.«

Es versprach ein schöner Tag zu werden, als Jakoba im Morgengrauen aus dem Bett sprang und aus dem Fenster blickte. Sie weckte den leise schnarchenden Mann.

»Komm, beeil dich, es ist so weit!«, erklärte sie aufgeregt. Sie zog sich ein einfaches weißes Kleid an, legte einen goldenen Gürtel um und ließ sich von Frank den offenen Kranz aus Fliederblüten aufs Haar setzen, den sie am Abend zuvor selbst gewunden und unterm Bett versteckt hatte. Der Haushalt schlief noch, als sie an Franks Hand über die Hintertreppe hinaus in den Küchengarten schlich. Dort hatten sich bereits Dirk von der Merwede und zwei Cousins von Frank eingefunden. Die drei verneigten sich tief vor dem Brautpaar. Frank griff nach Jakobas Händen. In ihrem rechten Auge entdeckte er zum ersten Mal einen winzigen braunen Fleck, der ihn an ein einsames kleines Boot inmitten der Nordsee erinnerte. Das Herz ging ihm auf, als er daran dachte, wie einsam sich Jakoba inmitten einer feindlichen Welt jahrelang gefühlt haben musste. Das war vorbei, er würde dafür sorgen, dass ihr nie wieder Böses geschah.

Sie zogen ihre Schuhe aus, stellten sich mitten zwischen die Petersilie, hoben eine Hand gen Himmel und reichten sich die andere. Klar und deutlich sprachen sie die Hochzeitsformel, die sie schon vor langem auswendig gelernt hatten. Die drei Zeugen bildeten einen Kreis um das Brautpaar und damit war die Ehe geschlossen. Anschließend pflanzten Jakoba und Frank gemeinsam einen Maulbeerbaum.

Sie konnten nicht ahnen, dass eine weitere Zeugin ihr Gelübde verfolgte. Elsa, die seit der Ohrfeige peinlichst darauf bedacht war, im Küchengarten nichts verwildern zu lassen, war – wie jeden Morgen – noch vor dem Hahnenschrei zur Burg gekommen. Erst hatte sie weglaufen wollen, als sie Stimmen im Küchengarten hörte, war aber dann neugierig näher herangeschlichen. Sie verbarg sich hinter der inzwischen üppiger gewordenen Hecke und beobachtete durch eine Lücke genau, was auf dem Petersilienbeet geschah. Sie hätte beinahe in die Hände geklatscht. Endlich würde sie der seltsamen, namenlosen Frau, die sich schon seit Monaten in ihrer Hütte eingerichtet hatte, eine wirklich spannende Geschichte erzählen können!

11. KAPITEL

Der Herbstwald

1432–1435

Philipp hat sich in s'Gravenhage angemeldet«, teilte Frank Jakoba eines Abends im Spätsommer mit, als er ihre Kemenate betrat. Sie saß bei weit geöffneten Fenstern an Marjans Lebenswerk und hatte gerade wieder daran gedacht, wie traurig es doch war, dass die Freundin ihr Glück nicht mehr hatte erleben können. Noch nie hatte sich Jakoba so unbeschwert und begünstigt gefühlt. Einziger Stachel war die Tatsache, dass sie sich nicht offen zu ihrer Liebe bekennen durfte. Am liebsten hätte sie ihre Hochstimmung laut in die Welt hinausgeschrien. Manchmal tat sie das auch. Wenn sie neben Frank über den Strand ritt oder am Wasser stand, konnte es vorkommen, dass sie eine laute Liebeserklärung übers Meer schickte. Ihn erschreckte das, und er setzte dann jedes Mal zu einem weiten Rundritt an, um sicherzugehen, dass niemand sie gehört hatte. Natürlich war es unmöglich, ihre Beziehung auf Dauer vor dem Personal beider Höfe geheim zu halten. Einmal war Jakobas Zofe ins Zimmer gekommen, als Frank sie geküsst hatte, einmal hatte sein Stallmeister sie bei einer innigen Umarmung erwischt. Und sie mussten damit rechnen, auch von anderen gesehen worden zu sein.

Frank war sehr erschrocken, als eines Tages eine Delegation von Kabeljauen bei ihm auftauchte und ihn fragte, ob er jetzt mit den Haken gemeinsame Sache mache. Steif hatte er darauf erwidert, diese Worte wären verboten und der Herzog von Burgund habe nach dem Kuss von Delft Mitglieder beider Fraktionen in die Verwaltung der Länder eingebunden, um den Frieden zu sichern. Genau, erklärten die Kabeljaue, gerade bei der gemeinsamen Arbeit habe man festgestellt, dass es inzwischen mehr Verbindendes als Trennendes gebe. Und der größte gemeinsame Faktor sei der Wunsch, Burgund loszuwerden. *Und danach schlagen wir einander wieder die Köpfe ein*, dachte Frank und erwiderte höflich, der Zeitpunkt sei hierfür noch nicht reif. Jakoba hatte er von diesem Besuch nichts verraten. Dann hätte sie ihm wahrscheinlich gestanden, dass altgediente Haken mit einem ähnlichen Vorschlag zu ihr gekommen waren. Sie hatte die treuen Gefolgsleute ebenfalls vertröstet. Den Traum, ihre Länder wiederzugewinnen, hatte sie zwar noch nicht ganz begraben, aber ihre Angst, Frank zu verlieren, ließ sie zurückhaltend reagieren. Liebe war ihr jetzt wichtiger als Macht.

Vor Schreck über Franks Mitteilung stach sie sich in den Finger. Ein winziger Blutstropfen fiel auf Marjans Lebenswerk.

»Was will er?«, fragte sie entgeistert.

»Schau nicht so entsetzt«, lachte Frank, »er hat endlich auf mich gehört. Ich habe ihm immer wieder gesagt, dass er sich in Holland und Seeland einmal blicken lassen muss.«

»Wann kommt er?« Ein ungutes Gefühl machte sich in Jakoba breit. Warum würde Philipp ausgerechnet zu der Zeit, wo die Engländer offen an seinem Engagement im französisch-englischen Krieg zweifelten, nach Holland kommen? Aber dann fiel ihr ein, was ihr von Nahestehenden das ganze Leben lang vorgeworfen worden war, dass sie immer alles zuerst auf sich bezog. Philipps Besuch könnte einen ganz unschuldigen Grund haben.

»In zwei Wochen. Ich habe in s'Gravenhage bereits Vorbereitungen treffen lassen. Natürlich muss der Herzog von Burgund mit allen Ehren empfangen werden.«

Allerdings hatte Frank nicht mit dem großen Gefolge gerechnet, das Philipp und seine Gemahlin begleitete. Neben den Damen und Herren seines Hofstaats zogen mehr als fünfhundert schwer bewaffnete Reiter in s'Gravenhage ein. Frank war mit einigen Edlen dem Herzog entgegengeritten und machte mit ihm auf dem Weg durch die festlich geschmückten Straßen höfliche Konversation.

Philipp zeigte sich von seiner charmantesten Seite, als er später im Schloss Jakoba begrüßte. Bei Tisch saß er neben ihr, lobte die Ausstattung, den Wein – es war trotz Jakobas Protest roter Burgunder –, die Speisen und die Vorführungen. Frank hatte weder Kosten noch Mühen gescheut, die besten Gaukler, Sänger und Akrobaten zu engagieren, und ließ obendrein auch noch eine Reihe exotischer Tiere paradieren, die in Käfigen und in einem Gehege im Schlossgebiet gehalten wurden.

Philipp erkundigte sich bei Jakoba nach David und bedauerte dessen Abwesenheit. Bei der Krönung in Paris habe er sich vorzüglich mit ihm unterhalten.

»Worüber?«, fragte Jakoba neugierig.

»Über den Gang der Welt. Er hätte wahrlich ein großer Mann werden können, wenn er nicht …«

»… so klein wäre«, nickte Jakoba.

Philipp schüttelte den Kopf und fuhr fort: »Wenn er nicht die falschen Eltern gehabt hätte, wer immer diese auch waren …«

Jakoba mied seinen Blick und wechselte das Thema. Nicht ein einziges Mal ließ Philipp ihr gegenüber eine ironische Bemerkung fallen oder versuchte sie in Verlegenheit zu bringen. Entspannt unterhielt er sich mit ihr über seinen Maler Jan van Eyck, der im Auftrag des reichen Genter Bürgers Jodocus Vijdt gerade sein Meisterwerk für den Altar der St.-Bavo-Kathedrale fertig gestellt hätte und jetzt eine Weltkarte anfertige. Danach müsse er unbedingt ihr Porträt malen. Philipp werde ihn zu ihr nach Süd-Beveland schicken.

»Das Licht dort wird ihm gefallen. Dich sollte er nicht in einem geschlossenen Raum malen, sondern lieber mit der Nordsee im Hintergrund. Ich sehe es vor mir«, überlegte Philipp, »wie du zum Beispiel mit ausgebreiteten Armen am Strand stehst und sehnsüchtig übers Meer blickst, ohne Hut, damit der Wind durch deine Haare fahren kann, eine Aphrodite …«

»Warum sollte ich schlecht gekleidet sehnsüchtig übers Meer blicken?«, fragte Jakoba streitlustig. Aber Philipp machte keine Anspielung auf ihr gescheitertes England-Abenteuer.

»Er könnte dich auch in einem Kräutergarten mit dem Arm voller Pflanzen abbilden«, fuhr er fort. »Das wäre ein reizvoller Kontrast. Du bist doch immer noch an Kräutern interessiert?«

»Aber ich vergifte niemanden«, gab Jakoba zurück. Es war ihr unheimlich, wie liebenswürdig Philipp sich benahm, zuckersüß und ganz anders als früher. Vielleicht aber hatte ihn auch seine dritte Ehe milder gemacht. Mit seiner Frau Isabella schien ihn echte Zuneigung zu verbinden.

Philipp mied das Thema Beatrix. Die hatte ihm in ihrem entscheidenden Brief zu verstehen gegeben, dass sie nicht länger in Jakobas Diensten stünde und auf einem kleinen Bauernhof in der Nähe darauf warte, von seinen Leuten abgeholt zu werden. Sie habe lange genug bei ihrer fürchterlichen Schwester ausgeharrt, und er, Philipp, verfüge jetzt über die Nachricht, auf die er wohl gewartet hätte. Es sei ihr egal, auf welchem seiner Höfe er sie unterbringen würde, aber sie könne es nicht länger in Seeland aushalten und habe außerdem große Sehnsucht nach ihrem gemeinsamen Sohn.

Philipp hatte seine Entscheidung getroffen. Natürlich würde er Beatrix nicht an einem seiner Höfe aufnehmen. Als Mätresse hatte sie ausgedient. Er wollte sie nach Paris zu seiner mit John von Bedford verheirateten Schwester schicken. Keiner seiner dortigen Kundschafter war bis ins Zentrum der Macht vorgedrungen, und er brauchte dringend Informationen über die Stimmungslage gegenüber Burgund. Aus seiner Schwester Anna, die mit John von Bedford eine glückliche Ehe führte, konnte er nichts herausbekommen.

Während Philipps Besuch begegneten Frank und Jakoba einander wie geschätzte Nachbarn und vermieden heimliche Blicke oder Zusammenkünfte. Aber am dritten Abend trafen sie sich zufällig auf dem Flur. Beide blieben erschrocken stehen. Es kostete sie schier unendliche Kraft, sich der magnetischen Anziehung zu widersetzen und einander nicht in die Arme zu fallen.

»Ich halte es nicht mehr aus«, raunte Jakoba ihm zu. »Dir so nah und doch so fern zu sein. Mein Körper schreit nach dir.«

Frank war blass geworden. Am Nachmittag, als sich die Frauen zum Schlafen zurückgezogen hatten, war er mit Philipp ins vornehmste Badehaus von s'Gravenhage gegangen und hatte sich entgegen seiner sonstigen Gewohnheit ebenfalls einer Gespielin gewidmet.

Amüsiert hatte Philipp seine vergeblichen Versuche beobachtet, sich schließlich selbst des holländischen Mädchens angenommen und ihr gezeigt, was ein Burgunder zu bieten hatte. Frank wusste, warum er versagt hatte. Es gab nur einen einzigen Körper auf der Welt, der ihn reizte, und dieser stand jetzt vor ihm.

»Komm heute Nacht über den Geheimgang«, flüsterte Jakoba ihm schnell zu, ehe sie weiterging. Zu ihrem Zimmer in Schloss s'Gravenhage führte eine versteckte Treppe, die mit dem oberen Stockwerk, wo Frank nächtigte, verbunden war. Der Zugang war hinter einem kostbaren Wandteppich verborgen.

Vor Philipps Ankunft hatten Frank und Jakoba vereinbart, nichts zu riskieren und einander somit auch nicht heimlich zu besuchen.

Doch als Frank nach dem Besuch bei Jakoba wieder die Treppe hinaufschlich, war der Wandvorhang zur Seite geschoben und die Tür geöffnet worden.

»Wie sollte es auch im Badehaus klappen«, sagte Philipp kalt, »wenn du alle Kraft bei meiner Cousine lässt!« Er wandte sich an die große Gruppe schwer bewaffneter Männer hinter sich: »Festnehmen!«

Ohne ein weiteres Wort drehte er sich um und ging weg. Mit dem Verräter Frank hatte er abgerechnet, und er hoffte, damit der neuen Verschwörung von Haken und Kabeljauen, von der gemunkelt wurde, den Kopf abgeschlagen zu haben. Er hatte noch nicht darüber entschieden, ob Frank selbst auch den Kopf verlieren sollte. Möglicherweise könnte dies einen Aufstand gegen die burgundischen Besatzer in den niederen

Landen erst richtig entfachen. Er schalt sich, mit Frank als Aufpasser über Jakoba offensichtlich den Bock zum Gärtner gemacht zu haben. In der Vergangenheit hatte es nie Hinweise darauf gegeben, dass der Seeländer käuflich war. *Ik tracht verder* – »Ich strebe nach Höherem« – hieß der Wahlspruch derer von Borsselen. Aber diesmal hatte Frank wirklich zu hoch gegriffen. Allerdings hatte die Aussicht, Graf von Holland, Seeland und dem Hennegau zu werden, einst sogar einen englischen Königssohn dazu bewogen, die Waffen gegen das verbündete Burgund zu erheben. Wie schamlos von Jakoba, einen Mann zu umgarnen, dem ihr damaliger Ehemann in Brouwershaven nach dem Leben getrachtet hatte! Um den aufrechten Frank zu verbiegen, hatte sie sich wahrscheinlich wieder einmal ihrer Zaubermittel bedient. Vermutlich steckte das Paar auch hinter dem Mordanschlag in Mons. Aber darüber würde er später nachdenken. Er hatte jetzt andere Sorgen. Gerade hatte ihn die Nachricht erreicht, dass seine Schwester Anna in Paris an den Folgen einer in der Hauptstadt wütenden Seuche gestorben war und somit die Verbindung zum wichtigsten Mann im englisch besetzten Frankreich empfindlich gestört worden war. Flüchtig dachte er an Beatrix. Sie war jetzt nutzlos für ihn. Er würde sie am nächsten Morgen abholen und in ein Kloster sperren lassen.

Im Schlossgraben, der mit dem offenen Meer in Verbindung stand, wartete bereits ein Segelboot, das Frank noch in derselben Nacht nach Delft brachte. Gefesselt und schwer bewacht wurde er am nächsten Morgen nach Flandern zur Burg Rupelmonde gebracht. Da wusste Frank, dass sein Schicksal besiegelt war. Keiner, der je auf dieser Burg gefangen gehalten worden war, hatte sie lebend verlassen. Hier wurden alle diejenigen Hochwohlgeborenen verwahrt und hingerichtet, die sich eines schweren Verbrechens schuldig gemacht hatten. Er hatte selbst einmal einen Edelmann dorthin begleiten müssen, dem ein geplantes Attentat auf Philipp zur Last gelegt worden war. Der Mann war nach zwei Jahren im Kerker auf dem Schlosshof enthauptet worden.

Philipp selbst teilte Jakoba am nächsten Morgen mit, dass ihr neuer Versuch, seine Autorität zu untergraben, gescheitert sei und er Frank von Borsselen gefangen genommen habe. Bleich stand sie ihm gegenüber, als er ihr kühl erklärte, sie habe den Vertrag von Delft gebrochen und werde die Konsequenzen tragen müssen.

Jakoba schrie nicht. Sie warf keinen Gegenstand an die Wand. Wie vom Donner gerührt stand sie vor ihrem Cousin. In ihrem Kopf drehte sich alles. *Das ist nicht wahr*, schrie es in ihr, *es ist nur eine schreckliche Vision mit einer Stimme!*

»Ich habe geglaubt dich zu kennen, Jakoba«, fuhr Philipp fort. »Nie hätte ich gedacht, dass du zu so einem perfiden Mittel greifen würdest, um einen meiner besten Leute zu verderben. Frank war ein aufrechter Mann, bevor er dir begegnet ist. Du bist keine Helena, meine Liebe, verrate mir doch, wie es dir gelungen ist, ihn zu becircen! Etwa mit Zauberei?«

Jakoba brachte keinen Ton heraus.

»Gut«, fuhr Philipp fort, »Frank ist auch kein Adonis. Die Mädchen im Badehaus waren gestern nicht von ihm beeindruckt ...«

»Frank geht nicht ins Badehaus.« Sie erschrak vor ihrer Stimme, vor ihren Worten.

»Nein, Jakoba, und er hat mit dir auch keinen Plan geschmiedet, um mich anzugreifen. Mit dem Attentat in Mons habt ihr auch nichts zu tun. Und natürlich habt ihr auf deinem Kräuterbeet auch nicht heimlich geheiratet ...« Er trat auf sie zu, griff sie an den Schultern und schüttelte sie. »Es ist vorbei, hörst du! Das war dein letzter Streich! Frank von Borsselen ist erledigt! Du bist erledigt!«

Seine Berührung hatte sie aus ihrer Betäubung gerissen. Erst jetzt drang die Bedeutung seiner Worte zu ihr durch. »Wo ist Frank?«, fragte sie heiser.

»In Rupelmonde. Das ist nicht Gravensteen, meine Liebe, wo es dir an nichts mangelte und du trotzdem meine Gastfreundschaft mit Füßen getreten und mich lächerlich gemacht hast. Glaube nicht, dass dein Zauber reicht, um Frank zu befreien! Er sitzt angekettet im Kerker und hat viel Zeit, darüber nachzudenken, was er sich mit seinem Verrat eingebrockt hat.«

»Lass ihn frei! Frank ist kein Verräter! Im Gegenteil, er hat mich abgehalten ... « Jakoba brach ab.

Philipps Augen funkelten. »Sprich weiter, Jakoba«, lockte er, »wovon hat er dich abgehalten? Davon, zu früh und impulsiv loszuschlagen, wie du es immer gewöhnt warst? Hat dich jetzt endlich einmal ein guter Feldherr beraten, einer, der taktisch denken kann und weiß, wie wichtig richtige Vorbereitung ist? Nun siehst du, genau deshalb musste ich ihn unschädlich machen. Was ich mit ihm tun werde, weiß ich noch nicht. Am passendsten wäre es wohl, ihn an einem *Haken* aufzuhängen.«

Jakoba konnte sich nicht mehr auf den Beinen halten. Sie fiel auf die Knie und hob die Arme in die Höhe.

»Philipp, ich flehe dich an, lass ihn frei! Nimm mich gefangen ... tu mit mir, was du willst, nimm alles, was ich habe, aber lass ihn frei!«

»Du hast mir nichts mehr zu bieten, Jakoba.«

Er verließ das Zimmer.

Aber auf der Rückreise nach Flandern fragte er sich, warum er sich zum ersten Mal nach einem Sieg über Jakoba nicht als Gewinner fühlte. Wahrscheinlich, weil er einen guten Mann verloren hatte, dachte er. Hugues de Lannoy, den er zum neuen Statthalter für Holland und Seeland ernannt hatte, war zwar einer der Ritter des Ordens vom Goldenen Vlies, aber er konnte Frank von Borsselen das Wasser nicht reichen.

Noch am selben Tag reiste Jakoba aus s'Gravenhage ab. Sie blieb nur kurz in Seeland, wo sie alles, selbst die Farbe des Himmels, so schmerzlich an Franks Los erinnerte, dass alle anderen Gedanken wie ausgelöscht waren. Sie musste versuchen wieder einen klaren Kopf zu bekommen. Sie musste ihren Mann retten! Aber wie?

Auf ihrer Burg Teylingen, nahe s'Gravenhage, empfing sie eine Abordnung von Haken und Kabeljauen, die Dirk von der Merwede eiligst zusammengerufen hatte. Die Männer legten ihr einen Plan zur Befreiung Franks vor, warnten allerdings, dass der Ausgang höchst ungewiss sei. Es könnte sein, dass Befehl gegeben worden war, bei einem Angriff auf Burg Rupelmonde Frank augenblicklich zu töten. Jakoba lehnte den Plan ab. Ein Attentat auf Philipp versprach am meisten, aber niemand hatte eine Idee, wie man an den schwer bewachten Herzog von Burgund herankommen konnte.

Jakoba nahm das Wort. »Ich könnte es tun«, sagte sie leise. »Mich wird er allein empfangen und ich könnte ihm einen Dolch in die Brust bohren.«

»Aber das wäre dein Tod! Unmöglich!«, rief Dirk und auch die anderen Ritter schüttelten die Köpfe.

»Ohne meinen Mann möchte ich auch nicht leben«, sagte Jakoba und entließ die Delegation.

Sie setzte sich an den Tisch und schrieb den vierten einer langen Reihe von Briefen an Philipp. Mit Gewalt hatte sie den Burgunder auf Dauer nie schlagen können. Ihr blieb nur das Wort.

Aber Philipp ließ ihre Briefe unbeantwortet.

Für Frank gab es keine Vergünstigungen. Er durfte weder Briefe schreiben noch empfangen. Nicht einmal ein Garderobenwechsel wurde ihm gestattet. Er konnte von Glück sagen, im Kerker nicht angekettet zu sein und zumindest genug Bewegungsfreiheit zu haben, um seinen Blutkreislauf in Gang zu halten und seine Glieder zu strecken. Im Laufe der Monate verschliss das Festgewand, in dem er gefangen genommen worden war, und als der Winter in die kalte Burg einbrach, fürchtete er, das kommende Frühjahr nicht zu erleben. Wenn er eines natürlichen Todes im Kerker starb, war Philipp der Frage enthoben, was mit ihm zu tun wäre. Er war ziemlich sicher, dass es der Burgunder noch nicht wagen konnte, ihn hinrichten zu lassen. Aber mehr Sorgen als um sich selbst machte er sich um Jakoba. Er hatte nicht nur Angst vor dem, was Philipp ihr zufügen könnte, sondern noch mehr vor den Einflüssen, denen sie jetzt ausgesetzt sein würde. Er zweifelte keinen Augenblick daran, dass Haken und Kabeljaue gemeinsam beratschlagten, ihn aus der Burg zu befreien. Natürlich wünschte er sich die Freiheit, aber der Gedanke an das Blutvergießen, das eine solche Tat zur Folge haben würde, an den unvermeidlichen Krieg mit Burgund und die Konsequenzen für die gebeutelten niederen Lande ließ ihn manchmal den eigenen Tod herbeisehnen.

David und Marguerite trafen in Teylingen ein. Entsetzt über den schlechten seelischen und körperlichen Zustand ihrer Tochter enthielt sich Marguerite aller Vorwürfe. Mit David sprach sie offener.

»Warum hat sie diesen Mann denn unbedingt heiraten müssen? Für eine diskrete Affäre hätte Philipp sicher Verständnis gehabt.«

David wiegte das Haupt. »Weil auch du dafür Verständnis hast, Marguerite? Hier ist die Lage anders. Jakoba und Frank ist das leichte Spiel mit der Lust ebenso fremd wie Philipp das, was die beiden miteinander verbindet. Darum kommt er gar nicht auf die Idee, dass ihre Liebe etwas anderes als eine Verschwörung sein könnte.«

Er deklamierte:

»Wer den Wald selbst nie betreten,
sieht Gespenster hinter jedem
Baum.«

»Wie meinst du das?«

David rutschte von ihrem Schoß und zog Marguerite an der Hand. »Komm. Wir müssen aufbrechen.«

»Und wohin?«

»Zu Philipp. Wir reden mit ihm.« Marguerite schüttelte unwillig Davids Hand ab. »Nach der Sache mit Brabant? Ich denke nicht daran!«

»Dann rede ich mit ihm. Nun komm schon, du liegst mir doch dauernd in den Ohren, dass du mehr mit mir reisen willst. Außerdem brauchst du neue Stoffe. Geh du einkaufen und überlass Philipp mir. Auf nach Flandern!«

Jakobas Husten hatte sich verschlimmert. Besorgt riet ihr der Arzt von den langen täglichen Ritten durch den Wald ab, die sie sich in den vergangenen Monaten angewöhnt hatte. Sie hielt ihm entgegen, dass ihr die Waldluft besser bekomme als das Herumgrübeln in der feuchten Burg. Beschäftigung, empfahl der Arzt, aber es gab nur zwei Dinge, zu denen sich Jakoba imstande fühlte. Sie schrieb entweder Briefe an Philipp, die er nicht beantworten, oder an Frank, der sie nicht erhalten würde, und sie stickte an Marjans Lebenswerk. Im Wald fühlte sie sich Frank näher, und sie ritt oft zu den geheimen Stellen, wo sie sich einst geliebt hatten. Jetzt, im Herbst, wäre es dafür zu kalt gewesen und sie hätten sich bei ihren Ausflügen in der kleinen Jagdhütte getroffen.

An Marjan dachte sie in dieser Zeit oft. Sie erinnerte sich an ihre Erzählungen über das Waldleben, aus dem Jakobas Vater sie herausgeholt hatte. Früher hatte sie sich bei dem Gedanken an ein Leben im Wald immer ein wenig gegruselt. Dazu mochten all die Märchen ihrer Kindheit über den *Wald ohne Gnade* beigetragen haben. Doch die gräflichen Jagdforste mit ihren Laubbäumen und Lichtungen hatten keine Ähnlichkeit mit jenem finsteren Tann, wo sich nicht nur Elfen und Gnome, sondern auch jede Menge Strauchritter herumtrieben. Marjan hatte ihr den Wald zugänglich gemacht, sie die Namen der Bäume und Pflanzen, die Stimmen seiner Bewohner gelehrt und ihr die Angst vor dem Unbekannten genommen. In späteren Jahren hatte sie nur selten die Zeit gefunden, den Wald weiter zu erkunden und seine Stimmung auf sich einwirken zu lassen. Sie hatte ihn zum Jagen benutzt. Erst in den letzten Monaten hatte sie in Franks Armen unter dem Blätterdach den Wald als Wunderland wieder entdeckt. Und jetzt fand sie die Idee verlockend, für den Rest ihrer Tage in einer erdbedeckten Hütte zwischen den Bäumen dem Singen der Vögel zu lauschen. Natürlich nicht allein. Und so kehrten ihre Gedanken immer wieder zu Frank zurück.

Als sie nach einem dieser Ausritte im März zurückkehrte, sah sie den Stallburschen ein fremdes Pferd abbürsten.

»Ein Bote«, erklärte er ihr.

Jakoba nickte müde. Wahrscheinlich wieder ein Haken oder Kabeljau, der sie davon überzeugen wollte, zu den Waffen zu greifen. Sie hatte diese Möglichkeit reiflich erwogen und sie nur deshalb fallen lassen, *weil* es um Frank ging. Gerade er, der sich so heftig einem neuen bewaffneten Kampf widersetzt hatte, sollte jetzt Anlass für einen Krieg bieten?

»Ein Brief vom Herzog von Burgund!«, rief eine aufgeregte Stimme aus dem Fenster. Jakoba ließ ihr Pferd stehen, aber noch bevor sie das Haus erreicht hatte, war schon ein Diener hinausgelaufen. Er händigte ihr das Schreiben aus. Sie riss sofort das Siegel auf, überflog den Inhalt und fiel in Ohnmacht.

»Herr Frank ist tot!«, schrie die Zofe, die zu ihrer Herrin nach draußen geeilt war und jetzt händeringend auf die reglose Gestalt hinabschaute. Innerhalb von Minuten füllte sich der Vorhof mit aufgeregtem Personal. Zwei Diener trugen Jakoba in die Burg.

»Wer sagt, Herr Frank sei tot?«, fragte Dirk von der Merwede, der in der Studierkammer über einem Grundriss der Burg Rupelmonde gebrütet hatte und den jetzt das Geschrei ebenfalls nach draußen gelockt hatte.

Ein Knappe deutete auf den Brief, der noch an jener Stelle auf dem Boden lag, wo er aus Jakobas Händen gefallen war. Dirk hob ihn auf und las ihn.

»Unsinn!«, donnerte er. »Dies ist eine Einladung. Der Herzog von Burgund erwartet die Gräfin nächste Woche in s'Gravenhage!«

Er teilte den Umstehenden den Zusatz nicht mit: »Auch Herr Frank von Borsselen wird anwesend sein.«

Jakoba war überrascht, ihrer Mutter und David in s'Gravenhage zu begegnen.

»Habt ihr auch eine Einladung bekommen?«, fragte sie verunsichert.

David nickte. »Du weißt doch, dass deine Mutter bei Unterhandlungen in deiner Sache immer zugegen zu sein hat!«

»Was für Unterhandlungen? In welcher Sache? Ich habe

Philipp nichts zu bieten«, entgegnete Jakoba. »Wo ist Frank? Habt ihr ihn schon gesehen?«

»Er ist hier, liebe Cousine«, hörte sie Philipps Stimme aus einem angrenzenden Raum. Jakoba flog durch die Tür.

Mager, abgehärmt und mit bleichem Gesicht kam Frank langsam auf sie zu. Sein rechtes Bein zog er wieder nach. Aus Jakobas Kehle drang der Schrei eines verwundeten Tieres. Sie warf die Arme um ihren Mann, küsste ihn, fuhr mit den Händen über seinen schmal gewordenen Körper und drückte ihn an sich. Mit einer raschen Handbewegung schleuderte sie ihren Kopfputz weg und vergrub ihr Gesicht an seiner Brust. Wie ein Werk aus einem Guss verharrten sie einen Augenblick in dieser Haltung. Dann lief ein Zittern durch beider Körper und die Schleusen öffneten sich. Jakobas Tränen durchnässten Franks dunkelgrünes Wams, seine verloren sich in ihren Haaren. Sie drückten sich jetzt so heftig aneinander, dass sie aus dem Gleichgewicht gerieten und auf die Fliesen stürzten.

»Frank, Frank, Frank«, murmelte Jakoba zwischen ihren Küssen. Sie kniete sich hin und strich ihm mit beiden Händen immer wieder über das Gesicht, als könnte sie die Spuren der vergangenen Monate wegwischen.

Ein lauter Knall ließ sie auffahren. Philipp hatte das Zimmer verlassen.

»Mein Gott!« Jakoba sprang auf. »Wir haben ihn beleidigt!« Sie wollte zur Tür stürzen, aber Frank hielt sie zurück.

»Er gönnt uns diesen Augenblick allein, Jakoba. Er ist kein Ungeheuer.«

Frank zog sie auf eine Bank am Fenster, strich ihr die Haare aus dem Gesicht und musterte sie wehmütig. »Lass dich ansehen, mein Herz. Du bist doch nicht krank?«

»Jetzt nicht mehr!«, rief sie. »Ich war vor Kummer krank. Aber dein Bein, was ist mit deinem Bein!?«

»Die Burg war etwas feucht, das ist alles«, lächelte er. »Mein Bein wird sich schon wieder erholen.«

»Warum bist du frei? Was ist passiert?«

Frank legte wieder beide Arme um Jakoba. »Wenn ich das

wüsste! Philipp ist selbst nach Rupelmonde gekommen, um mich abzuholen. Wir sind zusammen hierher geritten und er hat mich formvollendet behandelt.«

»Aber irgendetwas muss er dir doch auf der Reise gesagt haben!«

»Nicht viel. Er hat zugegeben, einen Fehler gemacht zu haben, und mich um Verzeihung gebeten. Die Hinweise, die auf eine Verschwörung meinerseits deuteten, hätten sich nicht bestätigt. Der Attentäter von Mons ist gefunden und hingerichtet worden. Und Philipp hat dir Haken und Kabeljaue geschickt, um zu sehen, ob du einem Attentat oder einer Befreiungsaktion zustimmst …« Er drückte sie an sich. »Und meine streitbare Kriegerin hat abgelehnt! Das hat ihn wohl am meisten überzeugt. Mich hat es glücklich gemacht, Jakoba, dass du der Versuchung widerstanden hast! Und dann hat er noch einen seltsamen Satz zitiert. Etwas Allegorisches über jemanden, der sich selbst nicht in den Wald traut, weil er hinter jedem Baum Gespenster sieht. Was er damit meinte, weiß ich nicht.«

»Vielleicht, dass er zu misstrauisch war. Aber das ist unerheblich. Hauptsache, wir sind wieder zusammen!«

Sie blieben eng umschlungen sitzen, bis es wenig später an der Tür klopfte und sie zum Herzog von Burgund gerufen wurden. Der registrierte verwundert, dass sich die Kleidung der beiden in bester Ordnung befand. Er hatte ihnen Gelegenheit geben wollen, das Wiedersehen mit Leib und Seele zu feiern. Aber Ersteres schien ihnen gar nicht so wichtig gewesen zu sein. Fürwahr, dachte er nicht ohne Neid, David hat Recht, dies ist ein Wald, dessen Tiefen ich nicht zu erforschen wage. Ich wechsele lieber die Bäumchen, die meinen Weg säumen. Das ist ungefährlicher.

Zum dritten Mal schloss Jakoba mit Philipp einen Vertrag. Aber diesmal war alles anders. Wenige Zeugen, kein Pomp und Prunk und ein milde lächelnder Herzog von Burgund. Der eröffnete die Sitzung mit einer Frage, die Jakoba zunächst sprachlos machte: »Was wünschst du dir, Cousinchen?«

Stumm griff sie zur Hand des Mannes, der neben ihr saß, hielt sie hoch und drückte sie so fest, dass beider Knöchel weiß hervortraten.

»Das ist deutlich«, erklärte Philipp. »Und was noch?«

»Brabant«, meldete sich Marguerite, bevor ihr David die Hand auf den Mund legen konnte.

Philipp warf ihr einen strafenden Blick zu.

»Süd-Beveland?«, schlug Jakoba leise vor. Sie glaubte zu träumen. Der Mann, vor dem sich Kaiser und Könige fürchteten, der als geschicktester Vermittler der Welt galt, begann die Unterhandlung mit einem Angebot. Nach ihrem Vertragsbruch hatte sie damit rechnen müssen, dass er ihr alles wegnahm und sie mittellos ihrem Schicksal überließ. Woher diese plötzliche Großzügigkeit? Sie musste auf der Hut sein! Aber wovor? Vielleicht war alles nur eine Finte, vielleicht würde er ihr etwas entlocken, was Frank wieder in den Kerker brachte.

»Ist aber nicht so wichtig«, fügte sie eilig hinzu, dachte dann an ihren geliebten Wald und bemerkte: »Es reicht, wenn du mir das Jagdrecht lässt.«

»Seit wann so bescheiden?«, lachte Philipp. »Du erhältst das Jagdrecht in allen meinen Ländern. Natürlich lasse ich dir Süd-Beveland. Außerdem gebe ich dir dazu Ost- und West-Voorne, Tholen, Leerdam und Oostervant. Dann kannst du dich Gräfin von Oostervant nennen.« Er machte eine Pause und wurde wieder ernst. »Deine anderen Titel muss ich dir leider aberkennen. Dafür erhältst du einen alten neuen Titel, den Titel des stolzen Geschlechts deiner Abstammung.«

Er stand auf, ging um den Tisch herum, verbeugte sich vor ihr und hielt eine Hand auf.

»Darf ich vorstellen: Jakoba, Herzogin von Bayern in Holland.«

Er zog sie an sich und küsste sie auf beide Wangen. Erschrocken spürte er, wie dünn sie geworden war. Jakoba hat ausgekämpft, dachte er, sie wird mir wirklich keine Schwierigkeiten mehr machen!

»Jetzt«, fuhr er fort, nachdem er sich wieder gesetzt hatte,

»kommt ein etwas unangenehmer Teil, Jakoba. Du wirst dem Papst, dem deutschen Kaiser, dem englischen König und dem Konzil von Basel erklären, dass du als Fürstin abdankst, weil du eingesehen hast, dass du als Frau nicht in der Lage bist, deinem durch Zwietracht gespaltenen Land Frieden zu bringen. Dazu sei niemand besser geeignet als dein Cousin, der Herzog von Burgund, der deine Länder und Völker gut kennt, mit ihnen seit langem verkehrt und sie mit Weisheit und starker Hand regieren könne. Ihm und seinen Erben überträgst du deshalb die Länder und seine Bewohner. Auf ewig.«

Kaum jemand im Raum wagte zu atmen. Alle Augen waren auf Jakoba gerichtet. *Herzogin von Bayern*, dachte sie, *was klingt das fremd!* Herzogin von einem Land, das sie noch nie gesehen hatte, von dem aber ihr Vater und Großvater und der urgroßväterliche Kaiser abstammten. Und sie auch.

Marguerite meldete sich als Erste zu Wort: »Der deutsche Kaiser wird dir den Krieg erklären.«

Philipp lachte. »Soll er! Dann werde ich ihm mitteilen, dass alle Kaufleute aus seinen Ländern in meinen Gebieten als Feinde behandelt werden. Vergiss nicht, liebe Tante, fast der gesamte deutsche Außenhandel geht über meine Länder. Der Kaiser kann es sich nicht leisten, seine Wirtschaft zu gefährden. Und zurzeit beschäftigen ihn die Hussiten zu sehr, als dass er sich um die Erbfolge in den niederen Landen kümmern kann.«

»Der Großherzog des Westens«, flüsterte David. »Es wird Zeit, dass der Herzog von Burgund einen Beinamen erhält!«

Während er verschiedene Möglichkeiten: *Philipp der Gewaltige, Philipp der Selbstsichere, Philipp der Eroberer, Philipp der Kühne – nein, das war schon der Großvater gewesen –, Philipp der Unersättliche, Philipp der Feinsinnige, Philipp der raffinierte Hund* leise murmelnd ausprobierte, einigte man sich darauf, dass Jakoba zu Ostern offiziell abdanken und durch ihre Städte reisen sollte, um diese von dem Treueschwur ihr gegenüber zu entbinden.

Marguerite hatte wieder etwas zu sagen. David unterbrach sein Gemurmel und warf Philipp einen verzweifelten Blick zu.

»Etwas fehlt«, bemerkte Marguerite. »Wenn du ohne Erben stirbst, sollte Jakoba in die Erbfolge treten.«

»Einverstanden«, sagte Philipp und strahlte seine Tante an: »Isabella ist wieder schwanger. Mein nächster Sohn wird leben, das weiß ich!«

Zum ersten Mal machte Frank von Borsselen den Mund auf: »Ich wünsche dir Glück.«

»Ich dir auch«, erwiderte Philipp. »Damit kommen wir jetzt zu dir. Natürlich erhältst du deinen Besitz vollständig zurück. Ich habe mir sagen lassen, dass er während deiner Abwesenheit gut verwaltet worden ist.«

Er beugte sich über den Tisch und legte Jakobas und Franks rechte Hände ineinander.

»Hiermit erteile ich dir die Genehmigung, meine Cousine Jakoba offiziell zu heiraten – natürlich nur …«, er warf Marguerite einen freundlichen Blick zu, »… falls ihre Mutter nichts dagegen hat und von mir nicht verlangt, dass ich als Hochzeitsgeschenk Brabant opfere. Allerdings bitte ich euch, mit der Trauung so lange zu warten, bis ich persönlich anwesend sein kann. Das könnte noch etwas dauern.«

Er reichte Frank ein zusammengerolltes Stück Pergament, sah selbst auf eine Schrift vor sich und fuhr fort: »Dein alter Posten als Statthalter ist zwar vergeben, aber es gibt genug wichtige Aufgaben für dich. Du kannst dich jetzt endlich auch dem widmen, was dir schon so lange am Herzen liegt – der Eindeichung Seelands und der Zusammenlegung von Inseln. Ich bin sehr gespannt, wie du es fertig bringen wirst, dem Meer Land abzugewinnen! Das werde ich mir zu gegebener Zeit ansehen, denn dies könnte für unsere Länder an der Küste in Zukunft von großer Bedeutung sein. Auch in anderen Angelegenheiten will ich deines Rats nicht mehr entbehren, Frank. Du wirst in Seeland in Ehren wieder eingesetzt werden, bist hiermit zum offiziellen Bewahrer der holländischen Dünen und Deiche ernannt und wirst nach der Heirat mit Jakoba den Titel Graf von Oostervant führen.«

Jakoba konnte nicht mehr verhindern, dass ihr die Tränen über die Wangen strömten. In den Augen der Außenstehenden hatte sie jetzt wirklich alles verloren, aber ihr kam es vor, als hätte sie die ganze Welt gewonnen.

Sie waren zwar noch nicht offiziell getraut, aber sie mussten ihre Liebe nicht mehr verstecken. Jakoba schlug Frank vor, sich bei ihr in Teylingen von den Strapazen der Gefangenschaft zu erholen. Auch ihm würde die Waldluft jetzt sicher besser bekommen als der kalte Wind vom Meer in Martensdijk. Es kostete sie einige Überredung, denn Frank hatte es eilig, nach Hause zu kommen und sich vom Zustand seines Grundbesitzes zu überzeugen.

»Ich kenne dich doch!«, rief Jakoba. »Du wirst dich mit deinem armen Bein nur ins kalte Wasser stellen, um selbst Sand zwischen den Inseln aufzuschütten. *Ich* habe auf dich gehört und Burgund nicht angegriffen – jetzt hörst *du* auf mich und bleibst mindestens zwei Wochen in Teylingen und ruhst dich aus!« Ein Hustenanfall schüttelte sie. Frank strich ihr sanft über den Rücken. Ja, er würde eine Weile in Teylingen bleiben, Jakoba durfte nicht den Frühjahrsstürmen an der Küste ausgesetzt werden, und trennen konnte er sich von ihr nicht.

Die Dienerschaft glaubte zuerst an einen Überfall, als eine kleine Gruppe bewaffneter Reiter eines Nachmittags in den Vorhof der Burg Teylingen sprengte. Ein vermummter Ritter forderte Einlass im Namen des Herzogs von Burgund. Allen steckte noch der Schreck von Franks Gefangennahme in den Knochen und einige fürchteten eine neue schreckliche Wendung des Geschicks.

Jakoba, die sich aus dem Fenster gelehnt hatte, erkannte den Ritter trotz seiner Vermummung. Beinahe dreißig Jahre zuvor war er ähnlich verkleidet zum Schloss ihres Vaters in Le Quesnoy gebracht worden. Damals sollte er sich im Hennegau vor einem möglichen Attentat verstecken, nachdem sein Vater den Herzog von Orléans umgebracht und sich den Namen Johann ohne Furcht verdient hatte. Es war eine sorglose Zeit gewesen, in der sie mit Jean, Philipp, Dirk, Jan von Vliet und Beatrix die Hügel und Sümpfe des Hennegaus erforscht und manchen Streich ausgeheckt hatte. Jakoba dachte jetzt oft an früher. Viele Erinnerungen erschreckten sie, schienen nicht ihr, sondern einer anderen Person zu gehören, die eine Zeit lang ihre Identität angenommen haben musste. Jetzt hätte sie sich nicht mehr vorstellen können einen Mann zu heiraten, den sie aus tiefstem Herzen verabscheute. Sie sah sich wieder die Männer bei der Schlacht anfeuern und wunderte sich nicht mehr über ihren Mut, sondern über die Gleichgültigkeit, mit der sie durchhackte Körper zu Boden hatte fallen sehen. Am meisten schüttelte sie den Kopf über das blinde Vertrauen, das sie Eleanor Cobham und ihren Zauberkünsten geschenkt hatte, und segnete im Nachhinein immer wieder Marjan, die den Bann rechtzeitig hatte brechen können. Außer Marjan, die jetzt hoffentlich in Frieden ruhte, gab es nur noch einen einzigen Menschen, der in ihrem ganzen Leben eine wichtige Rolle gespielt hatte, egal mit wem sie gerade verheiratet oder nicht verheiratet gewesen war, egal ob Krieg oder Frieden herrschte. Mehr als jeder andere Mensch hatte Philipp ihren Lebensweg bestimmt.

Am Abend nach der Unterzeichnung ihrer Abdankungsurkunde hatten sie zu dritt noch lange zusammengesessen, der alten Zeiten gedacht, sehr viel Wein getrunken und über das Leid, das sie einander zugefügt hatten, gemeinsam getrauert. Sie wundere sich, dass Philipp noch wirklich menschlicher Regungen fähig sei, hatte Jakoba erstaunt angemerkt, als Philipp in liebevollen Tönen von seiner Frau sprach. Daraufhin hatte Philipp seine Arme um Jakoba und Frank gelegt und alle drei waren in Tränen ausgebrochen. So wie damals in Woudrichem, als Philipp die Nachricht von der Ermordung seines Vaters zugetragen worden war. Es gab sicher nicht viele Menschen auf der Welt, die zweimal die Tränen des Herzogs von Burgund gesehen hatten!

Sie empfing Philipp in der Halle und führte ihn in das lederbehangene Zimmer, in dem sie sich mit Frank am liebsten aufhielt.

»Verzeiht die Tarnung«, sagte Philipp, nachdem er Frank

begrüßt hatte, »aber ich hatte euch ja versprochen, einmal unangekündigt aufzutauchen, und in meiner Position kann ich einen solchen Ausflug leider nicht anders als verkleidet unternehmen.«

»Vorsicht!«, warnte ihn Jakoba und deutete auf den Boden. Philipp bückte sich und hob einen Zipfel der dicht bestickten Stofflagen an. Er sog die Luft ein.

»Mein Gott, ist das eine schöne Arbeit«, rief er. »Hilf mir mal, Jakoba, lass sie uns hier an die Wand hängen, das will ich mir näher betrachten. Hast du das etwa gemacht? Das müssen ja hundert Jahre Arbeit sein!«

»Es ist Marjans Lebenswerk. Ich vollende es nur«, erwiderte Jakoba bescheiden, als sie vorsichtig zu einer Ecke griff. Sie musste sich auf einen Stuhl stellen, um zusammen mit Philipp das Werk mit Nadeln an der Wand zu befestigen. Auch ihr verschlug es die Sprache, als sie die riesige Decke zum ersten Mal voll ausgebreitet vor sich hängen sah. Fast war es, als hätte sich die Wand geöffnet und einem Herbstwald Platz gemacht.

»Welche Farben, welche Komposition!«, murmelte Philipp und fuhr mit dem Finger über einen in sich gewundenen knorrigen Baumstamm, der in zwei vielfarbige Kronen mündete, auf denen Sonnenglanz lag. Zu Füßen des Baumes, inmitten seines Wurzelwerks, beobachtete ein sehr kleiner gebückter Mensch in einem roten Schellenmantel an einer vom Laub befreiten Stelle das Gewusel eines Ameisenhügels.

»Wenn du genau hinsiehst«, meinte Philipp und deutete auf eine in Purpur gekleidete Figur, die am Außenrand hinter einem bereits kahlen Baum hervorlugte, »könnte dies unser Onkel Johann der Unbarmherzige sein, damals, als er noch Kirchenkleidung trug.«

Jakoba schüttelte den Kopf. »Was sollte Marjan mit dem zu schaffen gehabt haben? Soweit ich weiß, hat sie nie ein Wort mit ihm gewechselt. Wohingegen sie mit meinem Vater gar nicht oft genug reden konnte. Wie kommst du darauf?«

Er hob die Schultern. »Eine Eingebung?«, überlegte Philipp, froh, dass Marjan ihr Geheimnis vor Jakoba bewahrt hatte. Er schämte sich sehr, wie er bei ihrem Besuch mit ihr umgegangen war, und hatte mehr als einmal ihrer Seele Abbitte geleistet. Aber hätte er damals anders handeln können als das Mädchen an die Engländer auszuliefern?

Philipp versuchte einen Fleck von einem bernsteinfarbenen Blatt zu wischen. »Das gehört da nicht hin. Es sieht aus wie Blut.«

»Ist es auch«, erwiderte Jakoba. »Da war ich unachtsam und habe mich gestochen.« *Und kurz danach hast du Frank eingesperrt*, dachte sie und spürte, wie wieder Groll in ihr aufstieg.

»Kaltes Wasser«, riet Philipp. »Damit solltest du den Fleck wegkriegen. Wenn er nicht zu alt ist.«

»Der Fleck bleibt!«, erwiderte Jakoba bestimmt.

»Wie du meinst.« Philipp spannte einen imaginären Bogen und machte das Geräusch eines fliegenden Pfeils.

»Da!«, rief er. »Ich habe das Reh erlegt, das dahinten an der Pflanze nagt!«

»Es ist nicht umgefallen«, gab Jakoba zurück, »aber ich hoffe, dass es die Pflanze nicht aus der Erde zieht.«

»Was für eine ist das?«, erkundigte sich Frank.

»Eine Alraune«, erwiderte Jakoba, »man nennt sie auch Mandragora oder Erdmänneken. Manche halten sie für eine Wunderpflanze«, fügte sie hinzu.

Philipp trat ein paar Schritte zurück und ließ das ganze Bild auf sich einwirken.

»Es ist ein großartiges Kunstwerk«, erklärte er. »Ich würde viel darum geben, es in meinem Besitz zu haben.«

»Meine Mutter würde jetzt ›Brabant‹ rufen«, bemerkte Jakoba trocken.

»Ich käme beinahe in Versuchung, mir das zu überlegen«, lachte Philipp. »Aber im Ernst, Jakoba, was willst du dafür haben?«

»Es ist noch nicht beendet«, sagte sie und deutete auf die kleine weiße Stelle am unteren Rand.

»Was entsteht da?«, fragte Philipp. »Was ist das silbrige Ding?«

»Die Spitze eines zerbrochenen Schwertes«, sagte sie leise, »halb verdeckt vom Laub.«

»Schade, dass ich nicht mehr heiraten werde«, seufzte Philipp, »sonst hättest du mir diese Decke als Hochzeitsgeschenk nicht versagen können!«

»Ich vererbe sie dir«, erklärte Jakoba. »Es ist eine Ehre, dass ein Kenner wie du die Handarbeit von einfachen Frauen zu würdigen weiß!«

Schließlich stand nicht nur der großartige Maler Jan van Eyck in Philipps Diensten. Der Herzog von Burgund hatte die besten Meister der Zeit verpflichtet, um seine Banner und Lanzenfähnchen zu bemalen und seine Schlösser und Kutschen auszuschmücken. Bildhauer aus aller Welt arbeiteten in seinen Werkstätten an Statuen und Grabmälern, und die berühmtesten Goldschmiede wetteiferten um Philipps Gunst. Und jedermann wusste, dass er höchstpersönlich die Künstler beaufsichtigte, die seine Wandteppiche mit Mustern verzierten. Ganz gleich, in welcher Stadt er gerade Hof hielt, er war immer von seinen liebsten Wandteppichen umgeben, für deren Transport er sogar einen speziellen Wagen hatte anfertigen lassen. Wandteppiche, die nicht aufgehängt wurden, lagerten in einem eigens für sie errichteten Gebäude, wo ihnen Motten – neben Rost die größten Zerstörer der Zeit – nichts anhaben konnten.

Jakoba entschuldigte sich bei den Männern und ging in die Küche, um dafür zu sorgen, dass das Abendessen mit besonderer Sorgfalt zubereitet wurde. Vor allem an dem so überaus kostbaren Zucker sollte an diesem Tag nicht gespart werden. Sie trug dem Kellermeister auf, ein Fass des weißen Weins aus der Gegend von Paris zu öffnen, und ging hinaus in den Küchengarten, um frische Kräuter und Gemüse selbst auszuwählen.

Bei ihrer Rückkehr fand sie die Männer in ein ernstes Gespräch vertieft.

»Philipp«, sagte Frank, »erwägt, das Bündnis mit den Engländern zu brechen und sich mit Karl zu versöhnen.«

»Letzteres«, warf Philipp ein, »fällt mir am schwersten.

Ich kann nicht vergessen, dass Karl meinen Vater ermordet hat.«

»Doch nicht er persönlich!«, rief Jakoba.

»Er hat es angeordnet und er war dabei. Er hat zugesehen, wie der große Johann ohne Furcht wie ein Tier auf der Brücke von Montereau abgeschlachtet wurde. Er selbst hat ihn in den Hinterhalt gelockt. Ich wollte nicht rasten oder ruhen, ehe ich diese Tat gerächt habe.« Jakoba sah ihn wieder vor sich, mit flammenden Augen und erhobenem Schwert auf dem Tisch in Woudrichem.

»Es hat ihm kein Glück gebracht«, sagte sie leise. »Und Frankreich auch nicht.«

»Und wer herrscht jetzt in Frankreich?«, fügte Frank hinzu und gab selbst die Antwort: »John von Bedford!«

»Ich weiß.« Philipp stieß einen tiefen Seufzer aus.

»Und wenn du von Karl eine persönliche Entschuldigung forderst, eine Wiedergutmachung?«, fragte Jakoba.

Wie ein Pfeil traf sie sein Blick. »Den Tod meines Vaters kann nichts wieder gutmachen! Nein, ich setze weiter auf die Engländer.«

Er räusperte sich und zog das Schachtischchen näher zu sich heran.

»Wie wär's, Jakoba, hättest du Lust zu einem Spiel?«

Sie schüttelte den Kopf. »Gegen dich verliere ich immer.«

»Nicht immer«, sagte er beziehungsvoll, »wenn ich mich recht entsinne, hast du mich vor langer Zeit einmal geschlagen.«

»Ach?!«, entfuhr es Frank.

Jakoba wich dem Blick aus Philipps schönen Augen nicht aus. »Das war die größte Niederlage meines Lebens«, sagte sie.

Sie begegneten Philipp erst ein Jahr später wieder. Da er unbedingt Zeuge ihrer kirchlichen Trauung sein wollte, hatten sie den Hochzeitstermin immer weiter hinausgeschoben.

Der Herzog von Burgund, dessen Frau bei dem kleinen Sohn Karl geblieben war, schüttelte den Kopf, als er am

1. März 1434 neben Jakoba in der kleinen Kapelle von Martensdijk stand. »Wirklich, Cousinchen«, raunte er ihr zu. »Wohin soll das führen, wenn du den größten Tag deines Lebens ohne jeglichen Prunk und Pomp in einer Dorfkirche feierst!«

»Meine anderen Hochzeiten«, murmelte Jakoba, »wurden mit großem Aufwand gefeiert. Darf ich dich daran erinnern, wohin das geführt hat?«

Nein, dachte sie, dies ist nicht der größte Tag meines Lebens. Frank ist schon seit langem mein Mann. Der größte Tag meines Lebens war der, an dem er aus dem Kerker entlassen wurde.

Während des Hochzeitsbanketts erfuhr sie, dass Philipp schon wieder einer Fürstin das Leben schwer machte. Diesmal richtete sich sein Augenmerk auf Elisabeth Görlitz von Luxemburg, deren Land ihm in seiner Sammlung noch fehlte.

»Sie wird mich nicht so quälen wie du«, versicherte er Jakoba. »Elisabeth lebt auf großem, man könnte fast sagen *burgundischem* Fuß. Sie leidet unter chronischer Geldnot, und da sich Frank nach ihrer hässlichen Reaktion auf eure Hochzeitspläne geweigert hat sie weiter finanziell zu unterstützen – übrigens schönen Dank, mein Lieber –, wird sie mir das Land wohl irgendwann verkaufen müssen. Im Augenblick sind ihre Geldforderungen noch zu hoch, aber ich kann warten.« Er grinste. »Dass die kleine Jakoba ihrer Tante auch den Mann wegangeln muss! Einmal ein Haken …«

Jakoba hob die Augenbrauen. »Du selbst hast das Wort verboten!«, bemerkte sie. »Im Übrigen war Frank nie an Tante Elisabeth interessiert. Sie ist ihm mit ihrem feinen Getue auf die Nerven gegangen.«

»Dabei ist Luxemburg ein so schönes Land …«, sinnierte Philipp.

»Und ein deutsches Lehen«, bemerkte Jakoba trocken. »Wie lange wird der Kaiser noch zusehen, dass du ihm Länder wegschnappst?«

»Lange«, versicherte Philipp, »seine Kriegserklärung nach

deiner Abdankung hat er schließlich auch wieder zurückgezogen, genau, wie ich erwartet hatte.«

Erst nachdem Philipp abgereist war, erfuhren sie, was er ihnen, abgesehen von Franks neuem Titel Graf von Oostervant, zur Hochzeit geschenkt hatte, nämlich eine jährliche Zuwendung in der Höhe der Summe, die Frank in seiner früheren Eigenschaft als Statthalter von Holland und Seeland hatte einstreichen können.

Ein Jahr nach der Hochzeit ließ Philipp Frank an seinen Hof rufen. Monatelange Verhandlungen über ein Ende des Krieges zwischen England, Frankreich und Burgund waren an den hohen Forderungen der Engländer gescheitert. Aber der französische König Karl hatte die Hafenstadt Saint Denis erobert und John von Bedford war gestorben. Philipps persönliches Band zum englischen Königshaus war somit endgültig gerissen.

Jakobas Patenkind, der englische – und zweite französische – König Heinrich, war erst dreizehn Jahre alt, und daher regierten an dessen Stelle eigentlich Humphrey Gloucester und Henry Beaufort, der Bischof von Winchester. *Welch eine Ironie des Schicksals,* dachte Jakoba, als sie davon hörte, *es hätte nicht viel gefehlt, und ich wäre wieder mit dem Zweiten in der Thronfolge eines europäischen Königshauses verheiratet gewesen. Jetzt sitzt Eleanor an meiner Stelle und hofft wahrscheinlich, dass der kleine Heinrich das Zeitliche segnet. Es würde mich nicht wundern, wenn sie ihre Hexerei einsetzte, um ihr Ziel zu erreichen.* Hätte Jakoba noch über die Gabe der Vision verfügt, hätte sie vielleicht sehen können, dass genau dieses Vorgehen Eleanor Cobham sechs Jahre später zum Verhängnis werden sollte.

Jakoba hielt sich in Teylingen auf, als Frank mit Philipps Kanzler Rolin hinter dem Rücken der Engländer mit Karl VII. über einen Friedensvertrag zwischen Frankreich und Burgund verhandelte. Sie war froh, sich aus dem politischen Geschehen heraushalten zu können und nicht mehr über Strategien und Intrigen nachdenken zu müssen. Daher erschrak sie, als ihr ein Brief zugestellt wurde, dessen Handschrift sie augenblicklich erkannte.

Bevor sie das Siegel erbrach, setzte sie sich erschüttert hin. Wie konnte es sein, dass sie, die nur noch an Frank dachte, beim ersten persönlichen Lebenszeichen Humphreys nach so vielen Jahren plötzlich Herzklopfen bekam?

12. KAPITEL

Die weiße Dame

1435–1436

Die Zofe wunderte sich. Ihre Herrin, die kaum je Weiß trug, wollte ausgerechnet zum Ausreiten ein Kleid in dieser empfindlichen Farbe anziehen? Und wie sollte die Nähstube so schnell den Hermelinbesatz daran befestigen? Warum mussten neue Edelsteine auf den Kronenhut genäht werden? Sie wagte es nicht, der Gräfin diese Fragen zu stellen, denn Jakoba hatte wieder den entschlossenen Zug um den Mund, den die Zofe aus den Zeiten kannte, als Jakoba zum Angriff hatte blasen lassen.

Für kein Fest hatte sich die Gräfin im vergangenen Jahr so kleiden und herrichten lassen wie an diesem Herbsttag für einen Ausritt allein. »Ich wünsche keine Begleitung«, erklärte Jakoba, als ihr Pferd vorgeführt wurde. »Beunruhigt euch nicht, wenn ich erst gegen Abend wieder zurückkehre.«

Was an ihrem Hof getuschelt wurde, war ihr gleichgültig. Jakoba war nur von einem Gedanken beseelt: dem Mann, der sie so schnöde im Stich gelassen hatte, wie eine Königin entgegenzutreten. Sie ahnte, was er von ihr wollte – es gab nur einen Grund, weshalb der Stellvertreter des Königs von England Mühen und Gefahren einer geheimen Reise nach Holland auf sich nehmen würde. In seinem Brief hatte Humphrey nur geschrieben, dass er »in einer Sache von äußerster Wichtigkeit ihres Rats und ihrer Hilfe bedürfe«.

Den Rest der Nachricht übermittelte der berittene Bote mündlich: Als Patentante des englischen Königs möge sie Humphrey von Gloucester, der sich seit dem heutigen Tage incognito in Holland befinde, zum schnellstmöglichen Zeitpunkt eine Audienz gewähren, an einem geheimen Ort, den sie selbst bestimmen solle. Sie beschrieb dem Boten die Jagdhütte im Wald und legte den Zeitpunkt des Treffens auf den nächsten Mittag fest. Es plagte sie kein schlechtes Gewissen, sich mit ihrem ehemaligen Mann ausgerechnet in der Hütte zu treffen, in der sie mit ihrem jetzigen während ihrer Jagdausflüge so viele zärtliche Stunden erlebt hatte. Sie ging nicht zu einem Rendezvous, sondern zu einer Verhandlung. Für England war die abgedankte Fürstin wieder interessant geworden.

Zwei Ritter warteten bereits vor der Hütte und verbeugten sich ehrfürchtig vor ihr. Einen erkannte sie. Er hatte Eleanor Cobham den Hof gemacht, als sich diese noch in Jakobas Diensten befand. Und jetzt diente er ihrem Mann.

Jakobas Kehle war trocken, als die Holztür der Hütte aufging und sich ein stattlicher hoch gewachsener Mann auf der Schwelle verneigte.

»Ich grüße dich, Jakoba«, sagte Humphrey. Seine blauen Augen hatten nichts von ihrer Leuchtkraft verloren. Jakoba schluckte. Vor ihr stand der erste Mann, der sie als *Mann* beeindruckt hatte, dessen Kind sie erwartet und verloren hatte und mit dem sie nach dem Edikt der Kirche nie verheiratet gewesen war. Erinnerungen überwältigten sie, und ihr war, als befinde sie sich am falschen Ort zu falschen Zeit. Humphrey war genauso alt wie Frank, aber das Leben hatte nicht so tiefe Spuren in sein Gesicht gezeichnet, keine Augenringe, Stirnfalten und kein Doppelkinn hinterlassen. Seine schlanken Beine waren lang und makellos geformt und seine Schultern breiter als Franks. Als Ritter war er immer noch eine Augenweide.

Er räusperte sich und reichte ihr die Hand. Zögernd legte sie ihre Finger hinein und wartete auf den Blitz, der sie durchfahren würde. Es war nur ein kleines Flackern. Sie registrierte, dass er sich im Gegensatz zu Frank bücken musste, um die Hütte zu betreten. Als sich die Tür hinter ihnen schloss, standen sie einander einen Augenblick schweigend gegenüber. Jakoba hielt sich wie eine Königin und das wusste sie. Dies war ihr Schutz. Humphrey würde sie nicht einfach in die Arme nehmen und auf das Felllager ziehen können, das sie so oft mit Frank geteilt hatte. Sie hatte Angst vor ihrer eigenen Reaktion gehabt, zuvor bereits befürchtet, dass Humphrey nichts von seiner physischen Attraktion eingebüßt haben würde. *Ich liebe Frank*, sagte sie sich vor, *ich liebe seine kurzen kräftigen Beine, seinen kleinen Bauch, die tiefen Falten zu Seiten seines Mundes und seine Augenringe. Nicht der schöne Mann vor mir hat meinen Körper zum Singen gebracht, sondern Frank.*

Sie deutete auf die zwei Bänke zu Seiten eines Tisches und ließ sich auf einer nieder.

»Du bist schön, Jakoba«, flüsterte Humphrey. Im Halbdunkel der Hütte konnte er nicht erkennen, wie viel Schminke nötig gewesen war, um ihre Bleiche zu verbergen, wie sorgfältig ihr Gesicht bemalt worden war.

»Um mir dies mitzuteilen, wirst du wohl kaum eine so beschwerliche Reise auf dich genommen haben«, entgegnete sie kühl. Sie hatte sich wieder gefasst, wartete auf seine Entschuldigung und sein neues Angebot.

»Du und ich«, sagte er, als er sich ihr gegenübersetzte, »wir beide haben Recht gehabt. Wir haben meinen Bruder vor der Doppelzüngigkeit des Herzogs von Burgund gewarnt. Damals hätten wir ihn schlagen können ...«

»Haben wir aber nicht«, unterbrach ihn Jakoba, »weil deine mir versprochenen Truppen ihn unterstützt haben.«

Er wollte über den Tisch ihre Hände greifen. Sie zog sie weg und legte sie in den Schoß.

»Die Gräfin von Holland, Seeland und dem Hennegau«, sagte er leise.

»Das war einmal«, erwiderte Jakoba.

»Und es kann wieder so sein. Mit englischer Hilfe.«

Es war heraus. Jakoba holte tief Luft. Aber sie sprach nicht. Humphrey sollte betteln.

»Du weißt, dass Philipp mit dem Franzosen Karl einen Friedensvertrag geschlossen hat«, stellte er zunächst fest. »Er hat es doch tatsächlich fertig gebracht, dass Karl ihn öffentlich für den Mord an seinem Vater um Verzeihung gebeten und versprochen hat, die Mörder nach all diesen Jahren noch zur Rechenschaft zu ziehen! Dann hat er ihm einen Haufen Geld geschenkt und ein paar schöne Gebiete, die eigentlich uns zustehen. Damit noch nicht genug, Jakoba, Karl hat den Herzog von Burgund sogar aller Lehenspflicht entbunden! Er hat sich seinen Beistand wahrlich teuer erkauft. Wusstest du davon?« Jakoba sagte nichts. Sie wusste davon. Philipp, sein Kanzler Rolin und Frank hatten, wie üblich, ganze Arbeit geleistet.

»Mir bleibt nichts anderes übrig als dem Herzog von Burgund den Krieg zu erklären«, fuhr Humphrey fort. »Dann hat der burgundische Spuk ein Ende. Mit unseren modernen Waffen werden wir siegen. Aber wir brauchen Verbündete.«

Jakoba sagte nichts.

»Wir wissen, wie unzufrieden die Menschen in deinen Ländern sind, Jakoba, wie gern sie den Burgunder vertreiben wollen. Und du hast gute Kämpfer, davon habe ich mich selbst überzeugen können.«

»Wie geht es deiner Frau?«, fragte Jakoba plötzlich.

Er zuckte zusammen und hob dann die Schultern. »Es gibt Probleme«, erwiderte er, »unter Umständen werde ich mich von ihr trennen müssen.«

»Schon wieder? Du wirst deiner Ehefrauen aber schnell müde!«

»Jakoba, ich bitte dich …«

»… nicht um meine Hand. Die ist vergeben. Und diesmal rechtsgültig!«

Humphrey stand auf und ging ein paar Schritte im Zimmer herum.

»Ich habe dir Unrecht getan, Jakoba«, sagte er schließlich, »aber mir blieb keine Wahl. Mein Bruder John …«

»Mein Beileid«, warf Jakoba ein. Es kam spitzer heraus als beabsichtigt.

Er tat, als merkte er es nicht. »Danke. Er hat vor seinem Tod seinen Fehler erkannt. Dass Frankreich für England verloren geht, wenn wir den Herzog von Burgund nicht in die

Schranken weisen. Dass er auf der ganzen Linie versagt hat. Und jetzt, Jakoba, habe ich in England das Sagen!«

»Und dein Onkel, der Bischof?«

»Hat diese Reise unterstützt. Auch er bittet dich, deine Truppen zu sammeln. Als Erstes vertreiben wir die Burgunder aus deinen Ländern und dann schlagen wir sie gemeinsam in Frankreich.«

»Und was hätte ich davon?«

»Gräfin von Holland, Seeland und dem Hennegau. Die alte Ordnung wäre wiederhergestellt und du würdest wieder über das Land deiner Vorväter regieren. Das garantieren wir dir.«

Er hatte Jakobas wunden Punkt getroffen. Sie wusste, dass sie sehr krank war, nie Kinder bekommen würde und wahrscheinlich nicht mehr lang zu leben hatte. Durfte sie da nur an ihr Glück denken? Durfte sie sich aus allem heraushalten und nur der Liebe mit Frank leben? Sie war eine geborene Fürstin. Hatte sie nicht die Verpflichtung, das Erbe ihrer Ahnen zu schützen, musste sie nicht die Ehre der Familie höher stellen als das kleine bisschen Glück, das ihr noch verblieb?

Humphrey spürte den Umschwung in Jakoba. Er setzte sich neben sie auf die Bank und legte eine Hand auf ihren Arm.

»Diesmal werden auch die Kabeljaue auf unserer Seite sein«, fuhr er mit der sanften Stimme fort, die er früher für zärtliche Stunden reserviert hatte. »Sprich mit deinem Mann. Er ist ein großartiger Anführer. Wir brauchen ihn.« Jakoba musste sich auf die Lippen beißen. Englische Kundschafter waren offensichtlich nicht dahinter gekommen, dass Frank von Borsselen einer der Unterhändler zum französisch-burgundischen Friedensvertrag gewesen war. Nein, mit Frank würde man nicht rechnen können.

»Warum hast du dich damals vor dem Zweikampf mit Philipp gedrückt?«, fragte Jakoba und legte Humphreys Hand auf den Tisch. »Vielleicht wäre dann alles schon vor langem geregelt worden.«

»Es hat keinen Sinn, vergangenen Chancen nachzutrauern. Wir müssen die packen, die sich uns jetzt bieten.«

Jakoba wandte sich ab und zog ein Tuch aus ihrem Ärmel. Sie musste husten. Sorgfältig faltete sie das Tuch wieder zusammen. Humphrey sollte die Blutspuren nicht sehen.

»Können wir auf dich zählen, Jakoba? Dein Patensohn, der König von England, bittet dich darum und verspricht dir, alles in seiner Macht Stehende zu unternehmen, um deine Ehre wiederherzustellen.« Es tat gut, von einem König um Hilfe angefleht zu werden. Es tat gut, Humphrey von Gloucester in der Position des Bittstellers zu sehen. Es tat gut, wieder wichtig zu sein.

»Ich werde es mir überlegen«, sagte Jakoba. »Du musst Verständnis dafür haben, dass ich dir meine Antwort nicht sofort geben kann.«

»Die Zeit drängt«, erklärte er und legte sein Hand wieder auf ihren Arm. »Überlege nicht zu lang.«

Sie blickte auf seine Hand. Er zog sie zurück und nannte ihr den Namen eines vertrauenswürdigen Boten und den Ort, an dem sie ihn in den nächsten Tagen finden würde.

»Eins kann ich dir schon jetzt versprechen, Humphrey, ich werde mich nicht gegen dich stellen«, sagte sie. »Aber dafür musst du mir auch etwas versprechen: dass du meine Länder verschonen wirst, auch wenn ich keine Truppen schicke. Dass keine englischen Soldaten über mein Volk herfallen, Städte verbrennen oder ...«, ihr fiel plötzlich der Abend in Breda ein, »... Läden ausplündern, Frauen vergewaltigen und Männer verstümmeln werden.«

Humphrey sprach lange Zeit nicht. Sie wandte sich ihm zu. Schnell griff er mit beiden Händen ihren Kopf und drückte einen harten Kuss auf ihre Lippen.

»Hiermit gebe ich dir mein Ehrenwort«, sagte er. »Auch wenn du keine Truppen schickst, werden meine Schiffe an deinen Küsten vorbeisegeln.«

Sie stand auf. »Dann sind wir uns einig ...« Heftiges Klopfen unterbrach sie. Humphrey sprang zur Tür.

»Es ist ein Reiter gesichtet worden«, rief er Jakoba über die

Schulter zu. »Ich eile davon und erwarte deine baldige Antwort.«

»Einen Augenblick«, bat sie und trat auf ihn zu. »Noch eine Frage: Was für Probleme hast du mit Eleanor?«

Er beugte sich vor, küsste sie – diesmal sacht – auf die Lippen und flüsterte: »Dämonische.«

Zwei Sekunden später war er weg. Wie benommen kehrte sie an ihren Platz zurück.

Für ein so kurzes Treffen war Humphrey den weiten Weg aus England gekommen! Wie gut er sie eingeschätzt hatte! Einem Gesandten hätte sie sofort eine abschlägige Antwort erteilt und auf einen Brief mit der Bitte um Hilfe wäre sie nicht eingegangen. Sie dachte an die vielen verzweifelten Briefe, die sie ihm einst aus Mons geschrieben und die er, wenn überhaupt, so unbestimmt beantwortet hatte. Seine Persönlichkeit musste sie überzeugen, sein Appell an ihre einstigen gemeinsamen Interessen. Der stolze Ritter war nicht vor ihr im Staub gekrochen. Er hatte nicht einmal seine Entschuldigung angeboten. Ein Fürst hatte eine Fürstin um Beistand gebeten. In aller Form. Beinah.

Wie sollte sie vorgehen? Mit wem sollte sie sich beraten? Dirk von der Merwede würde Humphreys Sache unterstützen, dessen war sie sich sicher. Wenn nur David hier wäre, dachte sie verzweifelt. Der kann Kompliziertes so wunderbar einfach machen.

Sie hörte ein Pferd wiehern und griff zum Eisenhaken an der Feuerstelle.

Vorsichtig spähte sie zum Fenster hinaus. Die Tür öffnete sich.

»Ich habe mir schon gedacht, dass ich dich hier finde«, sagte Frank. Sein Gesicht war vom Ritt gerötet. »Wie oft habe ich dich gebeten nicht allein so weit wegzureiten! Wenn ich nun ein Übeltäter wäre?« Sie zog ihn an sich.

»Aber das bist du eben nicht«, sagte sie und küsste sein rundes Gesicht. Er hielt sie von sich ab.

»Wie siehst du denn aus!«, rief er. »Warum hast du dich für einen Ausritt in den Wald in ein Prunkgewand geworfen?«

»Mir war danach. Wann soll ich meine schönen Kleider sonst tragen?« Sie zog ihn an der Hand zum Felllager, ließ sich mit ihm darauf niederfallen und drückte sich an ihn. Wie vertraut sein Körper war! »Aber was hat dich zurückgeführt?«, fragte sie. »Ist deine Mission schon beendet?«

»Sehnsucht nach meiner schönen Frau hat mich zurückgeführt«, antwortete er, »und nein, meine Mission ist noch nicht ganz beendet. Aber ich musste zurückkommen, um dir etwas vorzuführen. Und dafür bist du wahrhaft angemessen gekleidet!«

Er löste sich aus ihrer Umarmung, öffnete seinen Mantel und zeigte ihr die Kette mit dem Stück Widderfell.

»Das Goldene Vlies!«, rief Jakoba. »Philipp hat dich in seine Tafelrunde aufgenommen!« Stolz nickte er.

Auch wenn Jakoba bei Philipps Hochzeit nicht gut zugehört hatte, so wusste sie inzwischen, was die Aufnahme in den Orden bedeutete. Zugelassen wurden nur Ritter aus alten adligen Geschlechtern, die über Persönlichkeit und Lehensgüter verfügten. Sie mussten Kirche und Herzog Treue schwören, Bruderschaft untereinander halten und sich im Kampf ausgezeichnet haben. Das Ordensstatut umfasste insgesamt vierundneunzig Artikel. Wer aufgenommen wurde, erhielt im burgundischen Reich hohe Posten, hatte in Staatsangelegenheiten ein Mitspracherecht und konnte gerichtlich nur vor den Mitbrüdern belangt werden. Frank war der erste Seeländer, dem diese Ehre zuteil geworden war.

»Nicht einmal Louis de Chalons, der Prinz von Oranien, ist zugelassen worden«, erklärte Frank. »Es ist wirklich eine außergewöhnliche Ehre. Erinnerst du dich noch an den Leitspruch des Ordens?«, fragte er, während er Jakoba langsam aus dem schönen Gewand schälte.

»Wie könnte ich den vergessen!«, lachte sie. »Ausgerechnet Philipp mit seinen hundert Mätressen und ebenso vielen Bastarden verleiht zu Ehren seiner Frau dem Orden solch einen Spruch!«

»Der arme Philipp hat eben nicht so viel Glück wie ich«, bemerkte Frank und zog Jakoba das letzte Unterkleid über den Kopf. »*Aultre n'aray* – ich werde keine andere haben«, zitierte er, »für mich hat dieser Spruch höchste Gültigkeit!«

Ihnen blieb nicht viel Zeit für Gemeinsamkeit, denn Frank musste bereits am nächsten Morgen wieder an Philipps Hof zurückkehren.

Jakoba war froh darüber. Sie brauchte Zeit zum Nachdenken. Sie musste gründlich untersuchen, wo ihre Verantwortlichkeit lag. Nur eins wusste sie mit Bestimmtheit: Frank konnte ihr nicht helfen. Jetzt, wo er zu Philipps Ordensritter ernannt worden war, gab es keine Möglichkeit mehr, ihn in den Streit gegen Burgund einzubinden. Als Seeländer hätte er sich zumindest noch heraushalten können – Jakoba zweifelte nicht daran, dass Humphrey sein Wort halten würde –, aber als Ordensbruder war er Philipp Waffentreue schuldig. Frank wäre dann wieder der Feind.

Er wird keine andere haben, dachte Jakoba mit einer gewissen Bitterkeit, und die, die er hat, wird auf der anderen Seite stehen. Im Geiste stellte sie sich einen Zweikampf zwischen Humphrey und Frank vor. Würde sie wirklich hoffen, dass Humphrey siegte? Damit sie ihre Länder und ihre Ehre zurückerhielt, damit ihre Ahnen im Himmel und ihre späteren Nachkommen stolz auf sie sein konnten?

Nachkommen? Jakoba sah auf das zusammengefaltete Tuch in ihrer Hand. Die würde sie nicht haben. Sie hatte den Arzt nicht kommen lassen, denn an den Symptomen hatte sie die Krankheit selbst erkannt. Es gab kein Kraut dagegen, weder Bergminzentee noch den Rauch brennender Huflattichblätter. Sie hatte ein Ei in einem Ameisenhaufen vergraben, aber die Krankheit verschwand auch nicht, als nach dem ersten Regenguss der Ameisenhaufen weggespült wurde. Auch Aderlass würde nicht helfen. Sie vertraute darauf, mithilfe der Waldluft in Teylingen lange genug zu leben, um Frank von Borsselen noch ein wenig Glück zu schenken. Selbst wenn die Engländer ihr die Länder zurückeroberten, Frank würde nach ihrem Tod zweifellos dafür sorgen, dass sie an ihren nächsten Verwandten Philipp von Burgund fielen. England hätte auf sie nur Anspruch anmelden können, wenn sie noch Humphreys Gemahlin wäre. Aber das war sie ja nach dem Ausspruch des päpstlichen Gerichts nie gewesen! Die Engländer haben sich in den eigenen Finger geschnitten, dachte sie nicht ohne Befriedigung.

Nein, sie brauchte sich mit niemandem zu beraten. Sie wusste, was sie zu tun hatte: nichts.

Wenige Tage später erschienen Marguerite und David in Teylingen und fragten Jakoba, ob sie Lust hätte, sie auf einer Nordlandreise zu begleiten. Entgeistert sah Jakoba ihre Mutter an: »Was wollt ihr denn da?«

Ihre Mutter hob die Schultern. »Was ist dagegen einzuwenden, die Welt kennen zu lernen? Ich verstehe, dass die Menschen im Norden recht wild sind, und würde es daher begrüßen, wenn du unserer Gesellschaft den guten Ritter Dirk mitgeben könntest – falls du selbst nicht mitziehen möchtest.«

»Aber was wollt ihr da?«

»Reisen!«, krähte David.

Reisen, um zu reisen? Das ergab keinen Sinn. »Gibt es da Verwandte …? Irgendein Ziel … Wollt ihr etwas kaufen …?«

David küsste Marguerites Hand.

»Da siehst du es«, sagte er, »keiner versteht uns. Gut, dass wir zumindest einander haben.«

»Sonst zieht es euch doch immer an Philipps Hof«, bemerkte Jakoba.

David schüttelte den Kopf. »Nicht mehr. Zu viele Zwerge.« Jakoba glaubte sich verhört zu haben, aber Marguerite nickte. »Seine Hofnärrin Madame d'Or kennst du ja, aber inzwischen hat er sich eine richtige Sammlung von Zwergen und Zwerginnen zugelegt. Ungefähr dreißig begleiten ihn überall hin.«

»Und was tut er mit all den Zwergen?«, fragte Jakoba.

»Was man mit mir auch tut – er hält sie sich zur Unterhaltung«, bemerkte David. »Bei einem Bankett hat er zwölf von ihnen neulich mit ihren Instrumenten in eine Riesenpastete setzen lassen. Du kannst dir die Gesichter der Gäste vorstellen, als plötzlich Musik aus dem Essen kam!« Marguerite lachte. »Er hat mir alle seine Zwerge im Tausch für David angeboten.«

»Den würdest du wohl nur für Brabant hergeben«, bemerkte Jakoba trocken.

»Bring deine Mutter nicht auf dumme Gedanken!«, warnte David.

»Manchmal geht mein lieber Neffe zu weit«, bemerkte Marguerite und Jakoba richtete sich auf eine erneute Klage über das verlorene Brabant ein. Aber Marguerite war noch mit Philipps Hofleben beschäftigt und berichtete flüsternd von einer Frauenstatue, aus deren Brustwarzen Wein gesaugt werden könne, wovon so mancher Edelmann eifrig Gebrauch mache.

David kicherte. »Weißt du, wie man sich neuerdings bei Philipp vor und nach dem Essen die Hände wäscht? Er hat Statuen von hübschen Knaben anfertigen lassen, aus deren …«

»David!«, wies Marguerite ihn zurecht.

»… Familienjuwelen … Rosenwasser spritzt!«

»Philipp sonnt sich also im Glanz seines leuchtenden Hofs, während seine Leute auf den Schlachtfeldern umkommen«, sagte Jakoba bitter.

»Du bist ungerecht«, bemerkte David. »Du weißt, dass Philipp all dies hauptsächlich zur Unterhaltung seiner Gäste und seines Hofs inszeniert. Er selbst fastet vier Tage in der Woche, kleidet sich zwar teuer, aber schlicht, manchmal zu schlicht für meinen Geschmack, isst und trinkt mäßig, betet viel und leistet sich nur eine einzige Form der Ausschweifung – die allerdings ohne Zurückhaltung. Man munkelt jetzt von dreißig Mätressen und fünfundzwanzig Bastarden. Die beiden ältesten stehen bereits in Kirchendiensten.«

»Wo er die Zeit hernimmt!«, staunte Jakoba nicht zum ersten Mal.

Jakobas Bitte, angesichts des drohenden Krieges die unsinnige Reise aufzuschieben, wurde von David mit Hohngelächter quittiert.

»Es herrscht jetzt seit beinahe hundert Jahren ununterbrochen Krieg«, sagte er. »Wir können keine weiteren hundert Jahre warten, bis vielleicht endlich mal Frieden einkehrt. Und auch dann, meine liebe Jakoba, wird das Reisen nicht ungefährlicher sein. Dann muss man sich vor den ehemaligen Kämpfern hüten, die zu Räubern geworden sind, weil sie nichts anderes gelernt haben als auf alles, was sich bewegt, einzuschlagen!«

Wie immer brachte David frischen Wind in die Burg, aber Jakoba war froh, als er mit Dirk und ihrer Mutter nach drei Tagen weiterzog. Es hatte sie fast unmenschliche Anstrengung gekostet, sie nichts von ihrer Krankheit merken zu lassen, und sie würde Wochen brauchen, um sich davon ein wenig zu erholen.

Beim Abschied weinte sie.

David klopfte ihr auf die Wange, als sie sich zu ihm herunterbückte, und verbot ihr rührselig zu sein. »Mach dir um uns keine Sorgen, meine Liebe, wir erkunden jetzt die Nordländer und sind in einem Jahr bestimmt wieder zurück. Was meinst du, was wir dann alles zu erzählen haben!«

Jakoba wusste, dass sie keinen der drei wieder sehen würde.

Frank erschrak, als er nach Teylingen zurückkehrte. Jakoba versuchte ihn abzuhalten, aber er ließ die besten Ärzte aus Leiden rufen.

»Ich habe mich etwas überanstrengt«, sagte sie ihm, »das ist alles. Erzähl mir lieber, was sich draußen in der feindlichen Welt tut.«

Humphrey von Gloucester hatte im Namen des englischen Königs dem Herzog von Burgund den Krieg erklärt.

Nachdenklich musterte Frank Jakoba. »Es wundert mich ein wenig, dass sich die Engländer nicht an dich gewandt haben«, sagte er. »Was würdest du tun, wenn sie plötzlich kämen und dir die alte Grafenkrone wieder versprächen?«

»Nichts«, erwiderte Jakoba ohne zu zögern, »gar nichts. Ich stehe jetzt auf deiner Seite. Oder hast du daran gezweifelt?« Er antwortete nicht sofort. Die Augenringe waren dunkler geworden und es gab neue Falten auf seiner Stirn. »Die Versuchung wäre groß«, sagte er leise, »sehr groß. Wenn der schöne Humphrey mit einem schönen Angebot vor dir stünde, könntest du alles vergessen ...« Er sah müde aus, verzagt und mutlos. Frank machte sich keine Illusionen über seine Wirkung auf edle Frauen. Elisabeth Görlitz von Luxemburg war nur an seinem Geld interessiert gewesen.

Jakobas Herz öffnete sich weiter denn je zuvor in ihrem Leben. Verflogen war der letzte Zweifel. Sie ließ Marjans Lebenswerk sinken. Zur Vollendung fehlte nur noch eine kleine Stelle. »Ich *will* alles vergessen«, sagte sie, »alles, was früher war. Humphrey von Gloucester ist für mich nur ein Name. Der Mann kann mich nicht mehr beeindrucken.«

Er beeindruckte jedoch den Herzog von Burgund. Mit allen Mitteln versuchte Philipp Calais einzunehmen, aber die englischen Kanonen schlugen ihn zurück. Holländische, flämische und burgundische Soldaten mussten vor der Übermacht der Engländer flüchten.

Gleich nach der gewonnenen Schlacht ernannte König Heinrich VI., der sich natürlich immer noch für den König von Frankreich hielt, seinen Onkel Humphrey von Gloucester zum Herrn von Philipps Grafschaft Flandern, einem französischen Lehen. Mit Kanonen, Feuer und Schwert drang Humphrey in Artois und Flandern ein, und Philipps Truppen mussten überall zurückweichen.

Frank von Borsselen verabschiedete sich von Jakoba. Sie lag jetzt die meiste Zeit auf einer Bank und träumte zum Fenster hinaus. Selbst zum Lesen fehlte ihr die Kraft. Die Ärzte hatten Frank reinen Wein eingeschenkt. Ihre Worte, dass Jakoba aber durchaus noch einige Monate leben könnte, waren kein Trost. »Wie ungern ich dich allein lasse!«, rief er. »Aber ich muss nach Seeland, um die Küste und die Flotte zu verteidigen. Humphrey von Gloucester selbst soll auf einem der fünfhundert Schiffe sitzen, die von Frankreich aus nordwärts ziehen. Jakoba, bete, dass uns das Glück wieder so hold ist wie damals in Brouwershaven …«

Er brach ab. In Brouwershaven hatte er die Engländer geschlagen, die für Jakoba gekämpft hatten. Er hatte vollkommen vergessen, dass sie einst seine Feindin gewesen war. Verärgert gab er sich selbst eine Ohrfeige. Jakoba zog seinen Kopf zu sich herunter und küsste die Stelle, die er geschlagen hatte.

»Ich weiß, dass du gehen musst, Frank, aber es wird zu keiner Schlacht kommen, glaube mir.«

Er lachte bitter. »Natürlich wird es das! Die Engländer sind übermächtig! Unser einziger Vorteil liegt darin, dass wir die Küste kennen und dass meine Leute von den Inseln kommen und Erfahrungen bei Seeschlachten gegen Dänen, Deutsche und Balten gesammelt haben. Einige haben sich im Mittelmeer sogar mit Seeräubern Gefechte geliefert.«

»Humphrey von Gloucester wird Seeland und Holland nicht angreifen«, sagte Jakoba bestimmt.

Woher wusste sie das nur, fragte sich Frank wenige Tage später. Die englische Flotte war bis nach Wassenaar gefahren und hatte dann unvermittelt kehrtgemacht.

Auch auf den englischen Schiffen verstand niemand, weshalb der Herzog auf dem Admiralsschiff den Befehl zur Wende gegeben hatte.

Doch nach vielen englischen Siegen in den ersten Wochen des Krieges gegen die neue Allianz aus Burgundern und Franzosen wendete sich das Blatt. Mithilfe des erfolgsgewohnten Philipp wurden Heer und Finanzen neu organisiert. Dann begann der Krieg erst richtig. Als Erstes eroberten die Franzosen die Normandie, aber da konnte noch keiner ahnen, dass Philipp und Karl VII. den Engländern nach und nach alle französischen Gebiete wieder entreißen würden. Ein Jahr später würde der französische König Karl VII. an der Seite des Herzogs von Burgund seinen glorreichen Einzug in Paris halten. Auch Frank von Borsselen würde dabei anwesend sein – allein.

Während der Kämpfe im Jahr 1436 blieb Frank in Holland. Philipp selbst hatte seinen Ritter beauftragt weiter die Küsten des Landes zu bewachen. Natürlich wusste der Herzog von Burgund, dass Humphrey von Gloucester beigedreht und Jakobas Länder – wie er sie für sich manchmal noch nannte – verschont hatte. Der Herzog von Burgund hielt es für einen seltsamen, aber durchaus ritterlichen Zug, dass die Engländer ihre einstigen Verbündeten in Holland und Seeland nicht angriffen. Dafür hielten sie in Flandern fürchterlich Haus. Einen guten Mann wie Frank von Borsselen hätte Philipp bei seinen Gefechten brauchen können. Aber er wusste auch, dass seine Cousine im Sterben lag, und es gab endlich etwas, was er *für* sie tun konnte und musste: ihr für die letzten Tage ihres Lebens den einzigen Mann zu lassen, der ihr endlich Glück gebracht hatte.

Es war ein warmer Oktobertag. Jakoba hatte die Dienerin gebeten die Fenster weit zu öffnen.

»Am liebsten würde ich ausreiten«, sagte sie zu Frank, der neben ihrem Bett saß. »Du weißt ja, wie sehr ich den Herbstwald liebe.« Sie nickte zu Marjans Lebenswerk hin, das zusammengefaltet über einem Stuhl lag. »Ich habe heute Morgen den letzten Stich getan.«

Franks Herz zog sich zusammen. Um Jakoba die Tränen in seinen Augen nicht sehen zu lassen, wandte er sich um und betrachtete das letzte bearbeitete Stück.

»Ist das ein Schriftzug, den du da hingestickt hast?«, fragte er unsicher und zwang den Kloß seine Kehle hinunter.

»Ja«, erwiderte Jakoba. »Philipp hat mir erzählt, dass Meister Jan van Eyck neuerdings seinen Namen auf seine Werke setzt.«

»Wie ungewöhnlich«, murmelte Frank und hielt die Ecke Stoff weiter von sich weg. Seine Augen wurden wirklich immer schlechter. Er wischte sich eine ungehorsame Träne weg.

»Es ist zu klein«, gab er auf. »Ist es dein Name?«

»Natürlich nicht! Da steht *Marjan*. Damit er sie nicht vergisst.«

»Wer?«

»Philipp natürlich! Du sorgst dafür, dass er die Decke erhält?«

»Jakoba …«

»Ihr müsst mir nichts vormachen. Ich habe mich in meinem Leben weiß Gott oft genug geirrt, aber von Krankheiten und Kräutern verstehe ich wirklich etwas.« Sie versuchte sich aufzurichten, um einem Vogel nachzublicken, der Richtung Wald flog. Da wäre sie jetzt auch am liebsten. »Und dir, Frank, mein liebster Frank, habe ich zu verdanken, dass ich jetzt auch eine Menge von der Liebe verstehe«, sagte sie fast unhörbar.

»Ich hole dir frisches Wasser«, brachte Frank hervor.

Vor ihrer Tür lehnte er sich gegen die Wand und brach in Tränen aus. Die Zofe, die nach ihrer Herrin hatte sehen wollen, eilte in die Küche und verkündete flüsternd, dass es vollbracht sei. Der Herr sei außer sich vor Schmerz.

Auch in der Küche wurde geweint. Weniger um die Herrin, zu ihr hatte niemand aus dem Personal eine innige Beziehung. Aber der arme Herr! Was er ihretwegen alles hatte ertragen müssen! Und jetzt starb sie ihm auch noch weg!

Es dauerte lange, ehe Frank mit dem Krug zurückkehrte.

»Du sollst nicht weinen«, sagte Jakoba mit einem Blick auf sein Gesicht. »Sonst versalzt du mir noch das Wasser.«

Ihre Stimme rasselte. Er goss Wasser in einen Becher, setzte sich auf den Bettrand und hob Jakobas Kopf an. Sie konnte nicht schlucken. Er sah sich um, griff zu Marjans Lebenswerk, schüttete etwas Wasser über die Ecke mit dem zerbrochenen Schwert und befeuchtete damit Jakobas Lippen.

»Erzähl mir etwas«, forderte sie ihn plötzlich auf.

Er schrak zusammen.

»Über Philipp«, schlug Jakoba heiser flüsternd vor.

Frank strich ihr übers Haar und entdeckte eine graue

Strähne. Er nahm sie zwischen die Finger und küsste sie. Es kostete ihn große Anstrengung zu sprechen. Er räusperte sich und setzte an: »Philipp, Philipp … *Philipp der Gute* – so wird er jetzt genannt. Ich frage mich nur, warum.« Er war verzweifelt, weil ihm nichts anderes einfiel. An Philipp konnte er jetzt nicht denken.

Jakobas Mundwinkel deuteten ein Lächeln an. »Weil er gut Schach spielt«, sagte sie.

Sie schloss die Augen. Aber es kam keine Dunkelheit auf. So deutlich wie früher in ihren Visionen sah sie ein Bild vor sich. Die Sonne schien schräg durchs Fenster auf ein Schachbrett zwischen zwei Menschen in der Nische im blauen Zimmer vom Schloss Le Quesnoy. Eine Hand streckte sich aus und legte die weiße Dame hin.

Nachwort

Beim Durchblättern eines niederländischen Schullesebuchs stieß ich zum ersten Mal auf den Namen Jakoba von Bayern. Neugierig darüber, was eine Wittelsbacherin im hohen Norden zu suchen hatte, ging ich ihren Spuren nach und wurde in Bibliotheken und im Internet fündig. Meine Neugier wandelte sich sehr bald in Faszination: Wer war diese Frau, deren Bild im Laufe der Jahrhunderte so vielen Wandlungen unterworfen war – in der Literatur sowie in den so genannten Heldinnenbriefen des 17. und 18. Jahrhunderts? Mal wird sie als starke Frau behandelt, deren politische Aspirationen durch den Verrat ihres Onkels Johann von Bayern (der Unbarmherzige) und die Expansionsträume ihres Cousins Philipp (der Gute) zunichte gemacht werden. Dann wieder ist sie eine romantische unpolitische Figur, eine schwache klagende Heldin, die nur der Stimme ihres Herzens folgt und dabei immer wieder Schiffbruch erleidet. Einige Autoren loben ihre Tatkraft und ihren Mut, andere verurteilen ihre Impulsivität und Naivität. Mit Frank von Borsselen habe sie endlich die wahre Liebe gefunden, schreiben die meisten Autoren, aber es gibt auch Stimmen, die Jakoba in dieser Beziehung reines politisches Kalkül unterstellen: Mit Frank erhöhten sich ihre Chancen, die verlorenen Länder zurückzuerobern. In wissenschaftlichen Werken wird Jakoba von Bayern eher als Fußnote der Geschichte behandelt – da reduziert sich ihre historische Bedeutung auf die Tatsache, dass sie das Erbe der Wittelsbacher, die damaligen Niederlande, an Burgund hatte abgeben müssen.

Die *Niederlande*, so wie wir sie heute kennen, gab es damals noch nicht, daher ist im Buch von den *niederen Landen* die Rede. Kenner jener Zeit mögen mir verzeihen, dass ich mich nur auf jene Personen konzentriert habe, die unmittelbar mit Jakoba zu tun gehabt haben, und ich dabei aus Gründen der Übersicht einige historisch wichtige Gestalten (van Arkel zum Beispiel) auslassen musste.

Als ich feststellte, dass in den niederländischen Quellen die meisten männlichen Protagonisten aus Jakobas Umfeld Jan hießen, darunter zwei von ihren vier Ehemännern, und es verwirrend gewesen wäre, alle zu deutschen Johanns zu machen, habe ich die Varianten Jean, Johann und Jan gewählt. Außerdem hielt ich es für angebracht, das niederländische »van« vor den Namen durchgängig mit »von« zu ersetzen.

Aus dramaturgischen Gründen habe ich mir die Freiheit genommen, zwei Ereignisse, die mehrere Monate auseinander liegen, zeitgleich eintreten zu lassen: den Vertrag von Woudrichem und den Mord an Johann ohne Furcht.

Erfunden sind in meinem Buch nur Marjan und David, und ich muss auch gestehen, dass historische Beweise für Jakobas Visionen fehlen. Ganz unwahrscheinlich ist es aber nicht, dass es sie gegeben hat. Schließlich lebte meine Heldin in einer Zeit, in der vielen Frauen diese Fähigkeit zugestanden wurde.

»Hoeken en Kabeljouwen« – Haken und Kabeljaue – sind zwar fast jedem Niederländer ein Begriff, aber kaum einer weiß heute mehr, woher diese Bezeichnungen kamen und was sie einst bedeuteten. Dabei wurde das Land mehr als ein Jahrhundert lang vom Streit dieser beiden Parteien geprägt. Philipp der Gute hatte zwar die Benutzung der Parteinamen beim »Kuss von Delft« im Jahr 1428 verboten, aber dies hinderte die Streithähne nicht, sich noch das 15. Jahrhundert hindurch die Köpfe einzuschlagen.

Jakobas Burgen und Schlösser sind zum größten Teil verschwunden. Von der seeländischen Burg in Goes existieren nur noch die Kellergewölbe. Sie befinden sich unter einem griechischen Restaurant und unter einem vor kurzem abgerissenen Kinogebäude. Ein Denkmalpfleger erzählte mir, dass hier demnächst gegraben werden könne. Er freue sich bereits auf alle Fundstücke, die noch mehr Aufklärung über Jakobas Leben geben könnten. Im Heimatmuseum von Goes kann man sich einen Eindruck von der unwirtlichen Burg der Familie von Borsselen machen und im Archiv befindet sich eine

Zeichnung des »Baumes von Jakoba« – jenes Maulbeerbaums, den sie mit Frank von Borsselen am Tag der heimlichen Trauung im Hof ihrer Burg gepflanzt haben soll und der erst vor wenigen Jahrzehnten gefällt wurde.

»Die Ruine von Teylingen«, wie der Rest jener Burg heißt, in der Jakoba starb, macht heute den Eindruck eines sehr bescheidenen Bauwerks. Sie steht in der Nähe des berühmten Keukenhofs, des riesigen holländischen Gartens, in dem jedes Jahr Jakobas gedacht wird: Eine als Gräfin Jakoba verkleidete junge Frau reitet mit dem Falken auf der Hand durch das Gelände und erzählt die Geschichte der Gräfin, die hier ihre Kräuter gesammelt hat.

Am eindrucksvollsten ist die Burg Gravensteen in Gent, wo Philipp Jakoba eingesperrt hatte. Das düstere, immer noch sehr bedrohlich wirkende Gebäude in der Genter Innenstadt ist vollständig erhalten und beherbergt heute unter anderem ein Foltermuseum. Auch die Häuser auf der dem Eingang gegenüberliegenden Straßenseite stammen noch aus dem 13. Jahrhundert, und die Lagergebäude, hinter denen Dirk von der Merwede mit den Fluchtpferden wartete, sehen heute wohl nicht viel anders aus als vor sechshundert Jahren.

Wie ging es nach Jakobas Tod mit den anderen Protagonisten weiter?

Frank von Borsselen

Jakobas letzter Ehemann erreichte das für damalige Zeiten unglaublich hohe Alter von einundachtzig Jahren. Er hat nicht wieder geheiratet und stand in hohem Ansehen. Philipp diente er treu bis zu dessen Tod und war später auch ein einflussreicher Berater von Philipps Sohn Karl dem Kühnen.

Marguerite von Burgund

Jakobas Mutter zog sich nach dem Tod der Tochter ganz aus dem politischen Geschehen zurück. Fünf Jahre später starb sie im Alter von sechsundsechzig Jahren.

Humphrey von Gloucester
Mit Jakobas drittem Ehemann nahm es kein gutes Ende. Er war zwar beliebt bei Volk und Parlament, verlor aber den Machtkampf mit seinem Onkel Henry Beaufort. Dessen Nachfolger, der Herzog von Suffolk, wichtigster Ratgeber des schwachen Königs Heinrich VI., ließ Humphrey am 18. Februar 1447 wegen Hochverrats gefangen nehmen. Unter mysteriösen Umständen starb er fünf Tage später. Er ist vermutlich vergiftet worden. Obwohl sich sein Einfluss auf die englische Politik als äußerst unglücklich erwiesen hatte, war er als Schirmherr von Künsten und Wissenschaft sehr angesehen. Er hatte den Engländern die Literatur der Antike nahe gebracht und er vermachte seine bedeutende Bibliothek der Universität von Oxford. Als »the good Duke Humphrey« ist er noch heute vielen Engländern ein Begriff.

Eleanor Cobham
Die Liebe zur schwarzen Magie wurde ihr zum Verhängnis. Allerdings wollte man wohl in erster Linie ihren Mann Humphrey treffen, als man sie 1441 wegen Hexerei anklagte. Mit ihrer Zauberkunst soll sie versucht haben den König zu ermorden. Drei Priester, die in Verdacht standen, mit ihr konspiriert zu haben, wurden wegen Hexerei hingerichtet. Eleanor gab fünf der ihr zur Last gelegten achtundzwanzig Anklagepunkte zu und wurde bis zu ihrem Tod im Jahr 1452 eingesperrt. Die Ehe mit Humphrey wurde geschieden. Ihr Schicksal hat Shakespeare im 2. Akt des 2. Stücks von Heinrich VI. geschildert.

Beatrix
Von Jakobas Schwester ist nur bekannt, dass sie mit Jan van Vliet verheiratet war und später in einem Kloster starb.

Dirk von der Merwede
Seinem Namen begegnet man in beinahe allen Geschichten und Dokumenten über Jakoba, aber nach ihrem Tod verliert sich seine Spur.

Philipp der Gute

Zwei Lebensziele verfehlte dieser Stammvater vieler heutiger Königshäuser: Er wurde nie zum König gekrönt, und innenpolitische Probleme hielten ihn davon ab, den lang ersehnten Kreuzzug gegen die Türken zu unternehmen. Ansonsten gelang ihm alles. Er weitete Burgund zum mächtigsten Reich der Zeit aus und gilt als *Conditor Belgii,* Gründer der Niederlande, die unter seiner Herrschaft in relativem Frieden ein ungeheures Wirtschaftswachstum erlebten. Seine Ehe mit Isabella wurde nicht glücklich. Nicht nur wegen seiner vielen außerehelichen Eskapaden, sondern vor allem wegen seiner schlechten Beziehung zu dem gemeinsamen Sohn Karl (der spätere Karl der Kühne), der im Jahr 1465 die Staatsgeschäfte übernahm. Erheblich besser verstand sich Philipp mit seinem außerehelichen Sohn David, der unter der Bezeichnung »der große Bastard« als Bischof von Utrecht in die Geschichte einging. Philipp, dessen Geisteskräfte in seinen letzten Jahren nachließen, starb 1467 als Einundsiebzigjähriger in Brügge, vermutlich an Lungenentzündung.

Die Nachfahren der Burgunder

Philipps Sohn, Karl der Kühne, hätte wahrscheinlich besser der Tollkühne heißen sollen, dem es bei der Schlacht von Nancy im Jahr 1476 das Leben kosten sollte, dass er nicht über das strategische Talent seines Vaters verfügte. Er war der letzte Herzog von Burgund und hinterließ eine Tochter, Maria die Reiche. Diese heiratete Maximilian von Habsburg, den späteren Kaiser. Somit kamen die Niederlande unter österreichische Herrschaft. Maria fiel im Jahr 1482 hochschwanger vom Pferd und starb. Ihr Sohn Philipp der Schöne heiratete Johanna die Wahnsinnige, eine spanische Prinzessin. Nach seinem Tod schleppte sie monatelang seine Leiche in einem gläsernen Sarg mit sich herum. Das spätere niederländische Elend mit den Spaniern war erst durch die Heirat mit Johanna möglich geworden. Ihr Sohn Karl, der spätere Kaiser Karl V., dankte 1556 ab und überließ seinem streng katholischen Sohn Philipp II. die Geschäfte. Mit fatalen Folgen für die Niederlande, die während des fürchterlichen 80-jährigen Krieges gegen Spanien möglicherweise sehnsüchtig der Zeit der Haken und Kabeljaue nachtrauerten. Was aus Philipps Sohn Don Carlos geworden ist, lässt sich (nicht ganz geschichtsgetreu) bei Schiller nachlesen.

Martina Kempff

Stammbaum

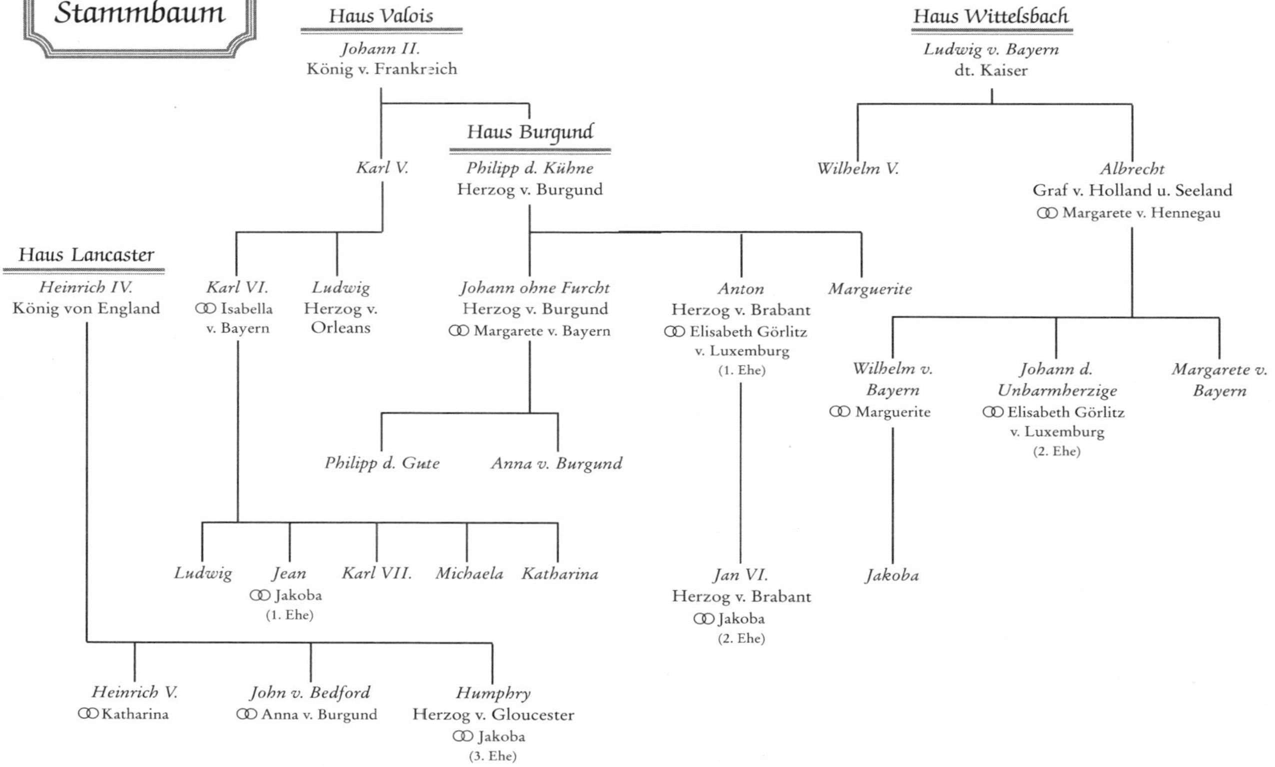
Haus Valois
Johann II.
König v. Frankreich
Haus Wittelsbach
Ludwig v. Bayern
dt. Kaiser
Haus Burgund
Karl V.
Philipp d. Kühne
Herzog v. Burgund
Wilhelm V.
Albrecht
Graf v. Holland u. Seeland
ꝏ Margarete v. Hennegau
Haus Lancaster
Heinrich IV.
König von England
Karl VI.
ꝏ Isabella
v. Bayern
Ludwig
Herzog v.
Orleans
Johann ohne Furcht
Herzog v. Burgund
ꝏ Margarete v. Bayern
Anton
Herzog v. Brabant
ꝏ Elisabeth Görlitz
v. Luxemburg
(1. Ehe)
Marguerite
Wilhelm v.
Bayern
ꝏ Marguerite
Johann d.
Unbarmherzige
ꝏ Elisabeth Görlitz
v. Luxemburg
(2. Ehe)
Margarete v.
Bayern
Philipp d. Gute
Anna v. Burgund
Ludwig
Jean
ꝏ Jakoba
(1. Ehe)
Karl VII.
Michaela
Katharina
Jan VI.
Herzog v. Brabant
ꝏ Jakoba
(2. Ehe)
Jakoba
Heinrich V.
ꝏ Katharina
John v. Bedford
ꝏ Anna v. Burgund
Humphry
Herzog v. Gloucester
ꝏ Jakoba
(3. Ehe)

Martina Kempff

Die Königsmacherin

Roman über die Mutter Karls des Großen. 464 Seiten. Serie Piper

Sommer 741: Ein prunkvoller Reisezug begleitet Bertrada auf dem Weg nach Saint Denis, wo Pippin, der Sohn Karl Martells, sie zur Hochzeit erwartet – doch er heiratet die falsche Frau. Jahre später wird diese Grafentochter dennoch zu einer der mächtigsten Frauen des Frühmittelalters. Dank ihres Muts und ihres diplomatischen Geschicks wird sie zur Königin und ihrem Sohn Karl eine kluge Ratgeberin. Doch verbirgt sich hinter »Berta mit dem großen Fuß« auch eine leidenschaftliche Frau, die sich für schwere Demütigungen fürchterlich rächt – und dabei mitunter auf die unkontrollierbaren Mächte der Magie zurückgreift.

»Ein pralles Stück Historie, das ein ganzes Zeitalter zum Leben erweckt.«
Aachener Zeitung

05/2003/01/L

Martina Kempff

Die Rebellin von Mykonos

Historischer Roman. 496 Seiten. Serie Piper

Griechenland in den zwanziger Jahren des 19. Jahrhunderts: Die Bevölkerung rebelliert gegen die Herrschaft der Osmanen. In den Wirren des beginnenden Freiheitskampfes wird die junge Mando zur mutigen Kämpferin und stellt sich an die Spitze der Rebellen auf ihrer Heimatinsel Mykonos. Doch was sie in tiefster Seele bewegt, ist der leidenschaftliche Hass auf den unbekannten Mörder ihres Vaters und die unglückliche Liebe zu ihrem Cousin Marcus …
Die Geschichte einer ungewöhnlichen Frau, die für Freiheit und Liebe kämpfte.

»Eine tolle, taffe Heldin.«
Gala

05/2119/01/R